生态、创作与传播

21世纪戏曲新论

李小菊　著

北京时代华文书局

图书在版编目（CIP）数据

生态、创作与传播：21 世纪戏曲新论 / 李小菊著. —北京：北京时代华文书局，2019.12
（中国艺术研究院学术文库 / 王文章主编）
ISBN 978-7-5699-3262-1

Ⅰ. ①生… Ⅱ. ①李… Ⅲ. ①戏曲创作—研究 Ⅳ. ①I207.3

中国版本图书馆 CIP 数据核字（2019）第 252874 号

中国艺术研究院学术文库
Zhongguo Yishu Yanjiuyuan Xueshu Wenku

生态、创作与传播：21 世纪戏曲新论
Shengtai Chuangzuo Yu Chuanbo 21 Shiji Xiqu Xinlun

著　　者 | 李小菊

出 版 人 | 陈　涛
项目统筹 | 余　玲
责任编辑 | 周海燕　陈冬梅
装帧设计 | 程　慧　赵芝英
责任印制 | 刘　银

出版发行 | 北京时代华文书局 http://www.bjsdsj.com.cn
北京市东城区安定门外大街 138 号皇城国际大厦 A 座 8 楼
邮编：100011　电话：010-64267955　64267677
印　　刷 | 北京盛通印刷股份有限公司　010-52249888
（如发现印装质量问题，请与印刷厂联系调换）
开　　本 | 710mm×1000mm　1/16　印　　张 | 24　字　　数 | 342 千字
版　　次 | 2019 年 12 月第 1 版　印　　次 | 2019 年 12 月第 1 次印刷
书　　号 | ISBN 978-7-5699-3262-1
定　　价 | 75.00 元

《中国艺术研究院学术文库》
编辑委员会

总　序

王文章

以宏阔的视野和多元的思考方式，通过学术探求，超越当代社会功利，承续传统人文精神，努力寻求新时代的文化价值和精神理想，是文化学者义不容辞的责任。多年以来，中国艺术研究院的学者们，正是以“推陈出新”学术使命的担当为己任，关注文化艺术发展实践，求真求实，尽可能地从揭示不同艺术门类的本体规律出发做深入的研究。正因此，中国艺术研究院学者们的学术成果，才具有了独特的价值。

中国艺术研究院在曲折的发展历程中，经历聚散沉浮，但秉持学术自省、求真求实和理论创新的纯粹学术精神，是其一以贯之的主体性追求。一代又一代的学者扎根中国艺术研究院这片学术沃土，以学术为立身之本，奉献出了《中国戏曲通史》、《中国戏曲通论》、《中国古代音乐史稿》、《中国美术史》、《中国舞蹈发展史》、《中国话剧通史》、《中国电影发展史》、《中国建筑艺术史》、《美学概论》等新中国奠基性的艺术史论著作。及至近年来的《中国民间美术全集》、《中国当代电影发展史》、《中国近代戏曲史》、《中国少数民族戏曲剧种发展史》、《中国音乐文物大系》、《中华艺术通史》、《中国先进文化论》、《非物质文化遗产概论》、《西部人文资源研究丛书》等一大批学术专著，都在学界产生了重要影响。近十多年来，中国艺术研究院的学者出版学术专著至少在千种以上，并发表了大量的学术论文。处于大变革时代的中国艺术研究院的学者们以自己的创造智慧，在时代的发展中，为我国当代的文化建设和学术发展作出了当之无愧的贡献。

为检阅、展示中国艺术研究院学者们研究成果的概貌，我院特编选出版“中国艺术研究院学术文库”丛书。入选作者均为我院在职的副研究员、研究员。虽然他（她）们只是我院包括离退休学者和青年学者在内众多的研究人员中的一部分，也只是每人一本专著或自选集入编，但从整体上看，丛书基本可以从学术精神上体现中国艺术研究院作为一个学术群体的自觉人文追求和学术探索的锐气，也体现了不同学者的独立研究个性和理论品格。他们的研究内容包括戏曲、音乐、美术、舞蹈、话剧、影视、摄影、建筑艺术、红学、艺术设计、非物质文化遗产和文学等，几乎涵盖了文化艺术的所有门类，学者们或以新的观念与方法，对各门类艺术史论作了新的揭示与概括，或着眼现实，从不同的角度表达了对当前文化艺术发展趋向的敏锐观察与深刻洞见。丛书通过对我院近年来学术成果的检阅性、集中性展示，可以强烈感受到我院新时期以来的学术创新和学术探索，并看到我国艺术学理论前沿的许多重要成果，同时也可以代表性地勾勒出新世纪以来我国文化艺术发展及其理论研究的时代轨迹。

中国艺术研究院作为我国唯一的一所集艺术研究、艺术创作、艺术教育为一体的国家级综合性艺术学术机构，始终以学术精进为己任，以推动我国文化艺术和学术繁荣为职责。进入新世纪以来，中国艺术研究院改变了单一的艺术研究体制，逐步形成了艺术研究、艺术创作、艺术教育三足鼎立的发展格局，全院同志共同努力，力求把中国艺术研究院办成国内一流、世界知名的艺术研究中心、艺术教育中心和国际艺术交流中心。在这样的发展格局中，我院的学术研究始终保持着生机勃勃的活力，基础性的艺术史论研究和对策性、实用性研究并行不悖。我们看到，在一大批个人的优秀研究成果不断涌现的同时，我院正陆续出版的“中国艺术学大系”、“中国艺术学博导文库·中国艺术研究院卷”，正在编撰中的“中华文化观念通诠”、“昆曲艺术大典”、“中国京剧大典”等一系列集体研究成果，不仅展现出我院作为国家级艺术研究机构的学术自觉，也充分体现出我院领军国内艺术学地位的应有学术贡献。这套“中国艺术研究院学术文库”和拟编选的本套文库离退休著名学者著述部分，正是我院多年艺术学科建设和学术积累的一个集中性展示。

多年来，中国艺术研究院的几代学者积淀起一种自身的学术传统，那就是勇于理论创新，秉持学术自省和理论联系实际的一以贯之的纯粹学术精神。对此，我们既可以从我院老一辈著名学者如张庚、王朝闻、郭汉城、杨荫浏、冯其庸等先生的学术生涯中深切感受，也可以从我院更多的中青年学者中看到这一点。令人十分欣喜的一个现象是我院的学者们从不固步自封，不断着眼于当代文化艺术发展的新问题，不断及时把握相关艺术领域发现的新史料、新文献，不断吸收借鉴学术演进的新观念、新方法，从而不断推出既带有学术群体共性，又体现学者在不同学术领域和不同研究方向上深度理论开掘的独特性。

在构建艺术研究、艺术创作和艺术教育三足鼎立的发展格局基础上，中国艺术研究院的艺术家们，在中国画、油画、书法、篆刻、雕塑、陶艺、版画及当代艺术的创作和文学创作各个方面，都以体现深厚传统和时代创新的创造性，在广阔的题材领域取得了丰硕的成果，这些成果在反映社会生活的深度和广度及艺术探索的独创性等方面，都站在时代前沿的位置而起到对当代文学艺术创作的引领作用。无疑，我院在文学艺术创作领域的活跃，以及近十多年来在非物质文化遗产保护实践方面的开创性，都为我院的学术研究提供了更鲜活的对象和更开阔的视域。而在我院的艺术教育方面，作为被国务院学位委员会批准的全国首家艺术学一级学科单位，十多年来艺术教育长足发展，各专业在校学生已达近千人。教学不仅注重传授知识，注重培养学生认识问题和解决问题的能力，同时更注重治学境界的养成及人文和思想道德的涵养。研究生院教学相长的良好气氛，也进一步促进了我院学术研究思想的活跃。艺术创作、艺术教育与学术研究并行，三者在交融中互为促进，不断向新的高度登攀。

在新的发展时期，中国艺术研究院将不断完善发展的思路和目标，继续培养和汇聚中国一流的学者、艺术家队伍，不断深化改革，实施无漏洞管理和效益管理，努力做到全面协调可持续发展，坚持以人为本，坚持知识创新、学术创新和理论创新，尊重学者、艺术家的学术创新、艺术创新精神，充分调动、发挥他们的聪明才智，在艺术研究领域拿出更多科学的、具有独创性的、充满鲜活生命力和深刻概括力的研究成果；在艺术创作领域推出更多具有思想震撼力和艺术感染力、具有时代标志性和代表性的精品力作；同时，培养更多德才兼备的优秀青年人才，真正把中国艺术研究院办成全国一流、世界知名的艺术研究中心、艺术教育中心和国际艺术交流中心，为中华民族伟大复兴的中国梦的实现和促进我国艺术与学术的发展作出新的贡献。

2014年8月26日

目　录

第三编　小剧场戏曲创作研究

第四编　女性戏曲创作研究

附录：名家访谈

第一编　戏曲生态研究：“非遗”保护与剧种建设

当代昆曲民间文化生态考察与研究

——以苏州虎丘曲会为研究对象

苏州对于昆曲的重要性是不言而喻的。这不只因为苏州是昆曲的发祥地，苏州太仓人士魏良辅将苏州地方民间小调改革成昆山腔，然后才有昆曲的辉煌；也不只因为20世纪上半叶苏州昆剧传习所对濒临灭绝危机的昆曲起到的起死回生的贡献；还因为苏州的虎丘曲会对于昆曲的流播与传承有着重要的作用和意义。在昆曲发祥地苏州，昆曲作为重要的民众娱乐形式深植于民间，即使在战事纷扰和经济凋敝的困苦岁月，依然能够在民间传唱中得以一脉存续，而昆曲在苏州民间生存状态兴衰的一个最直观的表现，即是虎丘曲会的存续与断裂。自明清时期虎丘曲会的极度繁盛，到清朝乾隆年间虎丘曲会停歇，至1987年、1988年虎丘曲会短暂恢复，再到2000年重新恢复以来11年连续举办，虎丘曲会的发展历史是一个非常值得深入研究的课题。如果从20世纪以来政治、经济、文化等因素角度进行考察，我们也可以更深层次地探究这个历史阶段虎丘曲会与昆曲民间文化生态之间的关系。

一、历史回顾：虎丘曲会兴盛与中断的文化生态背景考察

尽管有关虎丘曲会盛况的记载屡屡见诸明清文人笔端及地方史志，然而其兴起的原因和具体的组织情况却很少有历史文献记载。当代学者对这一问题的研究则成果颇丰，如顾聆森、刘祯、郑元祉、任孝温等对虎丘曲会的研究都非常有见地。本文无意在这一问题上另辟新说，仅试图在前人研究成果

的基础上，以文化生态学的视角对虎丘曲会产生、繁盛和中断的背景进行尝试性的探究。

任孝温《虎丘曲会成因考》一文指出，虎丘曲会的形成主要有以下几个原因，一是昆曲兴盛的历史背景，二是吴中一带的普通群众对昆曲演唱的热衷，还有吴中一带的“好歌”传统、此间文人簇居形成的浓郁的文人气息，以及吴人“追求精致、崇尚高雅”的思维特点等，并着重指出吴人“精益求精”的思维特点是虎丘曲会形成的心理基础，“同时也是曲会形成更为深刻、更为重要的原因”。[①]

从文化生态学的角度来考察，《虎丘曲会成因考》一文着重探讨的，是苏州地域文化环境与文化生态对文化现象即虎丘曲会形成所产生的重要作用。此文值得注意的一点，正是其强调的地域文化中独特的思维特点对文化现象形成的重要作用。实地考察虎丘地区，就会发现，在那样一个弹丸之地，其文化浓度与文化密度都非常之高，且不说此地积淀下来的诸多历史记忆，如有关吴王阖闾试剑及墓葬的传说、能令“顽石点头、白莲花开”的高僧生公、唐代名妓真娘葬于虎丘等，单是现在虎丘保留下来的摩崖石刻所体现的文化密度就令人叹赏不已。如最著名的“虎丘剑池”石刻，即使是这四个字，也蕴含了是否颜真卿真迹的传说；再如剑池上方的“剑池”二字，传说是东晋著名书法家王羲之所书；“风壑云泉”为宋代著名书法家米芾书写；等等。这些不仅是苏州人引以为豪的景点，令游客一发思古之浩叹，更充分体现了苏州浓厚的文化积淀与苏州人崇美尚雅的思想特点，也足以说明虎丘之于苏州的重要的、地标性文化意义。

由此可见，无论从苏州作为昆曲的发祥地和繁盛地的历史文化来看，还是虎丘作为苏州重要人文历史载体的文化空间而言，都为虎丘曲会这种非物质文化形式的产生与繁荣提供了得天独厚的文化背景、历史渊源与空间载

① 任孝温：《虎丘曲会成因考》，《苏州大学学报（哲学社会科学版）》2008年第5期。

体。形成于昆山而繁衍于全国、影响及于朝野的昆曲，是苏州民众引以为豪的文艺形式；而作为“吴中第一山”的虎丘又积淀了丰厚的文化底蕴，同样是使苏州人引以为傲的自然名胜。当昆曲在虎丘唱响，它所蕴含的文化意蕴是颇耐人寻味的。从非物质文化遗产研究的角度来看，其重要意义在于虎丘为昆曲这种艺术形式提供了重要的文化展示空间，而这一空间成为昆曲在苏州民间长期得以流传的重要载体，它深植于苏州人的记忆之中，在昆曲繁盛时成为苏州人精神娱乐的重要方式，在昆曲衰敝时成为人们缅怀与纪念的空间依托。即使长期中断，这种缅怀也会作为一种历史记忆，存在于人们的脑海之中，一旦条件成熟，依然会再续文化命脉。关于这一点，1987年、1988年虎丘曲会的短暂恢复已经说明，而2000年重新恢复并成功举办至今的虎丘曲会更是鲜活而生动的例证。

而虎丘曲会之所以会在中秋夜举行，则与苏州地区的民间风俗庆典活动有着密不可分的关系。韩国学者郑元祉据此推断它与古代祭典仪式有某种关系，结合古人祭月主要在西方的习惯，而虎丘又位于苏州城西，认为虎丘曲会是古代祭月迎寒仪式：“《周礼》和《礼记》所记载的为迎接寒气而在中秋节晚上演奏乐器的祭月仪式，正是现今中秋赏月习俗的由来，也正是延续至明清时代的虎丘曲会的最初起源。虎丘曲会就是从古代秋分祭月仪式演变而来，现在的虎丘曲会也是承继于此。”[①]刘祯在《虎丘曲会与昆曲审美的雅、俗之境》一文中也指出了虎丘曲会与民俗节庆的密切关系：“戏曲演出是这些民俗事象的重要内容——对应着人们的精神娱乐，而民俗活动则是戏曲演出兴盛的一种保证。”[②]郑元祉的研究为我们考察虎丘曲会的形成提供了更深层次的理解角度，也许中秋赏月活动与古代祭月有关，但流传至后世，中秋赏

① [韩] 郑元祉：《明清时期苏州“虎丘曲会”演剧史的考察》，《中华戏曲》2005年第2期。

② 刘祯：《虎丘曲会与昆曲审美的雅、俗之境》，台湾“中央大学”“世界昆曲与台湾角色——昆曲国际学术研讨会”论文，2005年4月。

月活动更多是这一仪式的遗存，它更重要的功能是一种娱乐活动，其宗教祭祀意味相对比较淡薄。而刘祯从民俗节庆的角度考察虎丘曲会的繁盛原因，则更切合实际、更具现实意义。

民俗庆典与中国戏曲的关系是非常密切的。“民间文化、民俗文化是戏曲的母体和载体，而戏曲则是这个母体载体中最为活跃、热闹和狂野的情绪宣泄和情感表达，民间文化、民俗文化的‘狂欢’和高潮是以戏曲的锣鼓为起点和标志的。在民间，民俗节庆与戏曲演出是一对双胞胎，有节庆就会有戏曲演出，而民间戏曲演出最多、最频繁的就是节庆活动。”[①]“但作为一种表演行为，戏曲首先离不开一个‘场’——表演行为发生的空间和时间，而这个‘场’就是民俗文化。”[②]就中秋虎丘曲会而言，虎丘为民间昆曲唱曲活动提供了重要的文化活动空间，而中秋则是这一文化活动的时间依托。也正是中秋赏月这一节日庆典活动，使得虎丘曲会更加得到人们的心理认同，从而使虎丘曲会本身产生一种庆典意味。与戏曲演出相比，由于虎丘曲会比较纯粹的唱曲性质，使得它的民众参与性更加简单和容易，因此也更加深入人心。

除此之外，明朝苏州经济的繁荣、社会的相对稳定也是虎丘曲会产生与繁荣的重要原因。顾聆森在《昆曲与人文苏州》中论及昆曲在苏州的传播时指出：“苏州是资本主义萌芽破土最早的地区，由苏州丝织业迅速膨化而催熟了的苏州市民阶层，他们一开始就与苏州士大夫贵族阶层进行了激烈的昆曲观众席的争夺，在分享昆曲的同时，促使剧种按照市民的审美指数完成了‘二次革命’（如果魏良辅对南曲声腔的改革可以称为一次声腔革命的话）。昆曲的‘二次革命’经过了长时期的理论准备，终于在清初完成。其标志，首先是完成了昆曲观众结构的调整。‘家家“收拾起”，户户“不提防”’，表明

① 刘祯：《戏曲与民俗文化论》，《戏曲研究》第70辑，文化艺术出版社2006年版，第30页。

② 同上，第31页。

昆曲业已冲破士大夫深宅大院的粉墙黛瓦，流入市井，市民阶层业已成为昆曲观众的主体。”①可以说，虎丘曲会是在苏州地域文化、民俗文化、经济繁荣、社会安定等综合因素的合力下形成的。

鉴于以上关于虎丘曲会兴起与繁盛的文化生态因素的考察，反观虎丘曲会从清朝末年直至20世纪80年代末的中断，清朝嘉庆年间兴起的花部乱弹的通俗审美趣味对雅乐昆曲的取而代之，清末以来直至新中国成立前的长期战乱，以及战争对经济、文化的严重破坏，新中国成立初期戏曲生态环境的初步恢复以及政府对戏曲的直接干预，尤其是“文革”对戏曲生态环境的严重破坏，以及改革开放后我国戏曲脆弱的整体生态环境等，都是虎丘曲会中断的重要原因。

二、从近十年虎丘曲会发展情况看昆曲民间生态的变迁

新世纪以来，中国昆曲的发展始终伴随着我国非物质文化遗产保护工作的展开，昆曲作为首个列入世界人类口头和非物质文化遗产代表作名录的戏曲剧种，其文化生态日益好转。与之相适应，作为民间昆曲重要表现形式的虎丘曲会不但重新恢复，而且历年来不断吸引更多、更年轻的曲友和爱好者参加。勾勒2000年至2010年11届虎丘曲会的发展历史，对于研究昆曲文化生态的变化有着非常重要的作用和意义。本文选取2000年以来11届虎丘曲会中具有典型意义的年份进行详细研究，以探讨新世纪以来苏州民间文化生态的发展历程。

（一）2000年：首届虎丘曲会举办的契机与意义

就在中国昆曲于2001年被联合国教科文组织列入首批世界非物质遗产代表作名录之前，苏州虎丘曲会已经于2000年重新正式恢复。虎丘曲会的恢

① 顾聆森：《昆曲与人文苏州》，春风文艺出版社2005年版，第7—8页。

复，直接原因是2000年9月28日至10月13日在江苏举办的第六届中国艺术节。作为“六艺节”的分会场之一，苏州市政府借助这一契机，举办了苏州市首届文化艺术节群众文化活动，而虎丘曲会是这次活动的重要组成部分之一。

事实上，虎丘曲会的酝酿与准备可以追溯到2000年初举办的首届中国（苏州）昆剧艺术节。1999年，文化部提出要举办一次国际昆曲观摩活动，苏州市文化局接受了承办首届昆剧节的任务。2000年3月31日至4月6日，“首届中国（苏州）昆剧艺术节暨昆剧古典名剧展演”在江苏苏州和昆山举行，全国七个昆剧院团和中国香港、台湾地区以及日本、美国、韩国等海外昆曲社团与曲友参加了昆剧节。期间举办的海内外曲友联谊活动，加强了曲友之间的联络。这次联谊活动，可以说为虎丘曲会的恢复召开做了必要的前期准备和酝酿工作。

2000年首届虎丘曲会的举行，也是苏州昆剧研习所长期不懈努力的结果。王夫在《十年虎丘曲事路》一文中记录了2000年苏州昆剧研习社为争取举办虎丘曲会而奔波的过程：“2000年，在12年之后，我社为继承贝老[①]的遗愿，再一次打报告给市文广局及文联，得到文化部门新老领导的支持，我社作为联合举办的主要单位，当即根据徐坤荣同志所遗赠的‘海内外昆剧通讯处’，帮文联、剧协给全国各地20多个业余曲社及个人发信及电话联系，同时，由本社两位主要负责人立刻骑自行车到虎丘山上‘园管处’去介绍游说‘打前站’，开始‘虎丘园管处’觉得昆曲太高雅，虎丘的庙会形式不太适合，后经朱一鸣的‘三寸不烂舌’阐明为了打‘百戏之祖’及‘苏州文化’的品牌意识，终于得到‘园管处’的首肯，举办成了世纪之交的首届‘虎丘曲会’。”[②]可以说，虎丘曲会的重新恢复，与苏州人对昆曲的喜爱、虎丘曲会在苏州人心目中重要的文化地位以及苏州昆剧研习社的执着努力分不开。

① 指苏州昆剧研习社老社长贝祖武。

② 王夫：《十年虎丘曲事路》，《苏州昆曲研习社社讯》。

正是这种来自民间的、延绵数百年的、对昆曲真正的热爱，正是这种来自民间的需求与呼声和时代对传统文化的需求相遇，才使得虎丘曲会的恢复成为可能。

2000年首届虎丘曲会于10月15日在苏州虎丘万景山庄万松堂前举行，共有近20个曲社、300余名曲家曲友参加了曲会。这些曲社有：苏州昆曲研习社、苏州大学东吴曲社、苏州昆剧传习社、张怡和大儒中心小学行知艺术团、南京金陵曲社、海内外京昆联谊会、河海大学石城曲社、南京曲社、扬州广陵昆曲学社、浙江昆曲研究会、上海昆曲研习社、天津甲子曲社、昆山昆曲研习社、太仓娄东昆曲社、苏州市政协联谊会京昆组、昆山市第一中心小学小昆班等。参加曲会的曲友有小学生、年轻的大学生、公司职员、机关干部、报社记者、大学老师等，也有金发碧眼的外国友人、日本留学生、香港曲友等。著名昆剧演员蔡正仁、张静娴、王芳也以曲友的身份参加了曲会。[①]恢复后的首届虎丘曲会，即以它深植于海内外昆曲爱好者心中的影响力与感召力，焕发出旺盛的生命力。

总体来说，2000年对于昆曲在21世纪的复苏与振兴来说是至关重要的酝酿之年。除了首届中国（苏州）昆剧艺术节、首届虎丘曲会的成功举办对后来昆曲举办周期性表演活动开启了大门，另有一件大事也在紧张的准备阶段，这就是2000年11月至12月昆曲申报世界非物质文化遗产工作。时任中国艺术研究院戏曲研究所所长的王安奎具体负责昆曲申报文本的撰写工作，他曾撰文回忆了昆曲申报的过程："联合国教科文组织发起了关于人类口头和非物质遗产的评选，但是把昆曲列为首批文化遗产代表作并不是联合国教科文组织的发现和挑选，而是我们中国自己主动申报的。教科文组织规定，每个国家每次只能申报一项。文化部向全国各文化厅局发了通知，要各地认真准备申报材料。文化部又委托中国艺术研究院负责评审，为此中国艺术研究院

① 顾斌：《虎丘曲会》，《苏州杂志》2000年第6期。

组织了专家组，进行了认真的准备和评选。我国符合条件的项目有好几个，最后根据专家和文化部领导的意见，先申报昆曲。”[①]就是这次申报，翻开了中国昆曲发展史崭新的一页。

虎丘曲会在昆曲列为世界非物质文化遗产之前恢复，虽然有一定的机缘巧合，但事实上却有着更深层的经济文化背景：处在世纪之交的中国社会，经历了改革开放以来市场经济对中国社会全方位的冲击与荡涤，经历了20世纪90年代“戏曲危机”的震撼与反思，人们日渐对我国传统戏曲乃至整个中国传统文化在经济建设和精神建设领域重新认知和重新定位。诚如苏州市市长陈德铭在首届中国（苏州）昆剧艺术节上所说：“面向21世纪知识经济发展的时代，面对经济和文化一体化发展的世界潮流，苏州已经确定了21世纪的发展蓝图。当前，实现这个蓝图，最需要与这个蓝图相适应的精神和智力的支持。而昆剧的历史发展内蕴着这种精神和经验。把沉积在昆剧艺术中的文化精神挖掘出来，使其成为推动苏州跨世纪发展的人文动力，是苏州承办这次昆剧节的一个重要目的。”[②]尽管这有文化搭台、经济唱戏之嫌，然而在这样的文化背景下，以昆曲为代表的中华传统文化将会在21世纪重新引起人们的关注与重视，是不可否认的。幸运的是，在随后而来的世界性非物质文化遗产保护浪潮的强力推动下，昆曲重新繁荣与振兴的步伐迈得更快、更大、更坚实，也使得昆曲振兴过程中出于经济利益的考虑在一定程度上得以净化。

（二）2001年：昆曲申遗成功与第二届虎丘曲会

2001年对中国昆曲乃至整个中国传统戏曲来说都是极有纪念意义的一年。5月18日，联合国教科文组织总干事松浦晃一郎在巴黎宣布中国昆曲艺

① 安葵：《给昆曲以明确定位——纪念昆曲被联合国教科文组织列为“人类口头和非物质遗产代表作”五周年》，《戏曲研究》第70辑，文化艺术出版社2006年版，第2—3页。

② 陈德铭：《昆剧的精神与苏州的发展》，《东方戏剧》创刊号“首届中国（苏州）昆剧艺术节专刊”，中国香港东方艺术中心，2000年3月，第7页。

术为“人类口头和非物质遗产”代表作。这对于长期沉寂、苦苦挣扎于生存危机之中的昆曲来说，无疑是极其振奋人心的。6月，文化部拟定了《文化部保护和振兴昆曲十年规划》。随后，江苏省颁布了《保护和振兴昆曲艺术工程方案》。作为昆曲发祥地的苏州市，也出台了《保护、继承、弘扬昆曲遗产工作十年规划》，制定了一系列详尽细致的保护措施，其总体目标是构筑“节”（中国昆剧艺术节和虎丘曲会）、“馆”（中国昆曲博物馆）、“所”（苏州昆曲传习所）、“院”（江苏省苏州昆剧院）、“场”（一批演出场所）；建立昆曲研究中心，筹建中国昆曲学院，打造昆曲之乡和活跃群众性曲社活动，做优昆曲电视专场以及建立昆曲网站和昆曲演出传播、海外交流中介机构，制定昆曲保护法规。通过这两个“五位一体”的格局，将苏州建设成昆曲保护基地。第二届虎丘曲会，就是在这一背景之下举办的。

2001年11月3日至9日，“庆祝中国昆曲列为‘人类口头和非物质遗产代表作’及纪念苏州昆曲传习所成立80周年”活动在苏州市隆重举行。作为此次活动之一的虎丘曲会于11月6日在虎丘千人石旁拉开大帷幕，共有20多个曲社，全国各地以及来自日本、韩国、德国等海内外的曲友共250余人欢聚一堂，再现了虎丘曲会的盛况。[①]据报道，当时参加虎丘曲会的群众，有1000余人。[②]

如果说首届虎丘曲会更多的是曲友之间的交流，2001年之后虎丘曲会则由于昆曲被列为非遗在全国乃至全世界的影响而引起世界华人的关注，吸引更多曲友和普通群众来参加、参与，曲会的规模历年来不断扩大。

（三）2007年：青年曲会的举办与昆曲文人清唱传统的传承

自虎丘曲会恢复以来，年轻曲友的数量一直在不断增长。参加曲会的小曲友的年龄不断降低，年轻曲友的学历水平则不断提高。这些年轻曲友经过

---

① 徐涟：《昆曲　苏州的文化品牌》，《中国文化报》2001年11月17日第2版。

② 季根章主编：《江苏文化年鉴》，江苏古籍出版社2002年出版，第251页。

几年的习曲唱曲，演唱水平不断提高。针对这种现象，2007年，苏州欣和曲社决定借助虎丘曲会这一平台，举办首届青年曲会，为全国各地的青年曲友搭建一个相互交流、探讨清唱技艺的平台。

苏州欣和曲社成立于2005年，其宗旨是继承弘扬昆曲艺术，传承传统曲社清唱的特色，并努力吸收年轻曲友参加到清唱队伍来。因此，2007年举办青年曲会的目的，除了为青年曲友搭建交流平台，另一个主要目的是传承和探索文人昆曲清唱的传统。①举办青年曲会的原因，一是由于参加虎丘曲会的人数逐年增长，许多曲友在虎丘曲会上得不到演唱和展示的机会，另一个原因大概是由于一些曲友不满于虎丘曲会演唱曲目与演唱形式向院团舞台演出形式靠拢的弊端。

2007年参加青年曲会的曲友大概有40余人，这些曲友来自上海、南京、苏州、常州、深圳和香港，据主办方统计，他们之中有近一半有研究生学历，而且男性曲友占多数。②2008年青年曲会的规模情况基本与此相似。2009年参加青年曲会的人数有65人左右。2010年也基本是这个规模。

举办青年曲会的意义有以下几点：一、青年曲会为青年曲友提供了专门唱曲的空间与平台，激励了青年曲友学唱昆曲的热情，进一步扩大了昆曲在青年一代中的影响；二、自虎丘曲会恢复以来，尤其是2001年昆曲被列为“非遗”之后，尽管昆曲在国人中的影响日渐扩大，许多人开始学唱昆曲，但对怎么唱昆曲、唱什么样的昆曲并不了解，因此演唱水平参差不齐。青年曲会传承文人昆曲清唱，即昆曲清曲的明确目标，使曲友们认识到昆曲清曲和剧曲的区别，从而在演唱上达到更高的水平；三、从昆曲的演唱形式来看，除剧曲即舞台演出外，昆曲清唱一直是昆曲演唱与传播过程中非常重要

① 参见网友曲日的文章：《清唱会后有话要说》《对组办虎丘曲会的建议》，博主参加了多次青年曲会的策划与组织工作。http://blog.sina.com.cn/suzhoukunqu。

② 同上。

的部分，而且多在文人及官宦人家传承教唱，对于提高昆曲演唱的总体水平有非常重要的意义。我国昆曲在经历长期沉寂之后，多数人对昆曲的了解大多是院团的演出，而青年曲会借助影响日渐深远的虎丘曲会向人们传输昆曲清唱的观念，无疑对加深人们对昆曲的理解有重要帮助。从昆曲文化生态角度来讲，这既是昆曲文化生态日渐好转的表现，无疑也会进一步促进昆曲生态的良性循环。

（四）2008年虎丘曲会：回归中秋，突显中秋唱曲的民俗意义

关于历史上虎丘曲会在中秋夜举办的民俗学意义，上文已经详细论及。韩国学者郑元祉撰写的《明清时期苏州“虎丘曲会”演剧史的考察》一文，正是基于对2000年至2004年5届虎丘曲会举办情况考察，深感“不管是在80年代或者新世纪再度举行的曲会，都是在对举行日期缺乏足够关注的情况下展开的”，因此他指出，根据虎丘曲会原来的举办精神，“首先其民俗祭典的特点不该抹消。当然，并不是说，非得在阴历八月十五日这一天举行，而是说必须在意识到该日期具有特定意义的前提下，对日 期的选定做慎重的考虑……”①

也许是理论界的这些研究和建议引起了主办方的注意，2008年的虎丘曲会选择在中秋节期间举行，并且突出强调了中秋赏月唱曲的主题。曲会于9月13日—15日举行，13日晚到虎丘千人石举行第一场曲友演唱活动；9月14日中秋节当天，上午主办方安排曲友参观昆曲发源地千灯镇，下午在千灯古戏台举行第二次演唱活动，晚上举办中秋晚宴，宴后组织赏月唱曲活动。此次参加曲会的海内外曲友有500多人，曲会举办得非常成功，不仅让曲友在明清曲会举办地虎丘千人石唱曲再现盛况，也不仅组织曲友参观昆曲发源地追古缅昔，最重要的是中秋赏月唱曲的活动真正让曲友们有穿越时空与古人对话的感觉。

---

① ［韩］郑元祉：《明清时期苏州“虎丘曲会”演剧史的考察》，《中华戏曲》2005年第2期。

2009年，虎丘曲会仍然在中秋期间举办。当年，中秋节恰遇国庆节，既是中华人民共和国成立60周年，又是虎丘曲会恢复举办10周年，因此虎丘曲会办得别开生面：改变以往曲会仅仅是曲友间的交流、联谊活动，向参观虎丘的游客开放；评选2000—2009年苏州虎丘曲会优秀曲社22个、优秀曲友25名等。这也与古代虎丘曲会的赛曲风俗有关。

从苏州曲友自发性地对虎丘曲会满怀情感的坚持与争取，到国家与政府自觉地对虎丘曲会的重视与扶持；从“非遗”背景下曲友对昆曲的热情追随，到理智地思考和探索虎丘曲会的发展方向；从一开始注重曲会的形式与规模，到深入挖掘虎丘曲会的文化底蕴与民俗学意义，虎丘曲会在新世纪11年的发展历程，步履清晰而意蕴渐厚，这意味着昆曲在民间的文化生存环境在政府的精心培育、社会的普遍关注和曲友的参与努力下日渐好转。

三、2010年第十一届中国苏州虎丘曲会的考察与思考

正是基于对昆曲民间文化生态的关注，以及由此而引发的对虎丘曲会的兴趣，笔者于2010年9月22日至26日赴苏州，对第十一届苏州虎丘曲会进行实地考察，以切身了解虎丘曲会的实际情况，感受苏州昆曲文化生态。据主办方人员说，2010年的虎丘曲会是“小年”，这大概是相对于每三年一届的中国昆剧艺术节时的虎丘曲会和1999年中华人民共和国成立60周年暨虎丘曲会10周年而言的。然而，也许这种纯粹的曲友之间的唱曲活动，才更契合虎丘曲会的主旨，从而可以让我们更加准确地了解当前昆曲在民间的生存状态。

首先有必要指出的是，在出发前搜集有关今年虎丘曲会的资料情况时，我通过网络搜索到前文提到的曲日先生的博客，先了解到今年青年曲会的举办日期、举办地点、报名情况及其他相关事宜，进而得知虎丘曲会的相关情况，并且了解到以往虎丘曲会和青年曲会的相关情况。正是由于有像曲日这样热心于青年曲会、为青年曲会出谋划策、出智出力的年轻人，通过网络传播，扩大了虎丘曲会、青年曲会的影响，吸引更多的人来参加，也确实是他

们的热情与热心，鼓励了像我这样孤身一人参加曲会的人。

2010年虎丘曲会由苏州市文学艺术界联合会、苏州市文化广电新闻出版局、苏州市园林和绿化管理局共同主办，由苏州市戏剧家协会、苏州虎丘风景名胜区管理处、苏州石湖风景区管理处、江苏省苏州昆剧院、苏州市艺术学校承办。报到及住宿地点是苏州市吴中区委党校，事先报过名的曲友交纳会务费360元，包括曲会期间的住宿、餐费、交通费、景区门票费等。按照苏州的消费标准，一般游客在苏州一天的花费就需要这个数目，因此，组委会所收的会务费基本上是象征性的，其余的资金缺口主要由组织方承担。由此可见，苏州市政府为了虎丘曲会每年能顺利开展投入了很大的财力、物力。政府部门的扶持，使得虎丘曲会能让一般曲友都有能力负担在苏期间的费用，也使历史上苏州人的虎丘曲会成为现在来自海内外的曲友都能参加的全国性乃至全球性的聚会。组织方的竭诚接待，曲友之间的真诚相待、互帮互助，是虎丘曲会吸引各地曲友的重要原因。

参加此次曲会的曲社共有24个，分别是：香港和韵曲社（18人）、北京昆曲研习社（3人）、北京西山采蘋曲社（7人）、天津甲子曲社（7人）、杭州大华昆曲社（16人）、江苏省昆剧院兰苑昆曲社（11人）、南京昆曲社（6人）、南京海内外京昆联谊会（3人）、河海大学昆曲社（4人）、扬州市广陵昆曲学社（9人）、上海昆曲研习社（6人）、上海复旦昆曲社（4人）、上海戏剧学院昆曲社（3人）、上海徐汇区湖南街道昆剧队（10人）、上海国际昆曲联谊会（5人）、太仓市娄东昆曲堂名社（8人）、昆山市昆曲研究会（10人）、苏州市苏剧曲社（5人）、苏州大学东吴曲社（2人）、苏州吴继月曲社（6人）、苏州昆研社（14人）、苏州欣和曲社（13人）、浙江工商大学京昆俱乐部（1人）、广州五山昆曲社（5人）等，共176人，其中外国人2人。[①]

① 这是根据本届虎丘曲会节目单及报到名单统计的，如果算上江苏本地人，以及以个人名义参加曲会的人员，实际人数应多于此。

9月23日全天曲友报到，组织者充分利用这一天的时间举办青年曲会，让提前到达的曲友能充分利用时间交流唱曲。上午9点，青年曲会开始，之后陆续有曲友加入。据我的统计，上午参加青年曲会的曲友约90人，到下午结束时，参加人员已经达到110人。而在青年曲会上唱曲的人员，已不再只是年轻人，一些知名的、年事已高的著名曲家如上海的甘纹轩、叶惠农也被极力邀请登台演唱。这也符合青年曲会邀请昆曲名家示范演唱的宗旨。

曲会是各地曲友交流信息、联络感情的重要平台和机会。23日上午的青年曲会上，曲友们得知了最后一位“传”字辈老艺人倪传钺已于9月21日（中秋节前一天）仙逝的消息。而在曲会上，纪念前不久（8月29日）去世的曲家陈宏亮也是一项特别的内容，上海昆曲研习社印制了陈宏亮先生纪念专刊，散发给每位曲友。各个曲社在虎丘曲会上互赠社刊、社讯也是相互交流的一项重要内容。

曲会期间，尽可能多地接触不同类型的曲友，了解他们学习昆曲的动机和经历是我最感兴趣的事情。从曲友身份构成来看，各种学历、各种职业、各种年龄段的曲友都有。曲会上最小的曲友是一位6岁的小女孩，年龄最大的，当是上文提及的80多岁的甘纹轩、叶惠农。有一位上海曲友，男性，40岁左右，在松江环保部门工作，喜欢民乐，会多种乐器，2007年之前一直是京剧票友，之后转学昆曲，2009年拜金睿华为师，正式开始学习昆曲，目前已是铁杆曲迷。因20世纪初松江昆曲曲社很多，俞粟庐、俞振飞父子又是松江人，他在以此为傲的同时，又为松江目前昆曲后继乏人惋惜、担忧。他利用参加江南丝竹固定在松江演出的机会，坚持不懈地推广、宣传昆曲。

太仓曲友陈先生，50多岁，家里世代唱昆曲，祖父、父亲都会唱，经常请知名曲家曲友来家教曲。著名昆曲音乐家高步云就是他父亲的好友，家里人跟高步云学了许多东西。陈先生小的时候比较顽皮，学习昆曲也不用心，家里有一套插图版的《缀白裘》，共18册，他把书前的绣像全部剪下来订成画册，至今内心仍然有很深的负疚感。他委托我回北京后为他购买一套《缀白裘》，以补偿年幼无知时的过失。

我曾经试图问这些曲友，他们的家庭为什么会世代学习昆曲，他为什么会喜欢昆曲，他们往往答不出原因，说只是因为大家都唱，所以自己也跟着唱。也许，正是由于他们生长和生活在昆曲积淀最深厚、传统最悠久的苏州太仓、昆山，以及南京、扬州、上海等地，听昆曲、唱昆曲已经深深融入他们的生活之中，并成为深深烙在他们记忆中的文化印痕，也许是偶然间某种机缘的触发，也许是在故乡长久的浸淫，使得他们加入曲社，演唱昆曲，为昆曲摇旗呐喊。

也许，还有更多的曲友，像我在曲会上结识的一名南京农业大学的硕士研究生一样，只是因为喜欢《牡丹亭》选段，而开始看明清传奇剧本，又凑巧到南京上大学，能够看到江苏昆剧院的演出，恰好又赶上近些年来的昆曲热，于是加入曲社，开始学唱昆曲，学吹笛子，开始参加虎丘曲会，他在曲会上演唱的《哭像》选段还真是有模有样。而在曲会上演唱的大多是这样的年轻人。

每一个曲友都有一段与昆曲结缘的故事。每当我听完他们的故事，看到他们在台上投入地演唱，都会加强我对未来昆曲发展前景的乐观与憧憬。

（原载《戏曲研究》2012年第2期）

城市合作与昆曲创新

——以香港与南京的城市合作与昆曲创作为考察中心

进入21世纪以后，中国与各国间的艺术交流越来越频繁、越来越深入。这与世界性的全球一体化进程和日新月异的科技发展有关，也与中国文化艺术生态变化和日渐开阔的文化视野有关。2001年，在新世纪刚刚开始的时候，“昆曲”这个第一个被联合国教科文组织列入世界级非物质文化遗产保护名录的中国传统戏曲艺术形式，成为最能代表中国文化形象的标识，也是中国对外文化交流的重要艺术形式之一。在新世纪昆曲的世界性传播过程中，香港因特殊的地理位置起到了非常重要的作用。在这个过程中，有一个占主导地位、眼光卓异的人物起到了非常关键的作用，他就是荣念曾。荣念曾在香港是“文化教父”级别的重量级人物，他在向世界传播昆曲的过程中，选择南京作为与香港合作的城市，在南京，他选择了著名昆曲演员柯军作为合作对象。荣念曾与柯军、香港与南京的合作，不但对昆曲的世界传播做出了非常大的贡献，还对当代昆曲的创作产生了非常大的影响。本文尝试对香港与南京的城市合作进行梳理，探讨荣念曾与柯军对当代昆曲创新的贡献和影响。

一、荣念曾：从“实验香港”到“实验传统”

香港一向以文化的多元化和开放性著称。1997年回归，是香港政治身份和文化身份转变的分水岭。在此之前，香港在本土文化和移民文化的基础上，一直在寻求英国文化的身份认同。回归之后，香港政治身份的实验性和文化身份向心性的转变引起香港人特别是有敏锐感知力的知识分子的思考，香港未来的发展同样引起人们的思考。

荣念曾以艺术家的敏锐和哲学家的深邃从香港回归的时代巨变中发现了香港文化身份转变和文化发展的契机。他说："我确实认为，香港回归中国后，全面实践'一国两制'，是发展多元文化概念的重要契机。香港如能好好把握这个契机，绝对能发展成为一个真正的全球性的文化实验室。"①早在中英谈判香港回归的阶段，他就用自己的实验戏剧带领香港人开启了"实验香港"之旅。②"在实验剧场上，任何事物都是可以实验的对象，包括意识形态。荣念曾在剧场上争取实验突破，也希望处于实验制度下的香港市民，可以突破框架，一同实验'何谓香港'。"③

荣念曾的艺术理念和戏剧理念无疑与他特殊的人生经历和教育背景有关。荣念曾1943年生于上海，5岁时随父母到了香港，后到美国接受教育，专业是建筑学和城市规划，1979年回到香港。从童年到成年，行走不同地区和国家的经历，不断赋予并加强他"新移民"的身份和观察世界的视角；从大陆文化到香港文化、英国文化、西方文化，在多元文化的碰撞与交汇中不断寻求自我的文化身份定位；建筑和城市规划的专业赋予后来从事艺术工作的荣念曾与众不同的视角，从"进念·二十面体"这个糅合不同文化元素、极富空间感、立体感的机构名称，到对香港城市文化定位的寻找、确立和努力，再到打破一切艺术创作的框架和边界的艺术理念，都体现出专业教育对荣念曾的影响。当新的时代契机、文化机遇来临，荣

---

① 荣念曾：《实验中国，实现传统》，柯军主编：《一桌二椅·夜奔》，江苏凤凰科学技术出版社2015年版，第69页。

② 如1984年荣念曾创作的《鸦片战争》。

③ 电视片《香港文化教父荣念曾》，香港卫视《香港故事》2016年12月18日。http://www.hkstv.tv/index/detail/id/47473.html。

念曾以这种积极、思辨、多元化的思维方式，去实践、实验他的这些艺术理念。

2001年，中国昆曲被联合国教科文组织列入世界人类口头和非物质遗产代表作名录，荣念曾在这世纪性的、全球性的文化事件中，结合香港“全球文化实验室”的定位，以及他创建于1982年的艺术机构“进念·二十面体”的实验戏剧创作特色，找到了“实验传统”的契机。在《实验中国，实现传统》一文中，荣念曾对“实验传统”这样定义：“‘实验传统’研究及发展计划首要是提供互动创作条件，让我们优秀的传统戏曲表演艺术工作者先对既定的门户成规做深层的了解，再进行大胆跨界的辩证和创作，与时并进，和社会同步发展，成为文化发展及创意的前锋。”[①]作为中国“非物质文化遗产”重要组成部分的传统戏曲，特别是剧种特色鲜明的昆曲、川剧、秦腔、京剧等剧种，成为荣念曾选择的实验对象。

对于如何“实验传统”，荣念曾也有具体的操作方法，如：传统戏曲的实验应该从哪里开始，传统和实验如何建立关系，传统戏曲演员应该从哪里开始并用什么方法汲取新养料推动改革和创新，如何响应社会价值、科技传媒的急速发展，如何保存和发展活的表演艺术等。[②]从2002年到2005年，“实验传统”研究及发展计划举办了“实验传统——独角戏”（2002，香港）、“实验传统——独当一面”（2004，台北）、“实验传统——群英会”（2005，香港）三次重要的活动。与荣念曾合作的大陆戏曲表演艺术家，有川剧的田曼莎、昆曲的石小梅和柯军、秦腔的李小锋、越剧的赵志刚、京剧的周龙等。而在这些合作中，荣念曾与柯军的合作，不但是实验昆曲最传统与最先锋的跨传统创作的典范，更是香港与南京跨城市、跨文化合作的典范。

---

① 荣念曾：《实验中国，实现传统》，柯军主编：《一桌二椅·夜奔》，江苏凤凰科学技术出版社2015年版，第65页。

② 同上，第73—74页。

二、昆曲在南京 · 柯军在南京

南京古称金陵，是中国的十朝古都，千年文化名城。这里人文荟萃，艺文传统深厚。从明代开始，秦淮河畔的灯影桨声中，就浸染着昆曲的光影和韵味，明清时期这里成为昆曲创作演出的重镇。柯军，昆曲演员，工武生和文武老生，就在这里生活，他的工作单位，原称“江苏省昆剧院”，2004年改名为“江苏省演艺集团昆剧院”，一般人们还是称呼其旧称“省昆”。江苏省昆剧院的历史，可以追溯到20世纪50年代。1956年，在苏州成立了江苏省苏昆剧团。1960年4月，政府决定在南京另建一个江苏省苏昆剧团，张继青、范继信、姚继焜等13名“继”字辈演员及部分乐队人员成为剧团的骨干，该团与苏州的江苏省苏昆剧团同名并存。同年5月，南京的江苏省苏昆剧团被命名为“江苏省地方戏剧院苏昆剧团”。1962年，恢复江苏省苏昆剧团建制。“文革”时期该团演员改唱歌剧、京剧。1977年，在原属苏昆剧团的演员的基础上，重新扩建为“江苏省昆剧院”。[①]

江苏省昆剧院的历史可谓曲折。柯军生活的时代，赶上了中国的戏曲院团新一轮的体制改革。1985年，毕业于江苏省戏剧学校昆剧科的柯军，被分配到江苏省昆剧院工作。2004年之前，柯军就像中国其他昆曲演员一样，尽管有着各种各样工作和生活上的竞争、压力和苦恼，依然按部就班地在体制内生存着。1997年前后，当香港回归引发荣念曾“实验香港”创意的时候，柯军当上了江苏省昆剧院院长助理。2001年，在昆曲成为世界级“非物质文化遗产”、荣念曾筹划“实验传统”计划的时候，柯军当上了江苏省昆剧院副院长。2004年，当荣念曾正在准备举办“实验传统——独当一面”活动的时候，柯军却面临着人生一个重要的转折点。

---

① 详见吴新雷主编《中国昆剧大辞典》“江苏省苏昆剧团”和“江苏省昆剧院”条，南京大学出版社2002年版，第246—247页。

2004年，柯军所在的江苏省昆剧院实行转制，从体制内的国有事业单位，变成自负盈亏的企业，单位名称变成“江苏省演艺集团昆剧院”，柯军被任命为院长和书记。柯军就任的时候，剧院里的老一代艺术家赶在转企之前提前退休，剧院账面上只有1000元经费。柯军出于昆曲人的责任感和使命感，挺身而出担当起振兴南昆的重任，但是前途却异常曲折渺茫。[①]院长的位置要求柯军的眼光要更具前瞻性和长久性，剧院生存、创收的要求，让他走向市场、开拓市场。同时他也拥有了更多的决定权和自主权，对于实验昆曲，他可以在经过深思熟虑后，开始着手创作。恰在此时，荣念曾邀请他参与创作实验昆曲。此时的柯军，有想法、有能力、有条件去创作实验昆曲了。

实际上，早在20世纪90年代，江苏省昆剧院已经开始和香港的荣念曾合作实验昆剧。2001年，荣念曾邀请柯军参加在香港举办的“独角戏”国际艺术节。柯军后来谈到这次演出时说：“这是我第一次参与当代剧场。我不会‘当代’，全场只我一人演传统《夜奔》。一个英国舞蹈家很快吸纳我的表演，把圆场、云手、山膀等揉进了他的节目。懵里懵懂中我感到自豪，瞧，昆曲多厉害！”[②]柯军之所以选择一种保守和观望的姿态，既与昆曲深厚的表演传统有关，也与当时中国昆曲界对待昆曲普遍采取保守态度有关。这一年，昆曲被联合国教科文组织列入世界人类口头和非物质遗产，因为遗产，因为保护，因为体制内的束缚，因为昆曲界权威人士普遍的保守主义态度，柯军选择以观望的态度对待实验戏曲。但是，这次“特立独行”地演传统《夜奔》，应该说对柯军后来实验昆曲理念的提出及创作思想奠定了基础。

当柯军完成身份转变后，当江苏省昆剧院完成体制转变后，当新的机遇再次来临的时候，他就抓住这一机遇，开始“实验昆曲”；同时，柯军带领

---

① 顾聆森：《夜奔向黎明——柯军评传》第一章“临危受命”，上海古籍出版社2011年版。

② 柯军：《那把钥匙》，《扬子晚报》2014年11月2日第B04版。

着江苏省演艺集团昆剧院这个全国唯一一个企业化的昆曲院团，也开始了自己的“实验院长”和“实验省昆”之路。这正如柯军所说：“院长与艺术家是两个不同属性的角色，艺术家是求‘不同’求‘自我’，院长是求‘大同’求‘无我’，如何从自我中寻找无我，再从无我中找回自我，我想艺术家有塑造能力和创造能力，让我用艺术家的天赋去塑造一个性格鲜明风格迥异的院长，把昆剧院当作一个艺术作品去尽心打造！”[①]

三、合作的契机与创作理念

2004年9月，荣念曾邀请柯军合作了他们的第一部实验昆曲《夜奔》，赴挪威奥斯陆音乐厅参加庆祝中国、挪威建交五十周年“中国文化周”演出。荣念曾是该剧的导演、文本、舞台设计，柯军任主演。

《夜奔》是柯军最拿手的昆曲折子戏，他是全国屈指可数的会演北昆武生、南昆武生和昆曲老生三个版本《夜奔》的昆曲演员。2001年版的“独角戏”，在众多先锋实验戏曲作品中，柯军以最固执、最保守、最传统的姿态，演出了《夜奔》。而这次，柯军终于以最大胆、最开放、最自由、最先锋的方式，再次演绎。在昆曲表演史上，这种前卫到“荒诞”的表演，从来没有过。

在电视片《香港文化教父荣念曾》里，这样评价荣念曾的戏剧：“荣念曾的戏剧，始终保持对社会的强烈关注，他将中国传统文化元素，与当下社会政治问题紧密结合。”而柯军彼时的处境，正是艺术院团文化体制改革最紧张的时候，柯军所在的江苏省昆剧院是全国唯一一个转企的，刚刚出任院长的柯军，正处在风口浪尖上。这就是当时柯军所面对的“社会政治问题”，也即“个人和既定制度之间的关系”问题。荣念曾给柯军出了一个题目，以对

---

① 吕林、罗拉拉：《怕——柯军多元艺术探索》，中国戏剧出版社2013年版，第75页。

体制的反思与批判为主题，对《夜奔》演出史进行反思。这个主题对柯军来说，对所有中国体制内的戏曲演员来说，都是具有吸引力和挑战性的。

彼时的柯军面临的另一个“社会政治问题”，是作为“非遗”必须保护的昆曲和作为“艺术”必须创新发展的昆曲二者的矛盾问题。“非物质文化遗产”这个外来的世界语汇让中国人重新认识到以昆曲为代表的中国传统戏曲艺术的价值和地位，戏曲界、学术界不乏要将昆曲原封不动放到博物馆保护起来的论调，曾经有几年这种论调颇占上风，不少创作于这几年的昆曲新创作品被批判得体无完肤，命运悲惨。但是柯军一直是一个富有冒险意识和创新精神的昆曲演员，他逆风而上，我行我素，决定开始自己的实验昆曲之旅，在保守派的有形无形的压力和阻挠中为自己、为昆曲杀出一条血路。

与荣念曾的合作对柯军产生的影响是巨大的。柯军在《那把钥匙》一文里写道：“荣老师跟你一起讨论问题，但是从不告诉你答案。就在这样不断的提问中，我们一起创作了两个小时的实验版《夜奔》，连年国际巡回演出，至今已经演到8.0版。这个戏中，我们不断追问林冲是谁，李开先（《夜奔》作者）是谁，柯军是谁，文人是什么，艺人是什么……然后，呈现在舞台上。我恍然大悟，荣老师就是这样，在和艺术创作者的层层深入之中，悄悄递了一把钥匙给我，我拿它找到了锁，打开了门。原来，我的面前是有一扇门的，隔开了我和外面的世界。荣老师给的那把钥匙，帮我打开了锁，推开了门走到外面的世界，寻找到另外一种语言，我用这语言创出了自己的‘新概念昆曲’：《馀韵》《浮士德》《奔》《藏 · 奔》《1428》《录鬼簿》……这是一种将传统昆曲的表演技巧与现代舞台技术结合起来，表达艺术家自身思考的表演方式。”“非遗表演艺术家不能仅仅被关在笼中供人观赏、扶持和喂养，应当走入社会，走进自然，应当具有关注、思考社会的知识分子属性。”[①]

---

① 柯军：《那把钥匙》，《扬子晚报》2014年11月2日第B04版。

提问，不断地提问，引起你对最习以为常、最理所当然的事情和现实的思考，但是不给你答案，让你自己得出答案，这是荣念曾一直的合作方式，也是最吸引人、最具开放性、最具启蒙意义的方式。“最传统”并且“最先锋”，就是柯军面对实验昆曲《夜奔》中200多个问句，对当代昆曲传承与发展深入思考后，得出的结论。“我们既要‘最传统’，又要‘最先锋’。今天的昆剧艺术工作者化身为两个主体：一支考古队，一支探险队。前者保护遗产不折不扣，后者发展创新毫无畏惧。”[①]荣念曾用自己的方式给柯军的思想种下了一颗种子，这颗种子按照柯军自己的方式结出了果实。

“最传统”和“最先锋”，这是两个极凝练同时又极对立、极富辩证性的词语。这包含两个层面：将后现代主义戏剧与传统昆曲表演结合，表达具有当代意识的自我反思，同时，要展现传统昆曲艺术的原汁原味；在对待昆曲的保护与创新的问题上，既以最传统的态度对昆曲遗产进行保护、挖掘和传承，还要以开拓精神探索当代昆曲艺术的多种可能性。这样的思考落实在行动上，表现为两方面的努力，他和他的团队一方面以极其保守的态度努力挖掘、保护、传承着传统昆曲艺术，另一方面又以极其先锋的姿态进行“新概念昆曲”的实验探索，两股道行车、两条腿走路，二者并行不悖。这样，既保护好作为非物质文化遗产的昆曲，又满足作为当代演员的艺术追求和推动昆曲艺术的健康发展。为此，柯军一直在进行着积极但却艰辛甚至不为人们认可和理解的探索。他们取得的成就也是有目共睹的，在柯军的带领下，江苏省昆剧院对全国现存折子戏进行大摸底、大考古，提出要全面整理、传承该院243出传统折子戏，给青年演员举办个人专场，固定每周六在南京兰苑剧场演出，不但为青年演员成长提供机会，而且培养了大批铁杆昆曲戏迷，为昆曲的传承、传播做出了很大贡献。不仅如此，他们还在传承昆曲艺术“基因”的前提下，根据昆曲表演艺术程式

① 柯军：《昆曲，最传统与最先锋》，《人民日报》2014年5月29日第24版。

身段创造规律“捏”出创新如旧、原汁原味的新折子，为昆曲折子戏基因库添砖加瓦。而他创作的系列“新概念昆曲”作品，形成了自己鲜明的创作风格，并且在昆曲界产生了越来越大的影响，被称为“柯军现象”。柯军以《夜奔》为代表的“新概念昆曲”创作，以当代眼光与世界眼光重塑中国经典，在全球范围内以最先锋的方式来推广最传统的昆曲，在国际戏剧界产生了非常大的影响。

四、先锋实验、把昆曲指向未来的《夜奔》

《夜奔》是荣念曾继《挑滑车》和《荒山泪》后“实验中国传统三部曲”的最后一部，在昆曲史上，从来没有哪个版本的《夜奔》像柯军的“新概念昆曲”《夜奔》这样不像昆曲、不像《夜奔》。看柯军的《夜奔》要具备两方面的素养，一是对昆曲足够了解、对传统《夜奔》足够了解，二是要对荣念曾有足够了解、对荣念曾的戏剧理念和创作方法足够了解。只有这样，才能看懂荣念曾与柯军合作的《夜奔》。柯军的昆曲“最传统”也“最先锋”，其实这也在要求他的观众要既“最传统”又“最先锋”，具备这样双重艺术素养的精英知识分子，才能真正看懂《夜奔》，才能真正理解《夜奔》、理解柯军、理解荣念曾，从而理解柯军的“新概念昆曲”和荣念曾的“实验传统”。柯军是走在中国昆曲、中国戏曲、中国表演艺术最前沿的艺术家。

《夜奔》出自明代戏曲家李开先剧作《宝剑记》第37出，是从明代开始在昆曲舞台上一直演到现在的最经典的折子戏之一。《宝剑记》取材于明代英雄传奇小说《水浒传》，讲述的是宋朝官员八十万禁军教头林冲受奸佞所害被逼上梁山的故事，《夜奔》表现的是林冲在月黑风高的雪夜独自奔逃梁山的心路历程。李开先的政治生涯比较坎坷，这部作品是作者借古喻今、抒发自己对现实不满、胸中愤懑的不平之作。荣念曾在该剧《导演笔记》里表达了自己对该剧的思考：“昆剧至今600年，我认为《夜奔》是其中最重要的作品。这是关于宋朝八十万禁军教头林冲，遭奸佞所害迫上梁山为寇，趁月黑星稀只身赶路的心路历程。作品至今依然魅力不减。我觉得原作充满压抑的愤怒，是对政府制度的愤怒。这是从政者相当敏感的题目，但是作品经历了几个朝代还是受到欢迎，在某个意义上说明了艺术的力量是大于政治的。”[①]这应该是打通宋代的林冲、明代的李开先、香港的荣念曾和南京的柯军的一条穿越时空的通道。

传统昆曲折子戏《夜奔》有武生戏版本和老生戏版本。中国昆曲的表演特征是“无声不歌，无动不舞”，昆曲武戏最能体现这一特点，由于要有武术表演，在表演的同时又要演唱，因此对演员的基本功和表演水平要求非常高。而柯军，是不可多得的、优秀的武生、文武老生，《夜奔》是他最拿手的代表作。

但是在“新概念昆曲”《夜奔》里，那些通过师傅言传身教、口传心授一代一代传下来的成体系的身段表演和成套的曲牌演唱，全都没有了。“数尽更筹，听残银漏。逃秦寇，好叫俺有国难投。哪搭儿相求救？”这段最经典的、古典文雅、椎心泣血的唱词以字幕的方式打在幕布上，以声音的形象回荡在舞台上。柯军反复吟念的，是那句饱含绝望的“哪搭儿相求救”。柯军讲到这一段唱时说：“香港的荣念曾老师问我最喜欢夜奔中哪一句唱词，我想了想说是‘哪搭儿相求救’，他让我反复唱这一句，就这一句，我不停地唱了七分半钟，唱末路英雄逃亡之路上的心路历程，唱自己的坎坷和挫折，也唱昆曲之窘，这一份遗产全国只有800壮士相守，谁来救？”[②]舞台上的柯军没有穿昆曲传统服装，而是身着一袭灰色长衫。这说明，舞台上的柯军演的不是林冲，“他”有可能是从明代李开先开始任何一个思考昆曲《夜奔》的人，剧作家、昆曲演员、文人、革命家、知识

---

① 荣念曾：《导演笔记》，柯军主编：《一桌二椅·夜奔》，江苏凤凰科学技术出版社2015年版，第155页。

② 柯军：《〈夜奔〉之怕与爱》，《扬子晚报》2014年9月28日第B04版。

分子，当然，也可能是柯军。谁在求救？是林冲？是李开先？是历史上任何一个思考林冲命运的人？是柯军？这重重提问，是荣念曾赋予实验昆曲《夜奔》及他的一系列作品的特点，剧中200多句提问似乎穷尽了所有可能由《夜奔》引发的问题和思考，暴风骤雨般地倾泻在舞台幕布上，抛给柯军，抛给现场观众。

在表演上，“新概念昆曲”《夜奔》应该属于后现代主义肢体剧。但是，事实上，昆曲“无动不舞”的特点，要求所有的念白和唱词都要通过身段进行表演的特点，其实就是在用演员的肢体进行表现，只不过这些表演是程式化的、有意义的、固定的、需要代代传承的。传统《夜奔》所表现的，是漆黑夜晚独自奔逃的林冲一路上心中所想，是他的内心独白，是他的心理活动、心路历程，所有的演唱、表演，都是林冲内心活动的外化。因此，“心理外化”绝对不是从西方戏剧引进中国的，中国传统戏曲其实一向特别善于表现“心理外化”，比如一摊手表示没办法、无奈，比如反复搓手表示思考，比如背躬、跪蹉、水袖功、髯口功等，这都是用肢体表演刻画人物内心活动。

而舞台上的柯军所进行的肢体表演，是自由的、自我的、即兴的，是后现代主义的。这样的表演，基于一个质问性的前提，即当一个昆曲演员开始学习《夜奔》的身段程式的时候，为什么每一个动作要这么演？中国昆曲传统的教学方式，是不要问为什么，师傅怎么教学生怎么学，至于为什么这么演，不要问为什么！许多昆曲学员可能都有过这样的疑问，我想当年在戏曲学校学习昆曲的少年柯军，应该也有过这样的疑问吧！这些疑问有可能提出来，但更多没有。师傅有可能解释，也有可能师傅自己都是直接从他的师傅那里学过来，至于为什么师傅可能自己也不知道。但更多的是囫囵吞枣地接受，是自己去想、去猜为什么。

就像柯军在“新概念昆曲”《夜奔》中那些临场发挥的肢体表演一样，表演中不断思考着的柯军赋予自己的表演独有的意义。历史上那些创造这些成为传统的《夜奔》表演身段的昆曲前辈艺人们具有“创始时的动力、魄力和创造力，他们就是当时的先锋”[①]。明清时期很多戏曲剧本是文人写的，这些文人往往把自己的作品亲自编排上演，指导演员理解曲中之义、如何去用身段表演。但是，当昆曲脱离文人，在戏班里文化水平较低的艺人间进行教授传承的时候，他们对这些曲词、身段里蕴含的意义，也许就没那么理解了。特别是当传承链曾经中断过的时候，这种对内容和形式意义的含糊和猜测就难以避免了。事实上，现在昆曲舞台上表演的折子戏，有许多曲辞的读音都与汉语普通话发音不同，稍通文墨的人都会不由自主地问：“这个字是不是唱错了？”但是演员们往往回答：“师傅就是这么教的。”于是就依然照样演下去、唱下去，最典型的例子，就是昆曲唱词里的“脸”（liǎn）都唱成“jiǎn”，著名戏曲理论家周育德就曾公开质疑这个字的读音。

“新概念昆曲”《夜奔》里的提问和质疑，远比唱词读音更深刻、更深入、更尖锐。这些提问直指一个根本性的问题：作为非物质文化遗产的昆曲的表演，是不是全都合理？是不是全都不能动、不能改？通过对以传统昆曲《夜奔》中每一个身段动作来龙去脉的追究与反思，传达的都是作为世界非物质文化遗产昆曲的传承人在兢兢业业、循规蹈矩地传承昆曲技艺时渴望张扬艺术个性的强烈愿望。

身怀传统昆曲艺术的技艺，兼具敏感、探索的当代观念以及放眼世界的眼光，是柯军作为昆曲表演艺术家的高度，也是他勇于探索的锐气和胆识。如何打破“最先锋”与“最传统”的界限，将探索实验的成果与传统昆曲艺术真正融合为有机整体，是柯军和他的同道者有待解决的课题。我想，通过实验昆曲《夜奔》对传统昆曲表演身段、表演手法、表演程式的彻底解构后，通过对林冲、对柯军的重重拷问、反思和自省后，是时候重新建构起柯军昆曲的新秩序、新规范、新程式和新规则了。从柯军后来创作和表演的作

① 王晓映：《柯军：昆曲可以最传统，可以最先锋》，柯军主编：《一桌二椅·朱鹮记》，江苏凤凰科学技术出版社2015年版，第69页。

品来看，如《临川四梦汤显祖》，他已经把实验的结果运用到新创剧目中去了。而这，正是实验昆剧对当代昆曲发展与创新的意义所在。

五、昆曲启蒙：我们都是朱鹮，珍稀但是自由或向往自由

（一）成熟演员再启蒙

荣念曾在“实验传统”计划中选择合作的传统戏曲演员，都是已经成名、成熟的表演艺术家。荣念曾说：“我相信我们的传统艺术家们处于成熟阶段，都会发觉自己需要实验性的平台去交流，以及容许更大实验程度的空间去创作。……这个（“实验传统”）计划既能帮助传统艺术家大胆地、感性地发掘自我深层的创意，同时也是理性地为未来文化发展建设更好的机制而努力。”[①]荣念曾要做的，是让这些艺术家了解传统戏曲表演体系之外的其他表演传统，彻底打破旧传统对艺术家们的束缚，为建立新传统而大胆实验。他要做的，是给这些成熟艺术家以戏剧“再启蒙”。

荣念曾与江苏省昆剧院合作的第一代昆曲演员是石小梅，他们合作的第一个实验戏剧是2001年的《弗洛伊德寻找中国情与事》，此时的石小梅已经退休。之后又有《西游荒山泪》（2008）、《紫禁城游记》（2009）、《舞台姊妹》（2010）等。第二代昆曲演员以柯军为代表，其他演员有孔爱萍、单晓明、李鸿良、赵坚、王斌等。他们的合作开始于2004年的《夜奔》，之后有了《东宫西宫》《临川四梦》《万历十五年》《宫祭》等诸多作品。

对于实验昆曲，这些成熟演员都有比较客观清醒的认识。柯军的师弟、现任江苏省昆剧院院长李鸿良第一次参与荣念曾实验戏剧演出是2004年的《浮士德》，合作之后，李鸿良这样评价：“初次合作，我觉得这样的形式不

① 荣念曾：《实验中国，实现传统》，柯军主编：《一桌二椅·夜奔》，江苏凤凰科学技术出版社2015年版，第77—78页。

会让我们丢失传统的内核。”“这样的合作，并不是让昆曲改变自己的舞台形式，而是锻炼了我的前瞻性、补给我创作的潜力。我觉得不同界别的艺术家都应该去经历。”[①]因此，在他接替柯军担任江苏省昆剧院院长之后，延续了与荣念曾的合作，推动“朱鹮计划”的实施。

（二）青年演员再教育：“朱鹮计划”

荣念曾把传统文化工作者比喻成濒临绝种的珍贵鸟类朱鹮。这个比喻来自2010年荣念曾创作的昆能剧《朱鹮的故事》。这是荣念曾应日本邀请，与日本著名导演佐藤信合作为上海世博会日本馆创作的舞台剧。朱鹮被日本视为国鸟，但在日本一度灭绝。1981年中国鸟类学家在陕西重新发现野生朱鹮，中日两国合作共同保护，2000年中国送给日本两只朱鹮，朱鹮从此又开始在日本生存繁衍。朱鹮，成为中日文化交流的桥梁；而荣念曾又把朱鹮变成了联结东京与南京、能剧与昆曲、传统与现代的艺术纽带。

荣念曾从朱鹮的故事里发现，日本的能和中国的昆曲就像朱鹮一样，虽然栖息地受到破坏，但合作与借鉴可以促成传统艺术的传承与发展、生存与应变。他说：“世界在强势经济及政治主导下，文化工作者就如朱鹮，逐渐失去主导，失去平等互动辩证的空间，失去独立自主的定位，也失去平衡自然环境、社会环境的角色。长话短说，濒临绝种的朱鹮和文化工作者，在环境污染和人工培育下，失去自由本性。传统表演艺术圈子更小。因为圈子小，更造就了小圈子文化。因为资源缺、空间小，圈中人更易被动保守。因为被动保守，更容易将自身传承的艺术退缩及停留在被欣赏或被研究的层次，然后为了自保，再自我退缩，直至故步自封。”[②]

---

① 李鸿良：《所有时代的昆都是对的》，柯军主编：《一桌二椅·朱鹮记》，江苏凤凰科学技术出版社2015年版，第71页。

② 荣念曾：《关于朱鹮》，柯军主编：《一桌二椅·朱鹮记》，江苏凤凰科学技术出版社2015年版，第7页。

2009年，荣念曾开始系统接触青年昆剧演员杨阳、徐思佳、钱伟、朱虹、孙晶、曹志威、赵于涛、孙伊君、刘啸赟。2010年，《朱鹮的故事》催生了荣念曾的“朱鹮计划”。2012年，“朱鹮计划”开始实施。

该计划首先是以“大师工作坊”和讲座的形式，通过邀请不同国家和地区、不同艺术门类的艺术家给青年昆曲演员讲座，拓展眼界、了解表演和剧场的各要素、培养自我意识和创意精神。荣念曾先后请来了日本编舞大师松岛诚、佐藤信，德国设计师Tobias Gremmler，新加坡的刘新义，雅加达的I Wayan Dibia等艺术家，对青年演员讲授有关表演艺术的身体、声音、空间、舞台、剧场、科技、结构、市场等知识，引领青年认识自己、认识剧场、认识文化交流与对话。

其次，举办“朱鹮国际艺术节”，荣念曾邀请亚洲非遗艺术大师与江苏省昆剧院合作，以“一桌二椅”为中心，创作了一系列实验昆剧创作，让九位青年昆曲演员与来自日本、印度、新加坡、印尼等地的非遗艺术家进行跨文化、跨地区戏剧合作，在合作中促进他们的成长。

（三）“朱鹮”们的成长

在这批青年演员中，有的很早就跟随柯军进入实验昆曲的演出，如2004年刚刚从江苏省戏剧学校毕业进入昆剧院工作的孙晶，就一片懵懂地和柯军一起到挪威演出了实验昆曲《夜奔》；2009年，孙晶到日本横滨与荣念曾合作演出了《荒山泪》，他说自己“表演上的第一次开窍，就在那里”[①]。

从抵触、抗拒、被动、懵懂，到开窍、接受、主动，是每一个昆曲演员接触实验戏剧时都会有的态度转变。[②]杨阳说，2007年第一次看《荒山

① 孙晶：《开窍》，柯军主编：《一桌二椅·朱鹮记》，江苏凤凰科学技术出版社2015年版，第129页。

② 柯军主编的《一桌二椅·朱鹮记》收录的这九位小“朱鹮”的文章名字就生动地表现出这种转变：杨阳《正心》、徐思佳《自强》、孙晶《开窍》、赵于涛《抵触》、钱伟《创作》、曹志威《清晰》、刘啸赟《滋养》、孙伊君《十五》、朱虹《上心》。

泪》，“感觉自己长久以来形成的戏曲‘三观’已然被摧毁”[①]。但是经过2012年“朱鹮计划”的学习和创作，杨阳成为成长最快、最早开始自由飞翔的“朱鹮”。他从荣念曾那里首先学会了“提问”，然后学到了“主动”，开始有自己的想法。[②]在2012年第一届朱鹮国际艺术节上，杨阳推出了自己创作的实验戏剧《319 · 回首紫禁城》，反响颇佳。2016年，杨阳为自编、自导、自演的首部昆曲电影《宁武》发起网络众筹，他想实现自己一直以来的电影梦，想通过电影来表现昆曲武生演员的“朱鹮”们的成长更多的是艺术观念上的拓展和心理上的成长、成熟。孙晶在谈到接触实验戏剧后自己对传统昆曲意识的再认识时说：“荣老师对排练的指导跟传统戏曲完全不一样。他非常关注你的情感、情绪。比如，去搬一张桌子，我本来是想也不想就去搬了，老师会说，你看一下那个桌子3秒，体会一下，再去搬，搬的时候手搭在桌子上停留一下。真的不一样了，当你把手放在桌子上的时候，你抚摸这张桌子，就像见到自己许久未见的亲人，再搬走，一下子就充满很多情绪在里面，表演马上有了呼吸。这让我开始反思，我以前的演出是不是没有呼吸？……从那开始，我觉得我的传统表演开始有变化。于是我体会到，老师们让我们这些传统演员跨界的意义。”[③]他还说：“我们2006年排《1699桃花扇》，虽说一炮打响，一剧成名，但都是老师把所有的动作换手情绪编好设计好了让你学，你不需要有任何的创作，只要排练到娴熟就可以了。”[④]

青年昆曲演员刘啸赟这样看待“朱鹮计划”：“昆曲演员参加朱鹮艺术节，并不代表以后的昆曲演出就是以这样先锋的形式出现。这样的艺术尝试并不

---

① 杨阳：《正心》，柯军主编：《一桌二椅 · 朱鹮记》，江苏凤凰科学技术出版社2015年版，第101页。

② 同上，第103页。

③ 孙晶：《开窍》，柯军主编：《一桌二椅 · 朱鹮记》，江苏凤凰科学技术出版社2015年版，第129—130页。

④ 同上，第131页。

是对剧种进行改革，而是对演员进行升华，却锻炼演员的艺术修养和自我意识。”[①]这种见地是非常准确的。以人为核心，培养全面而富有进取精神、具备独立思考和创新意识的昆曲人才，是荣念曾和柯军一系列实验作品的最终目的。“实验昆曲”最终是为了“实验人才”、“培养人才”，这才是最富前景的目标。

小结：南京中转香港到世界的双向文化交流

2004年之前，柯军像众多昆曲演员一样，以单向的方式，向世界输出昆曲，展示东方艺术的神韵风采。2004年开始，柯军从南京出发，以香港为中介，以荣念曾赋予他的跨地区、跨传统、跨文化的新概念昆曲理念，以当代眼光与世界眼光重塑中国经典，带着他的“新概念昆曲”代表作《夜奔》，在全球范围内以最先锋的方式来推广最传统的昆曲。他去了挪威、中国香港、横滨、中国台湾、德国、美国，今年又来到了英国。2012年之后，荣念曾和柯军以及他们身后的南京和江苏省昆剧院，以“朱鹮国际艺术节”为平台，向世界艺术家发出“南京欢迎你！”的邀请。不但如此，2016年，为了纪念英国戏剧家莎士比亚和中国戏剧家汤显祖逝世400周年，柯军还创作了跨文化戏剧“汤莎会”《邯郸梦》，以“最传统”与“最先锋”的创作理念，以“最中国”也“最英国”的跨文化戏剧的方式，将汤显祖与莎士比亚双峰并举，使中国戏曲艺术与英国戏剧艺术双峰对峙。我们看到了柯军试图以人文精神和人性关注为创作原则、寻求中英文化求异存同的沟通与交流的尝试和努力，这种探索模式对于国际文化艺术交流无疑具有非常大的启示意义，我们期待英国的艺术家、全世界的艺术家看到柯军的努力，我们呼唤英国的艺术家、

① 刘啸赟：《滋养》，柯军主编：《一桌二椅·朱鹮记》，江苏凤凰科学技术出版社2015年版，第178—179页。

全世界的艺术家借鉴香港与南京的城市合作方式、柯军与荣念曾的艺术家合作方式，以跨地域的城市合作方式和跨文化戏剧创作的方式，进一步构建起双向文化交流与合作的良好生态。

（本文2017年在伦敦大学亚非学院举办的“香港回归20年：城市合作与表演艺术交流会议”上宣读，经删节后发表于《中国艺术报》2017年11月29日）

地方戏曲振兴的“河南模式”

轰轰烈烈、红红火火的“2016年中国豫剧优秀剧目展演月”已经完美收官，唱响首都舞台的“大豫剧”余热未了。来自全国6个省市区13个豫剧院团的24台大戏，老中青三代优秀演员精美绝伦的演出，传统戏和新编历史剧、现代戏“三并举”好戏连台精彩不断，演职员工2000余人不辞辛苦驻京整整一个月的庞大团队，满城争相说豫剧的观剧盛况，以及传统豫剧艺术与现代互联网科技携手合作的市场运营模式、利用北京理论评论人才资源举办一团一座谈活动等等，至今依然是人们津津乐道的话题。这次展演所表现出来的“豫剧现象”，注定会成为今年的一个重大文化事件。然而，这次展演绝不仅仅是“豫剧现象”，这种现象背后透出的更深一层意义，是地方戏曲传承、发展、振兴的“河南模式”。2015年7月11日，国务院办公厅颁布了《关于支持戏曲传承发展的若干政策》，指出要实施地方戏曲振兴工程，并将其纳入国民经济和社会发展“十三五”规划。全国各省市区都在纷纷落实这一政策。河南省以豫剧为龙头的地方戏曲振兴工作不但做得有声有色，取得了突出的成就，而且形成了鲜明而独特的“河南模式”，其做法和经验值得思考、借鉴和推广。

“河南模式”首先是指河南省营造了有利于戏曲发展的三种良好的生态：政治生态、文化生态和戏剧生态。政府及文化主管部门对河南戏剧文化有准确而清醒的认识，因此在引领文化建设、促进文化发展方面表现出强有力的政治领导力，同时又能尊重戏剧文化自身发展的规律，给予戏剧相对灵活的发展空间，调动了戏剧艺术自身的能动性和创造力。戏剧艺术健康蓬勃的发展态势又促进政府和文化主管部门进一步的重视和支持，形成了良性循环的戏剧文化生态环境。

其次，“河南模式”是指河南省为戏剧事业的发展提供了三种有力的支持：政策支持、资金支持和资源支持。其中很重要的一点，也是政策支持的一个很有力的举措，是鼓励和允许民营资本进入戏曲事业的发展建设之中，具体而言，是允许民营资本进入戏曲院团建设特别是青年团的建设和人才培养之中，允许民营资本参与国有院团的剧目建设特别是廉政剧目的创作之中，允许民营资本进入此次豫剧优秀剧目展演月之中。这一举措表现出河南省政府和文化主管部门对戏曲艺术的发展规律有了更科学、更全面的认识，因此才能在管理上更加放手，将更多的政府职能下放给戏曲表演团体，让戏曲表演团体充分发挥自身的主观能动性，汇集和调动社会各方面的资金和资源参与到振兴和发展传统戏曲的宏伟事业中来。这次活动从策划组织、推广实施、联络宣传乃至票务销售、观众参与，调动了政府资源、民间资源、文化资源、社会资源，这才是真正的、最广泛意义上的“还戏于民”。政府和文化主管部门在这个过程中起到的重要作用，是充分发挥自己“服务员”的职能，帮助他们协调各种关系、解决各种问题，保证展演的顺利进行。

在这样的形势下，形成了“河南模式”独有的四个特点：领导支持、院团努力、中心开花、四方响应。戏曲事业的繁荣离不开领导的支持，河南省政府各届领导对戏曲事业的支持是有目共睹的，这也是河南戏曲的繁荣发展在全国首屈一指的基本保证和前提条件。而戏曲事业的繁荣，说到底离不开戏曲人和戏曲院团自身的坚定、坚守和坚持，这样才能乘风而起、待时而飞。豫剧院团在形势艰难的时候做到“穷则独善其身”，在形势大好时又能做到“达则兼济天下”，形成合力，抱团取暖，提携弱小，共谋发展，这种眼光、见识和魄力，在全国都是绝无仅有的。

河南豫剧院成立以后，以李树建为领军人物的河南豫剧人，就开始把眼光放在带动全国豫剧共同发展的宏伟目标上，因此才有了这次登高一呼、四方响应的展演盛事。从横向维度来看，这次豫剧展演以河南豫剧院为龙头，牵动全国160多家豫剧院团，形成了一个豫剧联合体，一个豫剧“托拉斯”，其规模之大、地域之广，在有史以来由艺术院团自己主办的单个剧种展演中是史无前例的。河南豫剧院在审定参演剧目的过程中，不仅仅是精选剧团和剧目，还投入资金、人才支持边远贫困地区如新疆三个兵团豫剧团的剧团建设和剧目建设；发现外省剧团一些基础较好的剧目后，他们投入导演、编剧等人才帮助这些剧团进行修改、提高，如安徽省亳州市梆剧团的《印记》经过他们的加工后艺术水平大大提高。河南豫剧院以自己的责任担当，下活了全国豫剧这盘棋。从纵向维度看，这次展演老、中、青三代演员争奇斗艳，特别是优秀青年演员大放异彩。河南豫剧院特别重视青年人才的培养，他们在没有一分钱经费的情况下，联合民营企业进行资金投入，创建了河南豫剧院青年团，打造了豫剧后备人才培养基地。他们成功实施了豫剧名家推介工程，即将推行豫剧中青年优秀人才推介工程，把优秀的河南戏曲人才推向全国。他们为优秀青年演员创造提供展示风采的机会，这次展演的24台剧目中，有11位优秀青年演员担纲主演，其中年纪最大的才30岁出头，豫剧主要流派、经典剧目都有了新的传承人，真可谓人才辈出、流派纷呈。这些青年演员的精湛表演和蓬勃朝气给传统戏曲注入了新鲜血液，焕发出勃勃生机，真真切切地让人们感受到传统豫剧艺术光芒四射的青春活力。

通过这次展演，中国豫剧实现了两个重大跨越：一是实现了豫剧从主要地方戏曲剧种到全国第一大地方戏剧种的跨越，“大豫剧”观念基本形成并被普遍接受。豫剧超强的生存能力和传播能力、强烈的艺术感染力、丰硕而高质的剧目建设、已形成梯队的大批优秀演员、数量众多的表演团体、巨大的受众群体以及全国性院团交流格局的形成，都通过这次展演得到了充分的展示。二是河南豫剧院三团由一个现代戏创作的主要阵地，一跃成为全国现代戏创作的高地。一直以来，河南豫剧院三团都是我国演现代戏卓有成绩的剧团之一，其代表剧目《朝阳沟》在全国影响深远。近年来，河南豫剧院三团创演的优秀新剧目不断涌现，《香魂女》《村官李天成》《焦裕禄》《风雨故园》《全家福》等剧目，在现代戏题材的开拓、反映现实的深度和广度、直面现实的力度、戏曲人文品格的提升等方面，都做出了表率和垂范作用。特别是近年来廉政剧的创作成为豫剧院三团鲜明的特点。“文章合为时而著”，在当前全国反腐倡廉的背景下，配合河南省打造廉政文化名片的要求，河南的廉政剧创作朝着新的“三为”（即以戏剧为教材、以清官为榜样、以贪官为警示）方向努力，以戏曲这种鲜活立体的方式，寓教于乐，恢复戏曲高台教化的传统社会功能，这都成为河南模式的显著特征。

这次展演还有一个重大突破，就是实现了互联网新媒体与传统戏曲艺术的完美联合。《关于支持戏曲传承发展的若干政策》指出，要“发挥互联网在戏曲传承发展中的重要作用，鼓励通过新媒体普及和宣传戏曲”。在这一点上，河南豫剧走在了全国各省、各剧种的前列。这次展演具体由河南豫剧院和恒品文化·戏缘承办。戏缘是我国首个以戏曲为中心的互联新媒体品牌，其创办的目的是用移动互联思维弘扬戏曲文化。在这次展演的筹备阶段，戏缘就在互联网上、公众号上持续不断地进行宣传、提前售票，为豫剧进京展演宣传造势。展演进行期间，戏缘每天都以图、文、视频并茂的形式及时对上演剧目进行全方位立体报道，展演一个月戏缘的点击率高达3亿次，以最快捷的方式广泛而深入地扩大了豫剧展演的影响。戏缘还开发了具备戏迷擂台、专业演员竞赛、艺术家教学、艺术家与戏迷互动等七大功能的手机APP，这是继电视媒体节目《梨园春》之后的“互联网＋戏曲”的新媒体，但其针对的对象已不仅仅是河南地方戏，而是扩大到全国各个剧种，为整个戏曲行业的推广与发展提供了平台与通道，为传统戏曲艺术再次注入互联时代的新生机。日前，淘宝网推出全新网上购物方式Buy+，利用VR（虚拟现实）技术，借助一副眼镜，利用计算机图形系统和辅助传感器，生成可交互的三维购物环境，突破时间和空间的限制，真正实现各地商场随便逛，各类商品随便试。这种技术完全可以运用到“互联网＋戏曲”当中，真正实现足不出户、全国乃至全球现场看大戏的可能，这让我们看到了新媒体时代传统戏曲艺术广阔的前景和美好的未来。

总而言之，这次豫剧进京展演由策划、实施到推动都为我们提供了一个成功的范例，它全面发挥了艺术表演团体的主观能动性、积极性和创造力，全面调动了整个社会的政治资源、经济资源、文化资源、民间资源，它所包含的政治学、社会学、经济学、文化学、市场营销学乃至观众心理学等内容，有力地支撑起了地方戏曲传承发展振兴工程“河南模式”的丰富内涵。这个成功的案例必将成为艺术院校艺术管理系教学的经典范例，“河南模式”也完全可以作为一个成功的经验推广到全国，这必将带动全国戏曲艺术健康繁荣发展。

（本文与王绍军合作，原载《中国戏剧》2016年第4期）

历尽繁华谋未来

——转型期豫剧的现状、问题与对策

2017年8月7日—9月7日，为期一个月的中国豫剧优秀剧目展演活动（即第四届中国豫剧艺术节）在北京举行，来自全国的25台大戏让首都豫剧爱好者过足戏瘾。在这些剧目中，既有已演出了半个世纪的经典剧目，如《朝阳沟》，又有最新创排的剧目，如《风涌大运河》只演出过两场；既有《盘夫索夫》《泪洒相思地》等经典传统剧目，又有《焦裕禄》《程婴救孤》等优秀新编剧目；既有表现远古神话的《愚公》，又有表现当下农村现实生活的《游子吟》；既有《泪洒相思地》那样凄美的爱情悲剧，又有《唐知县斩诰命》这样的官场喜剧；既有改编自经典名著的《琵琶记》，又有改编自西方莎士比亚戏剧的《无事生非》《天问》；既有来自天山脚下的新疆建设兵团豫剧团，又有来自宝岛台湾的台湾豫剧团；既有李树建、贾文龙、汪荃珍、李金枝、王惠、金不换、王红丽、王海玲等豫剧表演的领军人物，又涌现出康沙沙、谢彦巧等新生代优秀演员。这次展演剧目可谓题材丰富、风格多样、流派纷呈，比较全面地反映了当前豫剧创作、演出的风貌和水平。

河南豫剧进京展演从去年开始，今年是第二次。去年豫剧进京被戏曲界认为是“现象级”的重大年度事件，被称为“河南现象”“豫剧现象”。这两次展演，在首都戏曲界、观众中都产生了巨大的影响。河南豫剧不在河南举办豫剧节，而是跑到首都北京来举办，不能不说，以河南豫剧院为龙头、以李树建为代表的河南豫剧人非常有胆识、有魄力、有眼光、有胸怀。但是，两年两届中国豫剧节的剧目看下来，我们明显发现了一些不满足、不满意的地方。这些问题，不仅仅是河南豫剧存在的问题，在当前全国的戏曲创作中都是具有普遍性、代表性的问题。

首先，那些观众最叫好、最叫座、口碑极佳、一票难求的剧目，大多都是名家、名剧，真正优秀的原创剧目、新编剧目凤毛麟角。以河南豫剧院来说，豫剧一团、二团、三团、青年团演出的6个剧目中，除了《全家福》和《玄奘》是近几年创作的剧目，其他都是十几年前甚至是几十年前的老戏。老剧目、老演员、老面孔，虽然能体现河南豫剧创作演出的成就和实力，但是该院编、导、演的新生代创作演出人员的力量没有体现出来。如该院青年导演张俊杰、王香云近年来创排了不少剧目，但是展演没有他们的剧目；该院青年团实力非常雄厚，但是这一次演出的《玄奘》未能充分体现青年演员的风采。因此，会演剧目的选择也是非常重要的，不能总陶醉于过往的辉煌，还要放眼于当下和未来，扶持和培养优秀青年人才，创作打磨更多优秀新创剧目。

其次，从题材选择的角度来讲，此次会演的新创剧目大多以英雄人物、模范人物、历史人物为表现对象，以弘扬主旋律的反腐廉政题材为主，主要人物形象崇高伟大，豫剧擅长表现的农村题材戏曲、底层小人物作品明显减少，像《朝阳沟》《香魂女》那样有着鲜明时代特征和浓郁河南色彩、充满大地气息和情感温度的优秀新创剧目比较少。一些新创剧目剧本文学水平不太如人意，明显还有很大的提升空间，这说明剧目排演前期的剧本论证还需要下大功夫，不能盲目上马。不过此次会演也涌现出一批比较好的剧目，如许昌市戏曲艺术发展中心的《灞陵桥》对曹操形象的新开掘、著名编剧姚金成改编的《琵琶记》等。

第三，从艺术呈现的角度来讲，当前创作的豫剧作品，明显更加文人化、雅致化，河南豫剧的民间性、趣味性、草根性等地域文化特色相对比较淡薄。举两个非常有代表性的例子，去年进京展演的豫剧“牛”派丑角代表作、金不换主演的《唐知县审诰命》唱词极其通俗、形象、生动，而今年金不换主演的《唐知县斩诰命》虽然同样非常成功，观众特别喜爱，但是在唱词上已经非常文人化、雅致化，《唐知县审诰命》里充满河南特色和喜剧风格的语言已经很难看到了。

再比如，戏曲唱腔要“依字行腔”，方言俗语的差异是形成剧种差异的重要因素之一，也是剧种地域流派形成的重要原因。豫剧的豫东调和豫西调有很明显的差异，原因之一就在方言的差异。马金凤创立的豫剧“马派”艺术属于豫东派，因此其唱词明显有河南东部地区发音特点，如《花枪缘》“老身家住河南地”这段经典唱腔中，“只见他风流儒雅相貌不俗”的“俗”字、“在客厅门外我停住了足”的“足”字，以及后面的“起名叫罗松”的“松”字，这三个字在河南方言里是尖音而非团音，这些方言使得马派艺术独具风格。中国戏曲学院的《无事生非》由马派传人、该院在校生主演，由于题材选自英国莎士比亚的喜剧、剧本改自黄梅戏同名作品、编剧导演不是河南人等原因，马派唱腔的这个特点已经基本消失了。这个问题在台湾豫剧团的《天问》一剧中表现得尤为明显，该剧韵脚有押“辣”“发”等字音者，这些字按普通话读是四声，演员在演唱的时候唱的就是四声，但是在河南话里这二字均念平声，听来让人感觉很不舒服。无论是“辣”还是“发”，如果按普通话念成四声（入声），发音就非常短促，不利于设计唱腔，演唱时也不利于行腔；反之，念成平声的“辣”和“发”，二者都是开口音，无论是唱腔设计还是演唱都可以充分发挥了。出现这种问题的原因，就是因为唱腔设计者不懂河南方言的缘故。

这种现象，我们可以称之为“普通话豫剧”。由于普通话的普及，由于非本土编剧的介入，使真正懂得方言发音特别是懂得方言背后所蕴含的丰富而浓厚的地域文化特点的人越来越少，这是造成“普通话豫剧”的重要原因。从剧本的角度来讲，五、七、九言等上下句为主的唱词可以由任何一个板腔体剧种演出，有谁还会在意看起来微不足道的方言差异？这个问题看似微小，但后果是十分令人担忧的。长此以往，河南豫剧将变成“普通话豫剧”，浙江越剧将变成“普通话越剧”，山西晋剧将变成“普通话晋剧”。如果唱腔设计和音乐作曲再不是本地人，注意不到普通话读音和方言发音对唱腔的影响，再加上一味追求唱腔设计的创新，将会使得唱腔音乐的剧种特色越来越淡漠、剧种越来越趋同。这不是危言耸听，这种现象已经在全国的戏曲创作中大量存在了。不仅如此，由于全国范围内文化交流的异常频繁，以及对名编剧、名导演、名服装设计、名舞美设计、名作曲等名人效应的过度迷信，许多剧团在全国范围内聘请主创人员，所谓的借鉴、交流、融合，使得剧种音乐的边界越来越模糊、剧种唱腔特色越来越淡化，这需要引起戏曲主创人员高度重视和警觉。

当前，中国社会处于重要的转型期。随着农村城镇化进程的日渐深入，以表现农耕文化为特点的河南豫剧及其他地方戏曲剧种，在从传统到现代、从农村到都市的发展进程中，如何保持和发展剧种特质，如何继承与发展传统戏曲表演艺术，在主旋律叙事的巨大裹挟之下如何表现出平民百姓的现实生活状态，在雅致化趋势中如何坚守剧种的民间趣味，这是豫剧人需要深思的，也是所有戏曲人应当思考的时代命题。

（原载《中国文化报》2017年9月13日）

“非遗”视野下河南曲剧的生存策略

自从2001年中国昆曲被列入世界非物质文化遗产代表作名录以来，“非遗”这个全新的概念开始进入大众的视野，给正处于“戏曲危机”中的中国戏曲和戏曲人带来新的希望和期盼，无疑也给戏曲艺术的发展指明了方向。争取成为国家级、省级非物质文化遗产，是各剧种适时而动的、有益的生存策略，而在成为非物质文化之后该怎么保护、传承和发展，同样是需要深入思考的问题。

曲剧作为河南省第二大剧种，已于2006年成为第一批国家级非物质文化遗产。河南省、地方政府及曲剧院团对曲剧艺术都非常重视。2006年曲剧诞生80年之际，河南省汝州市举办了首届河南曲剧艺术节。2009年，河南省举办了首届中国曲剧艺术节，今年（2011年）又在汝州举办第二届中国曲剧艺术节。这几次艺术节的举办，不仅比较全面地展示了曲剧艺术，同时，艺术节期间的理论研讨会对曲剧艺术的理论建设也起到重要的作用。

尽管曲剧只有80多年的历史，但它形成过程复杂，不同流派艺术各具特色，代表演员和代表剧目众多，目前各地剧团的现状都不尽相同，需要长时间、深入地研究。本文是笔者在有限的时间内，试图从剧目创作和剧团生存现状两个角度，在文献搜集、舞台演出和田野调查的基础上，对河南曲剧历史、现状和未来发展的一点浅薄的思考。

河南曲剧创作剧目非常丰富，马紫晨主编的《河南曲剧》一书记载总量约有450部，因此本文在考察曲剧创作时，仅选取曲剧现代戏作为切入点进行探讨。河南曲剧诞生于20世纪20年代，是一个比较“年轻”的剧种，取材现实、反映现状的剧目从诞生之日起就是曲剧的自然选择，可以说，“现代身份”与现代题材是曲剧艺术的重要特征之一，因此选择现代戏作为曲剧创作的研究对象比较具有代表性。河南曲剧分南阳曲剧和洛阳曲剧两个主要流派，2011年8月底至9月初，笔者到南阳市、社旗县、邓州市等地对南阳曲剧的现状进行实地考察。对曲剧现代戏剧目的统计和分析需要对整个曲剧剧目进行筛选甄别，在进行这项工作时，笔者对曲剧创作、演出团体等有了一个历时性的、全局的、整体的印象；对南阳地区曲剧现状进行实地考察，要考虑到它与另一重要流派洛阳曲剧现状以及历届曲剧艺术节举办地、曲剧诞生地汝州曲剧现状的对比，还要了解河南省曲剧团、郑州市曲剧团等其他地方的创作情况与生存现状等。希望这种既关注剧目创作又关注剧团生存现状、从局部出发观照全局的研究构想，能够得出比较客观全面的结论，以期能更好地推动河南曲剧的发展。

一、凝重悲苦与轻松幽默兼具的双重审美风格

任何一个戏曲剧种都是在地方方言、民间艺术的基础上形成的，带有鲜明的地域特色和独特的文化气质，反映出当地的地域文化特点、审美趣味和风土人情。同时，在不同的政治经济文化背景下，戏曲剧种的审美风格也会相应发生变化，如经济凋敝、战乱频仍的年代，戏曲的审美风格会呈现出悲苦的特点，而政治稳定、文化繁荣的和平时期，戏曲的审美风格也会相对平和。河南曲剧也不例外，其诞生年代决定了它悲苦性的审美表达风格。河南曲剧诞生于20世纪20年代，它的成长和成熟过程伴随着近代以来中华民族和中原大地人民的苦难历程。在这样的背景下诞生的河南曲剧，带上了浓重的悲苦性，这种特性反映了人民的痛苦生活，同时也极易引起观众的情感共鸣。这种悲苦性的审美风格，体现在曲剧的唱腔旋律上，也体现在悲剧性题材的选择上，二者相辅相成。《陈三两》之所以能够成为曲剧代表性剧目，

不但是由于陈三两的悲剧命运引起人们的同情，还由于张新芳悲情的表演与悲剧性的内容完美的结合。新野县曲剧团的《酷情》之所以能够产生“《酷情》现象半中国”的影响，也是由于它深刻反映了中国农村普遍存在的儿女不赡养父母的现实。

然而悲苦性并不能代表曲剧艺术风格的全部。河南曲剧与生俱来的另一种审美风格是它的喜剧性，调笑、戏谑、讽刺、幽默是河南曲剧的另一面。如果说悲苦性是对艰难现实生活的直观表达，喜剧性则是河南人民苦中作乐、乐观豁达的性格表现。《李豁子离婚》带给观众的，不仅有对李豁子这个残疾人不幸婚姻的同情，还有人们的一种略带恶意的、居高临下的、幸灾乐祸式的欣赏心理，它所体现的是亚里士多德《诗学》中对喜剧审美特征的论述，即对“比我们今天的人坏的人”的刻画。马紫晨在论述河南曲剧的美学特征时曾经指出：“河南曲子戏的美学特征，首先是以‘亲和’及‘附就’的表演方式拉近了与观众的距离，并消除了彼此间的情绪障碍；复以笑谑、嘲讽和‘插科打诨’式的狡黠乃至粗鄙的语言，替观众宣泄其对外部世界的情感压抑，使之获得一种心灵的解放，其效果当然是‘娱乐性’显著增强。”这一论述可谓一语中的。

河南曲剧的这两种审美风格，虽然体现在不同的作品之中，如有的作品以悲苦性为主要审美特征，有的作品以喜剧性为主要审美特征，但二者并不是相互对立、水火不容的。这两种审美风格更多的是在同一部作品中的同时呈现，即以喜剧形式承载苦难主题，《李豁子离婚》《卷席筒》等都是很好的例证。在近年来创作的曲剧作品中，陈涌泉的《阿Q与孔乙己》是这两种审美特征结合得比较完美的成功之作。阿Q与孔乙己这两个鲁迅笔下的人物，是带有中华民族劣根性的典型人物，可怜、可叹、可恨、可笑，直至今日，这样的人物仍然在现实社会尤其是农村中普遍存在。陈涌泉巧妙地把这两个人物结合在同一部作品之中，通过他们可笑的行为揭示他们可悲的命运，以人性的悲悯寄托刺世醒人的良苦用心，大大提高了河南曲剧的文人品格和艺术品位。

河南曲剧作为河南的主要地方戏曲剧种之一，体现了中原民众的性格特征、风土人情、审美趣味，是河南民众独特的审美表达方式，无论是从音乐唱腔还是题材内容来看，悲苦性与喜剧性都是河南曲剧重要的审美特征。只强调其悲苦性或只强调其喜剧性，都无法全面呈现河南曲剧的艺术面貌。因此，笔者以为，河南曲剧的审美定位，应当将其凝重悲苦性与轻松喜剧性并重，在形式上充分发挥其喜剧性的特长，同时充分体现河南曲剧能够驾驭和承载现实题材的特长，深入挖掘作品的思想深度，提高剧种的文化品位，创作出具有全国影响力的优秀作品。

二、挖掘整理经典剧目与创作新剧目的不同策略

戏曲剧目是一个剧种艺术风貌、唱腔特色、表演艺术特色等个性特征的具体载体，因此剧目是一个剧种宝贵的财富。中国戏曲的特性注定各个剧种的唱腔、表演艺术要在不断吸收民间歌舞与其他剧种的营养的基础上，通过新剧目的建设不断创新发展，提高自己的艺术水平；同时，又要在继承和发扬本剧种艺术传统的过程中，不断总结归纳自身的艺术规律，尤其是在非物质文化遗产保护传承的观念日渐深入人心的当下，更要重视对传统剧目的挖掘整理，不断总结、发扬本剧种独特的艺术个性。老戏老演、老演老戏，在艺术上故步自封、裹足不前，只能将剧种推向落后于时代、观众流失、难以生存的绝境；一味地求新求变，无视本剧种的艺术个性，过于取悦、满足甚至是献媚于当代观众的审美趣味，最终只能走向失去本剧种特色的不归路。同时，那种狗熊掰棒子式的、排一个丢一个、缺乏十年磨一戏的打磨精神和精品意识的、政治任务式的新剧目创作，也使生存现状本来就举步维艰的地方剧种雪上加霜。

具体到河南曲剧而言，从保护非物质文化遗产的角度来讲，各院团首先应该重视对经典传统保留剧目的资料搜集和整理工作。曲剧诞生后的80年内创作演出的剧目，应该尽可能地搜集、整理和研究，尽管有一些剧目从内

容上来讲有一定的时代局限性，但是这些都是曲剧发展史上重要的资料，必将为曲剧的历史、理论研究提供可贵的资料，尤其是从音乐唱腔、表演艺术等角度来看，不同时期的剧目都为曲剧艺术的发展做出过贡献。同时，可以把一些深受观众喜爱的传统剧目重新搬上戏曲舞台，这对于召回老的曲剧观众、培养新一代年轻的曲剧观众，对于曲剧艺术本身，都有重要的意义。应该把各地老艺人身上的戏尽可能地记录、保存下来，有一些老戏只有老艺人演过，他们可能只熟悉自己扮演的角色，要在抢救他们的表演艺术的同时，尽可能地通过他们的回忆，将这些戏恢复起来，这都是非常有意义的事情，都是抢救和保护戏曲这种特殊的非物质文化遗产的重要手段。以往，由于人们对戏曲“非物质”的特性没有充分的认识，因此，许多珍贵的戏曲艺术都消失在历史的长河之中。从中国戏曲的发展史来看，宋杂剧、金院本、元杂剧等许多早期的戏曲表演艺术都已经无从考究，我们只能通过有限的文献记载来想象古人的表演艺术。现在，既然已经认识到戏曲的非物质性和它的遗产性，既然现代科技手段已经非常便捷发达，就应该尽可能地保留目前的戏曲艺术表演特色，曲谱、身段谱、剧本、音像资料都是保存戏曲非物质遗产的重要手段。只有这样，才能真正做到对戏曲非物质遗产的抢救与保护，才能为后世留下丰富的戏曲遗产。

剧目的积累主要通过整理改编传统戏、移植其他剧种的剧目、创作新剧目等途径实现。从曲剧新剧目的创作情况来看，主要以现代戏为主。《河南曲剧》记载曲剧剧目总量约有450种，据笔者的不完全统计，曲剧现代戏有160种左右，占曲剧剧目的三分之一。从这些剧目来看，无论是始演于20世纪20年代直到现在都深受人们喜爱的盛演不衰的《李豁子离婚》，还是抗日战争时期大量出现的抗战题材的剧目，无论是新中国成立初期给曲剧带来全国性荣誉的《游乡》《赶脚》等现代小戏，还是改革开放初期引起轰动的《酷情》《儿女传奇》，以及近年来的《阿Q与孔乙己》《惊蛰》等优秀剧目，无论是早期的民间戏班，还是新中国成立后的国有院团，甚至是近年来出现的民间剧团，曲剧创作一直都密切关注现实，反映出不同时期的现实生活。这些情况都表明，诞生时间不太长、来源于生活、贴近生活的河南曲剧，比较擅长演现代戏。因此，河南曲剧新剧目的创作，应该充分发挥这一特长。

在河南曲剧现代戏众多的作家作品中，著名编剧陈涌泉和他的作品所取得的成就特别值得关注。陈涌泉的曲剧现代戏作品以《阿Q与孔乙己》《婚姻大事》为代表。从总体上来看，陈涌泉的曲剧创作的特点及成就主要表现在三个方面：首先，充分体现了河南曲剧的剧种个性和河南文化的地方特色。这两出戏都改编自小说，但经过陈涌泉的改编，完全戏剧化、曲剧化。从故事发生地来说，虽然梅家五狗的婚姻大事发生在河南农村，而阿Q与孔乙己是鲁迅笔下浙江绍兴的人物，但是改编后的曲剧作品，无论是人物性格还是语言（包括宾白与唱词）都充分河南化、曲剧化，这在《阿Q与孔乙己》一剧中表现得尤为充分。在语言上，陈涌泉的剧作总是自然巧妙地运用河南独有的方言土语、俗语、歇后语，使戏曲作品充满河南乡土气息，对观众来说非常有吸引力与亲和力，因此他的作品深受观众喜爱。其次，准确把握河南曲剧的审美特点，充分展现其风格特色。前文已经论及河南曲剧兼具悲苦性与喜剧性的双重审美风格，这在陈涌泉的作品中得到充分体现。婚姻大事是农村青年普遍关心的现实问题，阿Q式的下层民众和迂腐的孔乙己式的底层文人在当今河南乃至全国农村仍然普遍存在，因此这两部作品关心的都是或重大或沉重的主题。尽管如此，这两部作品仍然兼顾了河南曲剧的喜剧风格，《婚姻大事》是轻喜剧，《阿Q与孔乙己》是悲喜剧。再次，以知识分子的人文关怀关注现实，提高了曲剧的艺术品位与思想境界。河南曲剧有浓郁的地方性、民间性、世俗性，深受河南及周边省份观众的喜爱，但是同时又在思想深度、艺术格调等方面有所欠缺。陈涌泉的剧作弥补了河南曲剧在这方面的缺憾，他用自己的创作证明，河南曲剧不仅可以是通俗化的、平民化的、大众化的，也可以是启迪民智的、富有思辨性和文人气质的。

三、“非遗”保护与体制改革夹缝中的曲剧院团

如果说非物质文化遗产保护政策的实施为戏曲从业人员和戏曲院团注入了戏曲振兴的强心针，那么对于大多数剧团尤其是经营状况不景气的文艺院团来说，体制改革则是戏曲院团的兜头冷水和当头棒喝。一方面要保护传统文化遗产，一方面又要坚持把剧团推向市场，这种政策上的相互矛盾许多人不能理解，也是许多地方文化体制改革难以推进的原因。戏曲艺术也许曾经自生自灭、自谋生路，但是戏曲艺术作为上层建筑，一直都与相应的经济、政治基础密切相关。长期以来文艺为政治服务、为人民群众服务、为社会主义服务的观念已经深深烙在戏曲从业人员的脑海里，如果政府不再管戏曲，那么戏曲还需要为人民、为社会主义服务吗？如果让戏曲自谋出路，又能否真正做到让戏曲自由发展呢？如果戏曲真的自由发展了，那么它是会走向灭亡，还是会基因变异？

就河南曲剧院团的改革情况来看，新野县曲剧团的命运最令人唏嘘惋惜。新野县曲剧团成立于1954年，其前身是“新野县曲剧改进社”。这个剧团曾经是一个非常优秀的团队，有着辉煌的历史。1959年和1963年，该团两次在河南全省巡回演出，杨清江《曾经的辉煌——忆新野曲剧团的两次巡回演出》一文详细记载了这两次巡回演出的盛况。1986年，在全国戏曲普遍不景气的情况下，这个剧团创作演出的曲剧现代戏《酷情》，一年半的时间演出超过300场，演出收入超过13万元，全国近20个省市的百余家剧团移植演出，取得了社会效益与经济效益双丰收。然而，10年之后的1995年，新野县曲剧团转轨改制，移交给新野纺织集团有限公司，公司成立了汉凤艺术团，曲剧团50多名演员进入艺术团。在“转换脑筋，更新观念，牢固树立竞争意识、创新意识和效益意识”的口号声中，新野县曲剧团走上了“改革发展的新路子”，同时也走向了一条不归路。当年《酷情》的编剧曾经充满雄心壮志计划创作“《酷情》三部曲”，如今一切都烟消云散；当年创造了辉煌成就的演员，如今正面临被分散到各个纺织车间的命运。

与新野县曲剧团同样命运的，还有镇平县曲剧团、西峡县曲剧团、鲁山县曲剧团等。南阳曾经是曲剧非常活跃的地方。据《河南曲剧》一书记载，1982年南阳地区职业曲剧团有8个；20世纪90年代前期，南阳市“官办”曲剧团有6个。笔者在对邓州市文化局和邓州市越调剧团相关人员采访时得知，这两个减少的曲剧团，是邓县曲剧团和内乡县曲剧团，都是1985年在“一县一团”政策下撤销的，内乡县保留了宛梆剧团，撤销了曲剧团，而邓县由于是大县，保留了豫剧和越调两个剧团，撤销了曲剧团。此外桐柏县曲剧团也在这样的背景下停止了活动。

从南阳下属县市曲剧团近二三十年的情况来看，20世纪80年代中期撤销的一些剧团，是“计划经济”的牺牲品，而20世纪90年代直至今日的剧团，又成为“市场经济”的试验品。当下，非物质文化遗产保护政策尚未健全完善，文化体制改革又尚未尘埃落定，剧团体制改革的一系列后续问题没有得到很好的规划安排，处于夹缝之中的南阳地区县级曲剧团已经所存无几。对河南地方戏剧种一直非常关注的南阳师范学院音乐学院教授冯建志说，县级剧团是地方戏剧种艺术特色和艺术水平的代表，也是剧种传承的重要阵地，这话非常有道理。然而从目前南阳县级曲剧团的情况来看，作为河南曲剧重要流派的南阳曲剧，正面临非常严峻的生存考验。如果南阳市曲剧团也不得不改制，那么河南曲剧南阳流派的命运就岌岌可危了。

笔者未到洛阳、汝州两地对曲剧剧团进行实地考察，只能从报刊资料及网络上查找有关情况进行了解，这种做法也许不甚精准，但我们可以通过一些数据有一个大致的了解。笔者从网上查到的洛阳市的曲剧团，除洛阳市曲剧团外，还有洛阳青年曲剧团、洛阳牡丹曲剧团、洛阳市天方曲剧团、洛阳市小皇后曲剧团、洛阳市马小骐曲剧团、洛阳九都曲剧团、洛阳九都翠玲曲剧团等，其中不乏名家名角创建的剧团。而南阳市的业余剧团，笔者只在网上查到南阳卧龙曲剧团。汝州市近年来对曲剧艺术非常重视，不但举办过两次曲剧艺术节（今年是第三次），还大力扶持业余曲剧团的发展，据《河南日报》报道，汝州市现有业余曲剧团82个，每年还组织农民演员赴各地交流演出，这对于曲剧艺术的发展、对于提升汝州在全省乃至全国的影响力，都是有着积极意义的。有人说戏曲艺术需要有关领导的重视才能得到很好的发展，否则戏曲只能招之即来挥之即去，听之任之、生死由之。河南曲剧在汝州与南阳两种迥然不同的现状，是值得我们深思的。

（原载《东方艺术》2013第7期）

乡野存遗珠

——邓州罗卷戏

在河南省西南部豫鄂交界处的邓州市桑庄镇，有一个孔庄村。从地图上看，这里基本上处在G55南邓（南阳至邓州）高速、207国道邓州至襄阳段和河南335省道邓州至新野段这三条公路所构成的不规则三角形的中心。如果驾车从南邓高速桑庄出口出来，还需要向西、向南、再向西走一段“Z”字形的乡村公路，大约需要40分钟。如果从邓襄公路去孔庄村，则需要向东驱车约一个小时。2013年元宵节期间，当我驾车颠簸地行驶在去孔庄村的路上时，不由深刻地体会到，即使是在交通非常发达的今天，邓州市桑庄镇孔庄村的地理位置，仍然会给人交通不便、闭塞落后的感觉。

孔庄村之所以吸引许多像我这样的戏曲工作者，是因为这里一度是全国唯一的罗卷戏剧团生存的地方。据河南省著名戏剧理论家马紫晨研究，罗卷戏在清代是河南省流传最广的剧种，全省41个县有罗卷戏活动的踪迹。然而现在，全国只剩下孔庄村这个业余罗卷戏剧团在演出、传承罗卷戏了。

从遍布全省、极度繁荣，到在豫西南最边远地区的一个小乡村苟延残喘，这就是20世纪以来罗卷戏节节败退的脚印，也是罗卷戏版图逐渐萎缩的演示图。如果从空中俯瞰这个小乡村，就会发现，这里不但位于河南省最西南边缘，也位于南阳盆地最西南边缘，盆地四周的山脉丘陵像巨大的臂膀，给予了罗卷戏最后的归宿地。这是罗卷戏的命运，又何尝不是全国众多地方小剧种的命运。珍稀，濒危，是它们的标签。它们就像一颗颗璀璨的珍珠，在滚滚奔涌的历史长河中，黯然失色地遗落在偏远闭塞的乡野之间。

罗卷戏，又称“锣卷戏”“乐眷戏”，其起源历史文献中没有明确的记载，仅有艺人间口口相传的传说。邓州罗卷戏艺人认为罗卷戏最初名叫“乐眷戏”，是唐太宗李世民微服私访时，发现有人演出，非常喜爱，就请他们到宫中表演，并让左丞相唐之远编写戏本，供皇宫内眷娱乐，因此称为“乐眷戏”，后来传为“罗卷戏”。学术界则称其为“罗卷戏”，认为由“罗戏”和“卷戏”两种声腔组成。罗戏又称“罗腔”“锣戏”“啰戏”“覼戏”等，起源不详，传说起源于唐太宗时期供君臣娱乐的宫廷戏，因此也称“乐戏”；也有学者认为“罗戏”即“傩戏”，起源于旧时迎神赛会、驱逐疫鬼或举行酬神还愿等仪式。卷戏又称“眷戏”，起源有两种说法：一种认为起源于寺庙里念经卷时的一种伴奏音乐，称为“卷戏”或“卷调”；一种认为起源于古代帝王眷属演唱的清曲小调，[①]称为“眷戏”。汝南罗卷戏艺人认为“卷戏”起源于明代驻马店寺庙僧人所使用的“卷调”，进而认为卷戏起源于驻马店。事实上，唐代僧人讲经时已经用“俗讲”这种通俗说唱形式，宋代称为“谈经”“说经”，明代开始称为“宝卷”，并日渐流行。若仅从“罗卷戏”名称来认定其起源，那么罗卷戏应该形成于明代以后，一般认为是明末清初。至清康熙、雍正年间，是其最繁盛、影响最广泛的时期。清末以后到20世纪上半叶，由于战乱、罗卷戏艺术本身的保守僵化以及河南梆子等新兴剧种的兴起，罗卷戏逐渐衰落下去。

尽管罗卷戏起源没有明确的文字记载，但是罗卷戏艺人却有一套颇能自圆其说的传说。除了唐太宗发现并促成“乐眷戏”诞生的传说，还有第一个为“乐眷戏”写戏本的唐之远，因编写《刘全进瓜》劳累而死，李世民封他为“庄王”，并令“乐眷”戏班每年农历七月二十三日庄王生日这天纪念他，这是戏曲班社世代敬奉庄王爷的起源。由于“乐眷戏”由唐太宗李世民亲封御赐，所以每逢众多戏班同地演出，只要有罗卷戏班，必须由它在坐南面北

---

① 《中国戏曲志·河南卷》，文化艺术出版社1992年版，第56—57页。

的正台演出，其他班社则在偏台演出；其他班社还得给罗卷戏班“拜台”，而罗卷戏班从不回拜其他班社。其他关于戏曲演员及角色名称的说法，也起源于唐太宗对“乐眷戏”的称呼。李世民为演出“乐眷戏”，选拔天下优秀伶俐的子弟学戏，这就是称戏曲演员为“优伶”的来历。戏曲角色四大行当称为“生”“旦”“净”“丑”也是源于唐太宗对“乐眷戏”演员的命名。①

这些传说，是1980年郭力等人为编写《邓县戏曲志》采访罗卷戏老艺人时，由遂平县罗卷戏老艺人李荣太讲述的。李荣太时年86岁，他也是听前辈艺人讲的。《邓州罗卷戏》收录了这些内容，其真实性和可信度已如罗卷戏真正的起源一样不可考了，但我们从中可以看到世代老艺人对罗卷戏的珍爱与敬重。

罗卷戏起源在文献上缺乏记载，历史上罗卷戏在河南的传播情况也无迹可求，学者们征引的多是清代方志中关于锣戏、锣腔等演出及禁演的记载，以及清代李绿园的小说《歧路灯》中关于锣戏、卷戏、梆锣卷的点滴描述。然而在这些记载中，罗卷戏或啰戏的名声却都不甚光彩。在《中国戏曲志·河南卷》“历史资料”里，录清康熙、雍正年间有关禁戏的资料5条，每一条都与啰戏有关。清代康熙、雍正年间，啰戏在河南非常流行，影响非常大，“一村演剧，众村皆至”②，“男女杂沓，举国若狂”③。这个时期，是昆曲渐渐式微、地方戏乱弹诸腔勃兴的时期。啰戏在河南的这种繁盛情况，也正是在这样的背景下。而啰戏之所以被禁，也是当时清朝政府加强对戏曲等通俗文艺控制的反映。张庚、郭汉城主编的《中国戏曲通史》说：“清政府通过这些措施（禁戏、改戏、审定音律等），一面对戏曲剧目的内容进行查禁、删改，以符合统治者的需要，一面也在对待声腔剧种上推行崇雅抑花和分化瓦

① 参见朱云诗等编《邓州罗卷戏》，内部发行。

② 清乾隆《郾城县志》卷一“风俗”。

③ 清康熙二十九年（1690）前后上蔡知县杨廷望写的《禁戏详文》。

解的措施，打击、禁止花部‘乱弹’诸腔，以利其维护封建秩序。”[1]

清乾隆年间，河南人李绿园创作了长篇小说《歧路灯》。李绿园原籍河南宝丰，长期生活于开封。小说描写的主要是作者在开封的生活，其中有多处提到锣戏、卷戏和梆锣卷，如第九十五回：“这门上堂官，便与传宣官文职、巡绰官武弁，商度叫戏一事。先数了驻省城几个苏昆班子……又数陇西梆子腔，山东过来弦子戏，黄河北的卷戏，山西泽州锣戏，本地土腔大笛嗡、小唢呐、朗头腔、梆锣卷。”这一段简短的记述，反映的却是清乾隆年间河南省戏曲演出的基本格局：在当时的省城开封，官宦人家看戏首选的是昆曲，也就是说，地位最高的是昆曲，而且是苏州昆曲，这就是“雅部正声”。然而，陕西的梆子戏、山东的弦子戏（即弦索戏）以及卷戏、锣戏等地方声腔剧种，也就是“花部乱弹”，已经与昆曲分庭抗礼了。还有一点特别值得注意的是，与锣戏、卷戏相提并论的河南本地土腔中，有一种“梆锣卷”。小说第七十四回也提到，官宦人家办喜事时，厅堂里演的是昆曲，而街头戏台飨娱民众的，则是“俗戏”，这俗戏便是“民间的梆锣卷”。从这里可以看出，官宦之家、文人士大夫看的是雅部昆曲；而街头的贩夫走卒、引车贩浆者流喜欢看的则是土生土长的梆锣（罗）卷。

邓州罗卷戏，就是梆罗卷。所谓梆罗卷，就是河南梆子、罗戏、卷戏三种声腔同台演出，称为“三下锅”。至于为什么会三种声腔同台演出，有学者认为是由于这些声腔相对来说比较简单，听起来比较单调，在清朝中后期逐渐衰落。有一些艺人将它们融合在一起，唱腔有所丰富，吸引了一些观众。至于后来又引入梆子，则是由于河南梆子影响太大的缘故。就现场演出情况来看，罗戏、卷戏唱腔和伴奏非常有特点，但多是同一旋律反复演唱，若一出戏完全一个声腔，确有单调之感。唱过一段罗戏后，插入一段卷戏，特别是加入一段河南梆子（即豫剧）旋律之后，往往会令人精神一振。罗卷戏的

---

① 张庚、郭汉城主编：《中国戏曲通史》（下），中国戏剧出版社1981年版，第12页。

这种比较强的适应能力，是它得以存续至今的重要原因。但是有意思的是，邓州罗卷戏中的梆子只占一小部分，主要还是罗戏和卷戏。而山西的上党梆子号称有昆、梆、罗、卷、黄五大声腔，但是占主导地位的只有山西梆子，昆、罗、卷、黄现在基本已经没有了。从这个意义上来说，研究邓州罗卷戏对于戏曲声腔研究、戏曲史研究、剧种研究，都有非常重要的价值。

罗卷戏早期的唱腔音乐结构属于曲牌联缀体，后来逐渐演变成板腔体。罗卷戏的唱腔曲牌有［文耍孩］［武耍孩］［慢板］［哭捻］［山坡羊］［吥咂嘴］［嘟噜嘴］［拐头钉］［钉缸调］［二板］［四板］［十三咳］［吹腔］［哭书］［花流水］［垛头］［五锤头］［铜器垛］［点将］［滚板］［起板］等。罗卷戏的伴奏乐器很有特点，其主奏乐器是唢呐，因此罗卷戏又称“喇叭戏”。而且，罗戏与卷戏所用唢呐完全不同：罗戏主奏乐器是大唢呐，卷戏的主奏乐器是小唢呐（锡制小唢呐，又名筚篥）。

罗卷戏流传到邓州，是在清雍正年间。当时的演出剧目和特点都难觅其踪，我们只能从禁戏资料里了解到，罗戏演出的内容“村俚不堪”“淫声恶态”[①]“俚鄙淫秽”[②]，而罗戏的表演则“易于学扮”，“非梨园技业、素习优童”，其唱腔“似曲非曲、似腔非腔”[③]。这些评价，应该还是以雅部昆曲为参照物的。通俗易懂、易于学唱是罗卷戏的特点，也是它深受老百姓喜爱的原因，符合下层民众的审美需求和审美特征。

从现在流传下来的剧目和仍然在演出的剧目来看，邓州罗卷戏演出的剧目大多是袍带戏。一些罗卷戏老艺人说，罗卷戏传统剧目有300多个。1980年统计邓州罗卷戏传统剧目有165个，1952—1958年演出的剧目有41个，1979—1986年上演的剧目有29个。到目前为止，邓州罗卷戏保留下来的剧本只有老

① 清康熙十八年河阴知县岑鹤《劝俭说》。

② 清乾隆《郾城县志》卷一“风俗”。

③ 雍正六年田文镜所写《为严行禁逐啰戏以靖地方事》。

艺人王学彦（已故）的五个残缺抄本，另有12个剧本是邓州文化局的朱云诗根据王学彦的口述整理出来的，这些剧本有《对金刀》、《打灯花》、《三升堂》（原名《三开膛》）、《南阳关》、《战元州》、《狸猫换太子》等。罗卷戏剧本的大量流失，既与戏曲的整体衰落趋势有关，还有一个重要的自身原因，那就是，罗卷戏有一个规矩，凡是被别的剧种“偷跑”（即移植）过的戏，罗卷戏就不再演了。如豫剧有800多个剧目，其中有五分之一是罗卷戏剧目，[①]而这些豫剧在演唱时，还会保留罗卷戏的唱腔，就像京剧中有昆曲曲牌一样。

新时期以来，为了恢复和繁荣罗卷戏，一些邓州本地人士移植了一些剧目，如《血染洞房》《母老虎坐轿》《巾帼县令》等，并新编了一些剧目，如古装戏《噬母记》《庞振坤娶妻》和现代小戏《春照溪头》《对门人家》等。2011年，朱云诗创作了大型罗卷戏剧本《西台御史》，荣获“首届全国戏剧文化奖”剧本奖。

从流行河南全省到蜗存于豫西南一个小村庄，我们看到的是一个声腔剧种几个世纪以来苦苦挣扎求生的艰难历程，更值得尊重的是罗卷戏艺人长期以来的坚持与坚守。邓州市桑庄镇孔庄村地处南阳盆地腹地，相对比较闭塞，因此自从雍正年间罗卷戏传入这里之后，就在这里扎根并一代代传承下来。该村村民历来有演唱和学习罗卷戏的传统，又由于历任村领导都非常重视罗卷戏，因此才能延续至今。然而现在，该村会唱罗卷戏的演员只有11人，最小的演员也已经50岁。由于经济原因、现代娱乐方式等冲击，现在的年轻人不愿意再学习和传承罗卷戏，演出市场也不太好，因此邓州罗卷戏的未来非常值得忧虑。

孔庄村现任支书非常重视罗卷戏，不但在经济上补贴这个业余剧团，而且一直在积极地为罗卷戏的生存和发展寻找出路。他们已经成功地将罗卷戏申报为省级非物质文化遗产。2011年，他们努力想将罗卷戏申报为国家级非

---

① 《河南省文化志·第二辑·锣戏》。

物质文化遗产，却落选了。今年，每两年一度的国家级非物质文化遗产申报工作又将进行，他们仍然在为此积极地努力。罗卷戏艺人和该村领导对罗卷戏的热爱和不懈努力非常令人钦佩。面对这些凝结着祖先们智慧和心血的文化遗产，为了保存中原文化的多元化和丰富性，弘扬中原传统文化艺术，我们有责任和义务抢救、保护和弘扬这个珍贵的剧种。

（原载《中华文化画报》2013年第8期）

第二编　21世纪戏曲创作梳理与盘点

当前中国戏曲文学创作现状研究

——以《剧本》杂志2009年发表的戏曲剧本为研究对象

20世纪五六十年代，在政府戏曲改革、“三并举”、“双百”、“二为”等政策方针的指引下，涌现出一批优秀的剧作家和戏曲作品，如翁偶虹、王颉竹的《将相和》，徐进的《梁山伯与祝英台》《红楼梦》，宋词的《穆桂英挂帅》，杨兰春的《朝阳沟》等。《红灯记》《沙家浜》《智取威虎山》等革命样板戏在文学艺术上达到的高度也不可否认。八九十年代，随着陈亚先、魏明伦、郭启宏、徐棻、王仁杰、郑怀兴、盛和煜、罗怀臻等剧作家带来的一批优秀剧目，如《曹操与杨修》《巴山秀才》《变脸》《死水微澜》《南唐遗事》《董生与李氏》《新亭泪》《金龙与蜉蝣》《班昭》等，戏曲创作无论在反映历史兴亡、时代变迁还是挖掘人性深度等方面都取得了超越性的成就。

然而，近年来我国戏曲剧本创作不景气的现状引起了戏曲界的普遍关注。2008年，在中国戏曲学院主办的“首届全国戏曲编剧高峰论坛”上，许多知名戏曲编剧如魏明伦、王仁杰、罗怀臻等纷纷指出，戏曲文学的边缘化、编剧行业的衰落、剧作家创作能力的降低等问题是目前戏曲文学创作的现状。[①]2009年，在中国戏剧家协会主办的“全国剧本创作和剧作家现状信息交流会”上，全国25个省、市、自治区的代表对当前各地剧作家现状进行调

① 若木：《首届全国戏曲编剧高峰论坛在京举行》，《中国戏剧》2008年第7期。

查、统计，结果显示，编剧人才青黄不接、创作队伍严重萎缩是全国各地戏剧创作队伍共同面临的问题，剧本创作存在的情况则是作品观念陈旧、创作缺少资金、剧作难以发表上演等。[①]2010年5月至9月，《文艺报》开辟了“剧作就是文学”专栏，针对剧本与剧作家在当今戏剧、影视二度创作中被边缘化、剧作家地位日益低下和权益不受保障等诸多问题进行探讨，许多戏曲界的专家学者、编剧等参与了讨论。[②]

这些关于戏曲文学创作的研讨与调查，既有剧作家的切身感受，也有理论界的理性认识。那么，当前戏曲文学创作的具体情况又如何呢？有什么特点？这些特点说明了什么问题？这些问题与戏曲创作的当代式微之间有什么关系？怎样才能在理论研究的基础上，为戏曲文学创作摆脱困境提供一定的参考建议呢？本文即试图就这些问题展开探讨，重点选取2009年公开发表的戏曲剧本为研究对象，以突出当代戏曲理论研究的时效性与及时性。尽管我国每年创作的戏曲剧本情况远不止这些，然而，从客观现实来看，作为一个研究者，既无法全面掌握那些剧作家已经创作完成甚至已经开始排演，但是没有公开发表的剧本，也无法了解那些虽然投稿但未能刊登的剧本，无法接触到全国性的、各地的剧本研讨会中讨论过的剧本，以及各种剧本评奖活动中的参评作品。因此，笔者只能以公开发表的剧本为研究对象，来研究戏曲剧本创作的最新态势。

在选取2009年发表的戏曲作品时，本文主要以《剧本》杂志2009年发表

---

① 参见李小青：《现状与对策——全国剧本创作和剧作家现状信息交流会综述》，《剧本》2009年第9期；赵凤兰：《戏剧编剧　还剩几人“留守”》，《中国文化报》2009年11月24日第2版；赵凤兰：《中国剧作家萎缩惊人》，《人民日报（海外版）》2009年12月7日第7版。另，《剧本》杂志“直击现状”栏目自2009年第11期起分别刊登了各省市剧本创作和剧作家现状介绍。

② 参见《文艺报》“剧作就是文学”开篇文章阎晶明的《热爱文学　讨论问题》，《文艺报》2010年5月14日第2版。《文艺报》“剧作就是文学”专题讨论从2010年5月14日持续到9月8日，历时4个月，共发表30篇专题文章讨论了戏剧、戏曲、影视剧本及剧作家的相关问题。

的戏曲剧本为研究对象。该杂志是全国权威的戏剧剧本发表园地，刊发的剧本代表了我国当前戏曲文学创作的水平。

2009年，《剧本》杂志共发表22个戏曲剧本。依据本文对戏曲文学创作情况的研究内容，表1对剧目（剧种）、编剧、题材、改编或是原创、是否约稿等情况进行总体勾勒。

表1 《剧本》杂志2009年发表的戏曲剧本基本情况

剧目（剧种）	编剧	题材	改编/原创	是否约稿	期数
《雁过二郎滩》（花灯剧）	钟声	现代	原创	否	1
《百合花开》（秦剧）	曹锐	现代	原创	是	2
《情判》（吕剧）	吕瑞明 柳文金	古代故事	改编	是	2
《哈哈乡长》（豫剧）	忽红叶	现代	原创	否	3
《下南洋》（琼剧）	罗怀臻	现代	原创	否	3
《寄印传奇》（评剧）①	郑怀兴	古代故事	原创	是	4
《项羽》	钟文农	历史剧	改编（史书）	否	4
《顾家姆妈》（滑稽戏）	陆伦章	现代	原创	是	4
《阿搭嫂》（高甲戏）	曾学文	近代	原创	否	5
《天雪》（豫剧）	刘桂成	现代	原创	是	5
《天地人心》（京剧）	尹洪波	现代	原创	是	6
《庄妃与多尔衮》（秦腔）	贾璐	历史剧	改编（史实）	是	6
《尘埃落定》（川剧）	谭愫 雨林 谭昕	现代	改编（小说）	是	7
《马本仓当“官”记》（评剧）	郝国忱 葛连丰	现代	改编（小说）	是	8
《天上的恋曲》（壮剧）	常剑钧	现代	改编（小说）	否	8
《大学生村官》（黔剧）	袁兰雁	现代	原创	是	9
《宣华夫人》（昆剧）	汪荡平 孙海云	历史剧	改编（史书）	是	9

① 《寄印传奇》原名《寄印》，2001年发表于《新剧本》。

续表

剧目（剧种）	编剧	题材	改编/原创	是否约稿	期数
《女人九香》（河北梆子）	孙德民 兰万岭	现代	改编（电视剧）	否	10
《林冲与陆谦》（扬剧）	刘鹏春 刘觅滢	古代故事	改编（小说）	是	10
《苍琴》（黔剧）	雨煤	现代	原创	否	11
《别妻书》（闽剧）	林瑞武	现代	改编（人物）	否	11
《胭脂盒》（沪剧）	罗怀臻 陈力宇	现代	改编（小说）	是	12

需要说明的是：（一）本文对题材的划分主要以时间为标准，同时参考了剧作内容：以故事发生的时间为标准，主要分古代（1840年以前）、近代（1840—1919年）、现代（1919年至今）①。古代题材部分，主要依内容分为历史剧和古代故事剧，历史剧指主要以历史事件或著名历史人物为题材的剧作，古代故事剧主要指古代传奇故事和改编自古代小说戏曲的剧作。（二）在改编与原创的问题上，以题材和人物是否为虚构为原则。（三）关于是否约稿问题，大部分编剧在创作阐述中已说明，也有一些剧本作者虽未说明该剧是否排演，但已参加第三届全国地方戏优秀剧目（南北片）展演和第十一届中国戏剧节。

一、题材选择透射出的当代剧作家创作思想

从表1可以看出，现代题材的戏曲剧本有15个，在整个比例上占绝对优势。这虽然与杂志在选择发表作品时的指导思想有一定的关系，但是从创作的角度来讲，也体现出剧作家对现实生活的关注，这也是1949年以来戏曲创作为现实服务指导思想的直接体现。尽管剧作家在选择题材时有很强的个人

① 此处所论的“现代”，仅指故事发生的时间，是一个时间概念，与戏曲现代戏所指不同。

意识和偶然性，但从众多作品之中仍然能体现出一些共性的、能够反映时代影响和时代特征的规律性特质。纵观2009年中国戏曲文学创作，我们依然可以从中发现本年度戏曲创作不同于以往的特点。

继改革开放30周年纪念活动之后，中华人民共和国成立60周年的宏大主题又摆在剧作家面前，因此，在延续反映改革开放前后社会生活巨变主题的基础上，国庆献礼题材成为2009年戏曲创作的一大主题。这些选材涉及革命战争和英雄人物、农村联产承包责任制、大学生村官等问题，如《雁过二郎滩》是反映红军长征的革命历史题材；《百合花开》是描写艾滋病人战胜歧视、相互关爱的主题；《天雪》讲述的是新疆建设兵团女兵的故事；《天地人心》叙述的是安徽凤阳小岗村农民私分土地的过程；《马本仓当“官”记》通过“粮官”马本仓的尴尬遭遇和喜剧人生表现国家免除农业税给农民带来的实惠和好处；《大学生村官》紧扣当前大学毕业生到基层农村的现实；等等。

这些现代题材的作品虽然是主旋律作品，然而它们往往避开一些宏大的主题，从小处着眼，撷取“小浪花”，反映大主题。其中给我们留下深刻印象的，是《马本仓当“官”记》《哈哈乡长》《阿搭嫂》等喜剧作品。

《马本仓当“官”记》既反映了“官本位”思想在当今社会的遗留和中国“人情社会”的普遍现实，又从宏观上呼应着我国政府2005年取消农业税的重大政策决策，这种呼应不是对政策的生硬宣讲和赞扬，而是从它根本性地解除了无数“验粮官”游移于正义良心与人情世故间的生存窘境和人生尴尬的角度切入，在巧妙的戏剧冲突和轻松的喜剧氛围中表达了对普通人正直人性和政府英明决策的歌颂。这出戏是根据秦岭的小说《皇粮》和《碎裂在2005年的瓦片》改编而成的，难能可贵的是，剧作家把原本风格灰暗、主题沉重的小说，改成了轻松、幽默、滑稽的轻喜剧。这种喜剧效果，既体现在对热闹的、充满喜剧意味和幽默感的农村生活场景的营造上，也体现在大量歇后语、谐音和流行语汇的喜剧语言的运用上，更体现在通过剧情的推动来精心塑造人物上。该剧通过大时代中的小人物反映社会生活的重大变迁，同时又成功地凸现了戏曲寓教于乐、娱己娱人的娱乐品位，以喜闻乐见的形式传达时代脉动，达到了见微知著的效果。除此之外，《阿搭嫂》和《顾家姆妈》也以喜剧的形式歌颂了平凡百姓的喜乐人生和人性光辉。

《哈哈乡长》以浓郁的村野气息，为我们塑造了一位口无遮拦、嘻嘻哈哈、时时“嘴臊”爆粗口，却热心豪爽、正直善良的农村基层女干部的形象，颠覆了以往党政干部尤其是女干部严肃正派、不苟言笑的形象，在喜剧氛围中反映当代农村新气象，使得主旋律戏曲作品以轻松的形式得以呈现。忽红叶在《何必深沉——〈哈哈乡长〉创作谈》中说：“我是个常年到农村跑的人，认识了不少这样的女干部，她们有村（乡）妇联主任、女乡长和女县长，有不少成了好朋友。她们共同的特点就是嘴臊，说话不讲卫生、不分场所。……我在农村碰到这样的女干部很多，都是富有传奇色彩。无论是干部还是群众，提起她们都是故事成堆滔滔不绝，就是我所认识的省市领导，一提这些女干部趣事，也都是哈哈大笑，脸上出现少见的轻松愉快。试想，这样鲜活的人物搬到舞台上，观众能不喜欢吗？何必故作深沉？”[①]这其实就是“艺术来源于生活”这一简单道理最直白的阐释。在当前的戏曲创作中，为了创作闭门造车、苦思冥想的作家大有人在，深入基层、体验生活这些艺术创作最起码的要求对某些作家来讲成为痛苦，也难怪我们的时代出不了像赵树理那样以鲜活的人物和事件反映时代进程的大剧作家。

描写戏曲演员和戏曲剧种形成发展的戏曲作品新时期不断涌现，影响比较大的如《易胆大》《响九霄》《邵江海》等，这些剧作大多从戏曲演员的坎坷命运着手为其立传。《苍琴》则从戏曲作为非物质文化遗产的角度，通过虚构的人物和故事来描写黔剧的诞生过程。剧作选取军阀混战、民不聊生的民国时期作为故事发生的背景，展现了文琴戏在艰难的处境下苦苦求生的生存状况。黔剧是新中国成立后诞生的新兴剧种，其形成离不开党和政府的大力扶持和引导。《苍琴》处理这个问题的巧妙之处，在于通过“长衫客”和“铁

① 忽红叶：《何必深沉——〈哈哈乡长〉创作谈》，《剧本》2009年第3期。

匠”这两个有实无名的地下共产党的形象，将处境岌岌可危的苍涯子、文琴戏指引到为自己、为穷人、为革命摇旗呐喊的方向上去，最终“黔人黔戏始登场”。黔剧发展过程中涌现出一批优秀剧目，如《奢香夫人》《秦娘美》等，在《苍琴》中，作者通过巧妙的艺术构思，让生活在不同时空的黔剧人物奢香和秦娘美同时登台，共同寻找给予她们艺术生命的文琴坐唱，以此拉开全剧的大幕，不但向已逝的文琴戏先人们致敬，也向现在的黔剧艺人们致敬。

紧扣时代脉搏，反映时代精神，发掘人性亮点和人文精神，契合当代观众审美需求，是当代中国戏曲创作一贯的追求，也产生了许多比较优秀的作品。然而，如果一味地紧随形势创作一些“献礼作品”，那么这些作品也会如献礼的烟花一样，虽然有一时的喧嚣热闹，最终只会烟消云散。虽然这并不仅仅是剧作家的原因，但剧作家在选择题材时如果能更加审慎，在创作时更加认真投入，创作出更加优秀的作品并不是不可能。

二、改编与原创——剧作家文学创造力与想象力的考验

戏剧作品的题材来源情况大概有这样几种情况：一、无论是题材还是人物完全由编剧虚构原创；二、故事或人物有现实依据，由剧作家重新创作，由于故事情节或人物经历已经有大致的基础，因此这应该算是一种原创；三、改编自其他文学体裁，如史书、小说、戏曲或传说等。从表1可以看出，22部作品中，原创作品与改编作品各有11部，可谓分庭抗礼。而在原创的11部作品中，有10部都是现代题材，只有郑怀兴的《寄印传奇》是古代题材。在改编作品中，《情判》取材于传说故事，《项羽》《庄妃与多尔衮》《宣华夫人》取材于历史记载，《尘埃落定》《马本仓当“官”记》《天上的恋曲》《林冲与陆谦》《胭脂盒》改编自小说，《女人九香》改编自电视剧《当家的女人》。

我国的戏曲创作自元明以来一直有改编史书、小说等其他文学样式的传统，关汉卿的《窦娥冤》、马致远的《汉宫秋》、汤显祖的《牡丹亭》、洪昇

的《长生殿》等，无一不是改编作品。然而“如何改编”却是值得深思的问题。以现代人的思维和视角重新审视历史事件和历史人物，为其注入时代精神，以人性关怀和人文思想重新解读历史，也已基本上成为当代新编历史剧和古代故事剧创作的共识，这一点不但编剧们运用得游刃有余，也得到评论家们的肯定。新编历史剧中陈亚先的《曹操与杨修》、新编古代故事剧中魏明伦的《潘金莲》等都是当代戏曲发展史上不可多得的佳作。笔者无意否认或低估当前戏曲改编作品中编剧的创造力和想象力，然而，如果以这种创作思路和创作模式去改编历史剧或古代故事，形成一种套路，恐怕很难再产生优秀的作品，因此未来的历史剧创作究竟应该怎样才能另辟蹊径，恐怕是剧作家们需要考虑的问题。更何况，历史事件和历史人物的产生，毕竟有特定的历史环境和时代背景。

关汉卿改编东海孝女的故事，创作出“感天动地”的《窦娥冤》；汤显祖依据倩女离魂的故事，塑造出“至情至性”的杜丽娘；同样是写“情而已”，洪昇的《长生殿》把历史上唐明皇与杨贵妃的爱情故事升华为“万里何愁南共北，两心哪论生和死”的主题。这些恐怕不是时代精神或现代视角所能解释的，他们所颂扬的是引起人们心理共鸣和精神通感的人类永恒的情感。更何况这些作品无一不是辞采华美，作者的创作才华和超凡的想象力直至今日仍然令人叹为观止。因此，尽管戏曲改编可以省去编故事、塑造人物的心力，作品的思想高度与精神深度还需要作家深度的情感体验和生命体验才能领悟得到。

从表1还可以看出，改编自小说和电视剧的戏曲作品有6部，占了改编作品的一半以上，其中《女人九香》改编自热播电视剧《当家的女人》，《胭脂盒》则改编自李碧华的小说《胭脂扣》。这是一个值得注意的现象，应该引起我们的重视。与小说共享题材原本无可厚非，明清时期许多传奇作品都改编自笔记、小说。然而，这种创作思想在当代是否还适宜则值得深思。明清时期，普通民众知识水平相对较低，看小说、读史书对他们来说是不可能的；人们的娱乐方式比较少，看戏是他们的主要娱乐方式，因此虽然戏曲作品改编自小说、史书，但对普通观众而言仍然是新鲜的和新奇的。但是，在电视、电影、网络、舞台演出等娱乐方式极为丰富多样的当代，再去改编其他艺术样式的作品，则会面临观众更多、更尖锐的挑剔眼光。虽然这些比较成功的小说、电影、电视剧等已经成为演播热点，确实会吸引一定的观众，但是戏曲改编要想在艺术上超越原作则比较困难，像电视剧《当家的女人》曾获第24届飞天奖、第22届金鹰奖、第10届中宣部精神文明建设“五个一工程”奖；电影《胭脂扣》由著名导演关锦鹏执导，梅艳芳、张国荣两位巨星主演，曾获法国第10届金球奖、中国香港第8届金像奖、中国台湾第24届金马奖。而且，从接受的角度来讲，当前戏曲观众数量较少，戏曲演出中大段的唱腔、情节推进比较缓慢，与电影、电视剧相比，戏曲演出有点以自己之短攻他人之长的不自量力。

从某种意义上来讲，改编确实比原创要相对简单一些。然而真正要改编出独具品格、为我所有的“这一个”，剧作家仍然要投入巨大的心智，充分发挥自己的原创力和想象力。著名剧作家徐棻的《欲海狂潮》，成功地把美国著名剧作家尤金·奥尼尔的《榆树下的欲望》中国化、戏曲化、川剧化，是近年来改编作品中的成功之作，其经验值得改编者学习和借鉴。

三、“命题作戏”的是与非

编剧应剧团之邀写些“命题作文”，是戏曲文学创作中一个突出的现象。2009年《剧本》发表的22个剧本中，至少有一半是约稿。下面对这些作品的创作情况进行详细分析。

曹锐的《百合花开》是典型的“命题作文”，题目是有关艾滋病的主题，时间不到一个月。[①]罗怀臻的《下南洋》虽不是剧团明言邀请，而是罗怀臻主

① 编剧曹锐在《心中有爱百花开——大型现代戏〈百合花开〉创作感言》中说：“……而现在却要去写一部以防治艾滋病为主题的剧本，使正在北京赶写电视剧本的我，突然停顿下来，陷入一片茫然。为了在不到一个月的时间内，完成该剧的创作任务，我只能夜以继日地观看有关艾滋病防治知识的资料和宣传片……”。见《剧本》2009年第2期。

动请缨，但其创作过程与约稿非常吻合。[1]郑怀兴的《寄印传奇》是应天津评剧院之约而改。[2]陆伦章的《顾家姆妈》是应苏州市滑稽剧团之约而创作。[3]刘桂成的《天雪》是为新疆建设兵团而创作。[4]尹洪波的《天地人心》是安徽省徽京剧院为纪念改革开放30年而请他创作。《尘埃落定》应四川省川剧院院长陈智林之邀而创作[5]、《马本仓当"官"记》是郝国忱的第一个签约舞台剧本[6]、《大学生村官》是贵州省黔剧团约袁兰雁写的[7]、《胭脂盒》是上海沪剧院邀罗怀臻创作的……

剧团约请编剧写戏，写什么戏，为谁写戏，原本是非常正常的，这无可厚非。剧团要生存，剧作家也要生存，双方相互需要。有一些剧团请编剧写戏，并不命题，像《下南洋》《顾家姆妈》《大学生村官》等，给作者充分的自由，让编剧充分发挥自己的才华，写自己想写的事。有一些虽然命题，但因编剧选材比较好，因此作品也比较成功，像《天地人心》《尘埃落定》《马本仓当"官"记》等。至于限题又限时、题材又不好写的"命题作文"，既难为了编剧，创作出来的作品质量也不高。

剧团之所以请编剧写戏，大多是由于编剧名气比较大，或是对某类题材比较擅长。《下南洋》延续了罗怀臻在《金龙与蜉蝣》中对人类进步史、族群移民史和奋斗史以及女性苦难命运和苦难心灵的深切关注，因此《下南洋》

---

① 2007年，罗怀臻因版权问题与海南琼剧团进行交涉。2008年，罗怀臻应海南省琼剧院之邀游览海南，期间产生创作《下南洋》的念头："海南的几天游览，琼剧院并没有明言约请我创作剧本，是我在海南侨乡的访问中主动萌生了创作的念头。"详见罗怀臻：《从"下南洋"到"下海南"》，《剧本》2009年第3期。

② 详细情况见下文。

③ 陆伦章：《文明因凡人善举而生动——〈顾家姆妈〉创作谈》，《剧本》2009年第4期。

④ 刘桂成：《冰雪皓魄铸精魂——〈天雪〉创作谈》，《剧本》2009年第5期。

⑤ 谭愫：《改编，是一种特殊的创作》，《剧本》2009年第7期。

⑥ 郝国忱：《我签约创作的第一个舞台剧本》，《剧本》2009年第8期。

⑦ 袁兰雁：《我心里的结》，《剧本》2009年第9期。

的创作显得驾轻就熟。由于刘桂成创作了山东吕剧《补天》，因此新疆建设兵团请他再为兵团豫剧团创作一个剧目，于是，刘桂成写成了《天雪》。然而这也造成了一个问题，即同一个编剧同类题材的重复，无论在思想上还是艺术上都很难超越早先的作品。

在这些作品中，郑怀兴为天津评剧院改写《寄印传奇》的经历非常引人深思。《寄印传奇》是在《寄印》的基础上改写的。原作《寄印》的一号人物是县令侯文甫，然而发表后“一直没有被剧团看上”。2008年，天津评剧院决定采用这个剧本，主演是著名评剧演员曾昭娟，她提出让郑怀兴把二号人物当铺女老板冷月芳改为一号人物。《寄印传奇》就是据此改编的剧本。郑怀兴说：“演出后，颇受观众欢迎，让我深感欣慰。”从这句话中我们隐约感觉到郑怀兴对改写后的剧本有一丝担忧。“剧本的生命在于演出，没有出色的演员，再好的剧本也会变得暗淡无光；有了优秀的演员，就能为剧本增色。”①这一句话，不但道出众多戏曲编剧的心声，反过来也说明，能有剧院主动邀请编剧写戏，剧本肯定能够排演，编剧自然十分开心。

郑怀兴是我国当代剧坛不可多得的优秀编剧，邀请他写戏的剧团非常多。然而他在创作这些“命题作文”时，仍然能够坚持自我，深入体会剧团当地的历史人文、剧团和演员的实际情况，创作出非常优秀的剧目，他的《傅山进京》是应山西太原实验晋剧院青年剧团的邀请而创作的，无论是剧本还是主演谢涛的表演都非常成功。然而，即使是郑怀兴，也不得不为剧团改剧本。我们真想知道，如果《寄印传奇》按原剧本以男一号为主角而排演，会是一种什么样的演出效果？

在当代舞台创作过程中，编剧一直处于比较尴尬的境地。他们不但要应剧团之约写“命题作文”，还要为演员“量身定制”。在作品排演过程中，剧本还要面临被导演、演员等二度创作人员删改与调整的命运。诚如郑怀兴所

---

① 郑怀兴：《有感于〈寄印传奇〉的上演》，《剧本》2009年第4期。

说，剧本能够搬上舞台已经是编剧的幸事，为了实现这个愿望，编剧不得不接受剧本被删改的命运。虽然这是剧本立于舞台的常规，然而，我们不能不思考在这个过程中编剧的权益应该如何保障。

1987年，时为陕西省京剧团名誉团长的尚长荣，怀揣《曹操与杨修》剧本，"潜出潼关"，南下上海，最终成就了一代京剧名家和编剧陈亚先。这样的剧坛佳话，这样的慧眼伯乐，如今还有吗？

综观2009年戏曲文学创作的现实情况，结合当前戏曲作家青黄不接，戏曲为形势、为政治、为政迹、为评奖而创作的实用主义，命题作文、评奖戏曲大行其道等问题，当前戏曲文学的创作缺乏具有创新意识、时代精神和文思俱佳的扛鼎之作是不争的事实。尽管新时期以来涌现出来的优秀剧作家仍然时有作品推出，但能够代表时代精神的跨时代、新生代剧作家尚未出现，能够撼动人心的优秀戏曲剧本凤毛麟角。理论批评界说目前的戏曲文学创作处于"瓶颈期"，这是一种对现状的描述，同时也是一种批评，但更是一种热切的期许，暗含着对戏曲编剧和戏曲创作突破当前困境的祝愿，呼唤戏曲文学创作有朝一日能厚积薄发，喷薄而出。这一美好愿景的到来，需要剧作家们艰辛的努力。

（原载《戏剧文学》2010年第12期）

戏曲2017：深耕

2017年，中国戏曲在国家政策的大力扶持和保驾护航的良好生态中，持续稳步健康发展。文化自信带来文艺的繁荣，传统戏曲本年度呈现出繁荣发展的良好态势。戏曲演出市场活跃繁荣，国家级平台和各省市区的戏曲展演层出不穷，戏曲创作涌现出一大批反映时代精神风貌、观众喜闻乐见的优秀剧目，戏曲非物质文化遗产保护成果显著，地方戏曲创作演出呈现出百花齐放、生机盎然的景象。戏曲评论与创作演出密切结合，已形成百家争鸣的良好批评氛围；戏曲理论研究体系化建设特征明显，为戏曲艺术健康发展提供了理论支撑和方向指引。

一、戏曲利好政策持续，保护传承、创作发展、人才扶持多管齐下

本年度国家的戏曲政策继续推进落实《关于支持戏曲传承发展的若干政策》、“十三五”规划以及“十九大”报告中传承发展优秀传统文化、实施地方戏曲振兴工程、深入挖掘传统文化、结合时代继承创新等有关精神，相关部委连续推出了一系列具体深入的落实政策：1月，中共中央办公厅、国务院办公厅印发了《关于实施中华优秀传统文化传承发展工程的意见》；4月，中宣部、文化部、财政部印发了《关于戏曲进乡村的实施方案》；5月，中宣部、文化部、教育部、财政部四部委联合印发《关于新形势下加强戏曲教育工作的意见》；8月，《关于戏曲进校园的实施意见》推出。文化部发布了“十三五”时期文化发

展改革规划，实施中华优秀传统文化传承发展工程，年度中华优秀传统艺术传承发展计划、名家传戏工程、剧本扶持项目、舞台艺术精品扶持工程、中国京剧音配像工程、“千人计划”等工作稳步推进。国家艺术基金对于当前戏曲艺术的繁荣起到了重要作用，本年度国家艺术基金大型舞台剧和作品创作资助戏曲项目44项，涉及27个剧种；小戏37个；传播交流推广资助戏曲项目35个；戏曲艺术人才培养资助项目31个。这些相继推出的戏曲利好政策与举措，地方政府也紧密配合落实，为戏曲艺术的全面复兴和繁荣提供了强有力的支撑。

二、讴歌新时代、弘扬主旋律成为主流戏曲表达

讲述中国故事，弘扬中国精神，彰显戏曲魅力，是当前戏曲创作的追求。本年度中宣部“五个一工程”奖（2014—2016）戏曲类获奖作品有京剧《西安事变》、评剧《母亲》、赣南采茶戏《永远的歌谣》、高甲戏《大稻埕》、河北梆子《李保国》等，其中前四部为革命历史题材，占五分之四。文化部本年度舞台艺术重点创作剧目有京剧《党的女儿》、昆曲《邯郸记》、婺剧《宫锦袍》、闽剧《双蝶扇》《狄青》《庄妃》、评剧《安娥》、拉场戏《海伦往事》、赣剧《邯郸记》、豫剧《九品巡检暴式昭》、粤剧《还金记》共11个，其中前4个是精品工程扶持项目。在第18届中国戏剧节上，出现了一批比较优秀的新创剧目，如秦腔《王贵与李香香》、扬剧《史可法——不破之城》、川剧《铎声阵阵》等。第八届中国京剧节上出现的优秀剧目有京剧《青衣》《在路上》《赵武灵王》《庄妃》《狄青》《美丽人生》等。京剧《大宅门》《花漫一碗泉》《董仲舒》、评剧《藏地彩虹》、淮剧《小城》等新作一经推出就好评如潮。

革命历史题材、现实题材戏曲创作继续引领当前戏曲创作，取得了比较突出的成果，起到了良好的示范作用。著名导演张曼君的《母亲》《永远的歌谣》等作品在创作思想的把握、人物形象的塑造、舞台意象的确立、民间艺术的运用方面总是匠心独具，感人至深的同时具有震撼人心的艺术力量。革命历史题材戏曲虽然时间较短，反映的历史也较近，但有较成熟的创作经

验，难能可贵的是，当前的革命历史题材戏曲作品能够以当代意识和辩证眼光看待问题，在表现革命英烈家国大义的同时注重人物的性格魅力和情感温度，这以著名编剧李莉的《浴火黎明》和《党的女儿》为代表。时代楷模形象的塑造，以《焦裕禄》《李保国》等剧为代表，这些优秀作品的成功经验都值得学习。尽管历史剧并非当前戏曲创作的热点，但水平高、少而精却是不争的事实，这与历史剧历史悠久、经验丰富、手法成熟有关。著名历史剧编剧郑怀兴的《赵武灵王》在浩瀚的史料中独具慧眼发现素材，并以当代意识和人文关怀赋予作品深刻的哲思和人物丰满的人性。当前文艺作品要讴歌时代、讴歌英雄、以人民群众为中心，现实题材的作品也一直是戏曲创作的重要类型，全国各地各个剧种有数不胜数的相关作品，但如何做到从平凡或伟大的人和事中提炼出具有普适性的价值和意义，如何使传统戏曲在艺术上能够进行创造性转化以满足戏曲化、艺术化地表现现代生活的舞台需求，在思想上提升观众、情感上打动观众、艺术上感染观众，还需要深思熟虑、谨慎小心。

三、各类戏曲展演密集丰富，展示传统戏曲艺术魅力的同时促进戏曲健康发展

本年度举办的国家层面的戏曲展演主要有文化部主办的全国舞台艺术优秀剧目展演、第八届京剧艺术节、全国基层院团戏曲会演、全国地方戏曲南方会演、全国小剧场优秀剧目展演、全国曲艺、木偶剧、皮影戏优秀剧（节）目展演，以及中国剧协主办的第15届中国戏剧节、第28届梅花奖评奖活动等。各省市区已经形成品牌的戏曲展演也都常态化举办。其中京剧武戏展演引发的“武戏”讨论和小剧场戏曲创作引领的戏曲创新尤其引人注目。

本年度被业界人士称为“京剧武戏大年”。3月，北京京剧院举办第四届青年京剧演员（北京）擂台邀请赛，专门设置武戏获奖演员展演及叶（盛章）派武丑展演；在南京举办的第八届京剧节演出了5场22个武戏折子戏专场，成为本届京剧节最大的亮点和话题。9月，上海京剧院举办第二届“京武会”

武戏专场演出季，并与中国京剧艺术基金会联合举办了研讨会。11月，中国戏曲学院举办了武戏展演和研讨会。武戏是京剧艺术的重要组成部分，也是戏曲表演艺术的宝贵财富。历史上出现过许多武戏大师，武戏剧目也非常丰富，然而，由于武戏习得需要付出异乎常人的艰辛和血汗代价，演出难以避免伤痛事故，人们对武戏有“绿叶扶花”“有技无戏”等误解，学武戏的演员逐渐减少，武戏演员青黄不接，京剧武戏日渐萎缩，造成了京剧艺术“文强武弱”的局面。2004年第四届京剧节首设武戏擂台赛，提出振兴武戏的口号，经过十几年的呼吁和扶持，重振武戏已经成效显著，上述展演即是有力的证明。武戏折子戏只有武没有戏的局面得到改善，本届京剧节上很多新创剧目如《狄青》《东极英雄》《抗倭将军戚继光》等都有非常精彩的武戏场面。武戏的重振促使我们对京剧乃至传统戏曲的四功五法进行全面而理性的审视。当前传统戏曲行当发展不平衡是不争的事实，作为生旦净丑四大行当之一的丑角表演艺术当前异常没落，本届京剧节上没有一部丑角担纲主演的戏，也没有一部喜剧作品，这是令人担忧的。我们要在观念上重视丑角行当，传承丑角技艺，“补短板，扶绿叶”，像扶持京剧武戏一样扶持戏曲丑角行当。期待以后的京剧节会出现丑戏擂台赛、丑戏折子戏展演，使扶持濒危行当和弥补表演短板成为京剧节乃至各种艺术节的常态，长此以往，才能真正做到戏曲艺术创作与传承并重、现代与传统映辉。

近年来小剧场戏曲异军突起，成为不容忽视的戏曲新生力量。今年，全国小剧场戏剧优秀剧目展演、北京小剧场戏曲节、上海小剧场戏曲节相继举办，“北京故事”优秀小剧场剧目在上海、天津巡演。从北京的小剧场戏曲演出情况来看，北京京剧院的小剧场京剧创作依然处于领跑地位，《马前泼水》《惜·姣》《碾玉观音》等保留剧目、新创剧目《季子挂剑》都有非常高的艺术水平。中国戏曲学院是小剧场戏曲创作的主要阵地，该院师生已经成为小剧场戏曲创作的主力，周龙的《三岔口》成为历届北京小剧场戏曲节的保留剧目，北京京剧院的著名小剧场京剧编剧、导演李卓群毕业于该院，昆曲《三生》、湘剧《武松之踵》等剧的编剧也都毕业于该院。小剧场戏曲成为戏曲编导人才培养和成长的重要阵地。

小剧场戏曲创作具有先锋、前卫、实验、探索的品格，这不但体现在其创作思想的现代意识、表现手法的跨界融合、内容与形式的中西混搭，也体现在通过小剧场戏曲创作探索地方戏曲剧种的实验创新。每年的小剧场戏曲节都会出现新剧种的实验作品，今年涌现出来比较优秀的开拓小剧场戏曲阵地的剧种有越剧、湘剧、滇剧、淮剧等。湘剧《武松之踵》移植自京剧，在对武松与潘金莲故事的重新开掘、湘剧题材内容的拓展、服装和身段表演的创新方面都取得了可喜的成就。越剧《洞君娶妻》小生演员王柔桑一人分饰两角、一人演唱范派与尹派两种唱腔，深受观众喜爱。上海昆剧团的《椅子》以昆曲改编演绎法国荒诞派戏剧，探索戏曲演出的边界。另一方面，一些小剧场戏曲作品体现出与大剧场戏曲相对的空间概念，以相对传统的方式、短小精悍的篇幅进行创作，白爱莲导演的创作和北方昆曲剧院的作品成为代表，曾静萍的小剧场梨园戏作品《御碑亭》《吕蒙正》也属此类型。与台湾和香港两地区的小剧场戏曲创作相比，当前小剧场戏曲显得中规中矩，在艺术探索的先锋前卫性、艺术创新的多元性和创造性上还有很大的提升空间。

四、基层戏曲创作演出“贴地气，有人气，扬正气”

本年度的全国基层院团戏曲会演展示了地方优秀创作剧目成果，共有全国30个省市区的32台大戏、4台小戏、33个剧种参演。河南戏曲保持全国戏曲领头羊的地位，8月在北京举办了中国豫剧优秀剧目展演活动，这是继去年之后该活动第二次在北京举办。11月，河南珍稀剧种进京展演，演出了9个剧种的代表性剧目。这些作品生动鲜活地展示了我国不同地区戏曲剧种的多样性和多元化发展路径，及时而快捷地反映时代风貌和当下农村发展遇到的问题，具有浓郁的生活气息和生活情趣。这些基层院团创作的戏曲作品既有传统的原则和美感，又有生活的质感和温度，表现出中国原生态戏曲自由、优美、轻灵的灵魂和精神。小戏是全国基层戏曲会演的特点和亮点，它们以及时快捷、生动活泼、鲜活生动、积极乐观、轻松幽默的形式反映生活、反映社会、反映时代，艺术上又能做到继承传统、推陈出新，这样的作品深受观众喜爱。时任文化部部长雒树刚观看云南小戏组台后称赞小戏“贴地气，有人气，扬正气”。尽管这次演出展示了基层戏曲院团的实力和成就，但是存在的问题也是非常明显的，如一些剧目的艺术观、创作观还有待提高，剧种意识有待加强，基层戏曲人才严重不足等。

少数民族戏曲是中华民族戏曲大家庭中不可缺少的重要组成部分，近年来少数民族戏曲发展势头良好，在今年全国基层院团戏曲会演中涌现出了蒙古剧《黑缎子坎肩》、新疆曲子戏《戈壁花开》、彝剧小戏《喝三秒》等优秀剧目。9月，内蒙古自治区举办了首届蒙古语戏剧节，四川举办了藏戏创新与发展系列活动。12月，全国政协举办了“少数民族戏剧的传承与发展”座谈会，为少数民族戏剧发展建言献策。中国艺术研究院戏曲研究所历来特别重视少数民族戏曲发展，12月底，该所举办了“少数民族戏剧改编创作培训班”，必将对少数民族地区戏剧发展繁荣起到不可估量的作用。

五、戏曲非遗保护成果显著，全国剧种普查结果公布

12月26日，文化部发布全国地方戏曲剧种普查结果。此次普查自2015年7月开始，在为期两年的普查中，共有10278个戏曲演出团体参与，其中国办团体1524个、民营团体（含民间班社）8754个。普查结果显示，截至2015年8月31日，全国有348个剧种，241个剧种拥有国办团体，107个剧种无国办团体，仅有民营团体或民间班社，其中70个剧种仅有民间班社。与编纂于20世纪八九十年代的《中国戏曲志》记载的394个剧种相比，有47个剧种已经消亡，其中19个在该志编纂前已经消亡；增补17个新剧种，包括蛤蟆嗡、武安傩戏、鹧鸪戏等，分为重新恢复、分立而出、最新发现、多个小戏融合而成等几类；17个剧种面临消亡的危险。这次剧种普查对当前戏曲剧种生存状态、数量的消长变迁有了准确了解，对今后戏曲扶持政策的制定具有重要的指导意义，对于戏曲理论研究提供了理论依据，其现实意义和学术价值都非常巨大。

地方戏曲振兴、剧种普查的成果，在2018年新年戏曲晚会上得到了充分体现。这次戏曲晚会首次实现了全国31个省市区代表性剧种全覆盖，使晚会成为一次全国性剧种大检阅、大展示，不但展现了众多剧种名家名角的艺术风采，也是当前现实题材创作优秀剧目的成果汇报，既彰显了我国深厚的戏曲文化传统，也充分展示了传统戏曲现代性转化的成就，对戏曲文化的普及、戏曲观众的培养、戏曲文化自信的提升都有重要的作用。

六、戏曲评论态势良好，理论研究呈体系化、系统化趋势

理论与批评是引领文艺健康发展的重要力量。“重评论，轻评奖”已成为当前全国重要戏曲活动的常态，一戏一评已经成为戏剧展演的共识。从国家到地方各级文艺评论机构的相继成立，专门的文艺评论期刊为戏曲批评提供了重要平台，新媒体也成为重要的、不容忽视的自由批评阵地。老一辈戏曲评论家、专业的戏曲研究人士及各类戏曲评论研修班培养的青年评论人才已经形成梯队，中国艺术研究院戏曲研究所、成都市青年剧评团、广州青年剧评团等评论团队异常活跃，成为令人注目的评论力量。理论方面，由中国艺术研究院戏曲研究所承担的国家学术项目《中国大百科全书·戏曲卷》（第三版）已于今年基本完成，该所当代戏曲流派系列研究稳步推进，“前海学派”戏曲研究在前辈学者及其成果的基础上稳步推进，戏曲研究各领域人才梯队已经形成。2017年国家社科基金艺术学重大项目“中国戏曲表演美学体系研究”立项，这是戏曲理论研究进一步体系化、系统化、深入化的标志。

2017年，我国戏曲事业在国家力量的强力推进下，戏曲生态持续好转，深厚的戏曲文化传统正受到全面保护、深度挖掘，戏曲创作在高原的基础上努力为再创高峰而蓄势，相信复兴中华传统戏曲文化、谱写时代戏曲新篇章的文化自觉必会让戏曲艺术重铸辉煌。

（原载《文艺报》2018年1月8日）

戏曲 2018：现实题材唱主角

2018年对于戏曲艺术来说，是令人振奋和欣喜的一年。在国家持续稳定的戏曲利好政策和不断好转的文化生态之中，本年度戏曲创作、演出、传承、传播都取得了令人注目的成绩，并且出现了一些不同于以往的新观象、新特点，本文是对2018年度戏曲创作演出的梳理和总结。

戏曲展演百戏盛典，苔花牡丹齐绽娇颜

戏曲创作繁荣与否与政府的重视和扶持有密不可分的关系，各层级的戏曲展演既是戏曲创作成果的汇报，也是戏曲生态健康与否的重要标杆。本年度由文化和旅游部组织主办的国家级展演主题突出，特点鲜明，规模盛大，影响深远。其中两个国家级展演特别需要注意：一是全国优秀现实题材舞台艺术作品展演活动。该活动采取全国联动、各地实施的创新方式，除了在北京组织全国优秀现实题材作品展演，还由各省、区、市文化部门在当地组织现实题材舞台艺术作品展演活动，各省、区、市积极组织，在全国范围内掀起了现实题材戏曲创作演出的高潮。二是举办首届中国戏曲百戏（昆山）盛典（简称百戏盛典）。百戏盛典将持续举办三年，全国348个剧种都将在这里展示自己的风采，这是对新世纪以来国家非物质文化遗产保护工作成就、文化和旅游部戏曲剧种普查工作成果的一次全面、深入的大检阅，是我国丰富的戏曲剧种文化的全面展示，通过这次展演，强化了全国戏曲界的剧种意识，坚定了不同剧种

的文化自信，对于唤起社会各方面对戏曲文化的重视、激励戏曲从业人士的积极性，有着非常重要的意义。主办方还同时征集各剧种代表性的服装、道具、剧本、视频等，以筹备建立戏曲博物馆，这一举措不仅使各剧种“到此一游”，而且能够“立此存照”，留下难得的戏曲文献史料，意义深远。

此外，由中宣部与文化和旅游部共同主办的全国基层院团戏曲会演继续举办，展现了基层院团和地方剧种的艺术风采和基层民众的声音。基层戏曲展演政策上的持续性、时间上的历时性，对于激励基层戏曲院团进行戏曲创作起到了非常重要的作用。本年度的基层院团戏曲会演，涌现出一批贴近生活、艺术优良的作品，如从家庭视角表现反腐题材的《失却的银婚》、表现优秀基层乡村干部的《好人邓平寿》、反映改革开放40年成就的《鸡毛飞上天》等。

政府部门对现实题材戏曲创作的鼓励倡导，带动了各省、区、市的现实题材戏曲展演，全国各地纷纷举办现实题材舞台艺术作品展，除此之外，全国各地的戏剧展演、会演、艺术节、戏剧节众多，出现了一批比较优秀的新创剧目，如福建省闽剧院的《生命》、湖北省老河口市豫剧团的《黄河绝唱》、河南豫剧院的《重渡沟》、吉林省评剧团的《春回桃湾》、陕西省安康市的紫阳民歌剧《闹热村的热闹事》、新疆建设兵团豫剧团的《戈壁母亲》等，这些作品从艺术的角度讲述故事、塑造人物、表达感情，具有较高的艺术水平。一些已经形成品牌效应的戏曲展演照常举办，如第八届中国昆剧艺术节在江苏苏州举办，展示了近三年来昆曲创作和传承的成就。河南豫剧优秀剧目进京展演活动本年度已经举办三届，今年该展演以纪念改革开放40周年为主题，在创新发展的同时回顾40年积累下来的新经典新传统，对当前的创作有一定的启发意义。

现实题材唱主角，厚积薄发佳作多

在政府大力提倡和加强现实题材戏剧创作的政策引导下，本年度戏曲现代戏新剧目创作成就可喜，无论是表现先进人物、革命历史题材，还是当下普通人现实生活等众多方面，都涌现出一批高质量的新创剧目。这些作品大多主题立意高远，人物形象感人，演员技艺精湛，舞台呈现优良。其中既有名家大腕、国家院团的大手笔，也有地方剧种和基层院团的用心之作；既有制作精良的大戏，又有贴地气有人气的小戏。在众多的作家作品中，张曼君导演以其多部高质量作品继续延续着她的传奇，同时也以其反复强化的创作个性为各地剧种注入新鲜的活力，如其《红军故事》由三个小戏组成，以深情歌颂革命时期默默无闻的炊事班长、卫生员和军需处长等幕后英雄，以地方民间歌舞丰富京剧的舞台表现力，可以说是小故事大气象；又如沪剧《敦煌女儿》以敦煌研究院原院长樊锦诗为原型，在叙事结构、人物塑造和舞台美术上都有独特之处。此外比较突出的作品还有编剧李莉的《国鼎魂》《太行娘亲》、韩枫的《失却的银婚》《戈壁母亲》《荣宝斋》，以及豫剧《重渡沟》、吕剧《大河开凌》、河南曲剧《信仰》、上海淮剧《武训先生》、湖北豫剧《黄河绝唱》等。这些作品都有较高的文学成就，为二度创作奠定了扎实的基础。在舞台呈现方面，这些作品也比较注意艺术化地处理题材、戏曲化地表现生活、人性化地刻画人物，避免了以往常见的话剧加唱、大制作等问题，体现了戏曲现代戏创作的成熟和自觉。当前政府对现实题材创作的倡导，是促进和助推传统戏曲艺术现代化转化的重要举措，是中华优秀传统文化融入现代生活的重要契机，戏曲院团积极回应时代呼唤，顺势而起，以大量的创作实际积极探索，积累经验，已完全能够运用艺术化的创作手法、戏曲化的表现手段表现现代生活。

相对于现实题材的戏曲创作，本年度历史剧和古代故事剧的创作从数量上来讲相对较少，能够产生较大影响的基本上都是名家之作，如以历史剧创作闻名全国的郑怀兴有《关中晓月》《浮海孤臣》等搬上舞台，这两部作品一经推出就引起戏曲界的强烈反响，获得一致好评。此外还有早几年创排但很少演出的豫剧《北魏孝文帝》作为豫剧进京展演剧目在北京演出，原为上下本的莆仙戏《林龙江》本年度缩编为一本参加福建省艺术节，都引起比较大的反响，得到专家和观众的好评。郑怀兴的这些历史剧作品，都由地方基层院团创排，如《关中晓月》由陕西周至县秦腔剧团演出，《浮海孤臣》由泉州市高甲戏剧团演出，《北魏孝文帝》由洛阳豫剧院演出，《林龙江》由福建省仙游县鲤声剧团演出，这种大编剧、小剧团的合作模式，以优质的剧本和精彩的舞台呈现，提高了地方基层戏曲院团的创作质量和创作水平。此外还有著名青年编剧罗周的《顾炎武》以及豫剧《灞陵桥》等。

戏曲传承稳步推进，网络传播前景广阔

戏曲进校园工作稳步推进，组建各种戏曲剧种、流派、剧目传承班和培养班，戏曲人才培养趋向全面并已见成效，如对戏曲武行人才的培养成果卓然，国家京剧院武戏展演以及年终的元旦戏曲晚会上武戏独领风骚。对于处于弱势的戏曲丑行开始重视，上海京剧院的“小丑挑梁”京剧丑角艺术展演仍在持续，中国艺术研究院戏曲研究所举办了豫剧牛（得草）派丑行经典剧目展演暨金不换丑行表演艺术研讨会，在戏曲界和学术界产生了一定的影响。戏曲新流派开始出现，如河南李树建的豫剧老生“李派”已经得到普遍认可，豫剧小皇后王红丽“王派”于本年度宣告成立，王红丽还举行了规模盛大的收徒仪式，这在河南戏曲界造成了不小的影响，河南众多优秀的表演艺术家相继举办收徒仪式。著名京剧表演艺术家尚长荣先生在继“尚长荣三部曲”传承教学之后，开始面向全国收徒，湖南省京剧院的李永顺和中国戏曲学院的舒桐先后拜尚先生为师。师徒教学模式既恢复承继了戏曲界的传统，又弥补了现代戏曲专科院校教学的不足。

近年来，随着移动互联网的普及，戏曲艺术的网络传播异军突起，对于戏曲艺术的传播推广产生了非常积极的影响，各种戏曲演出的网络直播、戏曲演员的直播众多，著名京剧女老生王珮瑜借助电视和网络节目成为“戏曲网红”的代表人物，培养了大批戏迷和拥趸，促进了京剧艺术在青年人中间的传播与普及。再如百戏盛典的演出剧目通过网络直播使全国的观众足不出户就能欣赏到正在上演的不同剧种剧目。这些网络直播的传播者和收看者，

往往是使用智能手机的年轻人，因此，这种传播模式使得传统戏曲艺术在青年人之间宣传普及，结合戏曲进校园以及非遗保护等观念的普及成效，戏曲艺术的文化价值和艺术魅力被越来越多的年轻人所接纳和喜爱。一些近年来成长起来的“互联网＋戏曲”的文化传播机构如河南恒品戏缘和中华戏曲公众号等，在兼顾经济利益和社会效益方面形成了有利于戏曲生态培养的正确观念，都能够做到尊重戏曲艺术本体、培育戏曲文化生态和引导人们戏曲消费的观念，恒品戏缘在经过几年的用心经营之后，实现了戏曲艺术从线上到线下的转化，其建立的戏曲小镇不但吸引了众多戏曲院团和名家的加盟，还打造出新的文化景点，这样的戏曲小镇在全国各地都如雨后春笋般地出现，对于戏曲文化生态的培育起到了良好的促进作用。

繁荣下的问题与隐忧

在政府戏曲政策持续利好、戏曲生态不断改善、戏曲创作成就突出的情况下，当前戏曲创作存在的问题也转向深化，一些以前隐蔽的问题开始突显。戏曲现代戏创作题材的趋同化、剧种的同质化问题当前显得尤为突出，取材于真实英模人物的作品还不能很好地处理生活真实与艺术真实的关系问题，政治宣传和功利目的又太过突出。这既有政策原因又有人为因素：同一导演、编剧为不同剧团、不同剧种创作的作品，难免有手法雷同之处；全国各地院团紧跟政治形势反映第一书记、精准扶贫等现实，题材重复问题也难以回避。如何避免这些问题出现，是考验主创人员的创作水平和艺术良知的重要试金石，这就要求他们不但要挑战别人，更重要的是要超越自己。

当前现实题材戏曲作品需求量巨大，萝卜快了不洗泥，许多作品匆匆上马，政府官员横加干涉，创作人员又责任心缺失，致使许多作品质量低下。一些主创人员唯利是图，国家艺术基金和政府部门的资金投入大量流入个人腰包，这对广大基层戏曲院团来说，更是趁火打劫、雪上加霜。现实题材戏曲创作一枝独秀，历史剧和古代故事剧创作数量大幅减少，不仅伤害了历史剧创作人员的积极性，也使得一些已经创作的历史剧作品难以有出头之日。戏曲的繁荣发展离不开政府的扶持和政策的指引，但戏曲艺术本身有自己的创作发展规律，政府部门既不能放任自流任其自生自灭，也不能过度干预，影响戏曲创作的多样化，艺术作品应该凭质量说话，而不是靠题材取胜。

除了创作方面存在的问题，戏曲观念问题也应该得到足够的重视。如在进行戏曲创作时应该尊重地方剧种的独特个性，而剧种特性主要表现在声腔上，如何处理好剧种声腔的改革创新与保护传承关系，是主创人员特别是导演和作曲要注意的问题。新世纪以来，由于非物质文化遗产保护观念的深入人心，戏曲的改革创新特别是戏曲声腔的改革创新成为一个非常突出的问题，戏曲声腔是否要创新、如何创新，成为一个两难的问题。一方面，戏曲创作实践不断地进行创新，另一方面，这些创新却不断受到观念保守人士的批判和抨击，表现在本年度的创作中，在全国基层院团戏曲展演中脱颖而出的山东茂腔《失却的银婚》因声腔的创新引起不小的争议，河南省黄河戏剧节上演出的河南曲剧《信仰》也出现了同样的问题。这可能是因为主创人员创新的步子迈得有些大，难以为听惯传统声腔的观众所接受，也可能是因为对非物质文化遗产保护的理解产生了偏差，形成了新的保守主义思想。明代戏曲理论家王骥德曾经说过："声腔凡三十年一变。"戏曲创作的实际也说明戏曲声腔要不断满足时代的发展才能争取到更广大的观众，才能不断与时俱进。即便是曲牌体的昆曲，其实也在不断地发展。此外，一些历史比较短的新兴剧种如蒙古剧和各地的山歌剧的声腔问题也需要重视，这些剧种声腔比较自由、开放，甚至一些新兴剧种的声腔特点尚在形成之中，还不稳定，因此，剧种声腔何去何从，成为一个非常重要的问题。当前一些新兴剧种的唱腔歌剧化、音乐剧化的倾向非常明显，无论是唱法还是发声方法，都与戏曲的演唱方法相去甚远，这是特别需要警惕的。

（原载《文艺报》2019年1月14日）

当代豫剧剧目建设思考

新时期以来，特别是21世纪以来，豫剧取得的辉煌成就有目共睹。这种辉煌，不但体现在涌现出以李树建、贾文龙、汪荃珍为代表的一批优秀演员，还体现在涌现出了一大批优秀高质、影响深远的经典剧目；不但体现在河南本省豫剧创作的繁荣，也体现在全国其他省市区豫剧创作的共同繁荣。本文将放眼全国豫剧院团的剧目创作情况，以豫剧当代剧目创作为考察对象，以盘点豫剧作家群为依托，对重要作家作品进行个案研究，对当代豫剧剧目创作的特点进行总结，也对当前豫剧创作存在的问题进行反思。

一、当代豫剧作家作品概览

当代豫剧剧目创作数量繁多，本文选取三个角度进行考察。一、以作家带作品，从豫剧主要剧作家的创作为切入点，盘点当代豫剧创作情况；二、以获得全国性大奖的主要作品为对象，梳理当代豫剧创作的基本倾向和价值取向；三、以2016年3—4月举办的“全国豫剧优秀剧目展演月”演出剧目为对象，考察全国豫剧创作情况。

（一）以河南省推出的“中原戏剧家群”之“编剧篇”为依据，综合考察豫剧作家作品情况

从2011年开始，《河南戏剧》开始推出“中原戏剧家群”栏目，推介以河南为主的戏剧主创团队，其中的2011年第5期和2012年第1期推出了“编剧篇”，比较详尽地介绍了新时期以来以创作豫剧为主的代表性编剧，这些编剧及其代表剧目有（排序依《河南戏剧》所列先后次序）：

李学庭：《金鸡引凤》《试夫》《清风明月》《娥眉女》《儿女情长》《家住小浪底》《黄土情》《半坡人家》《大山的呼唤》《晨曲》《清风亭上》《九品巡检暴式昭》等。

孟华：《半个娘娘》、《春秋出个姜小白》、《榆树古宅》、新版《白蛇传》、《情断状元楼》、《生儿子大奖赛》、《汴桥风云》、《伤逝》等。

齐飞：《倒霉大叔的婚事》《清明雨》《王家湾的当家人》《颍河骄子》《无名草》《护身符》《八月十五云遮月》《魂断上河图》《七品青莲》等。

张锡荣：《春暖花开》《妙龄女郎》《寡妇门前》《孔繁森》《张弓镇传奇》《银河湾》《张娘娘传奇》等。

姚金成：《香魂女》、《村官李天成》（合作）、《斗笠县令》（合作）、《云锦人家》、《梨园风流》、《悠悠我心》、《兰考往事——焦裕禄》（合作）、《龙河钟声》、《闯世界的恋人》、《全家福》（合作）等。

孔凡燕：《青山情》、新编《樊梨花》、《大爱无言》、《桃花夫人》、《虢都遗恨》、《大爱无言》等。

张芳：《马青霞》、《黑娃还妻》、《双喜临门》、《蚂蜂庄的姑爷》、《村官李天成》（合作）、《慈禧与珍妃》、《红旗渠》、《市井人生》、《嵩山长霞》、《抢来的警官》、《乾隆与赵风》、《史作善》、《台北知府》、《苏武牧羊》等。

王明山：《三子争父》、《憨知县断案》、《辛酸风流事》、《酸枣岭》、《陈家湾的新故事》、《乔书记盖房》、《啼笑皆非》、《秋月》、《老子·儿子·弦子》、《美兮洛神》（合作）、《清风茶社》等。

贾璐：《能人百不成》《珠帘秀》《刘邦与萧何》《人往高处走》《愚公移山》《红高粱》《盛世君臣》《尘封的军功章》等。

陈涌泉：《程婴救孤》《风雨故园》《黄河十八弯》《李香君》《王屋山的女人》《天职》《都市阳光》《张伯行》等。

另外还有冀振东的《红果，红了》、马书道的《柳河湾》《白蛇后传》、刘巧珠的《都市风铃声》、韩枫的《常香玉》《李清照》、何中兴的《焦裕禄》《全家福》（二剧均与姚金成合作），以及安克慧、刘巧珠、陈解民、任金义、姚梦松、王国毅等众多剧作家的作品。

从上面所列的当代主要豫剧编剧及其代表作可以看出，豫剧的编剧团队是非常庞大的，许多剧作家创作的优秀作品在问世之初引起巨大的轰动，获得非常高的声誉，深受观众的喜爱，都已经成为豫剧的经典保留剧目，如《倒霉大叔的婚事》《老子 · 儿子 · 弦子》《红果，红了》《香魂女》《村官李天成》《程婴救孤》《清风亭上》《苏武牧羊》《风雨故园》《焦裕禄》等。这些作品大部分都是现代题材，只有一小部分是历史题材，这反映出豫剧剧目创作贴近生活、贴近群众、贴近现实的创作倾向。姚金成、陈涌泉、贾璐等是这批剧作家中的佼佼者，姚金成以创作现代戏为主，其代表作有《香魂女》《村官李天成》《焦裕禄》等，特别是《焦裕禄》在第十一届艺术节上夺得“文华奖”第一名，专家学者对其高度肯定，认为该剧把戏曲现代戏的创作水平和思考深度推到一个新的高峰。陈涌泉的《程婴救孤》《风雨故园》更是享誉全国，陈涌泉也成为当前我国中青年编剧中的领军人物。以姚金成、陈涌泉为代表的一大批剧作家，固守河南本省，坚持为河南戏曲创作剧本，为河南戏曲的振兴与繁荣做出了突出的贡献。河南戏曲很少出现邀请外省编剧创作剧本的情况，这不仅是因为河南豫剧的编剧多，还因为这些本土编剧对戏曲和豫剧的热爱和坚守，因此才会创作出从唱词对白、风格气质到唱腔音乐都原汁原味的优秀作品，这是值得其他省市的剧种和剧团学习借鉴的。贾璐、韩枫等人的剧作不仅在河南演，他们还为其他省份的剧团创作剧本，为全国戏曲的创作繁荣做出了贡献。如第十一届艺术节上获得文华奖的评剧《红高粱》，就是贾璐根据此前创作的豫剧《红高粱》改编的。此次全国梆子戏展演剧目山东梆子《古城女人》是河南编剧韩枫创作的，他的山东梆子剧作还有《山东汉子》等。此外，豫剧还出现了一些具有先锋实验性质的剧目，如孟华的意象豫剧《半个娘娘》《榆树古宅》《伤逝》等，这是豫剧艺术多元发展和探索创新的有益尝试。

（二）从获得全国性大奖的作品看豫剧剧目建设

由于这些编剧的辛苦创作，中国豫剧不断走向辉煌，优秀剧目不断涌现。一个评价的标准，就是获奖剧目，虽然这些获奖剧目的质量和水平可能参差不齐，但相对于纯粹的个人评价，还是比较客观的，我们可以从中看到戏曲评奖对创作的影响。历年来，获得中宣部“五个一工程奖”和文化部“文华奖”的作品有：

历届“五个一工程奖”豫剧获奖剧目：

1993年：《能人百不成》（河南省濮阳市豫剧团）

1994年：《红果，红了》（河南豫剧院三团）

1996年：《丑嫂》（湖北省十堰市豫剧团）、《蚂蜂庄的姑爷》（河南豫剧院三团）

1999年：《老子 · 儿子 · 弦子》（河南省郑州市豫剧团）

2001年：《香魂女》（河南豫剧院三团）

2002年：《铡刀下的红梅》（河南小皇后豫剧团）

2003—2006年：《程婴救孤》（河南豫剧院二团）、《村官李天成》（河南豫剧院三团）

2007—2009年：《常香玉》（河南豫剧院一团）

2010—2012年：《苏武牧羊》（河南豫剧院二团）

2013—2014年：《焦裕禄》（河南豫剧院三团）

历届“文华奖”豫剧获奖剧目：

1991年：《风流女人》（湖北省十堰市豫剧团）

1993年：《风流才子》（河南省郑州市豫剧团）

1994年：《能人百不成》（河南省濮阳市豫剧团）

1995年：《红果，红了》（河南豫剧院三团）

1996年：《王屋山下》（河南省济源市豫剧团）

1997年：《都市风铃声》（河南省郑州市豫剧团）

2000年：《老子 · 儿子 · 弦子》（河南省郑州市豫剧团）

2004年：《程婴救孤》（河南豫剧院二团）

2006年：《常香玉》（河南豫剧院一团）

2008年：《村官李天成》（河南豫剧院三团）、《大明贤后》（山东省聊城市豫剧院）

2013年：《天山人家》（新疆兵团豫剧团）

2016年：《焦裕禄》（河南豫剧院三团）

从以上这些获奖剧目我们可以发现这样几个问题：

最早获得国家级大奖的豫剧团，不是豫剧大省河南的剧团，而是湖北省十堰市豫剧团。1991年，文化部首届“文华奖”优秀剧目奖获奖名单上，该团创作的《风流女人》上榜。1996年，这个剧团创作的《丑嫂》又获得中宣部“五个一工程奖”。而且，《风流女人》和《丑嫂》都是由同一个剧作家创作的，即河南籍女编剧忽红叶。这是值得深思的，也确实引起了河南戏剧界的反思。当时河南豫剧界总结原因和教训，认为豫剧剧目总体风格是“俗、粗、浅、陋”，反映的依然是农耕文明时期的审美趣味和美学追求，这已经满足不了当时观众特别是青年观众、城市观众的文化需求和艺术品位；在全国戏曲普遍处于“戏曲危机”的生存状态下，河南的戏曲文化土壤非常深厚，豫剧观众群体庞大，生存状况相对较好，河南豫剧人满足于老演老戏、不愁观众的现状，没有进取意识和创新精神，因此造成当时的危机。

就河南省的获奖剧目和演出单位来说，2000年以前，河南省获奖剧目的演出单位主要在河南地市级豫剧团，省级的三个豫剧团中只有豫剧院三团的《红果，红了》和《蚂蜂庄的姑爷》曾获得“五个一工程奖”。2000年以后，地方豫剧院团获奖剧目逐渐减少，河南的三个省级豫剧团即后来的河南豫剧院一团、二团、三团的获奖剧目，基本上承包了这两个国家级大奖的绝大部分，特别是河南豫剧院三团曾有五个剧目先后获中宣部“五个一工程奖”：《红果，红了》《蚂蜂庄的姑爷》《香魂女》《村官李天成》《焦裕禄》；豫剧二团有两个剧目：《程婴救孤》《苏武牧羊》；豫剧一团获得过一次，即《常香玉》。豫剧三团有三个剧目获得“文华奖”：《红果，红了》《村官李天成》和

《焦裕禄》；豫剧一团、二团各有一剧获奖：《程婴救孤》和《常香玉》。由此可见，河南豫剧院三团是名副其实的获奖大户。河南豫剧院三个团的分工，依照“三并举”方针，分别以演传统戏、新编历史剧和现代戏为主，河南豫剧院三团的屡次获奖，既说明该团的实力与水平，也说明国家级奖项比较提倡和重视现实题材戏曲创作，而且，从总体上来看，所有这些获得国家级大奖的剧目，除了李树建的《程婴救孤》和《苏武牧羊》，都是现代戏。这说明国家意志、政策导向、评奖倾向直接影响了豫剧甚至全国戏曲剧种的剧目建设。在这些获奖剧目中，《铡刀下的红梅》值得特别关注，这是以王红丽为团长的民营剧团小皇后豫剧团创作的作品，该团以自己的艰辛付出和不懈努力创作出优秀高质的作品，值得钦佩。

从时间上看，2000年是豫剧剧目题材内容发生重要改变的节点。2000年以前的获奖剧目，大多是反映基层百姓生活的现代戏，如《能人百不成》《丑嫂》《倒霉大叔的婚事》《香魂女》《老子 · 儿子 · 弦子》等，这是豫剧草根性、接地气、民间性品格的重要方面，也是豫剧最擅长的，但同时也制约和束缚了豫剧表现社会历史生活的广度和深度。2000年以后，河南省的豫剧获奖剧目主要是主旋律作品，如《村官李天成》《焦裕禄》等，以及新编历史剧《程婴救孤》《苏武牧羊》等；外省创作的获奖作品有两部：山东的《大明贤后》属历史剧题材，新疆的《天山人家》是唯一的一部小人物题材。无论是历史题材、英模题材、宏大叙事的缺失，还是贴近民众、直面现实的普通现实题材的匮乏，都不是豫剧甚至全国戏曲剧目建设健康发展的正常现象。当然评奖并不能完全代表整个豫剧和戏曲的全貌，但这种导向是需要我们反省和警醒的。

涌现出了以姚金成、陈涌泉为代表的优秀编剧，他们的创作提高了豫剧的文学水平和文化品格，豫剧实现了从“俗、粗、浅、陋”到“雅、细、精、深”的质的跨越，特别是陈涌泉的新编历史剧《程婴救孤》《风雨故园》和姚金成的《村官李天成》《焦裕禄》，分别成为当代新编历史剧和现代戏创作的经典和高峰。

外省的获奖剧目有湖北二台、山东一台、新疆一台，这反映出豫剧传播地域之广、影响之深、水平之高，特别是新疆兵团豫剧团《天山人家》的获奖，非常值得重视。该剧由河南剧作家齐飞编剧，这是河南豫剧人对全国豫剧繁荣所做的贡献。这也反映出河南省以外的豫剧院团又重新振兴起来，全国豫剧开始走向繁荣。

（三）从“中国豫剧优秀剧目展演月活动”演出剧目看全国当代豫剧剧目建设

2016年3月12日至4月6日，“中国豫剧优秀剧目北京展演”在北京举办，在近一个月的时间里，来自全国6个省区市的13个豫剧院团带来了23台大戏。参演的13个院团中，既有顶级院团（如河南豫剧院一团、二团、三团），又有来自基层县市的剧团（如安徽省亳州市豫剧团、山西省长治市豫剧团等）；既有新中国成立初期成立的老剧团，也有成立仅一年的河北省沙河市豫剧团；既有河南本省的豫剧团，又有来自河北、山西、安徽的豫剧团，还有新疆建设兵团豫剧团、石河子豫剧团以及中国戏曲学院的剧团。这次展演参演院团众多、演出剧目丰富、演员阵容强大、展演时间非常长，这样的演出规模不但在豫剧历史上尚属首次，在全国其他剧种中也是非常少见的。

这次展演的演出剧目，既有《五世请缨》《穆桂英挂帅》《七品芝麻官》《破洪州》《花木兰》《白蛇传》《宇宙锋》《朝阳沟》等经典剧目，也有《程婴救孤》《九品巡检暴式昭》《吴琠晋京》《大明皇后》等新编历史剧，还有《焦裕禄》《风雨故园》《全家福》《都市阳光》《大漠胡杨》《我的娘，我的根》《印记》等现代戏。

这次展演的剧目中特别值得重视的是新疆建设兵团的两部作品《大漠胡杨》《我的娘，我的根》和安徽省亳州市豫剧团的《印记》。新疆建设兵团豫剧团是豫剧的重要组成部分，近年来，河南豫剧院对其剧团建设和剧目建设投入了大量的人物、物力和财力，这两部作品的成功演出，就是河南豫剧院大力帮助的成果。河南豫剧院在审定参演剧目的过程中，发现《印记》有非常好的创作基础，于是，他们立刻投入导演、编剧等人才帮助这个剧团进行修改、提高，经过他们的加工该剧艺术水平大大提高。豫剧院团在形势艰难的时候做到“穷则独善其身”，在形势大好时又能做到“达则兼济天下”，形成合力，抱团取暖，提携弱小，共谋发展，这种眼光、见识和魄力，在全国都是绝无仅有的。这次展演，是众多豫剧剧目的一次大检阅，是强大豫剧实力的一次大展示。

二、当代豫剧剧目建设的特点与成就

当代豫剧的剧目建设，在以姚金成和陈涌泉为代表的中原剧作家群的勤奋创作中，在经历了20世纪90年代的创作低谷和奋起直追之后，在以李树建为代表的豫剧表演艺术家的精湛演绎中，已经从低谷走上高原，从高原迈上高峰。总的来说，当代豫剧剧目建设的主要特点有以下几个方面。

（一）以弘扬中华优秀文化和传统美德为己任，肩负起戏曲应有的文化担当

中原剧作家深受中华传统文化和中原文化的熏陶和影响，其剧作表现出持中守正、固本求新的创作思想，做到了在艺术上既坚守戏曲艺术的本体又创新出奇，在创作上追求中正平和、不跟风、不猎奇。他们的剧作，无论是历史剧创作还是现代戏创作，都以弘扬中华民族传统美德为己任，传播正能量，以优秀的作品感染人、教育人、打动人。

以新编历史剧《程婴救孤》来说，在当时文艺界出现躲避崇高、告别英雄、颠覆经典的不良习气中，陈涌泉不回避程婴献出自己的亲生儿子去拯救赵氏孤儿和全国婴儿的原著精华，歌颂程婴坚持正义、一诺千金的高尚品格，同时又突破以往作品忽略对程婴情感和内心世界的刻画，以大段精彩的唱腔表现程婴失去好友公孙杵臼和自己儿子的巨大悲痛，以及他在真相大白之后对于自己十六年含羞忍诟、不堪回首的往事的痛快淋漓的宣泄情感，塑造了戏曲史上崭新的程婴形象，特别是结尾程婴为了救孤儿挡了屠岸贾刺向孤儿的一剑，以自己的生命再次救了孤儿，塑造了一个有血有肉有灵魂的程婴形象，丰富了他的人性，构建起他的精神世界，使程婴形象更鲜活、更饱满、更生动、更深刻，这是一种具有当代意识的创作理念，是真正的固本求新。

从演员的角度来说，李树建的“忠孝节”三部曲——《清风亭上》《程婴救孤》《苏武牧羊》，表现的都是对中华传统美德的大力弘扬。仁、义、礼、智、信是儒家文化的核心思想，也是中华传统文化的精神内涵，惩恶扬善一直是传统戏曲的重要社会职能，即使是现代化的今天，这些中华民族的传统美德也应该得到大力弘扬。

（二）紧扣时代脉搏，反映时代精神

中国古代文人有“文章合为时而著”的追求，时代有这样的需要，戏曲作品就会积极做出反应。从更深层次来说，这种创作观念其实是中华传统儒家思想里“天下兴亡，匹夫有责”的体现。

反映基层农村生活和基层干部的《村官李天成》，以河南省濮阳县西辛庄党支部书记李连成为原型，塑造了一个带领群众脱贫致富的基层干部形象。围绕带领村民脱贫致富这一目标，编剧安排了一系列环环相扣的事件，使得全剧结构紧凑、一气呵成。剧中的“吃亏歌”更是广为流传，成为塑造人物形象、刻画人物高尚品格、提炼作品主题的重要内容，李天成的“拉车舞”也成为戏曲现代戏表演程式上的突破和经典。该剧表现了农村基层干部开展工作的不易，同时又真实地反映出农村基层民众的众生百态、复杂人性。

近年来，河南豫剧顺应当前反腐倡廉的形势，接连推出了《九品巡检暴式昭》《全家福》《张伯行》等“廉政三部曲”，从不同的时代、不同的角度反映出反腐败问题的历史长久性、斗争的复杂性和清正廉明的官吏坚守操守的可贵性。清代的“九品巡检”是一个最末流的小官，相当于乡级的纪委书记，然而即使是身为这末流小官，暴式昭依然不畏强权，坚持不懈地与“大老虎”周旋斗争，即使丢官革职也在所不惜。同样是清官戏，《张伯行》塑造了二品巡抚围绕科场舞弊案与朝廷权贵噶礼的斗争，痛斥腐败对国家民众的极大危害，具有强烈的现实警示意义。现代戏《全家福》则直面当代官场腐败，表现贪婪与欲望对官员的腐蚀和毁灭，从贪污腐化对家族成员的巨大伤害着手，角度独特，发人深省。在戏曲作品中，清官戏一直层出不穷，老百姓也非常喜欢这类题材，因为这类戏表达了民众对作恶多端的贪官恶霸的痛恨，对受苦受难的大众的同情。现代的清官戏则从更高的层面审视和思考反腐倡廉的必要和价值，这类历史剧既是对历史的真实反映，也与当下的现状相契合，古代官场存在的问题，依然在今天的官场大行其道，这种历史与现实的对照，表现的是剧作家对国家民族命运强烈的忧患意识和家国情怀。

（三）思想性与艺术性并重，打造出一部部高水平、高质量的精品

无论是《程婴救孤》还是《风雨故园》《焦裕禄》，都是好听好看又发人深思的优秀作品，提高了豫剧的文学水平和文化品位。特别是像《风雨故园》这样的作品，不但丰富了中国戏曲人物画廊的人物形象塑造，还让我们从另一个侧面理解了作为反封建斗士的鲁迅的挣扎与不易，不但无损鲁迅的形象，而且使他的形象更加丰满鲜活，加深了人们对鲁迅的理解。《焦裕禄》是当代 现代戏创作中不可多得的佳作。歌颂英雄模范人物的主旋律作品创作起来特别不容易，命题作文更是戴着镣铐跳舞。如果一味地追求“高大全”，就会引起观众的反感。该剧塑造的焦裕禄朴实无华，却能够深深地打动观众。“让群众吃上饭错不到哪里去”这一句简单直白的台词，是全剧最能打动人心的地方。在20世纪60年代的特殊历史时期，吃饭问题是最大的问题，该剧以让百姓吃上饭为贯穿全剧的主线，以焦裕禄火车站安慰出外讨饭的饥民、顶着政治高压购买议价粮、抗洪救灾和反对虚报粮食产量的浮夸风等事件，塑造了实事求是、一心为民的焦裕禄形象。而该剧对大炼钢铁、乱砍滥伐、为右派平反、反对浮夸风等事件的表现，体现了剧作家对中国当代历史的反思精神，这是需要极大的胆识和勇气的。《焦裕禄》虽然是歌颂英模的主旋律作品，却以深刻的思想性、高超的艺术性深深打动了观众。

优秀的戏曲作品，需要优秀的戏曲演员来表演。李树建、汪荃珍、贾文龙，是豫剧表演艺术家中的“三驾马车”，他们以精湛而高超的表演技艺，塑造了一个个鲜活生动、深入人心的艺术形象。表演艺术家和剧作家之间这种相互成就、相互成全、共生共荣的良性生态，是河南豫剧出好戏、出精品的根本保证。

余 论

当代豫剧剧目创作取得的成就是巨大的，但同时也反映出来一些问题。从1990年以来的豫剧作品来看，20世纪末的豫剧作品主要反映现实生活，特别是反映农村、反映基层人民喜怒哀乐的作品比较多。而新世纪以来，新编历史剧和现代戏的创作中弘扬主旋律的宏大叙事类作品占了大部分，这在某种程度上呈现出单一化的创作倾向。而河南豫剧最受观众喜爱的原因之一，就是因为它接地气、反映老百姓的普通生活，这是河南豫剧创作的一个优秀传统。反映重大历史事件和英雄模范人物的作品，虽然时代也需要，但是毕竟离现实的距离要远一些。在我们大力倡导文化多元化的今天，豫剧作品的题材选择同样也应该做到多元化。同时，在提升豫剧文化品位、精品化、精致化、文人化的同时，不应该忽视豫剧的民间品质和草根属性。

当前的豫剧创作，正剧多了，喜剧少了。豫剧中的喜剧作品是河南乃至中华民族苦中作乐、乐观主义精神的表现，是中国精神的重要组成部分，其代表作品就是《七品芝麻官》，唐成幽默诙谐的性格、充满乡土气息的语言、以小博大的狡黠与智慧，深入人心。虽然牛得草的弟子金不换一直在坚持牛派喜剧艺术作品的创作，但是由于种种原因他至今仍没有一部像他师父牛得草那样影响全国的代表性剧目。喜剧精神长期以来一直渗透在河南豫剧中，以往的豫剧作品中总有一两个调节气氛、活跃气氛的角色，但是，当前的豫剧创作体现出来的现象是，通篇黄钟大吕，喜剧角色、喜剧人物、喜剧精神在丢失。这是当前我国戏剧创作普遍存在的问题，值得我们警醒和反思。

（原载《大舞台》2016年第10期）

第三编　小剧场戏曲创作研究

2017年小剧场戏曲：回顾与探索中开拓前行

2017年，小剧场戏曲创作持续稳定发展。本文通过对2017年各小剧场戏曲节（包括戏剧节）上演出情况的深入梳理，从展演作品的创作时间、剧种分布、主创人员构成和题材内容、艺术成就等角度进行盘点，总结本年度小剧场戏曲创作和演出的特点、成就与问题，同时回顾21世纪以来小剧场戏曲18年的发展历程，并对未来小剧场戏曲的发展进行展望。

一、品牌化展演为小剧场戏曲创作演出搭建重要平台

继2011年、2013年之后，2017年由文化部艺术司主办的全国小剧场戏剧展演（9月1日—31日，北京）再度举办，这是国家平台层面的展演，参演的21部剧目中，戏曲类有9部，占三分之一，具体有京剧4部：《网子》（北京风雷京剧团）、《浮士德》（国家京剧院）、《谁共白头吟》（北京戏曲艺术职业学院）、《惜·姣》（北京京剧院），昆曲3部：《椅子》（上海昆剧团）、《三生》（中国戏曲学院）、《望乡》（北方昆曲剧院），其他剧种2部：北京曲剧《老张的哲学》（北京市曲剧团）、越剧《心比天高》（杭州越剧传习院），其中《网子》实际上是一部“京剧味的话剧”，是用话剧的形式来表演京剧题材，是“话剧的壳，京剧的魂”。

从历届全国展演的数量上来看，2011年的“全国小剧场话剧优秀剧目展”当然不会有小剧场戏曲，2013年“全国小剧场戏剧优秀剧目展”从单一的

话剧扩展到戏剧，小剧场戏曲自然包含在内，其中展演的25台剧目中，有3台小剧场剧目①，占八分之一弱。本年度的“全国小剧场戏剧优秀剧目展”，戏曲剧目占三分之一，份额明显大幅度增加。诚如徐健所说：“小剧场戏曲已经成为时下小剧场戏剧演出市场（特别是北京）上重要的戏剧类型和不可忽视的创作力量。”②当代小剧场戏曲从小剧场话剧而来，全国展演中小剧场戏曲从无到有，从份额的八分之一到三分之一，这说明了小剧场戏曲近年来迅猛的发展势头和强劲的生产力不容小视，也说明小剧场戏曲的发展越来越受到国家层面的重视。

当代小剧场戏曲滥觞于2000年的小剧场京剧《马前泼水》，据李震荣的不完全统计③，2000—2010年创作的小剧场戏曲共有23部，其中不乏名家名剧，如京剧《马前泼水》（2000）、昆曲《偶人记》（2002）、昆曲《伤逝》（2003）、京剧《穆桂英》（2003）、越剧《第一次的亲密接触》（2003）、多剧种《还魂三叠》（2010）等，包括柯军的系列实验昆曲创作等。虽然小剧场话剧自1982年的开山之作《绝对信号》到2010年前后已有将近30年的发展历程，其成就与经验值得总结，但当代小剧场戏曲至此也有整整10年的历史，同样是值得梳理和回顾的，因此，2011年的全国性展演没有小剧场戏曲参演，还是令人深感遗憾的。

2010年之后，当代小剧场戏曲经过十年积淀，迎来了一次创作高峰，新创剧目如雨后春笋般不断涌现。于是，2014年，北京首届当代小剧场戏曲艺术节应运而生，2015年上海小剧场戏曲节也紧随其后创办。自此，北京与上海南北两地遥相响应，成为小剧场戏曲创作演出的重要阵地。2014年北京举

---

① 这三台剧目是：山东柳子戏《选民老冤蛋》、京剧《浮生六记》、黄梅戏音乐剧《贵妇还乡》。

② 徐健：《从“探路”到“扩路”——从2017年全国小剧场戏剧优秀剧目展演说起》，《艺术评论》2017年第11期。

③ 李震荣：《小剧场戏曲发展研究》，中国戏曲学院，2016年硕士学位论文。

办首届当代小剧场戏曲艺术节，参演剧目13台[①]，2015年参演12台[②]，2016年20台[③]；2015年首届上海小剧场戏曲节剧目8台[④]，2016年12台[⑤]。

2017年北京举办的第四届当代小剧场戏曲艺术节（2017年10月26日—2018年1月7日）参演的19台剧目中，有2部台湾地区作品：《蝴蝶效应》和京剧《聂隐娘》，1部香港地区作品：粤剧《霸王别姬》；北京京剧院3部：《马前泼水》《惜·姣》《季子挂剑》；北方昆曲剧院3部：《琵琶记》《玉簪记》《屠岸贾》；越剧2部：南京市越剧团的《织造府·又见青溪》、上海越剧院的《洞君娶妻》；地方剧种参演的有4部：淮剧《孔乙己》、湘剧《武松之踵》、河北梆子《喜荣归》、滇剧《粉·待》；跨界舞台剧1部：《不负如来不负卿》，以及戏剧节保留剧目繁星出品的戏曲舞台元素剧《一夜一生》[⑥]。

---

① 京剧《惜·姣》《浮生六记》（北京京剧院）、《琼林宴》（天津京剧院）、《杀子》（上海戏剧学院）、《青春谢幕》（台湾国光剧团）、《霸王别姬》（中央戏剧学院）、京剧实验剧《来自地球的你》（中国戏曲学院），昆曲《319》（江苏昆剧院）、《一旦三梦》（繁星戏剧村），黄梅戏《天仙配》（湖北地方戏曲剧院），豫剧《朱莉小姐》（中国戏曲学院），实验剧《倾国》《一夜一生》（繁星戏剧村）等13台。

② 京剧《三岔口2015》《洛阳宫》《马前泼水》《馒头山》、昆曲《四声猿翠香梦》、京昆剧《荼蘼花开》、戏曲元素舞台剧《网子》、豫剧《伤逝》、河北梆子《陈三两》、秦腔《清风亭》《倾国》、戏曲儿童剧《玩具星球奇遇记》等12台。

③ 实验戏《追梦人》、戏曲舞台剧《网子》、昆曲《狮吼记》、评剧《周仁献嫂》、昆曲《长生殿·梧桐雨》、柳子戏《陆游休妻》、京剧《明朝那些事儿——审头刺汤》《荼蘼花开》、国粹幽默剧《河东狮吼》、昆曲《怜香伴》、河北梆子《喜荣归》、京剧《卖鬼狂想》、昆曲《望乡》、实验昆剧《三生》、粤剧《浮世三生梦》、藏戏《图兰朵》、小剧场戏剧《皆大欢喜》、京剧《吴起》、波普京剧《麦克白夫人》、浙江小百花越剧折子戏专场、戏曲儿童剧《玩具星球奇遇记》、实验剧《大话四梦》等20台。

④ 上海京剧院的《十两金》、折子《京·探》，上海昆剧团的《夫的人》，上海越剧院的《情殇马嵬》《登楼追魂》（越剧《唐明皇和杨贵妃》中的两折），福建梨园戏实验剧团的《御碑亭》《碾玉观音》《青春谢幕》等。

⑤ 京剧《霸王别姬》《陌上看花人》、京昆合演《春水渡》、昆曲《伤逝》（上昆）和《四声猿·翠乡梦》、粤剧《霸王别姬》、川剧《卓文君》（成都市川剧院）、梨园戏《刘智远》《朱文》《朱买臣》（福建省梨园戏实验剧团）、河北梆子《喜荣归》（北京市河北梆子剧团）、楚剧传统小戏《刘崇景打妻》《推车赶会》等12部。

⑥ 原定展演的保留剧目《三岔口2017》因出国演出，未在北京演出。

北京小剧场戏曲的蓬勃发展，与繁星戏剧村的创建有着密不可分的关系，甚至可以说，正是繁星戏剧村的成立，促进了北京小剧场戏曲创作持续、稳定地发展，为全国小剧场戏曲创作提供了机会和阵地。繁星戏剧村创建于2009年，是一个“场制合一”（即剧场和制作创作为一体）的演出场所，在小剧场话剧当道的情况下，其创始人樊星认为“没有中国传统戏曲的表演也是一种缺憾”，他敏锐地捕捉住小剧场戏曲的市场潜力，于2014年开始举办“当代小剧场戏曲艺术节”，开创了全国小剧场戏曲集中会演模式。创办4年来，共有两岸三地40多个院团60余部作品参演，演出场次近300场，观众数万，其中75%是年轻观众。①作为一个民营企业，繁星戏剧村注重市场化运作，在引领戏曲观众文化消费方面起到了非常好的示范作用，成为当前北京为数不多的能够盈利的小剧场。②2016年和2017年，当代小剧场戏曲节受到北京文化艺术基金的资助，政府支持为小剧场戏曲和繁星戏剧村提供了更大的资金保证，展演也加大了公益惠民的力度，促进了北京小剧场戏曲的繁荣。

第三届上海小剧场戏曲节（12月10日—23日）的9部剧目中，除了与北京两个展演重复的剧目③，还有上海京剧院的《草芥》、福建省梨园戏传承中心的《吕蒙正》、河南豫剧院三团与河南省沼君艺术发展中心联合出品的豫剧《伤逝》、福建省芳华越剧团的《潇潇春雨》、柳州市艺术剧院出品的彩调《空村》。

此外，2017年“北京故事”优秀小剧场剧目展演精选作品巡演7部中只有一部戏曲作品京剧《碾玉观音》。

不难看出，北京和上海两地的小剧场戏曲节已经成为小剧场戏曲创作的重要品牌，是促进全国小剧场戏曲创作的重要动力和展示机会，每年的小剧场戏曲节已经成为关心戏曲发展的人们共同期盼的重要戏曲演出活动。

---

① 樊星：《传统戏曲艺术如何引领当代文化消费——当代小剧场戏曲艺术节的价值与意义》，《艺术评论》2017年第12期。

② 王维砚：《小剧场：叫好叫座仍难盈利》，《工人日报》2018年8月2日第6版。

③ 《孔乙己》《洞君别妻》《椅子》《谁共白头吟》《洞君娶妻》。

作为当代戏曲探索与创新的重要力量，小剧场戏曲发展态势一直很强劲，小剧场戏曲旺盛的生产力和创造力需要得到更多的重视和扶持。鉴于丰厚而浩瀚的传统戏曲文化、全国348个剧种的丰富资源，以及当代戏曲从内容到形式表现现代生活的创新和发展的需要，乃至振兴地方戏曲和中华文化伟大复兴的需要，强烈呼吁文化部等相关部委能够举办一次专门的、全国性的“当代小剧场戏曲艺术节”，汇集当代小剧场戏曲将近20年优秀剧目的创作与积累，回顾成就的同时鼓励原创，召唤更多的戏曲从业人员和戏曲剧种加入戏曲实验创新的行列。

二、2017 年小剧场戏曲创作演出的时间和空间维度考察

（一）创作及展演时间考察：创排新剧目的同时回顾优秀经典小剧场戏曲剧目

当代小剧场戏曲走过18年历程，产生了许多非常优秀、影响非常大的剧目。首届当代小剧场戏曲艺术节由于没有先例，演出剧目全是新创剧目。从第二届开始，该艺术节就不特别强调新编原创，而是强调展演剧目的新，开始邀请过去创作的优秀剧目参展。2017年，这种优秀剧目回顾的特点更加明显，这些剧目有：

京剧《马前泼水》，创作于2000年，张曼君导演，盛和煜和张曼君编剧。该剧是当代小剧场京剧也是当代小剧场戏曲的开山之作，影响非常深远，参加过2015年北京第二届当代小剧场戏曲节展演。

越剧《心比天高》，创作于2006年，参加今年全国展演。

豫剧《伤逝》，创作于2008年，参加过2015年北京第二届展演。

京剧《惜·姣》，创作于2013年，北京京剧院李卓群编导的“人鬼情”三部曲第一部，是2014年首届北京小剧场戏曲节参展剧目，今年又参演，这同样是一部非常优秀的作品。

戏曲元素舞台剧《一夜一生》，创作于2014年，繁星出品，历届北京展演

保留剧目。

京剧《三岔口》，创作于2015年，繁星出品，北京2015—2017年展演保留剧目。

京剧《碾玉观音》，创作于2015年，是李卓群“人鬼情”三部曲之一。

河北梆子《喜荣归》，创作于2015年，连续三年参加北京展演，并且参加了2016年上海展演。

越剧《洞君娶妻》，本是2016年第二届上海小剧场戏曲节参演剧目，因故未能成行。

与北京不同的是，上海小剧场戏曲节由于主办单位是上海文化艺术中心，没有太多市场和经济压力，而且以戏曲艺术的探索创新为目的，因此强调剧目要新创，本年度上海小剧场戏曲节邀请的以往剧目有豫剧《伤逝》。

回顾经典剧目不但会受到老观众的喜爱，增加小剧场戏曲的号召力，而且会为小剧场戏曲的创作起到很好的示范作用，使青年戏曲主创学习其创作经验。繁星出品的保留剧目每年不断演出，体现出繁星戏剧村“场制合一”的特点，也是减少投入成本、取得市场效益的途径。

2017年北京和上海演出的其他小剧场戏曲作品，均未在各小剧场戏曲艺术节上演出过，可视为新创剧目，下文将详细论述。

（二）小剧场戏曲空间维度考察：北京与上海的阵地意义，地方剧种的开拓与成就

北京、上海、香港和台湾一直是小剧场戏曲创作的重要阵地。近两年以来，小剧场戏曲参演剧目剧种的横向开拓成就可喜。本年度北京展演中有3部北京京剧院的作品、3部北方昆曲剧院的作品、1部北京河北梆子剧团的作品；上海昆剧团参加了三届小剧场戏曲节，今年的剧目改编自西方名著《椅子》；上海京剧院今年没有参加；上海淮剧团的《孔乙己》参加了北京和上海的展演。京、沪两个小剧场戏曲节初创时立足当地、带动当地小剧场戏曲发展的立意非常明显，北京是以京剧小剧场戏曲创作带动了昆曲和河北梆子小剧场戏曲作品的创作，上海则是京、昆两剧种齐头并进，昆曲的小剧场戏曲创作更活跃一些，这大概是因为上海昆剧团的青年演员有小剧场戏曲创作的历史和传统，他们在2003年就创作出小剧场昆曲《伤逝》，此后历届上海小剧场戏曲节都有新创剧目。

本年度越剧的小剧场戏曲创作演出特别引人注目，全国四大越剧院团均有作品参加：上海越剧艺术传习所（即上海越剧院）的《洞君娶妻》、南京市越剧院的《织造府·又见青溪》、福建省芳华越剧团的《潇潇春雨》和杭州越剧院的《心比天高》，这4部作品均富有探索性和创新性，已经与此前小剧场戏曲节上越剧创作略显迟滞的气象大为不同。2015年首届上海小剧场戏曲节就有上海越剧院的《情殇马嵬》《登楼追魂》参演，但这两出戏只是新创大戏《唐明皇和杨贵妃》中的两折而已，实际上算不上是小剧场戏曲作品。2016年北京小剧场戏曲节浙江小百花越剧团参演，但演出的都是折子戏。对比之下，2017年小剧场越剧创作的繁荣就显而易见了。

近年来一直进行小剧场戏曲创作的曾静萍，本年度又携梨园戏《吕蒙正》参加上海艺术节，至此，曾静萍和福建省梨园戏实验剧团已有5个小剧场戏曲作品[①]。此外，还有湖南湘剧《武松之踵》、云南滇剧《粉·待》、广西柳州市艺术剧院的彩调《空村》。需要指出的是，本年度上海小剧场戏曲节上的新剧种、新作品比较多；而北京的参演戏曲剧种有7个，与去年持平。但是除京、昆、越之外，其他参演剧目的剧种均不同。这说明，当前进行小剧场戏曲创作的剧种在不断积累、拓展和增加，这对各个剧种的艺术探索和创新发展是非常有益的。

综观四年来小剧场戏曲创作涉及的地域，除了北京的京剧和昆曲、上海的昆曲、京剧、越剧和淮剧，还有天津京剧、安徽黄梅戏、河北梆子、四川川剧、陕西秦腔、山东柳子戏和山东梆子、江苏昆曲和越剧、西藏藏戏、福建梨园戏和越剧、广东粤剧、浙江越剧、河南豫剧、云南滇剧、广西彩调、香港的昆曲、粤剧和台湾的京剧、豫剧、歌仔戏等17个剧种，全国有19个省市区的剧团创作了小剧场戏曲，占全国34个行政区的二分之一强。

---

① 即《御碑亭》《刘智远》《朱文》《朱买臣》和《吕蒙正》。

从剧种剧目数量来看，京剧、昆曲、梨园戏都是历史比较悠久的剧种，但是小剧场戏曲作品数量最多，这说明最传统的剧种实验探索创新的意愿比较强烈。今年小剧场越剧参演剧目猛增至4部，态势喜人。从地域分布来看，北京、上海、台湾和香港是小剧场戏曲剧种最丰富的地域；沿海地区山东、江苏、浙江、福建、广西等省、自治区的小剧场戏曲创作相对活跃；河南、安徽、四川、湖北、陕西等戏曲文化比较发达的地方也有小剧场戏曲创作；湖南、云南、西藏也有小剧场戏曲创作，这主要是主创人员身份的原因，下节将详细论述。

需要说明的一点是，除了这些参加小剧场戏曲节的剧种，还有许多参与申报但没有获批的剧种剧目，据报道，2015年第一届上海小剧场戏曲节收到申报剧目32个，剧种有京剧、昆曲、越剧、沪剧、淮剧、评剧、川剧、粤剧、绍剧、梨园戏、歌仔戏共11个，有上海、台湾、北京、四川、香港、福建、天津、江苏、浙江等9个省市参加。2017年上海小剧场戏曲艺术节组委会共收到申报剧目39个，剧种有15个，除了参演的剧目剧种，还有黄梅戏、评剧、锡剧、山东梆子、瓯剧、海歌采茶剧、喱剧等。北京当代小剧场戏曲艺术节和全国小剧场优秀剧目展演收到的申报剧目、剧种应该也不少。这一方面说明小剧场戏曲的观念已经逐渐被人们接受，另一方面，这些国家层面、北京和上海两地的小剧场戏曲（戏剧）节面向全国征集小剧场戏曲作品的做法，也是对小剧场戏曲的创作的普及、宣传和鼓励。

三、2017 年小剧场戏曲主创人员考察

维系小剧场戏曲穿越空间维度在观念上共同创作、在地点上一年一度聚合于北京和上海的纽带和力量，是人，是一批呼唤小剧场戏曲创作的领头人、召集人，是具体进行创作的编剧、导演、演员等主创人员。当代小剧场戏曲的发展证明，小剧场戏曲创作既需要成就突出的领军人物，也需要观念前卫的青年主创人员，领军人物引导着青年主创人员的创作。2000年小剧场

京剧《马前泼水》的编剧、导演是盛和煜、张曼君，他们在戏剧艺术上的成就和造诣非常高超，《马前泼水》的探索创新非常成功，艺术水准非常高，树立了当代小剧场戏曲创作的标杆。在他们的影响之下，创作该剧的北京京剧院成为当代小剧场戏曲创作的重镇和高地。青年编导李卓群和导演白爱莲凭借小剧场京剧创作成为当代小剧场戏曲新的青年领军人物。导演白爱莲一直在进行小剧场京剧创作，此前她曾参与小剧场戏曲《马前泼水》《偶人记》的创排，后又独立导演了小剧场京剧《浮生六记》《倾国》《明朝那些事儿——审头刺汤》等作品，本年度她的《季子挂剑》参加北京展演，颇受好评。凭借“人鬼情”小剧场京剧三部曲一举成名的编导李卓群，近两年的精力已经放在大戏创作上（如京剧《大宅门》），2017年没有推出新的小剧场京剧，不过2018年她将携《好汉武松》，与前辈张曼君联手，重回小剧场京剧创作。

中国戏曲学院院长、著名导演周龙则是小剧场戏曲创作的另一个执大旗者，他不但积极创作小剧场戏曲作品，其《三岔口》系列已经成为小剧场戏曲创作的经典之作，而且与繁星戏曲村形成了良好的合作关系。在他的影响和带领之下，中国戏曲学院师生成为小剧场戏曲创作的生力军，如颜全毅的《还魂三叠》(2010)、谢柏梁的《一旦三梦》(2014)、王绍军的豫剧《朱丽小姐》(2014)等都是该院老师创作的小剧场戏曲剧目；2016年参加当代小剧场戏曲节的粤剧《浮世三生梦》、藏戏《图兰朵》、昆曲《三生》的编剧、导演、演员等主创人员都是该院在校本科生、研究生。该院学生毕业之后遍布全国各地，因此也带动了当地小剧场戏曲创作，如本年度的湘剧《武松之踵》的导演李小龙、编剧向晓青就是该院毕业生。他们的小剧场戏曲创作，开拓了小剧场戏曲的另一个无比广阔的新天地，即对地方戏曲剧种的实验探索，他们的作品几乎都成为该剧种的第一部小剧场戏曲作品，如粤剧、藏戏、湘剧，这是非常有意义的。他们的这种创作也吸引了一些地方戏曲院团与他们合作进行小剧场戏曲创作，如云南省滇剧院就邀请周龙为他们导演了小剧场滇剧《粉·待》，该剧的执笔编剧张莘嘉也毕业于中国戏曲学院，这同样是第一部小剧场滇剧。

青年演员也是推动和践行小剧场戏曲创作的重要力量，可以说，小剧场戏曲为戏曲院团里压力巨大的青年演员提供了展现自我风采、张扬自我个性的平台。如上海昆剧团的沈昳丽早在2003年就与她的同学黎安、吴双以及青年编剧张静创作了小剧场实验昆剧《伤逝》，这是第一部小剧场昆曲，也是上海昆剧团“昆三班”的一次华丽亮相。在大腕云集的上海昆剧团，他们以创作证明了自己的存在和实力，这也是青年演员积极进行小剧场戏曲创作的原因之一。沈昳丽本年度推出的小剧场昆剧《椅子》，改编自外国荒诞派戏剧作品。从《伤逝》改编中国现代小说题材到改编西方荒诞派戏剧作品，沈昳丽的小剧场戏曲作品一直在努力对昆曲创作题材类型和艺术创新进行有益尝试。再如北京京剧院的青年演员谭正岩，是京剧谭派艺术第七代传人、著名京剧表演艺术家谭元寿的后人，长期以来一直生活在祖、父辈的光环里，正是由于主演小剧场京剧《浮生六记》，谭正岩才有了第一个完全属于自己的剧目。上海京剧院青年老生演员王珮瑜也是小剧场京剧的积极参与者，虽然被誉为“京剧第一女老生”，但由于京剧女老生排新戏太难，因此少有新作。她的小剧场京剧《十两金》、京昆合演剧《春水渡》为上海第一、二届小剧场戏曲节委约剧目，《春水渡》更是王珮瑜独立制作的第一部剧目，成为她实践自己表演理念和创作理念的自创新剧。

“青春”是当前小剧场戏曲在“实验先锋”“前卫”等特点之外的另一个重要标签，许多剧团开始重视通过创排小剧场戏曲培养和推介自己的青年编剧、导演人才和优秀的青年演员。湖南省湘剧院的《武松之踵》就是一出完全由青年人担纲的小剧场戏曲，得到了剧院的大力支持，导演李小龙曾任湘剧《月亮粑粑》的副导演，协助著名导演张曼君的工作，这为他的迅速成长提供了很高的起点，他还独立导演过湘剧《马陵道》等剧。《武松之踵》是本年度比较优秀的新创剧目。

通过小剧场戏曲创作这一途径、借助小剧场戏曲艺术节这样的平台，志同道合的青年编剧、导演、演员等主创人员同声相呼，同气相求，抱团取暖，共同成长，已经成为小剧场戏曲创作一种非常普遍而可喜的现象。王珮瑜在创作《春水渡》的时候，以自己的角色定位和创作理念为核心，邀请中国戏曲学院的青年女编剧胡叠、天津京剧院的导演马千、上海京剧院的青年作曲配器林源等多年好友为主创人员，并且邀请同为坤生的上海昆剧团女小生胡维露饰演许仙，与自己饰演的法海合作演出，创作出“双坤生”合演的“京昆跨界剧”《春水渡》。北京京剧院的导演白爱莲也一直与江苏青年编剧周广伟合作，《季子挂剑》是二人继《浮生六记》后合作的第二部小剧场京剧。

近年来著名梨园戏演员曾静萍的小剧场戏曲创作特别引人注目。她在梨园戏表演艺术方面已经登峰造极，而她的小剧场戏曲创作使她在梨园戏的普及化和观众特别是青年观众的培养方面取得新的成绩。今年的《吕蒙正》与上一届上海小剧场戏曲节所演的《朱文》《刘知远》《朱买臣》都是梨园戏传统剧目，这已与曾静萍的第一部小剧场戏曲作品《御碑亭》的新编原创、实验追求和当代意识有了明显的质的不同，是小剧场戏曲“先锋实验”特征之外空间概念上的“小”和演员数量上的“少”，而这与传统折子戏的演出特点相通。梨园戏一方面表演艺术个性鲜明，另一方面却因囿于东南一隅而不为人知，一身绝技的曾静萍以新编原创剧目《御碑亭》踏入小剧场戏曲创作的行列，然后又回归传统，借助挖掘恢复传统折子戏，通过北京和上海的小剧场艺术节平台，大力推介梨园戏，真是用心良苦。曾静萍还“演而优则导”，是福建芳华越剧团小剧场越剧《潇潇春雨》的导演，参加了2017年上海小剧场戏曲节。

综上可见，北京京剧院的三位女性导演，以当代女性视角审视传统题材，用当代意识对古代人物再解读，立足京剧艺术而注重当代表达，从《马前泼水》到李卓群的“人鬼情”三部曲均是如此，白爱莲则比较偏重于原创题材的京剧化的表达，在传统京剧的现代化方面贡献突出。中国戏曲学院师生的教育背景影响着他们的创作，戏曲基本理论和表演培训以及多剧种教学的特点，是他们对戏曲剧种进行小剧场实验的资源，但是像颜全毅《还魂三叠》和周龙《三岔口》那样跨作品、跨剧种、以现代意识表现人文关怀的先锋实验精神，在他们后来创作的小剧场戏曲作品里没有得到延续，而且学生作品往往是一众同学临时聚合，作品的有效期限不能保证，而一个剧目的打磨是需要经历时间的磨砺的，实验的内容和理念是需要不断修正和巩固的。

剧团里的小剧场戏曲探索者，比较丰富的表演经验是他们的长处，但是实验作品的观众培养、前途命运都不敢保证。这其实都是关乎小剧场戏曲实验作品的持久性和生命力的问题，说到底，还是需要国家、政府、地方和院团要为小剧场戏曲提供足够的生存空间和生命营养，不但要有资金的支持，还要有展示的平台。不过，张曼君的小剧场作品实验探索、大剧场作品运用和深化实验成果的做法，值得学习和借鉴，而支撑这种创作理念的，是一以贯之的实验精神、创新意识和现代品格。①

当前我国小剧场戏曲主创人员总体缺失的，是理论素养和国际视野。在这方面做得比较好的，是柯军及他的“新概念昆曲”作品。柯军用“最先锋”的态度对待“最传统”的昆曲遗产，从昆曲传统、昆曲遗产中拿出一点点进行先锋前卫的实验，从拿一折进行实验的《夜奔》(2004)，到把这种实验成果谨慎地运用和体现在新编大剧创作里的《临川四梦汤显祖》(2006)，再到拿数折进行跨文化戏剧创作的“汤莎会”《邯郸梦》(2016)，理念日益成熟，作品也渐被认可。昆曲的创新非常艰难，实验昆曲的命运更坎坷，柯军之所以十几年如一日坚持新概念昆曲的创作与演出，既与他的创新精神和国际视野有关，更与他和香港荣念曾的合作有关。荣念曾是一位具有前卫的戏剧创作理念和广阔的国际视野的戏剧导演，他曾参加过第一届当代中国小剧场戏曲节。据悉，繁星戏剧村将于2018年举办的第五届当代小剧场戏曲节，会加深与国际上的合作，这对当前小剧场戏曲创作会有积极的推动和启示意义。

四、2017年小剧场戏曲演出与创作题材内容和艺术成就分析

综观本年度小剧场戏曲节，无论是以往剧目回顾，还是新创剧目展示，从题材来源和剧目内容来看，大体可分为整理改编和新编原创两类，改编从

① 参见李小菊：《立足传统，独辟蹊径》，《人民日报》2017年1月20日第24版。

题材来源上又可分为整理改编移植传统戏、电影小说等其他文艺形式和改编外国名著三类，新编原创剧目又可分为古代题材和现代题材，下文在对各类剧目归类分析的基础上，总结了2017年呈现出的比较突出的一些特征。

（一）本年度北京、上海两地的小剧场戏曲节，已经没有传统折子戏和地方传统小戏的演出了。北京的前三届小剧场戏曲节都有传统折子戏参加，如首届的京剧《琼林宴》、黄梅戏《天仙配》，第二届的昆曲《长生殿·梧桐雨》，第三届的越剧折子戏专场等，主要是主办方为了满足老观众的观看需求，担心全部都是新创实验剧目会失去传统戏观众，但是今年没有。而上海从第二届开始有传统折子戏和地方小戏演出，如楚剧传统经典剧目《刘崇景打妻》《推车赶会》，今年也没有。

这种情况的出现，是一种可喜的现象。首先，这说明了小剧场戏曲创作的繁荣；其次，说明小剧场戏曲经过这几年的普及和观众的培养，这种新的创作形式已经被观众所接受；再次，也是最重要的一点，这种现象说明，当代小剧场戏曲创作人员和主办方，已经从观念、概念和创作理念上厘清了传统折子戏、地方小戏与现代意义上的当代小剧场戏曲的区别，当代小剧场戏曲创作个性已经得到认可。尽管有学者总结过二者之间千丝万缕的联系，但是，以实验、探索、创新为主的当代小剧场戏曲，与传统折子戏和地方传统小戏是两个完全不同的概念，这是应该特别说明的。从这个意义上来说，梨园戏《吕蒙正》及《朱买臣》《朱文》《刘智远》应该属于恢复挖掘的传统戏，而非新创当代小剧场戏曲作品，但是《御碑亭》无论从创作理念、思想意识还是舞台表演上都属于当代小剧场戏曲新创作品。如果把传统折子戏和地方小戏算作小剧场戏曲，那么小剧场戏曲的外延就会无边无际，其实验、探索的鲜明特征也会淹没丧失，其“当代性”意义就会缺失。

（二）改编传统戏：先锋实验性较强的有台湾的《蝴蝶效应》和香港的粤剧《霸王别姬》。富有先锋创新意识的有湘剧《武松之踵》，以及创作手法相对稳妥的昆曲《琵琶记》《玉簪记》《屠岸贾》，还有小剧场戏曲经典作品《马前泼水》《惜·姣》和繁星戏剧村保留剧目《三岔口2017》、河北梆子《喜荣归》。

台湾与香港的小剧场戏曲创作，实验性质非常强，《蝴蝶效应》是台湾著名豫剧演员王海玲的女儿刘建帼编剧、导演并参与演出的一部实验戏曲，作品怀着对梁祝悲剧深深的惋惜，以当下比较流行的穿越剧的方式，探讨避免二人悲剧的种种可能，艺术上力图打破不同戏曲剧种和艺术形式的边界，体现多元文化的跨界混融，剧中不但有歌仔戏与黄梅调，还有新编音乐和流行RAP，而演唱现代音乐的演员（即刘建帼）则跳出于戏里戏外、穿梭于古代现代，时时表现出一种旁观者的观察和富有当代意识的思考。这种无所顾忌的跨界实验，其实是当前小剧场戏曲比较缺失的。

湘剧《武松之踵》移植改编自京剧传统折子戏《狮子楼》，对武松杀嫂的故事进行再解读和再创造，在人物形象的重新塑造、心理活动的戏曲化呈现方面取得了可喜的成就，恢复传统跷功以表现潘金莲的轻浮，服装设计也有亮点，是一部比较优秀的作品。

（三）改编外国名著：京剧《草芥》改编自欧·亨利的短篇小说《警察与赞美诗》，昆曲《椅子》改编自荒诞派戏剧之父、法国剧作家尤金·尤涅斯库的同名代表作，这两部作品都来自上海。上海的戏曲创作有改编外国名著的传统，如创作《草芥》的上海京剧院有《王子复仇记》（改编自莎士比亚的《哈姆雷特》），创作《椅子》的上海昆剧团有《血手记》（改编自莎士比亚的《麦克白》），影响都比较大，因此上海的小剧场戏曲创作也明显受到影响，喜欢改编外国名著，此外第一届上海小剧场戏曲节上的《夫的人》同样改编自莎士比亚的《麦克白》。其他还有国家京剧院改编的歌德名著《浮士德》，用流行音乐中B-box的方式以人声口技表现京剧锣鼓点，比较新奇，也很和谐。越剧《心比天高》改编自易卜生的《海达·高布乐》。其实湘剧《武松之踵》的剧名也借用了古希腊神话“阿喀琉斯之踵”的典故。借鉴西方现代戏剧理论和演剧手段，将外国作品中国化、戏曲化、剧种化，是当前戏曲改编外国名著的主要方式，小剧场戏曲如何通过借鉴西方戏剧理论实现其实验探索的品格，是需要创作者深入思考的问题。

（四）新创剧目：

1. 古代题材：京剧《季子挂剑》、滇剧《粉·待》《洞君娶妻》。京剧《季子挂剑》是一部“纯爷们儿”的戏，这为北京京剧院女性导演的小剧场京剧创作注入一股强劲的阳刚之气。三个男人一台戏，作品重点表现英雄相惜、知己难觅和诚信守诺美德的弘扬，舞台简约又不无变化，唱腔表演能遵循京剧规律。滇剧《粉·待》改变滇剧传统配器，用古筝和鼓为主奏乐器，虽然有创意，但是这种改变也许云南的滇剧观众能够发现，对于北京等外地观众来说则容易造成误解。小剧场戏曲创作最困难的创新当属唱腔和音乐，还是需要特别慎重。《马前泼水》的经验值得借鉴，该剧聘请著名京剧作曲朱绍玉创作音乐，大段的独唱、对唱痛快淋漓，即使是看惯传统京剧的观众也会得到极大的满足。《浮生六记》也请朱绍玉做音乐创作顾问，《惜·姣》的音乐设计同样是非常著名的京剧作曲家谢振强，可以说，唱腔和音乐的成功是这些剧目获得成功的关键和根本保证。

2. 现代题材：跨界融合剧《不负如来不负卿》、越剧《织造府·又见青溪》《潇潇春雨》、淮剧《孔乙己》以及豫剧《伤逝》。其中后三部作品均为改编其他文艺形式，而鲁迅作品改编占了两部；《不负如来不负卿》是纪念徐锡麟、秋瑾的革命历史题材，《织造府·又见青溪》是“穿越剧”。广西彩调《空村》是反映现实农村生活的作品，这是历届小剧场戏曲节上的第一部农村题材剧。北京和上海两地的小剧场戏曲节上，仅此5部现代题材作品，而反映农村题材的作品只有1部。

由此可见，改编传统戏、改编外国作品是历年来小剧场戏曲创作的重要类型，而现代题材、现实题材、农村题材是当前小剧场戏曲创作的短板。这种固化的题材类型和创作思维，其实与主旋律戏曲创作所产生的问题是异形同质的，也是与当代小剧场戏曲探索实验的品格和宗旨相悖离的。这让我们无比怀念2010年之前的那些小剧场实验作品：现代题材的《伤逝》、当代题材的网恋故事越剧《第一次的亲密接触》，它们触及最当下的现实，触摸到年轻人的灵魂，甚至让我们怀念艺术表达上无所顾忌的京剧《穆桂英》以及一角一腔的多剧种《还魂三叠》。小剧场戏曲创作不能只靠改造，更重要的是要创造。改造相对容易，创造则更艰难、更具挑战性，但也更有意义。而小剧场戏曲的实验品格，恰恰体现在它的创造性上。从这个意义上来说，当前的小剧场戏曲创作人员是需要认真反省和加倍努力的。

当创新和发展成为戏曲在新的历史时期的使命和共识，小剧场戏曲的实验探索精神日渐被人们所重视。当代小剧场戏曲18年的发展历程，也以创作实践进行了概念和内涵的自我框定。京剧、昆曲等传统深厚的剧种创新实验的意愿其实更强烈，小剧场创作为这些剧种的现代化进程注入强劲的动力，但是仍然任重道远。地方剧种的小剧场戏曲创作拓展了戏曲实验的疆土，带动传统戏曲走向现代化，但需要进一步普及、深化和强化。传统戏曲的现代转化仍然是当前戏曲创作的重要使命，戏曲表现现代生活的探索仍然有太多未知领域，小剧场戏曲不能仅仅满足于对传统题材的改造上，现实题材是小剧场戏曲可以探索表现、施展拳脚的广阔天地。小剧场戏曲在观念和技术上要大胆创新，但也要符合戏曲规律，借鉴西方的同时一定要融会贯通。当代小剧场戏曲是新生事物，是现代戏曲强烈的改革创新的呼唤。当代小剧场戏曲创作，应该有“从心所欲”的胆魄和勇气，但是又要做到对中国戏曲美学原则“不逾矩”，看似门槛很低，实则要求很高。期待未来有更多戏曲界的领军人物投身小剧场戏曲创作，以成熟的戏曲经验和先锋的戏剧理念引领未来小剧场戏曲发展；期待小剧场戏曲从剧本创作到舞台呈现能更加突出实验性和创新性，充分发挥从探索实验到引领创作的功能；戏曲理论界也要摆脱对小剧场戏曲的担心和偏见，加强对小剧场戏曲的理论研究以正确引导，而政府主管部门则要给小剧场戏曲创作更大的空间、自由和扶持。可喜的是，这些情况近两年已经得到很好的改善。在当前党和国家大力扶持戏曲、振兴戏曲的大好形势下，小剧场戏曲应该珍惜机会，抓住机遇，实现自我的快速发展和艺术突破，体现出自身的价值和意义。当代小剧场戏曲，明天会更好！

（原载《戏剧文学》2018年第4期）

当代小剧场戏曲：立足传统，独辟蹊径

第三届北京小剧场戏曲艺术节、第二届上海小剧场戏曲节相继落幕。从2000年第一部具有当代意义的小剧场京剧《马前泼水》问世至今，诸多知名导演、编剧、演员以及新生代戏曲人，都在积极进行小剧场戏曲创作，取得了不容小觑的成绩。其中，导演张曼君、昆曲表演艺术家柯军和新一代导演兼编剧李卓群具有一定的代表性。其小剧场戏曲作品，或以当代意识重新阐释经典，探究传统剧目的当代审美表达，或抓住小剧场的空间概念，将经典传统折子戏进行进一步的浓缩和加工，或实验性地排演新剧目，为大剧场演出做预热，积极探索着当代戏曲发展的新方法、新路径。

张曼君：以小剧场戏曲的探索实验成就今日之成绩

2000年可谓是当代小剧场戏曲元年。其标志是由张曼君导演、盛和煜编剧的《马前泼水》上演。彼时，张曼君正在中央戏剧学院导演高研班进修，已是“梅花奖”获奖演员，并成功导演过《山歌情》等戏曲作品。正是在熟知中国戏曲美学特征的前提下，张曼君结合西方戏剧理论和当时风头正劲的小剧场戏剧形式，创作了这部小剧场实验京剧，奠定了她“退一进二”（即在传统基础上创新的创作原则，以及吸收民间音乐、民间习俗、民间舞蹈入戏曲）的导演风格。

以实验探索的精神回归传统，试图将传统戏曲表现手法和戏曲精神推向极致，以当代意识反观戏曲经典，是《马前泼水》最大的特点。该剧在结构上打破以往戏曲线性叙事模式，以倒叙、闪回等手法回顾朱买臣与崔氏的一世婚姻，以现代戏剧观念探索经典剧目内在的叙事逻辑、情感逻辑和人物性格逻辑。唱腔和表演则完全承袭传统京剧，特别是“逼休”一场朱买臣的表演和二人的演唱，以及“新婚”一场崔氏的水袖舞，尽情彰显京剧艺术的传统魅力。在道具运用上，充分发挥戏曲道具的象征性和多义性，表演者和观众的互动亦是传统戏曲插科打诨手法的回归。开放式的结尾则引领观众对作品主旨意趣及传统道德批判有所反思。

这些创作手法既为后来的小剧场戏曲创作者所沿用，也对张曼君个人此后的创作产生了持续的影响。倒叙、插叙、闪回等导演手法在张曼君之后的《花儿声声》《狗儿爷涅槃》《母亲》《红高粱》等戏曲剧目中都得以成功运用。《狗儿爷涅槃》中的板凳、《孟姜女》中的椅子都体现了道具的多义性、象征性；《欲海狂潮》中“欲望”的红黑披风，则是对《马前泼水》中披风的直接借用。张曼君作品擅用民间山歌小调的特点，也可以从《马前泼水》里两句戏谑式的黄梅调中找到源头。

柯军：在无我与自我之间实现传承和创新

将传统戏曲艺术进行当代的审美表达，是小剧场戏曲的突出特点。对传统的昆曲进行先锋探索，通过“无我”的经典戏曲人物表达自我的演员个性思考，则是柯军在小剧场实验昆曲创作时始终坚持的创作理念。

这种创作态度与2006年“实验中国 · 文化记忆”国际文化交流活动有着密不可分的关系，国际化的视野带给柯军以及田蔓莎、李小锋、赵志刚等戏曲表演艺术家巨大的创新冲动和探索精神。他们相继创作出一批具有探索精神的实验戏曲，力求将戏曲艺术的身体记忆、程式表达的精神历程等推向极致，是这些作品的共同特征。

柯军的代表作“新概念昆曲”《夜奔》脱胎于经典昆曲折子戏《林冲夜奔》，从2006年首演至今，目前已是“10.0版本”。无论是《夜奔》《奔》还是

《藏·奔》，传达的都是作为世界非物质文化遗产昆曲的传承人在兢兢业业、循规蹈矩地传承昆曲技艺时，渴望张扬艺术个性的强烈愿望，探究的不但是剧中人物林冲和演员柯军的情感体验和心路历程，而且是昆曲人坚守的不易与创新的挣扎，具有强烈的自我意识。

“最传统”并且“最先锋”，是柯军对自己探索的小剧场昆曲的定位。这包含两个层面：将当代的肢体剧与传统的昆曲表演结合，表达具有当代意识的自我反思的同时，展现传统昆曲艺术的原汁原味；在对待昆曲的保护与创新问题上，既以最传统的态度对昆曲遗产进行保护、挖掘和传承，又以开拓精神探索当代昆曲艺术的多种可能性。柯军希望通过“朱鹮计划”培养更多具有创新精神的青年演员，通过对传统昆曲中每一个身段动作来龙去脉的追究与反思，激活青年演员研习昆曲艺术的积极性和主动性，鼓励他们探索创新的精神。身怀传统昆曲艺术的技艺，兼具敏感、探索的当代观念以及放眼世界的眼光，是柯军作为昆曲表演艺术家的高度，也是他勇于探索的锐气和胆识。如何打破“最先锋”与“最传统”的界限，将探索实验的成果与传统昆曲艺术真正融合成为有机整体，是柯军和他的同道者有待解决的课题。

李卓群：具有女性意识的新生代

在当代小剧场戏曲的新生代力量中，李卓群是代表性人物之一。李卓群编剧出身兼修导演，其“人鬼三部曲”《惜·姣》《碾玉观音》《春日宴》初步树立起她的艺术风格。

鲜明的女性主义意识是李卓群作品的突出特点。这一点尤其体现在《惜·姣》中，她对阎惜姣形象的挖掘、丰富和呈现，唤起当代青年观众较为强烈的情感共鸣。传统折子戏是小剧场戏曲实验探索的重要题材来源，但《惜·姣》打破以往小剧场戏曲重组不同剧目与人物的惯例，把与阎惜姣有关的相关折子戏有机整合在一起，构建起完整的情节故事，塑造了丰满立体的人物形象，颇有几分“化腐朽为神奇”的味道。虽有人认为此剧唱词过于“香艳”，但《惜·姣》的巧妙之处在于导演巧用一方红罗帕含蓄地表现人物情感，让人感佩李卓群锦心绣口的文字功力和灵感天成的导演技法。尤为可贵的是，《惜·姣》借这一出戏弘扬了沉寂多年的“筱派”京剧艺术，展示了传统的现已罕见的跷工绝活，以当代审美赋予被视为封建落后的小脚及裹脚布以新的意蕴，这也正是挖掘传统、继承创新的题中之意，这种胆识和精神值得赞扬和肯定。

如今，当代小剧场戏曲已经走过将近20年的历程，张曼君所开创的坚守戏曲本体基础上实验创新的“退一进二”的创作方法，已经基本上成为小剧场戏曲创作的共识。她曾经的助手白爱莲等人直接继承了这种创作理念，成长为新一代小剧场戏曲的领军人物。柯军的新概念昆曲创作更多地借鉴了西方戏剧理念，实验的步伐迈得相对更大。与此同时，他坚持将实验探索与遗产保护区分开来，尝试从传统昆曲中拿出一点点素材进行实验创新，以先锋作品在国际上传播昆曲艺术，以审慎的态度将实验成果运用到当代昆曲创作之中。戏曲艺术并非象牙塔或博物馆，势必要向前发展，小剧场戏曲探索的意义正在于此。

当前，短、小、精、尖已经成为小剧场戏曲创作的自觉追求，在60—90分钟的时长中，在相对较小的剧场内，以演员表演为中心，以精致、精美为艺术追求，不讲究大成本、大制作，以道具的象征性、多义性回归戏曲艺术的虚拟性、写意性，形式上借鉴其他戏剧、影视等表现手段，思想上追求深刻性和尖锐性，是当前小剧场戏曲创作的共性。但是，其整体也表现出原创力不足的问题，并且有一哄而起、粗制滥造的倾向。小剧场戏曲创作从制作的角度来说，门槛看似降低了几分，实则对创作人员提出了更高的要求：不仅要熟知传统戏曲艺术，而且要有充足的理论储备和大胆探索的精神，这不是一天两天的工夫可以达到。从理论建设与艺术批评的角度来说，当前也急需批评家、理论家对这一创作现象有所关注，与创作同行，乃至先行于创作，共同打造良好的戏曲生态。

（原载《人民日报》2017年1月20日）

《画的画》：以时尚先锋的样式致敬中国戏曲传统

独特的画框式舞台设计、生旦净末丑齐全的行当设置、原创戏曲作品、80分钟的时长里圆满讲述一个复杂烧脑的传奇故事、发人深省的主题立意、托古讽今的讽刺寓言剧……小剧场淮剧《画的画》给我们带来奇异而独特的观演感受，引发我们对该剧以及当前小剧场戏曲创作的诸多思考。无论是在刚刚结束的“天中杯”河南黄河戏剧节上，还是在正值热演的北京第五届当代小剧场戏曲节上，《画的画》都引起强烈的反响和热议。笔者认为，该剧以浓郁的现代气息、强烈的舞台形式感和独特的结构手法，表达了年轻的戏曲人、淮剧人对优秀而深厚的传统戏曲的挚爱与敬意。

（一）独特而鲜明的舞台设计和行当设置，构成该剧强烈的现代美学形式感

11月3日晚，繁星戏剧村壹剧场，上海淮剧团《画的画》上演。第一排最右边的座位，让我能够更加清楚地看到《画的画》独具匠心的舞台设计。整个舞台演出区域就是一幅平铺的画框，画框左后方向上折起，这更突出了画框的立体感。我所在的位置刚好对着画框的一个角，接缝处45度碰角、画框上的花纹和断裂处木茬的质感历历在目。折起的部分在舞台最后方自然形成一幅画作，简单的黑白两色，构成一幅颇有意境的水墨画，《画的画》就在这幅画里上演。自从2014年举办第一届北京小剧场戏曲节以来，繁星戏剧村每年都会成为全国各地小剧场戏曲各展风采的舞台。但是像《画的画》这样撤掉所有幕布的舞台设计还真不多见。它既遵循中国戏曲舞台简洁空灵的美学原则，又极具现代美学风格，还与《画的画》的剧名、剧情紧密契合。

这种鲜明而强烈的舞台形式感，不仅仅表现在舞美设计上，还表现在该剧生旦净末丑齐全的行当设置上。《画的画》的主创人员尽最大努力展现了中国传统戏曲的行当美和程式美。一开场，传统戏曲五大行当各位演员就郑重登场，他们分别捡起舞台上代表各行当的标志性道具：生——折扇，旦——手帕，净——拂尘，末——髯口，丑则没有。他们先以普通话各报家门，然后用上海话突出地域特点和淮剧剧种特点，使生旦净末丑这五个生硬的行当名字变成鲜活、具有方言和剧种特色的舞台形象，五位演员以群众演员的身份进入故事的叙事之中，点明新皇登基寻找古画的故事背景，继而赋予他们各自不同的身份和关系：兄弟、夫妻、主仆、上下级等，身份与关系一确定，人物的身世、性格也因之而确定，然后，五人的身份固定到剧中的五个角色之中。这种身份的渐次代入，有效地引导观众进入剧情、进入人物、进入演员的表演之中。

以往小剧场戏曲作品中的行当，一度局限于生、旦的对戏模式，由传统戏曲中的二小戏、三小戏发展而成的新的行当设置，是许多小剧场戏曲作品模式，从传统折子戏的二人对戏、三人对戏寻找改编题材，也成为小剧场戏曲创作的模式之一。这既受制于小空间的舞台，也受制于小体量的剧情，更受制于小剧场戏曲创作观念。近几年，小剧场戏曲的行当意识逐渐增强，在生、旦为主之外，开始出现以丑行为主角的剧目，但是像《画的画》这样具有强烈行当意识、有意展现传统戏曲行当的作品，还比较少见。

（二）演员自始至终不下场，80分钟的演出时长一演到底，以中国戏曲自由灵动、虚拟假定的表演美学，赋予现代“无场次戏曲”新特征

作为一部小剧场戏曲，《画的画》的演出时长为80分钟。在这80分钟里，舞台上的六位演员（还有鼓师）始终处于非常紧张投入的表演状态。在他们的跳进跳出、插科打诨之中，场与场之间自由转换、无缝衔接、紧凑流畅，这是现代“无场次戏曲”的新特征。“无场次戏曲”来源于话剧，主要通过演员的表演和讲述，保持舞台上始终有演员（如话剧《哥本哈根》），还会借助讲解人和灯光来转换场景（如徐棻的话剧《辛亥潮》）。徐棻还将“无场次”的理念引入戏曲文学创作之中，创作出《死水微澜》《欲海狂潮》《尘埃落定》等诸多“无场次戏曲”，成为这类戏曲创作的代表人物。徐棻的无场次戏曲主要借助传统戏曲自由灵动的时空处理方式和现代舞台手段，通过演唱、圆场和灯光以及极简的舞美实现场景的转换和剧情的交代，这以《死水微澜》为代表，而《欲海狂潮》则借助拟人化的、功能类似讲解人的“欲望”形象串联场次。《画的画》是真正实现了人物不下场、通过演员的表演实现场景转换的“无场次戏曲”作品。

在《画的画》中，没有演员的上下场，没有大幕的开与合，也没有灯光的明与灭造成的暗场，以及这些戏剧舞台惯用的、人们习以为常的转场方式造成的剧情停顿、演出中断和观赏暂停，使得整个剧情一气呵成。这是对演员的体力和精力的巨大挑战，因为他们要始终精神高度集中地投入剧情的推进、不同人物角色身份的转换、人物情感和情绪的把握以及身段表演之中，也是对导演的巨大挑战。非常难得的是，全剧比较成功地完成了从宏观到局部、从群体到个体、从泛指到特指的转换，比较圆满地完成了故事的叙述、剧情的推进、人物的刻画和主题的表达，比较充分地展现了淮剧以及传统戏曲的艺术之美。

（三）讽世喜剧的现实情怀与新世纪年轻戏曲人的社会道义担当

《画的画》是一出以官丑为主的讽世作品，有着明显的借古讽今的寓意。新皇登基，诏告天下，寻找一幅隐藏着治世玄机的汉代古画《逐鹿中原》，献画者重重有赏、官升三级。重利诱惑之下，芸芸众生上演了一场社会、官场和人性万象图。生、旦、净、末、丑代表的各色人等蠢蠢欲动，不但上天入地地找，而且各显神通地寻。县官陈海生素知身为汉代皇室后裔的嫂嫂刘文莺家传此画，为了得到画，他先是不顾百姓父母官的尊严和体面，到哥嫂的画室以假画偷梁换柱，结果却弄巧成拙偷走了自己带去的假画献给了皇上。在皇帝五日献出真画的生死状下，他又不顾尊严地苦苦哀求嫂嫂。在遭到拒绝之后，他不顾手足之情，带领兵马威逼哥嫂。携画逃走的刘文莺为了救出丈夫，返回来把《逐鹿中原》交给了陈海生，并告诉他此画早在她太祖父的手里就已经丢失，为了家族的荣耀和虚荣，他们画了一幅假画。得知真相的陈海生料知自己难逃死罪，惊惧而死。

为了寻找一幅蕴含“治世玄机”的古画，却引得人心惶惶、天下大乱，这是一个绝妙的讽刺。这是对那些投机取巧者的讽刺，是对虚浮世风和幽暗人性的讽刺。作品最后以老丞相献出古画，新皇帝顿悟玄机，完成了作品主旨从讽世、刺世到警世、醒世的转换，特别是结尾部分提出的“找画，到底是为皇上，还是为自己呢？”以及“人啊，就怕管不住自己的心”，引人深思，发人深省。这部戏的现实意义是非常明显的，体现了主创人员关注现实、积极向上的人生态度。该剧的主创团队和六位演员都非常年轻，绝大多数是80后，他们这种经世致用的创作态度，体现了新世纪年轻戏曲人的社会责任感和道义担当。

在文学创作理念上，《画的画》在借鉴西方荒诞派喜剧的基础上，主要根据中国观众的欣赏心理和审美习惯，用传奇的创作手法，编撰了一个全新的作品，这种高质量的原创作品和求新求异的原创精神，在近几年小剧场戏曲创作主要以改编传统戏和西方戏剧作品为主的背景下，尤为稀缺可贵。再加上该剧以中国戏曲身段表演和原汁原味的淮剧唱腔为本体的艺术追求，《画的画》回归中国戏曲传统的美学追求显而易见。创作理念的传统向心性与艺术形式的现代开放性，使得该剧呈现出传统与现代的奇妙融合。剧终谢幕，六位年轻的演员穿着戏服，在现代电子音乐的激昂旋律下跳起海草舞谢幕时，就是他们跳出戏剧人生进入现代时尚生活的印迹，也昭示了他们对传统戏曲艺术的热爱。我想，正是这种对传统的眷恋，才使得他们选择在固守传统的基础上，寻找表达形式的突破。出入并纠结于现实与理想、当下与历史、传统与现代、东方与西方、刻板与时尚、自由与束缚，正是当下的戏曲和戏曲人难以言表的复杂况味，这是小剧场淮剧《画的画》给我们提出的问题与话题。

（原载《中国戏剧》2019年第1期）

第四编　女性戏曲创作研究

将“无场次戏曲”进行到底

——徐棻戏曲创作思想研究

著名剧作家罗怀臻在《女战士徐棻》一文中说道：“徐棻不仅是戏曲文学家，也是舞台艺术家，她不仅为戏曲舞台提供可供演出和实验的优秀剧本，她也直接或间接地参与戏曲舞台艺术的创作与实验。”[①]该文进一步分析：“戏曲作家通常有两类倾向，一类是‘为文学的戏曲’，一类是‘为戏曲的文学’。‘为文学的戏曲’通常注重戏曲剧本的文学性，而相对忽略戏曲舞台的演出性。文学是目的，戏曲只是实现文学的载体或手段，最终希望收获的是文学。这类戏曲剧本往往讲究辞藻，强调哲思，文学的可读性很强，但是一旦付诸舞台演出，则暴露出戏剧性动作性和表演性及趣味性都弱的局限。‘为戏曲的文学’则通常注重戏曲剧本的表演性，而相对忽略剧本的思想内涵和原创精神。表演成为目的，文学等同于文字，甚至依傍于‘名角儿’打本子，只要台上好听好看，完全淡薄了戏曲作家同样也是作家的主体意识。”[②]诚哉斯言！纵观当代戏曲文学创作，像徐棻这样“把优秀戏曲剧本所必须具备的思想性与艺术性、文学性与表演性、继承性与实验性，自觉地结合起来并达到了某种高度的和谐统一”[③]的剧作家实在少之又少。徐棻不但独创了“无

① 罗怀臻：《女战士徐棻》，《徐棻剧作研究论文集萃》，四川文艺出版社2010年版，第21页。

② 同上。

③ 同上。

场次戏曲”的创作理念，而且通过自己多年的创作实践着和验证着这一理论，《死水微澜》《尘埃落定》等都是在“无场次戏曲”创作理念指导下创作的作品，这类作品从剧本形态到舞台呈现，都表现出与分场次戏曲不同的特点，其所传达的美学思想和美学精神也与众不同。本文将通过梳理徐棻“无场次戏曲”的创作历程，研究这类作品的剧本形态、创作特点、舞台呈现特点及其表达的美学思想和美学精神，总结“无场次戏曲”的理论内涵及其价值、贡献和意义，以期对当前戏曲创作有所启示。

一、“无场次戏曲”理论的提出及创作实践

中国传统戏曲虚拟时空和上下场的特征众所周知。对这一问题的理论研究，以阿甲先生“无穷物化时空过，不断人流上下场”[①]的总结最具代表性。场景的转换，人物的上下场，不但古往今来的剧作家们在剧本中要体现，在舞台上也要通过各种手段来表现。表现在剧本中，元杂剧分折，明清传奇分出（齣）[②]。20世纪以后，分场、分幕成为剧本创作通用的方法。而把话剧等其他戏剧样式中“无场次”的理念和创作方法运用到戏曲剧本的创作之中，则始于徐棻。

徐棻在谈到自己“无场次戏曲”创作的心路历程时曾说过：“此类呈现方式，1987年我在川剧《红楼惊梦》中曾小有尝试。”[③]《红楼惊梦》打破了以往《红楼梦》戏曲改编或选取一个人物、或选取一段故事为题材的写法，别具匠心地选取原著中两个非常具有代表性的人物王熙凤和焦大为主角。该

① 阿甲：《无穷物化时空过　不断人流上下场——虚拟的时空，严格的程式，写意的境界》，《文艺研究》1987年第4期。

② 出或齣，《康熙字典》的解释为：“传奇中一回为一出，俗读作‘尺’。或云本是‘齝’字，讹作‘齣’也，盖‘齝’乃食之已久，复出嚼之。今传奇进而复出，故有取于‘齝’云。”“传奇进而复出”，即指人物的进出，即上下场。这个解释有一定的道理。

③ 徐棻：《我在梦游》，《剧本》2013年第5期。

剧选取的事件，都是贾府命运重要转折点或富有象征意义的灵异事件。徐棻说：“这个‘红楼戏’不同于以往所有的‘红楼戏’(包括我自己的戏《王熙凤》)。它不是工笔描绘红楼人物，也不是演绎片段红楼故事。它是用国画的透视法综观红楼之衰败，它是用国画的写意法点染几个红楼人的生活。总之，它所展现的是我对《红楼梦》的一幅印象图。”[①]这种“印象派”的创作思想，是通过“荒诞派”“意识流”“梦境”等表现手法实现的，如剧中的海棠树能幻化为贾府老太爷向贾府子孙提出警示，又如贾府门前那两只石狮子在焦大面前忸怩作态、拜堂入洞房，充满荒诞主义色彩；王熙凤在梦中被焦大、秦可卿、贾府老太爷质问“你如何在当家”的梦境，以及贾府被抄之后王熙凤眼前出现的种种过往场景，则是意识流的表现手法。对此，著名戏曲理论评论家安葵曾指出：“作者对传统思想和手法进行新的选择，或者说在传统中选择能够和当代意识沟通的东西，既和传统保持联系，又能为当代人所接受，而这个戏所运用意识流、象征甚至荒诞等艺术手法又都没有离开传统的东西，这个经验很值得思考。”[②]这些当代西方戏剧创作理念和表现手法，都是徐棻后来的“无场次戏曲”中惯用的创作手法。

1991年徐棻创作过一部“无场次”戏剧作品，即“无场次纪事体话剧”《辛亥潮》。[③]无场次话剧是指剧情和场景的转换没有明显的开幕、落幕，而是利用舞台灯光的调度来实现场景转换、时间跨度、人物上下场和服装的变换，无场次话剧还借助人物旁白解说吸引观众的注意力，以实现道具、布景的快速切换，因此剧情更加紧凑，戏剧节奏也更快。《辛亥潮》是典型的无场

---

① 徐棻：《一幅印象图——写在川剧〈红楼惊梦〉上演之时》，原载《成都舞台》1987年第3期，收入《徐棻戏剧作品选》（上），四川人民出版社2001年版，第99页。

② 《戏曲当代意识的新探索——首都戏剧界座谈川剧〈红楼惊梦〉》，《戏剧报》1988年第1期。

③ 徐棻：《辛亥潮》，发表于《剧本》1991年第5期，亦收入《徐棻戏剧作品选》（下），四川人民出版社2001年版。《辛亥潮》虽然实质上是无场次话剧，但其剧本形态仍然保持了以数字排序（一、二、三……）划分叙事段落的方法。

次话剧，剧中灯光的切换、解说人的出现，都是无场次话剧常用的手法。《辛亥潮》还运用了许多戏曲表现手法，如通过人物走圆场来实现场景的切换，剧中四个巡防兵（相当于戏曲中的龙套）的“绕场一周”“交叉过场”等，不过剧中没有用“圆场”这一戏曲术语，而是用了“绕场”一词。这些舞台手段其实都是传统戏曲里的。徐棻作为一名戏曲编剧，在创作话剧时自然而然地运用了戏曲的舞台表现手法。徐棻后来在谈这部戏的创作时说：“我决定正面强攻：以无场次纪事体方式展现出我个人所体味到的这场复杂而曲折、轰轰烈烈而并不彻底的革命。为此，我不能不在这个话剧中引进戏曲时空自由的表现手段，以便兼顾铺陈历史与刻画人物，也好让深居督院的赵尔丰可以和不曾晤面的对手们同在舞台上交锋。”[①]《辛亥潮》的创作经验对徐棻此后的创作产生了很大的影响。

如果说话剧《辛亥潮》是“不能不”或“不得不”借用戏曲时空自由的表现手段，而《死水微澜》则是在熟悉这种创作方法之后有意为之的、自觉的“无场次戏曲”创作。《死水微澜》是徐棻在写完《辛亥潮》之后紧接着创作的一部原创戏曲作品[②]，这种创作思想的延续是显而易见的。

无场次川剧高腔《死水微澜》是徐棻第一部冠以“无场次”之名的戏曲作品。[③]《死水微澜》一开场就以别具一格的方式描述了川西平原农村女性悲苦的一生。戏一开场，就出现了“朝夕漫游田间路，满怀春情望成都”的邓幺姑，她心高气傲、生性倔强，一心巴望嫁到成都去，摆脱农村妇女的命运。正在她漫游田间、遥望成都之时，一群衣衫破旧的农妇身背娃娃蹒跚而上。在她们单调而沉重的舞步中，邓幺姑吟唱起《农妇苦》，这既是邓幺姑眼中农村妇女的苦难生活，也是依稀可见的自己未来的一生，同时也是中国传

① 徐棻：《我想试一试》，《徐棻戏剧作品选》（下），四川人民出版社2001年版，第693页。

② 在这两部戏之间，徐棻还改编了川剧高腔《白蛇传》，但是传统戏改编，不是原创剧目。

③ 徐棻：《死水微澜——根据李劼人同名小说改编》，《剧本》1996年第4期。

统农村妇女千篇一律的一生。邓幺姑“田间春望”之后，她的母亲搬着一把竹椅上场，纳起了鞋底，舞台场景转换到邓家院子里。母亲说服她嫁给杂货铺蔡掌柜后，立刻就有四个喜娘上场，在舞台上当场为邓幺姑换嫁衣、搭盖头，紧接着轿夫和吹鼓手上场，吹吹打打，邓幺姑就嫁给蔡兴顺了。

徐棻在谈到这一场的创作时说：“本来这里是三个场景的戏：田间、院落、路上，然而这里却呈现出‘无场次’。这种由没有具象布景的‘空台’形成的‘无场次’，正是戏曲时空自由的传统，即时间、地点可以随人物的动作而转换。同时，这里又借鉴了话剧和影视艺术的手法。如：邓大娘和邓幺姑在追光中圆场相遇的话剧式、从邓大娘的欢呼转入花轿上路的影视‘蒙太奇’。”①

该剧给人留下深刻印象的还有罗德生出走一场。罗德生意识到自己对傻表弟的俏媳妇邓幺姑暗生情愫，选择了逃避、出走，在邓幺姑“问一声你到哪里去”的问询声中，他一边唱道“跑江湖，走四方”，一边走圆场。随着邓幺姑的隐去，伴着快板“翻龙泉，过简阳，资阳、资中到内江”的唱腔，在他撩起衣襟扇风拭汗以显示长途奔波风尘仆仆的身段表演中，在非常紧凑的叙事节奏中，对他到过的这些地方点到为止。而在这一幕过场戏中，作者又荡开一笔，表现他“忙里偷闲逛柳巷”的浪子生活，随着唱腔从快板转为慢板，罗德生逍遥地摇着折扇，迈着八字步，此时舞台灯光区扩大，出现众妓女的身影，醉意蒙眬的罗德生脚步踉跄，左拥右抱，与她们打情骂俏。然而，他忘不了真爱的女人：“袍哥惯在江湖闯，英雄豪气荡八荒。从不把女人放心上，也难得思亲念故乡。却为何……如今常想天回镇，似觉挂肚又牵肠。身不由己踏归路，鬼使神差意惶惶。”在舞台灯光的明灭之间，众妓女隐去，罗德生接着跑圆场，舞台上“掌柜椅高踞一角”，罗德生已经回到了天回

---

① 徐棻：《微澜起波涛——记川剧〈死水微澜〉的改编和演出》，原载《大舞台》1999年第3期，收入《徐棻戏剧作品选》（上），四川人民出版社2001年版，第766—767页。

镇蔡氏杂货铺。这一段戏中场景的转换，通过唱词的表达、现代舞台灯光语言的巧妙运用、传统戏曲身段圆场的运用完美实现。

《死水微澜》之后，徐棻创作了一系列“无场次戏曲”，如无场次京剧《千古一人》(1996)、无场次汉剧《尘埃落定》(2004)[①]、无场次川剧高腔《都督夫人董竹君》(2007)等，2013年，又创作了无场次昆剧《十面埋伏》。徐棻在谈《十面埋伏》的创作情况时，再一次对自己所提出的“无场次戏曲”进行了全面的理论总结：“我在剧中，大量使用了戏曲写意程式和影视镜头转换相结合的方式。如，韩信投军到楚营又到汉营的全过程，是戏曲的圆场加影视的‘蒙太奇’；再如，刘邦得到‘告发’韩信的密信而向众人问计时，萧何与陈平的反应是戏曲的旁白加影视的‘特写’；又如，刘邦逮捕韩信后原地不动，以内侍换武士而让地点从楚国转到咸阳，这是戏曲的龙套加影视的‘淡入淡出’……”“构建新的戏曲演出形态，我常常喜欢借鉴影视的某些手法，因为在它们那里，时空处理太自由了！我还喜欢借鉴西方的表现主义、象征主义、荒诞派、意识流、幻觉、内心外化等手法，因为它们和中国戏曲的写意性、虚拟性、程式性、符号性等诸多传统手法相通。话剧所注重的性格刻画、道白运用、结构严谨、节奏紧凑等，我对它们的借鉴也从来不肯放过。歌舞、杂技、曲艺原是戏曲的构成元素，将它们现代的某些东西‘拿来消化’，也有助于戏曲演出形态的丰富。”[②]由此可以看出，通过多年的创作实践和长期的理论思考，徐棻的“无场次戏曲”从实践到理论都已经相当成熟和完备了。

综上所述，徐棻的“无场次戏曲”理念，是在传统戏曲时空自由的原则下，充分运用戏曲的写意性、虚拟性、程式性、符号性等传统表现手法，借鉴话剧结构严谨、节奏紧凑等优势，运用影视艺术的“蒙太奇”镜头切换艺

---

① 《尘埃落定》原为广东汉剧创作，2006年搬上舞台。2014年，徐棻又授权成都市川剧院排演此剧。

② 徐棻：《我在梦游》，《剧本》2013年第5期。

术手法，同时吸收西方戏剧理论中的表现主义、象征主义、荒诞派、意识流、幻觉、内心外化等戏剧表现手法，借助灯光等现代舞台美术科技，进行戏曲创作的一种方法。

二、“无场次戏曲”的创作特点及徐棻的戏剧观

戏曲作品是分场还是分幕，看似差别不大，实际上蕴含着东西方戏剧不同的舞台处理方式。分场，体现的是剧作家在创作的时候是从场景的转换、人物的上下场的角度考虑，其出发点更多的是依从中国传统戏曲舞台上下场的特点；分幕，则体现了剧作家创作时更多考虑的是舞台上大幕的开合，这其实是受西方戏剧的影响。梳理徐棻的戏剧作品，会对当代戏曲创作分场、分幕的方式有一个基本的认识，同时也会帮助我们理解徐棻“无场次戏曲”的剧本形态、创作特点以及徐棻的戏剧观。

徐棻戏曲作品叙事段落之间的划分形式非常丰富，有分场的，有分幕的，有分章的，有仅以“一”“二”“三”分段的。分“场”的作品又有有目和无目之分，如她早期的作品《燕燕》及《天下一佛》仅标“第×场”而无目。《跪门鉴》《欲海狂潮》《秀才外传》《王熙凤》《白蛇传》等作品则分场且有目。《红楼惊梦》《目连之母》仅有“一”“二”“三”分段，且无目。《激流之家》是“幕+目”的方式；《田姐与庄周》分章而无目；此外还有一些小戏不分场。

在上述这些“非无场次戏曲”作品中，徐棻对分场、分幕的考虑，大多是文学性的剧情提示或结构上的起承转合，如《欲海狂潮》共分六场：“骨肉之间”“聚散之间”“爱恨之间”“进退之间”“喜怒之间”“血火之间”。又如《秀才外传》共八场，分别是“劝兄助兄”“借银赠银”“出狱返狱”“允婚逃婚”“历险遇险”“相逢不逢”“临危解危”。再如《王熙凤》共七场，通过“争宠”“诱婚”“弄权”“诓尤”“售奸”“逞凶”“接驾”刻画心狠手辣的王熙凤形象。其他如《跪门鉴》《将军魂》《激流之家》《白蛇传》等也是每场都有

标目。需要特别说明的是，上述这些作品在收入《徐棻戏剧作品选》时，作者特意在开场之前标出全部“场次”，这一细节也表明徐棻在编辑她的剧作选时，已经在有意识地区分她的“有场次”戏曲作品和“无场次”戏曲作品。

“无场次戏曲”的剧本创作不分场、幕，也没有一、二、三，整个剧本一气呵成。“无场次戏曲”并不是不分场次，而是分场次的手段与其他戏曲剧本有明显不同。在创作剧本之初就非常注重舞台性，把舞台呈现的最终形态体现在剧本中，是徐棻一向非常重视的问题。吴怡之在他为《徐棻戏剧作品选》作的序《芳香之木》一文中说过：“徐棻有这种本事：在剧本文学的字里行间，为二度创作营造广阔的用武之地。这片用武之地会激发起导演、演员、作曲及舞美等各方的创作欲望，使他们感到若不在其中拳打脚踢一番就是很大的遗憾。”①

在徐棻的剧本中，戏剧场景之间的切换，主要借助三种手段、通过四种方式来实现。这三种手段是：人物、圆场和灯光。四种方式是：一、只用人物。保留一个主要人物在舞台上进行表演，不留痕迹、不动声色地完成其他人物的上场和下场，即利用人物的“淡入淡出”完成场景的切换。如上文提到的《死水微澜》开场，主人公邓幺姑始终在舞台上，通过众妇人、邓大娘的上下场，完成了田间、院落、路上三个场景的切换。二、人物＋圆场。保留一个人物在场上演唱和表演，通过演员的圆场动作表演，实现场景之间的转换和剧情的推进。《死水微澜》中罗德生出走一场，剧本是这样写的：

罗德生　不不不，我要走了。（转身走）

邓幺姑　大老表！（唱）

问一声你到哪里去？

罗德生　（不回头，唱）

① 吴怡之：《芳香之木（代序）》，《徐棻戏剧作品选》（上），四川人民出版社2001年版。

跑江湖，走四方。(圆场)

[邓幺姑隐去。

罗德生　(唱)翻龙泉，过简阳，

资阳、资中到内江。

哥老会中多杂事，

一年四季都在忙。

忙里偷闲逛柳巷——

(光区扩大。

[妓女六人上。

三、人物+灯光。保留人物在舞台上的表演，通过舞台提示语言，利用灯光的明灭变化，实现场景的切换。上一段中“光区扩大”“妓女六人上”等就是通过灯光语言的运用和调度切换场景。四、人物+圆场+灯光。《尘埃落定》里傻子和卓玛从土司官寨到罂粟花地里的场景转换，综合运用了这三种手段。这段戏开始时，傻子向卓玛诉说自己梦到土司官寨变成了一片废墟，内心感到非常恐惧，卓玛为了安抚他，带他到盛开的罂粟花地里去散心。剧本是这样写的：

卓玛：傻子你要明白，你不是土司的继承人，不要想官寨的事，还是跟我去玩吧。地里的罂粟都开花了。你见过罂粟花吗？好看极了。我带你去看。

[卓玛拉傻子圆场。

[罂粟花鲜艳夺目。

这里虽然没有提到灯光，但在川剧的实际演出中，开始只有一束追光打在傻子和卓玛身上，在他们圆场表演的同时，舞台上灯光骤然全亮，照亮了布景上五颜六色怒放的罂粟花，其舞台效果相当惊艳和震撼。

从上文的分析可以看出，徐棻的“无场次戏曲”体现了戏曲文学与舞台演出相统一的戏剧创作观。这种创作方法正如章诒和所说：“既是文学的叙述，又是舞台的描画。”[①]“无场次戏曲”还体现了徐棻的另一个戏剧观，即戏曲的舞台呈现要注重连贯性、完整性，不应因为人物的上下场、大幕的开与合而打断剧情的连贯性、演员表演的连贯性和观众欣赏的连贯性。

由于故事情节、人物情感和表演的连贯性，节省了人物上下场和道具撤换的时间，因此，“无场次戏曲”戏剧节奏非常紧凑。这是与现代戏曲演出的时间长度、紧张的现代生活节奏和当代观众的观剧习惯相适应的。现代戏曲已不像传统戏曲那样，不在意一场戏或一出戏的长短，一出戏可以从下午演到晚上，或是从初一演到十五。现代戏曲一般时长在两个小时左右，连台本戏很少，这是因为大多数观众白天要上班，只有晚上的时间是空闲的，为了保证第二天正常工作，看戏不能到太晚。因此，这就要求一场戏要在有限的两个小时左右的时长内，讲述一个情节曲折、思想深刻、好听好玩的故事；同时，也要求现代戏曲既要有充满戏剧性的故事情节，又要有相对深刻的思想主旨，同时戏剧节奏也要紧凑快捷。许多戏没有考虑到这一问题，造成故事情节拖沓，叙事节奏缓慢，特别是一些人为原因如因为撤换道具布景而造成的长时间暗场，不但浪费了观众的时间，也使得舞台上剧情的发展、演员的情绪被中断，观众的观剧过程也被打断，因此，这种情况是剧团、剧组在演出的时候要特别注意的。许多人在谈起传统戏曲跟不上时代发展这一问题的时候，其中一个非常重要的问题就是戏曲节奏缓慢，唱起来咿咿呀呀，拖腔很长。戏曲的声腔是不能轻易改变的，因为每一个剧种的声腔都是不同的，随意地改变唱腔，会使剧种失去原有的特征和韵味，保持剧种的独特性和唱腔的原汁原味，这也是当代戏曲发展特别要注意的一个问题。既然唱腔不能轻易改变，那么，加快叙事节奏就变得尤其重要。徐棻就特别注意戏曲

---

① 《川剧〈死水微澜〉五人谈》，《中国戏剧》1997年第4期。

的这一个看似非常细微的品质，她所提供和践行的“无场次戏曲”从根本上解决了这一问题。“无场次戏曲”最大限度压缩了与剧情发展、塑造人物等关系不大的过场时间，把更多的时间给了演员表演、意境营造和剧情发展。这种当代追求，诚如《死水微澜》《尘埃落定》的导演谢平安所说：“全剧结构力求严谨有致，连贯自如。在现代灯光、乐队的综合运用中，借鉴影视‘镜头连接’的原理与淡出淡入的手段，拉紧结构，剪裁不必要的过场，腾出时间空间，更好地展示剧情。让人物在严谨的规范中，不受时间与特定环境的限制，唯剧情需要来去自由。恰如传统戏曲所表现的绕场一周行程百里一样，空灵写意，流动空间，点到为止，不必在细节上过分苛求，分散观众的欣赏。”①

三、“无场次戏曲”的舞台呈现和“现代空台艺术”

徐棻的“无场次戏曲”作品在舞台上呈现出来的最终效果，张羽军先生的总结非常准确到位：“徐棻的‘现代空台艺术’具体说来，是将戏曲人物的行动自由、影视镜头的切换自由、话剧布景的运用自由等进行互补，再加上舞台灯光技术的运用，使上述种种达到形神交辉的‘无缝焊接’，而呈现为一种‘现代空台艺术’。”②

《死水微澜》上演之后取得巨大的成功，评论界对“无场次戏曲”“现代空台艺术”交口称赞，徐棻也写了《微澜起波涛——记川剧〈死水微澜〉的改编和演出》一文，对自己的“无场次戏曲”进行了比较详细的叙述和解释。她在文中特别指出：“在这种‘现代空台艺术’中，灯光的运用和无具象

① 谢平安：《让戏曲艺术本体在当代审美中回归——川剧〈死水微澜〉导演札记》，《四川戏剧》1999年第3期。

② 张羽军：《文心涵大千世界　剧作写性灵情思——论徐棻剧作的艺术成就》，《徐棻剧作研究论文集萃》，四川文艺出版社2010年版，第30页。

的舞台支撑（在《死水微澜》中是几个木箱）都是不可或缺的手段。”

灯光的运用在无场次戏曲的场景转换中有至关重要的作用，是戏剧舞台实现“蒙太奇”镜头切换效果的重要手段。在《死水微澜》罗德生出走一场中，白色追光让舞台的焦点始终集中到他的身上，他跑圆场的身段表明他行走江湖的经历；而通过灯光的明灭，达到了撤换道具、配角人物上下场的作用，虽然没有布景背景，却达到了传统戏曲移步换景的作用，真正体现了中国传统戏曲舞台“六七步走遍万里神州”的精髓。该剧结尾处则纯粹是利用灯光制造“蒙太奇”效果，在灯光的明灭中展现不同人物的不同命运、不同结局：在一束追光中蔡兴顺获释出狱，另一束追光中邓幺姑手拿衣衫和褡裢迎接他。她把蔡兴顺安顿好后，追光照着蔡兴顺远去，邓幺姑身上的追光则灭了。等灯光再亮起明，邓幺姑已经身穿嫁衣，头戴凤冠，搭上了盖头。四个喜娘、轿夫、吹鼓手和象征性的大红花轿又上场了，邓幺姑又要出嫁了，只不过此时的她已经历经磨难、伤痕累累了。

虽然戏曲界将徐棻“无场次戏曲”的舞台呈现特点总结为“现代空台艺术”，也得到了徐棻的认可，但这种“空台艺术”并不是舞台上真的空无一物。从徐棻的第一部“无场次戏曲”《死水微澜》，到她最近搬上舞台的作品川剧《尘埃落定》，都说明在舞台呈现上还是有布景和道具的。只不过这些道具或布景的运用都是精心挑选、必不可少的，对于刻画人物性格、推动情节发展、烘托环境气氛都有至关重要的作用。在这一点上，是与中国传统戏曲“一桌二椅”的美学精神相通的。“一桌二椅”只是中国传统戏曲舞台简约、精炼、写意、假定等特征的终极总结，其他道具也会根据需要设置，即使是在古代，在条件允许的情况下，追求舞台道具的真实逼真也不是没有的，像清代宫廷戏曲的机关设置、近代海派京剧的机关布景等，都极大地吸引了戏曲观众。只不过，如果不惜耗费巨资去打造所谓的大包装、大制作的戏剧作品，尤其是对于生存环境比较差的传统戏曲来说，追求大制作则是本末倒置，甚至是暴殄天物。

在道具的选取上，徐棻一向重视赋予它们具有代表性、独特性的象征意义，让这些道具成为舞台上必不可少的组成部分。如《死水微澜》没有布景，但是有道具，最具象征意义的道具就是椅子。椅子有两把，一把是象征农村生活的竹椅，一把是象征城镇生活的掌柜椅。邓幺姑的母亲一上场，手里就拎着一把竹椅，她就是坐在这把竹椅上，一边纳着鞋底，一边决定了邓幺姑的婚事。掌柜椅只有掌柜才能坐，是商人的象征，是城镇生活的象征，是一心想摆脱农妇命运、向往城市生活的邓幺姑心中非常渴望的东西。嫁给蔡兴顺的那天，邓幺姑第一次见到这把掌柜椅，她唱道：“柜台内外分宾主，主人的座椅油漆新。油漆新，亮锃锃，雕花刻朵带描金。这么长的脚脚这么高的背，这么宽的扶手这么大的身。稳当当，重沉沉，不动不摇如生根。生了根的宝座归了我，我高坐宝椅收金银。掌柜娘子胜农妇，邓幺姑不开心来也开心。”后来，顾天成为了报罗德生“烫他毛子”骗走他一千两银子的一箭之仇，也为了得到邓幺姑，机关算尽，害得罗德生被官兵抓走，蔡兴顺遭到毒打，官兵又来到蔡氏杂货铺，抢夺店铺。面对坐在蔡家掌柜椅上的官兵队长，邓幺姑拼命反抗，与官兵队长围着掌柜椅打斗。最终，邓幺姑被打得晕死过去，官兵哄抢了杂货铺，掌柜椅也被官兵队长抢走了。至此，“兴顺号几十年的好买卖”被“戳脱”，邓幺姑的掌柜梦彻底破灭。此时，舞台灯亮，那把象征农村生活的竹椅又重新出现在舞台上，被打得皮开肉绽的邓幺姑又回到了她农村的娘家，面对前来提亲的顾天成，她像第一次出嫁时那样，仔细安排未来的一切：大表哥、蔡兴顺、金娃子，这未来中却唯一没有她自己，她亲手用与顾天成的婚姻埋藏了自己，为自己深爱的这些人谋取活路。

布景的重要作用在《尘埃落定》中有充分体现。在舞台美术追求豪华和大制作的当下，当《尘埃落定》的舞台上那一幅幅精心手绘的布景出现在观众面前时，其效果与那些豪华大制作的舞美道具相比不但毫不逊色，而且其手绘的匠心也会唤起观众对其极简主义精神的敬意。特派员带来的罂粟种子种植在田地里，盛开的罂粟花绚丽妖冶、一望无际，在罂粟花的海洋里，欲望被诱惑着、充盈着、膨胀着。在罂粟花盛开的布景前，情窦初开、年轻体壮的傻子面对“脸儿像开放的花朵”、“腰身像柔软的绸缎”的卓玛，既感到恐惧，又深受诱惑，情难自抑，他“浑身滚烫似火烧火灼”，他“要像酥油融化在奶茶里”，他与卓玛在这片花的海洋里“一起融化”。这里不但上演着傻子和卓玛的爱情故事，傻子的父亲麦其土司和央宗也在这里调情、私会。安排这一切的，是图谋家产的傻子的哥哥，他安排央宗勾引麦其土司，希望利用央宗讨好父亲，在父亲面前说自己的好话，夺去父亲对傻子母亲的宠爱，“一箭三雕”。鲜花、美女、金钱、权力，美好诱发欲望，欲望滋生罪恶。在美丽而罪恶的罂粟花海里，上演着一幕幕阴谋与爱情的好戏。其他如麦其土司的官寨高大巍峨，构建起官寨的块块巨石纤毫可见，在这幅布景的前方，上演着卓玛被砍掉臂膀的人间惨剧。土司官寨的内景，雕梁画栋、奢华无比。卓玛被赶去劳役的地方，灰暗的雪山压顶，让人感受到无尽的悲苦与压抑。当傻子带领自己的奴隶向“红汉人”投降后，土司官寨寨墙变为废墟，露出了纯净得让人窒息的白云蓝天。布景的重要作用在《尘埃落定》一剧中得到了充分发挥。

徐棻的“无场次戏曲”及其“现代空台艺术”，体现的是戏曲为体、话剧和影视剧为用的戏剧观，是中国为体、西方为用的戏剧观。她的作品，因曲折的故事情节、剧烈的戏剧冲突、严谨的戏剧结构、紧张的戏剧节奏、现代的表现手段，既保持了传统戏曲的美学特质，又充满当代意识和时代精神，满足了当代戏曲观众的审美需求。徐棻曾经在不同的场合一再强调她创作戏曲的“三个追求”：“追求继承传统与发展传统的巧妙结合，追求古典美与现代美的有机结合，追求思想内容与艺术形式的完美结合。”[①]“无场次戏曲”的理论和相关戏曲作品，都体现了她的这些追求。

如今已经80多岁的徐棻，始终称自己是“戏曲改革派”。这种改革意识和改革精神，自始至终伴随着她的创作，她对此有非常理性的思考，她说，“改

① 徐棻：《微澜起波涛——记川剧〈死水微澜〉的改编和演出》，原载《大舞台》1999年第3期，收入《徐棻戏剧作品选》（上），四川人民出版社2001年版，第765页。

革开放三年，戏剧滑向低谷。我急慌慌冲进‘革新者’的队伍，和新锐们一起做‘探索性戏曲’”，目的是“为古老的戏曲构建一种新的演出形态”。[①]这种革新，不单指她的剧本所体现出的时代精神和人文意识，更指蕴含其中的现代意识。20世纪80年代的中国戏曲，一方面在经历了十年“文革”的荒芜之后亟待恢复繁荣，另一方面，改革开放大潮的冲击、现代娱乐方式的冲击使戏曲工作者充满危机意识，他们迫切地想为传统戏曲在现代社会争取一席之地。此外，随着改革开放的深入，西方的各种戏剧理论、戏剧观念涌入中国，徐棻和其他剧作家们如饥似渴地接受、吸收着这些理论，并且在自己的创作中进行探索、实验。因此，20世纪八九十年代虽然是传统戏曲处于低谷的阶段，但同时也是戏曲创作表现出异样光彩的时期，一大批剧作家创作出了许多探索戏曲、实验戏曲、荒诞戏曲，西方表现主义、现代主义、荒诞派、意识流、幻觉、内心外化等手法都已经在那个时期出现在许多剧作家的作品之中，如在内容上有运用现代女性主义对潘金莲进行翻案的魏明伦的《潘金莲》，在形式手法上有运用意识流创作心理剧的郑怀兴的《荷塘梦》等。当前的戏曲舞台上，“蒙太奇”“荒诞派”“意识流”“心理外化”等表现手法已经被普遍运用并被观众所接受。《死水微澜》无论是剧本还是舞台呈现上的创新、突破与成就，直到20年后的今天，仍然一点都不落伍、不过时。这就是徐棻“无场次戏曲”的价值、贡献和意义所在。只不过，这些探索戏曲、实验戏曲浪潮过后，其他剧作家的创作都渐渐回归传统，而徐棻却一直在以“无场次戏曲”的理念坚持着自己对戏曲的实验与探索。

徐棻的戏曲革新精神，除了20世纪八九十年代开放的心态、活跃的思想、探索创新的精神等因素的影响之外，恐怕还与个性鲜明的川剧艺术有关。地域文化和独特的剧种文化对戏曲创作的影响是显而易见的，如福建剧作家群的创作特点，是在保持古老戏曲剧种的剧种个性的基础上，创作出反

① 徐棻：《我在梦游》，《剧本》2013年第5期。

思社会、历史、人生、人性的作品，如陈仁鉴、王仁杰、郑怀兴等；地处中原文化腹地的河南剧作家则以持中守正、弘扬传统美德为己任，如姚金成、陈涌泉的《焦裕禄》《程婴救孤》等。四川的剧作家则以哲理思辨与犀利独特见长，如魏明伦、徐棻，这恐怕与川剧艺术自身的富于变化、自由灵动的独特个性有密不可分的关系。人们一提到川剧就想到变脸，变脸所赋予川剧的，是变化多端、不可捉摸、神秘莫测的印象，而川剧唱腔也丰富多变，不仅有昆、高、胡、弹、灯多种声腔，而且各种声腔也变化多端，这对川剧人的思维方式都会产生潜移默化的影响。求新、求变、求奇成为川剧人自觉的追求，因此才会出现“巴蜀鬼才”魏明伦，才会出现“巴蜀女秀才”徐棻和她的“无场次戏曲”。

（原载《戏曲艺术》2016年第11期）

戏曲简约主义的女性努力

新时期以来的戏曲舞台上，写意还是写实的美学追求，简约抑或奢华的舞美呈现，追逐大制作背后的经济利益还是坚守简约写意的中国戏曲特质，一直都在进行东风压倒西风的角力和博弈。可喜的是，近年来，呼唤戏曲艺术回归本体的声音越来越强，戏曲创作的实际情况也回应着这种理论呼声，注重坚持和发扬中国戏曲以演员表演为中心的原则、以虚拟写意为主的美学追求，涌现出一大批优秀的剧目。尽管如此，实际上这种理论和实践之间的共识还伴随着写实主义和大制作的杂音，这一点在第十一届中国艺术节的地方戏曲中也表现得非常突出，如把现实中的建筑物几乎原封不动地搬上舞台、泥石流要在舞台上情景再现等怪现象，这些都受到评论界的抵制与批评。在这次坚守戏曲本体基础上进行创新并引领戏曲健康发展的浪潮中，一股清新而坚强有力的潜流正在不知不觉间成为戏曲创作的主力和主流，这就是当代戏曲创作中的女性力量。

这股女性力量在编剧和导演方面都出现了杰出的代表性人物，她们都有鲜明的创作观念，她们的作品也体现出独特的创作特点。女性编剧的代表人物是徐棻及其“无场次戏曲”和“现代空台艺术”的创作理念。早在1996年，徐棻就提出了“无场次戏曲”创作理论，并且以一系列成功的作品（如《死水微澜》和《尘埃落定》）践行着这一理论。徐棻在剧本创作之初就非常注重舞台性，把舞台呈现的最终形态体现在剧本中，打通了戏曲文学、戏曲导演和戏曲舞台呈现的界限，在传统戏曲时空自由的原则下，充分运用戏曲的写意性、虚拟性、程式性、符号性等表现手法，借助人物圆场和现代灯光技术，以紧凑的戏剧节奏最大可能地为演员表演、人物塑造、意境营造和主题深化提供时间和空间，体现出极简主义的美学特点和美学追求，这在本质上与中国传统戏曲的精神是一致的。

女性导演的代表人物是张曼君。如果说徐棻是以戏曲文学创作直接介入后期的导演和舞台呈现，张曼君则是以超强的掌控能力影响和引领着戏曲文学创作向高精深迈进。张曼君一向主张戏曲创作“退一进二”的传承创新观，善于借鉴民间音乐、民间习俗、民间舞蹈，这被称为“三民主义”，或者是“民族主义”。在对剧本的选择和要求上，张曼君的代表作品都呈现出共同的特点，如善于运用倒叙、闪回等叙事手法，借助鬼魂、精灵等虚拟角色串联全剧，舞台呈现上惯于运用群众场面烘托气氛，喜欢使用斜坡以突显演员的表演，擅长让演员现场换装以节省时间，等等，这使得张曼君的作品极具个性色彩和辨识特征。

从戏曲美学的角度来看，徐棻和张曼君的创作表现出异曲同工、殊途同归的美学追求和美学特点，这就是舞台极简主义美学精神。表演虚拟、舞台空灵，这是中国戏曲的根本特征，徐棻和张曼君都能把握这一原则并且运用当代意识和现代手段进行创新发展，这是非常难能可贵的。当然，张曼君导演的作品风格多样，这里主要指她的《母亲》《狗儿爷涅槃》《花儿声声》《红高粱》等有共同特征的优秀代表性作品。

“案头俊俏，场上当行，兼而有之”，这是我国古代戏曲理论家判断戏曲作品优秀与否的重要标准，这放在今天也同样适用。徐棻和张曼君都曾经是戏曲演员，对传统戏曲的特点有深刻的认识和理解，因此，她们能够真正做到尊重戏曲本体、案头与场上兼擅，并在新的历史时期赋予戏曲以新的时代内涵，她们的创作代表着当前戏曲编剧和导演的创作和理论高度，值得理论界重视，更值得创作界借鉴。

（原载《中国文化报》2017年1月6日）

英雄主义精神下的心灵成长与人性开掘

——当前女性创作革命历史题材戏曲作品新特点

革命历史题材戏曲创作已经走过半个多世纪的历程。与以往此类题材塑造高大全英雄形象常用的英雄视角不同，当前红色题材戏曲创作一个突出的特点是普遍采用平民叙事视角。英雄主义视角重在表现英雄人物的英雄事迹，这在革命样板戏如《智取威虎山》中有充分的表现，这既体现在编剧创作时的心理状态，也体现在作品所塑造的英雄人物上，同样也会影响到演员对人物的表现。这实际上是一种居高临下的俯视角度，是一种从崇高到崇高的审美过程。而平民主义的叙事视角，则是以一种自下向上移动的角度和态势来塑造人物、表现人物，更注重人物内在的、心理的、情感的表现，注重表现人物的心理成长，即从平凡到崇高的变化过程。

这种平民化的叙事视角，在近年来涌现出的优秀红色题材戏曲作品中有充分体现。如上党梆子《太行娘亲》在塑造赵氏形象时，有意运用欲扬先抑的手法，来表现她从最底层的农家妇女到英雄母亲的心灵成长，这样的人物相比高大的英雄形象更加真实可信，更富现实气息和人情力量。作品在开头通过大张旗鼓地为孙子铁蛋操办满月宴表现她视孙如命，结尾却写她为救全村人性命不惜在怒骂汉奸鬼子后与孙子同归于尽；既写她最初对铁牛的抗拒与抵触，又写她出于母亲和善良热心的本性对生病铁牛的救助；既写她作为一名目不识丁的农村妇女的封建迷信，又写她面对强盗舍身饲虎的家国大义；既写她最初的自私，又写她初闻王营长叫她“英雄母亲”时的反思、愧疚与觉醒，更写她最终舍生取义。这一切，把赵氏从平凡低微到伟大崇高的转变过程层次分明地表现出来，刻画了赵氏这位平凡母亲的心灵成长史和英雄蜕变史。《太行娘亲》在塑造英雄形象时采用的是克制迂回的方式，但是在表达爱国主义主题时，却采取了一种张扬而激烈的手法。作品借赵氏之口，痛骂汉奸和日本侵略者，这种酣畅淋漓的爱国主义情感宣泄，表现出鲜明而高昂的爱国主义情怀，这种爱憎鲜明的创作态度，在当前影视剧创作中对日本侵略者“泛人性化”倾向具有拨乱反正的意义。在当下娱乐至死、戏谑经典、解构英雄的不良风气中，作品高举爱国主义旗帜，再塑革命英雄形象，重建英雄主义精神，重构经典红色叙事，对观众特别是年轻一代有重要的教育意义。

当代戏剧创作非常重视“写心”，而该剧的编剧之一李莉又特别善于表现复杂纠结的人性转变，《太行娘亲》是李莉继《浴火黎明》后又一部深入探究人心和人性的红色题材力作。《浴火黎明》塑造的“中间偏灰”的“叛徒”形象范文华，在自己的革命引路人和精神导师叛变革命之后痛苦、迷惘，失去对党的忠诚和信仰，背叛了革命，被敌人利用反间计来瓦解狱中地下党。正是在监狱中同志们的感召之下，范文华认识到自己原来建立在个人恩义基础上对领导人盲目崇拜的错误，重建对共产主义的崇高信仰，成为坚定的革命战士。这样的人物形象令人耳目一新，他的救赎和自我救赎所体现出来的心灵成长，是独特的“这一个”，填补了革命历史题材人物塑造的空白，丰富了戏曲人物形象的历史画廊。李莉还把对叛徒、“中间人物”的关注和塑造延伸到了京剧《党的女儿》之中，虽然这部戏塑造的马家辉形象是彻底的叛徒，但是该剧深入地剖析了马家辉叛变革命的原因：他投身革命为的是妻子、儿子和名利，共产主义解救全中国劳苦大众的崇高理想和崇高信仰，只不过是他达到目的的手段。这样有血有肉、有情感有内涵、有层次有变化、丰满立体的叛徒形象，突破了以往平面化、类型化、脸谱化的创作模式。

“舍子”题材历来是中国传统戏曲故事里的重要母题，代表作品有传统戏中的“赵氏孤儿”题材，许多剧种都有演出，新的改编作品以豫剧《程婴救孤》为代表，程婴舍弃亲生子，救的不仅仅是赵氏孤儿，还有整个晋国半岁以下的婴儿，更是中华民族见义勇为、自我牺牲的精神体现。近年来出现的红色题材作品中，"舍子"题材也不断出现，除上述《太行娘亲》，还有张曼君导演、刘锦云编剧的评剧《母亲》。《母亲》讲述了抗日战争时期革命母亲邓玉芬把老汉和四个儿子送上战场，他们全都壮烈牺牲的英雄故事。剧中，母亲不但有在亲儿子和八路军战士之间"舍子"的艰难，还有为了保护部队和百姓而捂死襁褓之中的小儿子的惨烈。

牺牲，是革命历史题材文艺作品必然要面对的主题。无论是"太行娘亲""英雄母亲"还是"党的女儿"，她们都是为了家国大义而舍小家全大家、舍小情成大义的经典作品和经典形象，她们不但是英雄母亲，还是孕育了英雄的母亲。正是千千万万个母亲的隐忍和牺牲，才赋予最危机时刻中华民族得以救亡图存的动力和源泉。舍生取义是中华民族的传统美德，舍子求义也是感天动地的大义情怀。然而近些年来，一些评论者从泛人道主义和泛人性论的角度，对这种舍子求义的创作模式颇为诟病。且不说这种论调之下掩盖的个人主义和利己主义倾向，这种脱离规定戏剧情境和具体时代的评判是武断的、先入为主的，是对历史上无数在国难当头之际为了家国大义和民族安危而舍生忘死、杀身成仁、自我牺牲的先烈们的无视和否定。

在艺术成就和舞台呈现上，当前的红色题材戏曲创作同样取得了可喜的成就。评剧《母亲》以倒叙的方式、意识流的手法，用母亲的小儿子小仔的精魂形象和一曲《望儿归》作为贯穿全剧的线索，通过回忆的方式，追述母亲的六位亲人一一牺牲的过往，其充满现代意识和现代思维的导演手法、在传统戏曲程式创作原则基础上对现代新程式的创新、对民族音乐的运用，对当代戏曲的发展具有重要的启示意义。《太行娘亲》中赵氏怀抱孙子被活埋井底的场景，直接把漫长而惨烈的死亡过程呈现出来，与一般革命历史题材英雄慷慨就义的场景不同。这一场景，就像古希腊雕塑《拉奥孔》把死亡的过程永久定格，成为该剧另一独创之处，既给编剧创作抒情段落提供了空间，又为导演的舞台呈现提供了想象和创造的可能。

在如今的和平年代，革命历史题材戏曲创作尤为必要和重要，它们以鲜明的爱国主义主题和英雄主义精神引领人，以磅礴的情感和昂扬的激情感召人，以先烈们的抗争与牺牲、理想与追求吸引人，以英雄人物的心灵成长和人性光芒感染人。牢记历史，不忘初心，这不但是对历史的重温、对英雄的缅怀，更是对当下的珍惜。

（原载《中国文化报》2018年6月25日，标题略有改动）

歌哭惊风雨，舞动感天地

——王红丽“疯戏”表演艺术初探

“疯戏”是我国戏曲舞台上比较特殊的故事类型，这类剧目往往情节曲折传奇、矛盾冲突尖锐、人物性格鲜明激烈，具有比较强烈的震撼力、感染力和打动人心的力量。在表现疯子的“疯状”时，传统戏曲在表演上已经积累和形成了丰富而成熟的表现方法和表现程式，如水袖功、疯子步、眼神功等，既要用大段唱腔表现人物的经历和心理感受，同时还要用舞蹈表现疯癫之状，载歌载舞，具有比较高的艺术价值和审美价值。从剧目来看，《宇宙锋》《失子惊疯》是“疯戏”的代表性传统剧目，京剧、汉剧、豫剧、晋剧、川剧、秦腔等剧种都有这两个剧目。目前这两出戏在舞台上多是作为传统保留剧目以折子戏的形式出现，主要是展现演员的水袖功等技艺，这也满足了观众的心理期待和欣赏趣味。

除了这些传统保留剧目，河南小皇后豫剧团1994年创作、王红丽主演的新编历史剧《风雨行宫》可谓是新创“疯戏”的代表性剧目，该剧在舞台上表现了“真疯”和“假疯”两种不同的疯癫情况，在表演上具有非常鲜明的特点，深受观众的喜爱。自问世以来，《风雨行宫》已经演出了3000多场，在豫、鲁、晋、皖、鄂乃至京、津等地都有广泛的影响，所到之处，观众为之痴迷，《风雨行宫》中的一些唱段也成为豫剧的经典唱段而被广为传唱，并且被其他剧种如晋剧等移植演出，影响也非常大。

同样是疯戏，同样表现真疯和假疯，王红丽的“疯”有哪些表演特点呢？她的表演与传统戏中的“疯”有什么关系呢？她的“疯戏”对传统有哪些突破呢？这些表演表现出怎样的时代审美特点呢？

一、戏与情——《风雨行宫》的两场疯戏

一般戏曲作品的剧情和人物往往只表现人物一种“疯”的情感状态：要么真疯，如《失子惊疯》中的胡氏；要么装疯，如《宇宙锋》中的赵女。而《风雨行宫》则在一部戏里表现了女主人公金桂的两次“疯”：一次“真疯”，一次“装疯”，这是该剧在剧情方面突破以往“疯戏”的地方。《风雨行宫》讲述的是乾隆生母金桂坎坷的一生，她因失子而发疯，又为了儿子的王位和血统而装疯。金桂的真疯与装疯，都是紧紧围绕着孩子这个核心而展开的。当这个孩子只有三个月大的时候就成为宫廷斗争的牺牲品，婴儿的“死”造成了金桂发疯。16年后，这个侥幸存活的孩子找到亲生母亲金桂，疯癫了16年的金桂在儿子的呼唤下恢复了意志。然而，儿子弘历即将成为太子，为了保全未来一国之君的身世之谜，历尽苦难的金桂不得不装疯。金桂的两次发疯，也分别成为这出戏上半部分和下半部分的高潮所在，即“戏眼”。

（一） 金桂的真疯——“失子惊疯”

观看《风雨行宫》时，如果我们稍一留意，就会发现一个有趣且值得深思的现象：《风雨行宫》中金桂因痛失爱子而精神错乱，与《失子惊疯》的故事情节惊人地相似，可以说是金桂的“失子惊疯”。然而，金桂的“失子惊疯”却更惊心动魄、惊天动地，甚至惊世骇俗。

京剧《失子惊疯》是京剧艺术大师尚小云于1933年根据《乾坤福寿镜》中的一折改编而成，之后成为尚派保留剧目，1961年拍成电影，被多个剧种移植演出。剧中刚刚生子的胡氏被山贼所掳，与儿子失散，后为山婆所放，回去寻找儿子，发现儿子已经不见，惊急成疯。尚小云先生通过精彩的演唱和表演把胡氏失子成疯的精神状态表现得非常感人。

比较而言，《风雨行宫》中金桂失子的过程比胡氏曲折、惨痛得多，其内心经历的感情煎熬也更加剧烈。胡氏只是面对和接受儿子失踪这一事实，

而金桂却在一夕之间经历了夫妻不能相认、父子不能团圆、同胞兄弟手足相残的人生劫难，并眼睁睁看着只有三个月大的儿子在暴雨中被淋死。面对这些，无权无势又涉世不深的金桂束手无策，无能为力；孩子的父亲四阿哥却因忌惮三阿哥，不但不施以援手，甚至还泯灭亲情，火上浇油。焦急、惊恐、绝望、悲愤，金桂在肉体上、精神上和情感上都饱经折磨和摧残。

这一天刚开始的时候，初为人母的汉人女子金桂怀抱幼子，心中充满喜悦、幸福和淡淡的思念夫婿的哀愁。一年前，金桂与皇子四阿哥胤禛相遇相识，一朝云雨，暗结珠胎，生下一子。来此围猎的三阿哥在婴儿身上发现四阿哥的斗篷和玉佩，以射死婴儿相逼，金桂只得承认四阿哥是孩子的父亲。三阿哥诱逼金桂去见父皇康熙，意图在争夺皇位的斗争中占得优势。天真的金桂信以为真，转忧为喜，对三阿哥心怀感激。

恰在此时，听说金桂生下儿子的四阿哥赶来。面对居心叵测的三阿哥的追问，四阿哥矢口否认自己是孩子的亲生父亲。此时的金桂才知道三阿哥的险恶用心，她本想夫妻、父子相认，却不料陷入宫廷斗争的惊涛骇浪之中。金桂左右为难：若保四阿哥，则幼子必受荼毒；若保幼子，则必将陷四阿哥于危险境地。想到母子二人与四阿哥“情难割、意难舍”，金桂改口，咬定孩子的父亲是山外猎户，只盼四阿哥能保全儿子性命。万般无奈的金桂抱着孩子跪在四阿哥面前，声泪俱下，泣血求告。四阿哥也曾一时心软，但一听到一旁三阿哥得意的冷笑，他立刻清醒过来，并责罚总管与孩子一起跪在雨中。此时的金桂彻底绝望了。对于金桂来说，夫妻团聚也许一直都是一种奢望，但怀胎十月的孩子是她唯一的寄托与希望。因此，当总管告诉她孩子面如金纸、手脚冰冷、小命已绝时，她就彻底地疯掉了。

金桂发疯的情感逻辑和精神脉络是比较清晰的，她幻想先保四阿哥进而保全儿子的生命，继而又为保儿子苦求四阿哥。当所有的幻想都破灭之后，她的情感从忧心如焚变得惊惧绝望，最终，孩子之死使她彻底崩溃发疯了。她天天把四阿哥的斗篷当作婴儿抱在怀中，唱着当初的摇篮曲，只不过唱词中“宝宝睡着了”变成“手指儿断了”。她的思维始终沉浸在丧子的恐惧、绝望和悲痛之中，除此之外，她对外界的一切无知无觉，她疯了16年。

（二）金桂的装疯——“金殿装疯”

16年后，因母子相认刚刚恢复意识的金桂，第一次穿上凤冠霞帔，走进皇宫，却在皇后软硬兼施的威逼下不得不装疯，这与《宇宙锋》中“金殿装疯”的情节不谋而合，因此可以说是金桂的“金殿装疯”。

这一次与金桂交手的是一个女人——皇后。这个心机极深的女人虽然对金桂以礼相待，送给金桂皇后名制的凤冠霞帔，还对金桂以姐姐相称，然而其心肠之冷酷、性情之决断与三阿哥相比有过之而无不及，只不过她不像三阿哥一样剑拔弩张，而是以笑里藏刀的方式置金桂于万劫不复之境。她先夸金桂为皇家建奇功、生奇男，而对自己养育宝王爷16年的事情绝口不提，让只有生儿之功、没受养儿之苦的金桂自觉羞愧。紧接着，皇后说有事求金桂成全，而她所求之事，却是事关重大的弘历血统之事。为了隐瞒弘历生母是汉人女子的事实，皇后说弘历忠孝不能两全，以此暗示金桂应该消失。尽管痛苦万分，但是为了儿子的皇位，金桂先提出隐居深山，终生不与儿子相见，皇后却说这样儿子会心中不安。惊恐万分的金桂以为皇后想让自己死，皇后却说儿逼母死，大逆不道。金桂不知该如何是好，皇后这时才提出让她“再续幽梦十六年”——装疯！金桂想起不堪回首的16年，闻疯丧胆，不愿装疯。皇后以大清江山社稷之名跪地相求，万般无奈的情况下，金桂扔下凤冠，扯掉霞帔，踢脱绣鞋，她又“疯”了！她再一次凄惨又悲凉地呼唤她那又一次失去的儿子——“宝宝，你在哪里？”

与清醒而痛苦的装疯相比，懵懂无知的真疯何尝不是一种幸福呢？无论是哪种疯，都是封建帝制下、宫廷斗争中下层妇女难以逃脱的凄惨命运。

二、技与艺——王红丽的“疯戏”表演艺术

戏曲舞台上的“疯戏”往往具有非常强的戏剧性、动作性、艺术性和观赏性，要演好这些剧目，演员要有扎实的唱、念、做、舞等基本功。拿《宇

宙锋》和《失子惊疯》来说，无论是京剧、晋剧、汉剧还是豫剧，都要运用到水袖功、疯子步、眼神功等，在晋剧《失子惊疯》中，甚至有后空翻这样高难度的动作。然而只有这些技艺还是不够的，如果过分重视技艺，则会成为技巧的炫耀与卖弄。要想把一个疯子的状态表现出来，还要观察和体验疯子的言行举止、心理感受和精神状态，并通过动作、眼神、表情等表现出来，正如梅兰芳在谈到《宇宙锋》的表演艺术时所说：

> 演员在台上的表情，是有两种性质的。第一种是要描摹出剧中人心里的喜怒哀乐，就是说遇到得意的事情，你就露出欢喜的样子；悲痛的地方，你就表现一种凄凉的情景。这还是单纯的一面，比较容易做的。第二种是要形容出剧中人内心里面含着的许多复杂而矛盾又是不可告人的心情，那就不好办了。我只能指出剧中人有这种“难言之隐”的事实，提醒扮赵女的演员们多加注意。要把它在神情上表现出来，还得自己揣摩。①

《宇宙锋》中赵女的“装疯”，就是梅兰芳所说的第二种情况，即清醒却要装疯的“难言之隐”，这对演员来说难度是相当大的。这大概是梅兰芳最喜欢《宇宙锋》这出戏的原因，也是他对这出戏“功夫下得最深”的原因。可以说，能演“疯戏”并不难，难的是能演好满腹“难言之隐”的“疯戏”。能演好“疯戏”的演员，才是一个好演员，演《失子惊疯》的京剧大师尚小云，演《宇宙锋》的京剧大师梅兰芳、汉剧名家陈伯华和豫剧名家陈素真等，都是极好的例子。

王红丽在《风雨行宫》中表演的真疯与装疯，实际上正体现了上文梅兰芳所说的两种人物表情的性质：单纯的一种情感状态和复杂矛盾又不可告人

① 梅兰芳：《舞台生活四十年》，团结出版社2006年版，第144页。

的“难言之隐”。王红丽在表现这两种性质截然不同的疯的时候，所运用的表演手段也是不同的。

当安公公抱着婴儿跪在雨中的时候，金桂呼天抢地，求告无门，此时的她已经头发散乱，疯态初现，当唱到“暴雨啊，你为何遍地悲愁打不平”的时候，王红丽用前后甩发三次、左右甩发三次表现金桂此时的绝望、悲愤。当安公公说“此儿面如金纸，手脚冰凉，小命已绝”时，蹲在地上的金桂先是凄厉地叫了一声“不”，然后往后甩发，猛然站起，表现出金桂的极度震惊。在经过这一系列持续而严重的精神打击和强烈的精神刺激之后，金桂彻底疯了：她举止无措，以手乱指；她言语颠倒，说自己的儿子没有死，不会死；她不哭反笑，这笑是极其凄惨的；她说孩子的亲爹是当今的皇上康熙爷，是三阿哥，是随从，是任何一个人。而当她转身看到扔在地上的孩子“尸体”时，一时晕厥过去。王红丽在这里用了一个猛转身、软僵尸来表现，非常恰当且极具震撼力。当她再次醒来的时候，已是一个典型的疯子形象了：她抱着四阿哥的衣服当作自己的宝宝，披头散发，目光呆滞，哭笑无常，反应迟钝。此时王红丽的表演有一个细节，她抓起自己的一缕头发，吹开，然后以手捂脸，傻笑着下场而去，活脱脱地表现出一个疯子的形象。

金桂的装疯准确地说是被逼装疯，因此，尽管少了一些“不可告人”，却多了几分被逼无奈，因此，其动作幅度更加放大，也更加夸张。这一段无论是道白、唱腔还是表演都可圈可点。金桂先是三声“我疯！我疯！我疯！”，一声比一声凄惨，最后一声几乎是咬着牙喊出来的，表现出金桂绝望又悲愤的心情。然后，金桂摘掉凤冠，除去披肩，身体旋转着脱下霞帔，并将其扭成一团扔在一边，唱道：“疯了好，生死祸福无须晓，疯了好，功名利禄全勾销！疯了好，荣辱尊卑何足道，疯了好，骨肉亲情皆可抛！疯了好，皇儿权位能得到，疯了好，大清江山不动摇！”这六句唱，一声比一声高亢，一声比一声激昂，道尽了金桂势所必疯的处境。紧接着，又是三声越来越凄厉的“疯了好！疯了好！疯了好！”。然后，她双手各扯一缕头发的造型，把一个疯子眦裂发指的疯态表现得淋漓尽致。之后，又是三声“我疯了！我疯了！我疯了！”，一边唱，一边把脚下的高底鞋踢起来用手接着，扔到身后。从三声“我疯！”的决意，到三声“疯了好！”的决断，再到“我疯了！”的决绝，金桂装疯的心理发展逻辑非常清晰；先是脱冠，之后脱衣，最后脱鞋，金桂装疯的动作看似随意，其实同样也是逻辑清晰。这是一个正常人的疯，这是不疯之疯，却疯得不能再疯，其惨痛直刺人心，催人泪下。

三、源与流——王红丽“疯戏”表演艺术的继承与突破

王红丽塑造的疯子金桂真实可信，是崭新的舞台形象，其表现手法是现实主义的。由于《风雨行宫》是新编清宫戏，戏服没有水袖，因此在传统疯戏表演中占有重头戏的水袖功在这里无法用到，但是王红丽的表演仍然运用了许多传统表演程式，如甩发、跪蹉、抖手、僵尸等。她的其他一些表演也并不是空穴来风，而是有源可寻的。

在“失子惊疯”一场中，金桂吹发这个动作，实际上化用了梅兰芳在《宇宙锋》中揪掉父亲一缕胡子并吹掉的动作，汉剧、豫剧《宇宙锋》中也均有这个细节。“装疯”一场中金桂双手扯发的动作在梅兰芳《宇宙锋》中也有。这是王红丽表演上继承传统的地方。本节要重点分析的，是“装疯”一场中金桂换妆的一系列动作，以此探讨王红丽表演艺术对传统的创造性发展。

在“装疯”一场中，金桂扔掉凤冠，脱去霞帔，脱掉脚上的高底鞋并丢开，都让我们想起《宇宙锋》“修本装疯”中“抓花容，脱绣鞋，扯烂了衣衫”的唱词，以及“金殿装疯”中“气冲冲我把这云鬓扯乱”、扔凤冠、脱霞帔的唱词与表演。不同的是，首先，金桂的唱词中并没有“抓花容，脱绣鞋，扯烂了衣衫”，而是用动作来表现了这三个内容。这可能是因为这些唱词本身即蕴含着极强的动作性，因此《风雨行宫》用动作化用了这些唱词。而且，由于《宇宙锋》的广泛影响，使“抓花容，脱绣鞋，扯烂衣衫”成为表现女子发疯的典型唱词和动作。梅兰芳《宇宙锋》的影响自不待言，该剧也

是汉剧的传统保留剧目。梅兰芳在《舞台生活四十年》中说："我记得前辈说过，《宇宙锋》是徽班唱出来的。梆子和汉剧也都有这出戏。"[①]1952年，由陈伯华主演的汉剧《宇宙锋》在全国首届戏曲观摩大会上获得表演一等奖，在全国产生了很大的影响。豫剧陈派创始人陈素真就是在这种情况下将汉剧《宇宙锋》移植为豫剧，使该剧成为豫剧陈派的代表性剧目。此外，豫剧《风雨行宫》的导演余笑予是湖北人，他应该对《宇宙锋》非常熟悉。这一切，都是源。

然而更重要的是王红丽在表演上对这一系列动作的创造性突破。梅兰芳在表演这一段戏的时候，扯乱乌云、抓损花容的动作都是到后台去换妆的；[②]"脱掉绣鞋"这个动作则只是弯下腰去，左右各甩一下水袖，象征脱掉了绣鞋，实际并未脱鞋；"扯烂衣衫"这个动作，只是脱掉了外衣的一只袖子。汉剧、豫剧也是这样处理的。梅兰芳曾经解释过为什么要这样处理：

> 一个人疯了，在她的外貌上必须有点表示。按说唱到"……乌云扯乱"，赵女就应该当场亲自把头上的插戴除下。等唱到下句"……扯破衣衫"，再把身上的衣服扯开，才十足地合乎现实。可是按照旧剧在台上的习惯，是不能这样做的。如果演员当场亲自动手改扮的话，她头上戴的、身上穿的，都够复杂而琐碎，面前要不对着一面镜子，旁边没有人帮忙，那么改扮完了，就会真真变成一个疯子的模样了。再说头上，要接连着分两次改扮，也会把这正当紧张的剧情，弄得松弛了，观众看了，反而会嫌噜嗦讨厌。所以老规矩是让赵女背转身走到上场门的一面，由检场帮忙一次改扮完的。我早年也是唱到"乌云扯乱"时，就由

---

① 梅兰芳：《舞台生活四十年》，团结出版社2006年版，第144页。

② 在表现"抓损花容"时，也有把红色胭脂提前抹在指上，然后在舞台上做抓脸的动作，把颜色涂在额上。

检场帮我去掉头面，脸上画好彩，身上本来里边穿的青褶子、外加蓝帔，只要拿右边一只膀子露出帔外，再转过来，接唱下句。我自从开始把舞台场面净化以后，就改为回到后台去换装。场上由赵高和哑奴比比手势，垫补空档。[①]

由此可以看出，在梅兰芳之前，传统戏班在演这一段时，换妆是在上场门由检场帮助完成的，梅兰芳早年也这样演过。后来，为了净化舞台场面，梅兰芳改为到后台换妆。20世纪50年代，陈伯华、陈素真的表演也是到后台换妆。到后台换妆花费的时间比较长，在笔者看到的《宇宙锋》演出中，有的演员要花上3分钟。梅兰芳在这一点上特别注意，因此做的也最好，仅用了不到20秒的时间。[②]换妆势必会造成冷场，更何况垫场的有一个哑奴。

而王红丽在表演时，则是直接在舞台上完成了这些动作。直接在舞台上换妆，不但使剧情更加紧凑，同时也可以使发疯的过程更加直观。同时，王红丽在化妆盘头时，根据剧情的需要，将头发盘成更易打散的发式，能使头发迅速披散下来，表现疯子的披头散发。在服装方面，现在普遍运用的粘拉式易拉扣使得脱衣更加容易。这一切，都使演员能够在舞台上快速换妆，并迅速投入剧情表演之中，同时，观众也更容易被吸引。由此不难看出装疯换妆在戏曲舞台的演变过程。王红丽的表演继承了梅兰芳在《金殿装疯》中摘凤冠、脱霞帔的动作，将其演绎得更加迅速、狂放，尤其是脱掉鞋子扔到身边的动作，把金桂装疯表现得更加彻底、更加痛快淋漓。

王红丽的表演，根据剧情和人物的需要，既沿用传统的戏曲表演程式，又化用传统剧目中的表演手法，不露痕迹又有源可溯，做到了传承中有创新、创新中有传承。

---

① 梅兰芳：《舞台生活四十年》，团结出版社2006年版，第147页。

② 此据梅兰芳主演的京剧电影《宇宙锋》，1955年拍摄。

四、壮与美——王红丽“疯戏”表演的艺术风格与审美特征

尽管王红丽在《风雨行宫》中的表演取自传统而化用之，但总体来说，她的表演更多的是从人物出发，结合剧情和人物情感来塑造人物。她的表演情绪饱满、激情四溢、自由奔放、放任恣肆，具有非常强烈的艺术冲击力与震撼力。这与传统疯戏的艺术风格是完全不同的。无论是梅兰芳的《宇宙锋》还是尚小云的《失子惊疯》，都给人一种相对来说含蓄内敛的艺术感受。究其原因，这既与不同剧种的风格差异有关，也因演员的表演风格而不同，是新编戏与传统戏表达方式的不同，是不同时代演员的表演理念、审美追求以及观众审美需求等诸多差异的表现。

王红丽在剧中的表演动作既有传统戏曲程式中的规定性和象征性，也有话剧舞台动作的夸张性，同时兼具生活化动作的自由性和随意性。在“失子惊疯”一场，儿子被淋在雨中的过程中，金桂张开双臂，扑向前去，连连跃起，想抓到被高高举起的孩子。在意识到一切挽救孩子的努力都是徒劳之后，她痛苦地摇头甩发，然后是一大段唱：“话如劈雷惊好梦，梦醒原来万事空。莫道巍巍龙凤种，心似魔鬼貌狰狞。禽兽尚有亲子义，皇家哪来骨肉情。万缕亲情化灰冷，一腔悲愤问苍穹。狂风啊，你为何满天哀怨吹不尽？暴雨啊，你为何遍地悲秋打不平？”这一段表演中传统程式动作运用比较少，而生活化和话剧化的味道更浓一些，这种自由随心又有些夸张的舞台动作，伴随着王红丽激昂悲愤的唱腔，把金桂此时的绝望、悲愤更加充分地表现出来，重要的是，金桂这一段字字血、声声泪的控诉，在一定程度上转移了观众对演员身段的注意，同时，由于演员要倾情演唱，可能也无法过多地顾及身段表演。在全剧中，表现金桂“疯态”的表演也多比较自由、随意和夸张，这构成了王红丽表演自由奔放的壮美风格。这种表演风格，不但在《风雨行宫》中得到了充分的展现，在《铡刀下的红梅》中，王红丽也正是借助这种表演风格成功地塑造了刘胡兰大义凛然、视死如归的英雄形象。

豫剧善于表演大喜大悲的故事，人物往往都是大爱大恨，其叙事结构往

往大开大阖，故事情节大起大落，其唱腔又是大腔大调，具有一种粗犷豪放的审美特征。而王红丽本人又是一位充满激情的演员，表演时全情投入，非常擅长表演这种爱恨鲜明的人物，因此她塑造的“疯”金桂给人留下极其深刻的印象。同时需要注意的是，《风雨行宫》是一出新编历史剧，深受当代戏曲创作追求的影响，注重深入体验人物，注重塑造人物形象，追求震撼人心、感动人心的艺术效果，这是形成王红丽壮美表演风格的主要原因。

《风雨行宫》是一部创新意识非常强烈的作品，虽然已经问世10多年了，但其闪回式的故事叙述方式、回忆与现实叠加的叙述结构，是非常现代的编剧手法，如今看来仍然具有一定的超前意识，其舞台呈现手法和表演风格具有浓郁的现代性特征。王红丽在剧中出入于传统与现代之间的表演，也是这种现代性的体现。无论是该剧的艺术水平还是王红丽的表演艺术都达到了相当的高度，推动了豫剧和中国戏曲的发展。

（原载《戏曲研究》2013年第1期）

戏海扬帆激中流

——记豫剧名家王红丽

2018年9月4日，豫剧名家王红丽在戏缘建业大食堂的古戏台上举行了隆重的收徒仪式，50余名新老弟子向王红丽行了梨园行传统拜师礼。面对按照传统拜师礼仪恭恭敬敬奉茶的弟子，王红丽一度感动落泪。这次拜师，是王红丽在确立了豫剧王（红丽）派之后进行的，因此不同于一般的拜师，这是王红丽表演艺术的传承，也是对凝聚着父辈心血的艺术精神的传承。

对于豫剧名家王红丽来说，今年是一个特别具有纪念意义的年份。这次收徒活动，是河南小皇后豫剧团纪念建团25周年系列活动的最后一项。在此之前，他们还举办了纪念建团25周年庆典活动以及纪念著名豫剧音乐家、王红丽的父亲王豫生逝世10周年的活动。这一年，是王红丽的代表作《风雨行宫》创排25周年，也是她凭此剧夺得中国戏剧“梅花奖”25周年。今年8月，王红丽携此剧在北京长安大戏院演出，这是该剧继1994年进京演出24年之后唯一一次再度进京演出，在北京引起很大的轰动。之后不久，王红丽的另一部代表作《铡刀下的红梅》也在北京演出，充分展现了其炉火纯青的表演艺术。

从这一系列演出和纪念活动可以看出，已届知天命之年的王红丽在有意识地回顾、总结自己的艺术生涯，也开始通过培养学生以传承自己的表演艺术。今年，王红丽还做了一件在戏曲界引起不小震动的事情——提出并确立豫剧王（红丽）派。树立新流派，王红丽是经过深思熟虑和充分的准备的，这建立在她对自己独特的表演风格的清醒认识和充分的文化自信上，也是她长期以来萦绕于怀的一个梦想。

王红丽出身梨园世家，父亲王豫生是著名的豫剧作曲家，母亲王素珍是常香玉的弟子。作为一名戏曲演员，她拥有得天独厚的家庭优势。王红丽是典型的“祖师爷赏饭吃”的演员，她扮相俊美，嗓音甜美，天资聪颖。她19岁被誉为“豫剧小皇后”，22岁评上二级演员，如果不出意外，她可能会一帆风顺地成名、走红。然而，20岁刚出头正青春的王红丽，赶上了20世纪90年代戏曲艺术最低谷的“戏曲危机”，赶上了戏曲院团体制改革的风口浪尖。1991年，风华正茂的王红丽下岗失业了。如今的我们无法想象和再现这对王红丽是多么沉重和痛苦的打击。然而如今回头，笔者也真心为王红丽加额庆幸。正是这致命的打击，成就了王红丽的传奇人生。“时势造英雄”，对于王红丽来说，这“时势”不是顺势而起，而是逆境求生，是磨难造英雄、逆境造英雄。

时势不可乘，“造势”成英雄。在王红丽的戏曲之路上，在父辈的鼎力协助下，她为自己造的第一个“势”，是自己办团。没有了体制内戏曲人的身份，在改革开放大潮下，下岗的王红丽下海了。王红丽的传奇之处在于，即使是经商，她也同样成功。在义父余笑予“一定要重回舞台”的召唤下，在父亲“要掌握自己命运”的指导思想下，更在王红丽想要演戏的渴望下，1993年，王红丽为自己“造”了一个团——河南小皇后豫剧团。

对于演员、剧团、剧目来说，唱响、唱红、成名是生存的根本。携新团演新戏，为民营剧团造势，为拓展演出市场造势，为进京夺取“梅花奖”造势，是王红丽建团之初就采取的战略策略。当然，好角儿、好戏是根本，吃苦、刻苦是本分。正是在这样的努力下，《风雨行宫》和王红丽一举成名，奠定了她在豫剧界、戏剧界的地位。

从未拜过师，是王红丽与其他戏曲演员不同的地方，这在注重师承、流派的戏曲界更是屈指可数。转益多师、集众家之长为我所用，也是王红丽表演艺术上的独特之处。这一切，源于父亲王豫生对她艺术追求的定位：集众家流派之长用到塑造人物身上，形成自己的表演风格和艺术流派。如果说

《风雨行宫》之前演出的剧目、饰演的角色还是学习和积淀的过程，那么1993年的《风雨行宫》就是王红丽确立自己独特的表演风格的起点，而2001年的《铡刀下的红梅》则是王红丽集众流派之长塑造人物、巩固和拓展自己表演风格的又一力作。这两部作品，一部依托清宫题材对传统戏曲表演程式进行现代创新，一部通过现代革命题材对戏曲表现现代生活、塑造现代人物树立了典范。

《风雨行宫》通过乾隆皇帝的生母、身份低贱的宫女李金桂的悲惨命运，深刻地表现了封建社会底层女性的命运悲剧。这部戏主题深刻厚重，情节曲折复杂，人物生动鲜明，给人们留下非常深刻的印象。王红丽在这部戏里对表演艺术的开拓与突破，主要体现在“疯戏”的表演上。从情节和内容上来看，女主人公李金桂既有真疯又有装疯，这在已有的疯戏题材中绝无仅有，以往的疯戏要么表现真疯要么表现装疯，这就决定了该剧在表演上既要继承传统疯戏如《宇宙锋》《失子惊疯》等的表演身段，又要完成真疯与装疯的表演过渡，这才成功完成了悲剧人物李金桂的形象塑造，丰富和拓展了疯戏表现程式。《铡刀下的红梅》对15岁少女刘胡兰的塑造，既在戏曲程式的规范之内，又紧密围绕一个天真烂漫花季少女的言谈举止，成功塑造了一个典型环境中的典型人物。这两个人物都性格鲜明、个性突出，成为戏曲舞台上不可替代的“这一个”。

从唱腔的角度来说，王红丽的嗓音条件十分独特，她在作品中充分发挥这种音乐个性，形成自己标识性的唱腔特点。她的唱腔既甜美清脆，又高亢激昂，尤其是她独特的高音，极具标识性，具有自己独特的艺术个性，给观众留下极其深刻的印象。可以说，无论是表演还是唱腔，王红丽都特征鲜明，自成一格。

在戏曲界，像王红丽这样出身梨园世家、嗓音条件极佳、极具艺术灵性又占尽人和之利的演员，实在是凤毛麟角。父亲王豫生对王红丽的条件了如指掌，为她量身打造了一批优秀剧目，从面对基层观众的吃饭戏，到用以夺奖的看家戏，既有生存发展的保证，又有艺术的理想和追求。不但如此，父亲更为她的艺术之路做了具体详细的规划：排三台大戏、夺三度“梅花”、创自己的流派。义父余笑予作为著名的戏剧导演，以现代戏剧观念为她排了以《风雨行宫》《铡刀下的红梅》为代表的多部优秀剧目。两位父亲就像两只巨手，托起了王红丽这颗耀眼的明星。母亲王素珍多年以来无怨无悔、事无巨细地为王红丽及其剧团苦心经营。正是父辈的精心培养和无私奉献，才使王红丽可以心无旁骛地专注于艺术，才成就了王红丽。

如今，“梅花大奖”已经取消，用以夺“三度梅”的大戏尚未排出，父亲、义父都已作古，不能不说，王红丽的艺术人生无疑留下了极大的遗憾，这遗憾给王红丽带来刻骨的伤痛。值得庆幸的是，经过多年的舞台演出经验的积累和主演多部优秀剧目的演出磨砺，王红丽已经成长为一名优秀的、成熟的、有追求的表演艺术家。完成父亲最后的遗愿，确立自己的戏曲艺术流派，成为王红丽的执念，这执念饱含着对父亲的缅怀和纪念，这是成全自己，更是成全父亲。

戏曲理论界对戏曲流派的确立总结了四个标准：表演风格独特、具有多部广泛传播的代表性剧目、得到广大戏迷的认可、已经有大批忠实的戏迷。但是，当前戏曲演员创立自己的流派困难重重、压力巨大，会遇到来自表演界、理论界、戏迷界的各方质疑，甚至会引来一片骂声。对于这一点，王红丽显然有充分的心理准备和应对策略。支撑她坚持确立自己的流派的心理动因，就是她父亲为她树立的立流派的艺术理想。促使她坚决实现这一目标的，还有多年经营管理小皇后豫剧团、带领自己的艺术团队勇闯天下的经验和勇气，以及坚持走自己的艺术之路、坚持自己的戏曲理念的倔强与执着。回顾过往，河南小皇后豫剧团正是在这种勇气和胆魄的支撑之下，在戏曲生态最艰难的环境下诞生，之后一路披荆斩棘，成为全国首屈一指的民营戏曲院团，获得了今天的成功与成就。祝愿艺术成熟的王红丽能够在今后继续创作出高水准、高质量的新作品，培养出更多优秀的戏曲新秀。

（原载《中国戏剧》2018年第10期）

破茧成蝶　惟愿超越

——蔡浙飞印象

对于名为“飞·越”的蔡浙飞舞台艺术专场，我有着异乎寻常的期待。这种期待，在2018年9月赴杭州观看该专场时就非常强烈，到2019年1月在北京再次观看时丝毫未减。这种期待，不是对拥有“小茅威涛”头衔的蔡浙飞对她的老师茅威涛的艺术模仿相似度的评判，而是对她的另一个头衔——“江南第一女腿”的艺术呈现，对原本武生出身的蔡浙飞独特艺术个性的期待。幼年爱戏的蔡浙飞14岁考入新昌调腔剧团，最初学的是大靠武生。17岁，凭借一出《挑滑车》在浙江省第二届小百花会演中脱颖而出，擅长武戏的女演员戏曲界并不缺乏，但是一个大靠女武生就比较罕见了。

英武、俊朗，是蔡浙飞饰演的女小生给我最与众不同的印象。蔡浙飞浓眉大眼，长相端庄大气，即使是在女性之中也非常出众。更重要的是，无论是在排练场上还是在舞台上，只要进入角色之中，她的目光里透出的就是坚毅、果敢，特别是在武戏角色中，甚至透出一种与自己较劲的执拗。在她为专场演出录制的视频中，我们可以清晰地看到、感受到这一点。这也许是武戏演员练功要付出数倍于其他行当演员的汗水和艰辛而特有的品质，但更可能是蔡浙飞坚毅性格的体现，也是她对戏曲极其热爱的体现。她年少学戏练功时，别人叫苦不迭的腿功课她不仅乐此不疲而且开心不已，因为她在从事自己热爱的事业。在《周仁哭坟》一折中，蔡浙飞发挥了她将越剧文戏武唱以展现自己艺术个性的一贯做法。2000年，她曾经在《断桥》里用自己擅长的腿功表现许仙仓皇出逃的狼狈，就是这一次演出为她赢得了“江南第一女腿”的美誉。在《哭坟》中，她运用甩发、跪蹉、水袖等戏曲技艺，可以说是满台生辉，取得非常精彩的舞台效果。武功根底，是蔡浙飞不同于其他越剧演员特别是越剧女小生的艺术素养，也是赋予她越剧女小生英武之气的艺术根基。

在极“动”的《周仁哭坟》之后，蔡浙飞呈现给观众的是极“静”的《春琴传·刺目》一折，二者形成极大的反差。《哭坟》充分运用了中国传统戏曲思维和戏曲技艺，即唱、念、做、舞等手法，将周仁悼念亡妻的复杂而痛苦的心理通过蔡浙飞的身体表演展现出来，而《刺目》则完全相反。《春琴传》是根据日本小说改编而来，导演是有日本留学背景、对日本文化非常了解的郭小男，在《刺目》一折中，扮演佐助的蔡浙飞和扮演春琴的章益清几乎全程跪坐在舞台之上，身体动作非常少而且极其内敛，而他们所表现的内容却是全剧戏剧冲突最强烈、心理冲突最激烈的高潮部分，这就要求蔡浙飞对于人物内心的情感世界要有非常深入、深刻的体验和把握，并通过演唱和有限的身体动作甚至细微的面部表情来体现这种强烈的冲突和激烈的情感。蔡浙飞的演唱和表演，情感充沛，情绪饱满，感人肺腑，催人泪下。《哭坟》与《刺目》，在极“动”与极“静”的强烈对比之中，在中国传统戏曲的滋养浸润与外国戏剧的体悟呈现间，表现了蔡浙飞驾驭人物的表演能力、文武兼擅的表演特点和多样宽阔的戏路。

著名的越剧表演大师袁雪芬曾经说过：昆曲和话剧是越剧的两个“奶娘”。向昆曲学习借鉴，指向的是越剧的戏曲性和传统性；向话剧学习，指向的是越剧的当下性和现代性。当前，在经历了戏曲话剧化的浪潮与反思之后，在传统文化大放异彩的当下，越剧再次向昆曲学习，也许会打开多元化发展的另一扇窗户。在蔡浙飞专场演出命名为“镜”“静”“敬”“境”的四个折子戏中，作为“敬”的《牡丹亭·叫画》正体现出越剧再次向昆曲学习的恭敬之心。这种恭敬与致敬，表现在蔡浙飞向昆曲表演艺术家蔡正仁、汪世瑜学习此戏的虔诚，同样也表现在她呈现在舞台上的一举手、一投足，表现在对中国戏曲“无动不舞、无声不歌”的美学原则的遵从上，让观众真正感受到中国戏曲美的精髓。昆曲的柔美与越剧的婉约在骨子里是相通的，这种相似的剧种气质融合在蔡浙飞身上，使她所扮演的柳梦梅更加风流蕴藉，给观众带来的是赏心悦目的美感体验。

蔡浙飞舞台艺术专场压轴演出的是《陆游与唐婉·题诗壁》。这是蔡浙飞的老师、著名的越剧表演艺术家茅威涛的代表作之一，蔡浙飞是该剧的二代传人。在我看来，蔡浙飞选取这一折作为压轴，是向自己的恩师致敬，向浙江小百花越剧团致敬。1991年，还在舞台上唱着新昌调腔、扎着大靠表演《挑滑车》的蔡浙飞，怎么也不会想到此次在杭州演出获得的“小茅威涛”的名号竟然会伴随至今。正如茅威涛所说，“小茅威涛”的头衔是初出茅庐的蔡浙飞获得观众辨识度的捷径，但同时也成为她的压力和束缚。该专场现场播出的视频里，蔡浙飞看茅威涛的眼神给我留下非常深刻的印象，这目光与她演出时的犀利和刚毅截然不同，充满学生对老师的景仰和钦敬，而视频中为数不多的展现茅威涛与蔡浙飞师徒二人探讨表演的镜头里，茅威涛的眼神里自有一种基于艺术自信的从容与笃定。我想，茅威涛眼神中这种对自己的自信，是年已不惑的蔡浙飞最需要从老师身上学习的。这种艺术自信，是建立在一个演员对自我独特的艺术个性的清醒认识之上的，是以扎实的艺术理念为支撑的，是对自我明晰而坚定的艺术理想的忘我奔赴。基于此，我更愿意相信这个结束本次专场演出的折子戏是一场告别，是蔡浙飞对“小茅威涛”光环的告别。这种对蔡浙飞以今日之我告别昨日之我的期待，其实应该与她所在的浙江小百花越剧团今后的发展与使命，乃至浙江越剧、中国越剧的未来结合起来，与越剧的创新和多元化发展结合起来，也许更容易看清方向。对于越剧的剧种特色和剧种气质，许多人都以浪漫、唯美、柔媚、婉约为其标签，认为越剧更适合表现才子佳人、儿女情长类的题材，这种约定俗成的看法，犹如一把双刃剑，游刃有余中路却越走越窄。事实上，以茅威涛为代表的浙江小百花越剧团长期以来一直在挑战这种 观念，茅威涛所创作的一系列“文人”形象越剧作品，都在试图为越剧的多元发展拓宽边界。对于蔡浙飞来说，以她的武术功底和坚毅性格，也许“武人”形象会是她本人和未来越剧发展的可以探索的方向。精致到极致的浪漫越剧所缺乏的，正是充满粗粝质感的英武之气。

除了恩师茅威涛，伴随蔡浙飞艺术之路的，还有诸多师友，如当年亲自到新昌调腔剧团对她这个“小茅威涛”进行考察、把她调进浙江小百花越剧团、自此改变了她命运的著名导演杨小青，杨老师也是此次“飞·越”蔡浙飞舞台艺术专场的导演，“镜”“静”“敬”“境”四个词，正是杨小青多年以来“诗化越剧”导演观的浓缩与体现，把越剧浪漫唯美的特点体现得淋漓尽致。如为蔡浙飞执导了《春琴传》和《吴越王》等剧的导演郭小男，他把自己对日本文化的理解、对爱情的理解以及对外国戏剧理论和导演艺术的理解投射到蔡浙飞身上。演出结束谢幕时，蔡浙飞对诸位恩师一一致谢，可见她是一个特别具有恭敬之心和感恩之心的人。在恩师茅威涛的光环之下，在导演风格的裹挟之下，蔡浙飞应该更清醒地珍视自己独特的艺术个性，在今后的剧目中能够充分张扬自我、肯定自我，更加充分地树立艺术自信，彰显自己的艺术个性，有自己更加明确的艺术追求，将自己独有的越剧女小生的英武之风、阳刚之气充分彰显出来，给浙江小百花越剧团乃至整个中国越剧界带来一股清新强劲之风，以多元化的艺术追求、创新与革新，让自己真正成为既承继浙江小百花越剧团的艺术传统又独具风格的领军人物，带领浙江小百花越剧团创造更多辉煌。

（原载《中国戏剧》2019年第3期）

“小女子”的壮怀雄心

——评李莉《成败萧何》

一、李莉印象：“彪悍”的“小女子”

女编剧李莉开始有意识地自称“小女子”，大概是从上海京剧院约请她撰写《成败萧何》剧本时开始的。后来在接受媒体采访时，她多次说起最初以“小女子写不了大男人”为借口试图婉拒的情形。她在《“小女子”的恍惚》一文中这样写道：“当初上海京剧院约写《成败萧何》时，心下畏惧，便以小女子写不了大男人为借口而推却，两位院长几乎是异口同声地说：我们从没觉得你是个女人啊！后来不少人读了剧本，不约而同地感慨：这哪像女人写的东西嘛！有种莫名的悲哀：觉得自己活得有些错位；有种隐约的窃喜：也许正因为有着女人的眼光和心态，才有了‘特别’的萧何与韩信！”[①]

这种强烈而鲜明的性别意识在她以往的作品中并不突出，尽管这种女性特有的性别敏感无疑一直存在于她的作品与潜意识之中，这体现在她此前创作的剧本主要以越剧这一比较“女性”的、阴柔唯美的剧种为主，也体现在这些剧本主要以女性为表现题材。也许那时的女编剧李莉对自己创作的定位是：以女性视角写女性题材，借助柔婉的越剧来充分发挥自己的特长和优

① 李莉：《“小女子”的恍惚》，《剧本》2006年第8期。

势，并且以加倍的努力与艰辛在主要以男性为主体的编剧队伍中打拼出自己的一片天地。这无疑是一个女性编剧自然而然的选择。从这些方面来说，李莉无疑已经非常成功，她以编剧的身份成为上海越剧院院长已经充分说明了一切。

然而，上海京剧院之所以选择李莉来改编《成败萧何》，李莉最终决定接下这个活儿，是那么自然而然。因为李莉给人的印象，是爽朗干练，具有“强悍与凌厉的潜质”[①]，以及“汉子们的豪气与风骨”[②]。这种气质的来源，不只是由于十年军旅生涯的磨炼，并且女帅男兵，以女连长的身份带近百号男兵，更主要的是她性格的原因，我们可以从她的编剧之路更清晰地看到这一点：重然诺、敢想敢干——仅仅因为一句要为母亲写越剧剧本的承诺，李莉走上了编剧道路；目标明确、坚定执着——一而再、再而三地向上海越剧院投稿；充满激情——白天上班、晚上写作，40天创作出《送子观音图》，36天写出《成败萧何》……[③]可以说，军队的磨炼与天生的性格相辅相成，造就了李莉柔中带刚、刚而胜柔的气质。

最初认识李莉是2008年底举办“新时期戏曲历史剧创作学术研讨会”时。作为主办方的工作人员，我主要负责联络参会人员和催稿，李莉是会前就按时提交论文的为数不多的编剧之一。会上，她一发言即首先表明自己创作戏曲是半路出家，是这个行当的“低能儿”，这种谦逊与低调给我留下极深的印象。她发言的内容虽然是讲创作《白洁圣妃》时的困惑以及别人的质疑，但她思考的却是“政治与道德、大义与小义、个体人性与群体人性”的宏大主题。从表面上看，她是在讲面对质疑时自己的“困惑”，事实上却是在

① 采桑子：《似水流年——剧作家李莉剪影》，《剧本》2009年第3期。

② 李莉：《“小女子”的恍惚》，《剧本》2006年第8期。

③ 同上。

阐述、肯定和坚持她的观点。①女性戏曲编剧，谦逊而又充满自信，低调而又信念坚定，这一切引起了我的好奇。

再次与李莉“相遇”则是观看《成败萧何》演出，是我作为一名观众与作者李莉在作品中的“神交”。我惊奇于这出在“成也萧何，败也萧何”的既定故事情节中闪转腾挪出强烈的思辨性与哲理性的男人戏，虽然出自一名女编剧之手，却没有任何脂粉气。我钦佩她娴熟的编剧技巧，如从人物对话中表现充满张力的人物关系，这样的人物关系不止一组，而是几组，像第一场中刘邦数次打断韩信的话头、韩信与吕后的正面争执、刘邦对吕后颇具深意的训斥、萧何对韩信充满担忧的提醒等等，看似平常的话语交锋，都充满极其耐人寻味的机锋。我钦佩她对戏剧节奏张弛有度的掌控与把握、对几乎已经盖棺定论的历史人物独特又自成逻辑的见解，钦佩她思想的深度与高度。

这样的李莉，这样一名“小女子”，着实“彪悍”得令人不敢小觑。

二、“小女子”成就大男人的“英雄状”

就是这样一名“小女子”，塑造出两位性格截然不同的真英雄：萧何与韩信。说这二人是真英雄，与一般人印象中的二人形象是有出入的。且不说成语“成也萧何，败也萧何”对萧何带有贬义的评价，即使是能征善战、为汉朝建立立下汗马功劳的韩信，最终也落得个“谋反”的罪名而载入史册。《成败萧何》要处理的，正是这样一段历史公案、历史悬案。是按照一般的历史认识写背叛与欺骗的萧何和谋反被诛的韩信，还是在这些人生瑕疵和历史评判中寻找续写大英雄的空间？无疑李莉选择了后者。李莉在谈到自己塑造这两个人物时曾说过：“大约终是小女子的‘浅薄’心肠，非要隐去了两位

① 详见李莉：《历史剧创作困惑之点滴——由<白洁圣妃>引出的话题》，于平、薛若琳主编：《烛照历史　穿越古今——新时期戏曲历史剧创作学术研讨会论文集》，中国戏剧出版社2009年版，第189—195页。

大男人的难堪与卑微，使他们振作起英雄状。”[①]那么，《成败萧何》隐去了萧何与韩信怎样的“难堪与卑微”，又体现出李莉怎样的创作理念呢？

对于萧何来说，李莉隐去的主要是他对韩信的背叛与欺骗，坚持和彰显的是萧何爱英雄更爱家国的一面。据《史记·淮阴侯列传》载，吕后欲召韩信进宫除掉他，“恐其党不就，乃与萧相国谋，诈令人从上所来，言豨已得死，列侯群臣皆贺。相国绐信曰：‘虽疾，彊入贺。’信之，吕后使武士缚信，斩之长乐钟室”。书中并没有记载骗取韩信入宫这条毒计是何人所出，但欺骗韩信进宫却是萧何干的，大概也只有萧何能请得动韩信。从剧本情况来看，李莉对史书的记载进行了详细的阅读，紧紧抓住计谋不知何人所出这一点，把萧何欺骗韩信进宫，改成萧何受吕后胁迫，不得不去请韩信进宫，他也并没有对韩信隐瞒自己奉吕后命令追回韩信并令他入宫受死的真相，这样的处理，突出了萧何处境的艰难与尴尬，塑造了胸怀坦荡的萧何形象。

对于韩信来说，李莉隐去的是他的“谋反”问题。韩信造反与否，历史上素有争议。从《史记》《战国策》等史书记载来看，韩信被认为造反的原因主要是因为他“发欲袭吕后、太子”，而深知刘邦“畏恶其能”“日夜怨望”的韩信是否反刘邦、反大汉则没有明确记载。李莉在剧作中巧妙地回避了韩信是否叛逆这一棘手的历史悬案和历史争议，虽然剧中提到韩信府中下人乐兆密告韩信谋反之事，然而，不但萧何对韩信不会叛乱深信不疑，就连韩信也确实没有造反之实。在我看来，这倒不是因为“小女子的‘浅薄’心肠”，而是因为李莉看到谋反背后的真相：正如剧中萧何所说，无论韩信反与不反，刘邦、吕后都要除掉他。

李莉笔下的萧何与韩信，实际上体现出李莉对理想人性或理想人格的探索与追求。如果我们将《成败萧何》与《曹操与杨修》进行对比，就会发现二者的不同。《曹操与杨修》所呈现的是权力与智慧、“政治型人才”与“智能

---

① 李莉：《“小女子”的恍惚》，《剧本》2006年第8期。

型人才”之间的矛盾，或者说是他们的人格缺陷造成杨修的人生悲剧和曹操求人却不能容人的悲剧，主要是把这两类人人性中的“难堪与卑微”揭示给人看。与《曹操与杨修》恰恰相反，《成败萧何》却隐去了萧何与韩信身上的历史污点和人性污点，塑造出相对完美的人格形象。

古语说“以史为鉴”。既然知道人类性格中的缺陷，怎样才能完善人格，更好地生存，避免悲剧的发生呢？我想这就是李莉对萧何与韩信的行为、性格和人生抉择美化或修正的原因吧。也许这样的美化与修正会让人指责有高台教化的倾向，但娱人娱己、抒写性灵、高台教化本来就是中国戏曲作品的三种主要功能。如果能够引导人们反躬自省、完善人格，更加珍惜现实拥有，又何尝不可呢？这，恐怕是女性相对男性更加追求完美、更加理想化的表现吧？

三、透过“成败岂能由萧何”解读李莉的群体人性关怀

综观当代历史剧创作，大概有两个传统。一个是以再现历史，注重历史事件的叙述和人物刻画，弘扬传统价值观、道德观为创作主旨的传统，在近些年来的历史剧作品中，我们不难发现此类历史剧作品的优秀之作，如豫剧《程婴救孤》对传统戏曲题材的再现、对忍辱负重的程婴形象的塑造、对中华民族传统美德的弘扬等。

另一个是在不违背基本历史真实和历史通识的基础上，以当代精神关照历史事件与历史人物，这种历史剧创作新传统的确立，当以《曹操与杨修》为标志，此后的历史剧创作多有对这种人性关照的追求与努力，其中，郑怀兴的《傅山进京》再添华章。我们更多看到的是面对非常有“戏”的历史题材、非常优秀的戏曲演员却无法在思想观念、精神追求上更上一层楼的作品。而李莉的《成败萧何》则继承其衣钵并将其推向深入，体现了进入21世纪的社会思潮和时代特征。

《成败萧何》在人性开掘方面的意义，在于它将《曹操与杨修》所开创

的以当代意识解读历史人物的个体感受，即注重表现个体人性的复杂，发展到通过历史发展洪流中个体人性的无奈来重点展现对群体人性追求的必然性与合理性，也即个体人性无奈背后的深层必然性。十年前，萧何为了难得的将才、为了天下苍生月下追韩信。十年后，他月下追韩信、杀韩信，同样也是为了天下苍生。也许有人认为京剧《成败萧何》中萧何所说为了大汉江山、为了天下苍生有拔高人物、概念化痕迹过重之嫌，事实上，看过周信芳先生演的《追韩信》的都知道，该剧中萧何劝归韩信时也说过“不看萧何看生灵”的话。我倒觉得，李莉在剧中让萧何说出“为了大汉江山”的话，更符合萧何的人物身份、性格特征和心理逻辑。《史记·淮阴侯列传》记载萧何在劝说刘邦立韩信为大将时曾说：“至如信者，国士无双。王必欲长王汉中，无所事信。必欲争天下，非信无所与计事者。”他屡次向刘邦推荐韩信、月下追韩信，都是建立在这个前提之下的。十年之后，大汉江山初定，陈豨造反，天下诸侯蠢蠢欲动。而素来功高盖主的韩信又趁刘邦出外平定陈豨叛乱，“谋欲发以袭吕后、太子”，这必然又将引起天下大乱。萧何为了大汉江山而帮助吕雉除掉韩信也可以理解。

李莉在《历史剧创作困惑之点滴》中写道：“毋庸讳言，释放个性、关注人性已成为对以往‘艺术为政治服务’的一种反叛，这使我们开始意识艺术创作的真正价值。同样，也给我们带来了怎样审视个体人性与群体人性关联意义的困惑。……在大势所趋的社会潮流中，个体人性是如此的备受摧残，如此的尴尬无奈。于是。我们不得不反观群体人性以及赖以生存体制的合理性与完善性。”“无论《成败萧何》还是《白洁圣妃》乃至《秋色渐浓》等，都试图以艺术的方式揭示历史大势的无情与残酷，同时表现主人公在大势所趋的特殊历史关头的无奈牺牲、坚强担当和心灵苦难。”确实，无论是萧何为了大汉江山、为了天下苍生、为了自己的良心而无奈杀掉韩信，还是白洁协助杀夫仇人、以牺牲五位诏主的生命避免十万将士的征伐，成全六诏百姓、成全天下安宁，李莉笔下人物的生命抉择，都站在更高的认识层面、更大众的群体利益的角度来考虑。

四、余论

在我看来，李莉之所能塑造出“这样的”的萧何与韩信，之所以能够在创作实践中开拓出探索群体人性的创作空间，在复杂纠结的人性思辨中梳理出对“群体人性及（其）赖以生存体制的合理性与完善性”的探索，除了“女人的眼光与心态”，还有“军人的眼光与心态”，即十年的军队生活对她的世界观、价值观和人生观的影响。军人严格的纪律性、注重全局利益、牺牲小我成全大我的理念，使她在处理个人的利益生死与群体利益得失（即小义与大义）的矛盾时，具有不同于普通人的眼光与境界，会站在更高的高度来审视、判断与选择。从这个角度来反观萧何、白洁，也许会对她的剧作有更深刻的理解。

除了这些特殊的性格原因、性别原因、阅历原因，李莉历史剧中对于群体人性的关注、对于个体人性的无奈的探索与反思，也有着深刻的时代原因，即“时代的眼光与心态”。当下，无论社会矛盾还是人与人之间的关系，已不像《曹操与杨修》的时代那样尖锐和突出，“文革”带来的切肤之痛已渐渐沉淀，改革开放带来的思想解放冲击也已渐渐平息，社会基本上处于一种自由、多元的常态。对于作家来说，也许缺少了需借他人酒杯来浇的块垒，但却多了一种理性与超脱。与小说、话剧等文艺形式相比，戏曲本来就不以思想的尖锐性和战斗性见长，那些应时之作也大多是昙花一现。像《成败萧何》这样以宽容、体谅、同情的心态解读历史人物，塑造理想英雄形象，这里面所体现出来的不但是传统儒家思想中“修身、齐家、治国、平天下”最基本的“修身”的理想，更重要的是在倡导自我人格完善背后更好地实现自我价值的美好愿望。

（原载《戏剧文学》2012年第2期）

奇幻而独特的记忆空间构建

——评张曼君导演作品《母亲》

尽管英雄母亲邓玉芬的事迹用“把丈夫和5个孩子送上前线，他们全部战死沙场”[①]就可以交代清楚，但评剧《母亲》绝不满足于讲好英雄母亲邓玉芬感人至深的故事。这部由中国评剧院创排、著名导演张曼君执导、著名剧作家刘锦云编剧的作品，对于一般观众来说是个不小的挑战。该剧独特的叙事方式和叙事结构、新颖的导演手法、充满象征性和仪式感的舞台呈现，已经超越了传统戏曲甚至许多当代戏曲的创作模式，因此也超出了一般观众的欣赏习惯和观剧常识。欣赏评剧《母亲》一个非常关键也非常重要的角度，是我们要弄明白，它是通过戏曲舞台构建起母亲的记忆空间，或者说，此剧是母亲回首往事、思念亲人的跃动的意识流的形象呈现。

（一）评剧《母亲》是给伟大母亲立丰碑，给抗日英烈彪功勋，给中华民族无数母亲塑群像，表达了对日本侵略者的无情鞭挞和对和平的无限向往。

大幕拉开，一尊巨大的母亲邓玉芬的塑像出现在观众面前，开门见山地标明了本剧为母亲邓玉芬立丰碑的创作主旨，这是一种开宗明义的创作手法。而随后出现的一群手拿鞋底的母亲形象，则把本剧的主题扩大、升华，

---

① 摘自习近平总书记2014年7月7日在中国人民抗日战争纪念馆出席全民抗战爆发77周年仪式上的重要讲话。

它讲的不仅仅是邓玉芬这一位极具代表性的母亲的典型故事，而是抗日战争时期无数把丈夫、兄弟、儿子送上战场的母亲们的故事。也许她们所能做的只是在后方默默守望，但她们和她们的家庭所做出的巨大牺牲和奉献同样具有震撼人心的力量。

随着母亲回忆的展开，她的丈夫和四个儿子在抗日战争中为国捐躯的可歌可泣的故事、她为了保全众乡亲和抗日部队而牺牲掉襁褓中的小儿子的催人泪下的故事，又塑造出无数在抗日战争中英勇捐躯的抗击外侮的中华男儿群像，他们是邓玉芬母亲一家英烈的群像，同样是中华民族无数英烈的群像。前赴后继、勇赴国难、战死沙场是每一个抗日先烈的壮烈结局，该剧不但通过紧凑的叙事节奏表现这种精神，还通过跌宕的笔锋表现英雄不同的经历，老二、老三同时殉国，老四亦追随二位兄长的脚步而逝，而老大却以不同的方式为国捐躯：他和八路军战士小郭同时被捕，狡猾残暴的日寇通过让母亲认子的诡计来鉴别，面对如此艰难的抉择，深明大义的母亲痛 苦地选择了小郭，牺牲了自己的亲生儿子。四个儿子和老汉全部殉难，唯一留下的遗腹子成为母亲的寄托，但是，在战争残酷的阴魂之下，即使是这残存的一线希望，也由于逃难而惨遭扼杀。在惨无人道、人性泯灭的侵略者面前，在家国大义面前，舍小家、保大家，成为这个目不识丁的母亲毅然决然的选择。正是这种顽强不屈的牺牲精神，使得中华民族的脊梁永远高耸在人类历史上，这正是我们当代要极力颂扬的中国精神。剧终，抗战胜利了，母亲“同团圆、享太平”的愿望只能夜夜在梦中实现，但是正是母亲和她的亲人们的牺牲，才换来了今天中华民族的团圆太平。反对战争，呼唤和平，珍惜和平，这是评剧《母亲》更深层次的主题。

（二）一个月夜守望的母亲形象，一首贯穿全剧的主题歌《望儿归》，诉不尽母亲几十年的思亲之苦，表达的是望儿归、儿却再不能归的悲痛，确定了人物的形象定位和全剧的情感基调。

中国戏曲的重要特征是“歌舞演故事”。演故事的方式有千百种，评剧《母亲》采取的叙事手法，是在舞台上表现母亲思维的延展、意识的流动，是用母亲的视角作为回忆往事和叙述故事的角度，这种“限知视角”的叙事手法，是一种非常富有现代意识的叙事方式。评剧《母亲》用母亲一个晚上彻夜无眠的思维活动，讲述六个亲人为国捐躯的悲壮故事，表现她对亲人们无尽的思念，是她几十年孤苦生活的写照，树立起一个永恒守望的母亲形象。故事从母亲的一个平凡晚上开始，这个平凡的晚上其实是她千百个孤苦无依的晚上的缩影。在这样一个孤寂的晚上，逝去的亲人们在她的脑海里纷至沓来。首先涌入她意识的，是她最小的、尚未成人的儿子小仔。也许，在六个牺牲的亲人中，尚在襁褓之中的小仔的命运最令人唏嘘、最令人惋惜，这个被母亲亲手捂死的孩子，是最让母亲愧疚的孩子，因此，她想的最多的，就是这个婴儿。小仔的到来，顺理成章地引来了父亲的英魂，父亲形象的出现，又勾起母亲对自己出嫁情景的回忆，然后即是生子、日本鬼子入侵、被侮辱与被压迫、送子参军及后来所有的故事。时间从一更慢慢推移至五更，母亲的一个彻夜无眠的晚上就这样过去，剧终，满台的英灵魂魄散去，只留下一个寂寞的母亲以回忆度过漫漫黑夜。

该剧编剧锦云先生在谈到该剧的创作时说，他第一次见到邓玉芬的雕像时，就被她望儿归的神情所触动，由此产生创作灵感。在确立了母亲望儿归的充满雕塑感的人物形象之后，该剧又确立了以《望儿归》为主旋律的音乐形象和情感基调。

“一更里哟天黑黑，掌起那灯来望儿归。二更里哟星星全，望儿不归泪涟涟。三更四更一阵风，听到儿的脚步声。盼到五更天发白，娇儿扑进娘的怀，他就扑进娘的怀。”这首由冀东民歌《绣灯笼》改编而成的主题歌，在评剧《母亲》里以合唱、独唱、男声、女声不同的形式反复吟唱，充分表现出母亲对亲人痛彻心扉的思念之情，不但与母亲回忆思亲的主题设定相得益彰，而且其所蕴含的由淡渐浓的情感浓度，与剧情紧密而贴切地结合在一起，对全剧情感的烘托起到了极大的作用。

夜深人静，孤独的母亲思念着再也回不来的亲人们，可是她多么希望他们再出现在她的眼前，思念、守望，成为母亲生活的日常。盼呀盼，望啊望，但是始终望儿不归，母亲只能热泪涟涟。夜更深了，阵风吹来，母亲以为是亲人归来的脚步声，睡意蒙眬之中，她产生了幻觉，幻想那些在她怀中长大的孩子重新回到了她的怀抱。然而，所有这一切都是幻觉、都是回忆，明明知道盼儿归只是奢望，也许，母亲盼望的只是他们能够夜夜进入她的梦中。这首民歌的情感层层递进，逐渐浓烈，与剧中母亲的回忆相映生辉。然而，望儿归，儿不能归；盼夫回，夫不能回。“《望儿归》牵心一曲年年唱，直望得崖头明月千回落，直望得青丝两鬓雪苍苍”，这句唱词成为全剧的点睛之笔。

著名的戏剧评论家龚和德曾经说过，张曼君导演“十分重视并善于运用民间音乐、民间舞蹈、民间习俗来丰富地方戏曲”，将其称为张曼君导演艺术的“三民主义”[①]，这个理论总结是相当精准的，张曼君的许多作品都表现出这样的特征。在评剧《母亲》里，张曼君主要表现的是对民歌的运用，除了《望儿归》，还有“民国二十六年，华北起狼烟”等民歌，对历史感的营造和民族苦难的展示以及国民被压迫的愤怒等情绪的表现，已经达到了出神入化的境界。这种鲜明的特征，表现出张曼君对民族艺术的执着追求，这与她来自基层、采茶戏演员出身的经历有着密不可分的关系。基层身份使得张曼君的作品总是表现那些最基层最普通的民众，讲述历史和时代带给他们的不普通、不平凡的故事，深入而真切地表达他们深情而多情的内心世界和情感世界，因此她的作品总是充满来自大地的温度，带着浓郁的泥土的味道。这种艺术追求的表现之一，就是张曼君在创作一部作品的时候，总是特别重视和剧作家、作曲家一起，挖掘和利用当地的民间音乐、民间歌谣，并将其与剧情的推进、人物情感的表达巧妙地融在一起。“文艺创作方法有一百条、一千条，但最根本、最关键、最牢靠的办法是扎根人民、扎根生活。”[②]张曼君一

① 龚和德：《导演张曼君的“三民主义”》，《中国文化报》2013年1月15日。

② 习近平总书记2014年10月15日在文艺工作座谈会上的讲话。

直在用自己的创作，扎实而有力地践行着这一艺术创作原则。

（三）一缕小仔的精魂，萦绕于母亲心头脑海，出入于戏里戏外，串联起全剧线索红绳，以间离和陌生化的形式表现出母亲跳跃的思维活动，构筑起母亲的记忆空间。

在张曼君最近导演的几部作品中，特别是她与编剧锦云合作的《花儿声声》《狗儿爷涅槃》和《母亲》里，“鬼魂”都出现，并在表达主题、结构全剧、完成叙事、情感抒发的过程中起到非常重要的作用，特别是后两部作品，精魂形象始终贯穿全剧。如果说《狗儿爷涅槃》中地主祁永年的鬼魂是狗儿爷一生地主梦的象征和隐喻，那么《母亲》中小仔的精魂形象则附载了更多的情感温度和功能作用，在该剧构建母亲记忆空间的过程中起到情感支撑、结构支点和叙事线索的重要作用。

评剧《母亲》对于母亲记忆空间的营造和建构，离不开编剧锦云先生的精心结撰和巧妙构思，特别是锦云先生以深厚的文字功底进行的精准语言表述，使得那些逝去的英魂自然地出现在母亲的想象之中、呈现在舞台之上，真可谓字字珠玑。“冥冥中跳出我小仔”“还有我你知冷知热的老汉来到你身旁”，一句“冥冥中”，使小仔和老汉凭空跃出，点明二人的亡魂身份，母亲记忆的闸门由此打开。“想当年襁褓里小仔儿丧命”“几十年小仔儿也该是个大儿郎”“孩儿他爹还如当年身健壮”“老伴儿你岁月染得鬓如霜”“遗腹子落草时你爹身先亡”等等，这些充满时空穿越性质的语言，不断地提醒观众，小仔已逝去、老汉已牺牲，所有这一切，都是母亲的幻想和回忆。戏剧中的意识流作品，最难的是让普通观众看懂，而评剧《母亲》完全做到了这一点。

更重要的是，通过这种陌生化的表现手法，可以使观众以抽离现场的视角来冷眼旁观、理性思考：原来，这凭空跳出来的小仔和老汉已经去世了；原来，他们只不过是母亲的想象而已；原来，遗腹子小仔从来没有见过他的父亲，所以才会像见到陌生人一样唱道“细端详，我爹爹怎么会是这模样”，才会面对亲爹显得有些“怕生”，而他的父亲此时表现得像给孩子讲述年少往事那样说道：“来来来，看你爹那天怎样娶你娘。”有了这个逻辑支点，小仔始终以旁观者的身份出现在下面父母成亲一场，就可以理解了。在这一场里，饱满而充满生活真实和情感温度的细节也使得人物鲜活生动，老汉用来驮新娘的小毛驴是借来的，步态扭捏的母亲担心的是大脚被老汉发现，夫妻间的第一场冲突就围绕着这大脚展开，泼辣的母亲历数大脚之好，把憨厚老实的老汉说服了。这一场戏，充满温馨和温情，充盈着天伦之乐，显得其乐融融。这样的温情场景作品中还有多处，特别是母子五人吃窝头一场，四个孩子“只准说困、不准说饿”的约定，表现出懂事的孩子们对母亲的体贴与心疼，特别是四子永安把窝头扔到地上，心痛粮食的母亲不顾孩子们的劝阻一把捧起地上的窝头吞下肚去，永安高兴地鼓掌相庆，众人才知道他骗母亲吃窝头的苦心，非常感人。

尽管是一部悲壮的抗日史诗剧，但是由于小仔的出现，使得剧作充满灵动和机趣之感。作为精魂的小仔，就像一个调皮的孩子，在母亲面前撒娇撒痴，时时不脱一个孩子的声气，总是迫不及待地想“出生”、想“在场”，却总是被母亲亲昵地斥责：“待着，这会儿你还没出世呢。”这种充满荒诞感、陌生化的手法，布莱希特称之为“间离”，中国戏曲界称之为“跳进跳出”。但是《母亲》的这种“间离”手法，不但由于小仔的身世贯穿全剧，而且小仔的身世自成故事，本身就极富戏剧性，他的“急于出世”不断激起观众的好奇心：他究竟是怎么出生的？他为什么以鬼魂的形态出现？他又是怎么死的？正是由于这些悬念，才使得小仔死亡那一场戏那么让人刻骨铭心、震撼人心。当然，除了埋设伏笔、情感的酝酿之外，这一场给人留下深刻的印象与导演独具匠心的处理有非常大的关系，当那一根长长的象征小仔生命的红绫在小仔脖子上越缠越紧，当小仔用戏曲里的水袖、甩发功舞动那根红绫的时候，我们看到的是小仔生命的消逝，而造成这一切的，是万恶的日本侵略者。

至于结尾那场抗战胜利、敲锣打鼓的热烈欢腾的庆祝场面，导演用影视剧里的“静音”手法来处理，这表现的依然是母亲的思维活动和意识状态，喧嚣是他们的，而怀抱已经没有气息的小仔的母亲，依然沉浸在深深的失子之痛中，“乡亲们在喊在叫在唱在跳在哭在笑，他们在说啥？嘘！”直到听清人们叫的是“鬼子投降了”，母亲长时间压抑的悲痛、悲愤才最终爆发出来。

许多观众在观看评剧《母亲》时，注意到虽然表现的是日本侵略者对中华民族的杀戮和罪行，但是全剧没有一个日本鬼子形象出现，并对此提出了质疑。从导演的角度来讲，张曼君一向不喜欢在作品里表现罪恶、杀戮和黑暗，她的戏里从来没有出现过反面人物的形象，她称这是自己的“精神洁癖”；她总是愿意通过人物的坚强、抗争和隐忍来表现美好和希望。而从母亲的角度来讲，特别是当我们明白这部戏是母亲的回忆的时候，这种导演手法就更容易理解和接受，可怕的、恶魔般的日本鬼子和杀戮场景是母亲不愿意重新回想的。但是从作品呈现的角度来讲，当巨大的铁丝网从天而降的时候，当众多乡民被赶进“人圈”的时候，当年轻的小喜鹊被三个日本鬼子蹂躏后疯掉的时候，当她又被日本鬼子无情地枪杀的时候，当无数平民百姓被日本鬼子疯狂屠戮“跑反”的时候，当舞台上那块压顶而下的巨石翻转的时候，当亲人们一个个倒在日寇枪口下的时候，当躲在山洞里的人们屏息凝气的时候，当母亲不得不捂住小仔口鼻的时候，日本鬼子那令人发指的暴行已经被表现得入木三分、刻骨铭心。

（四）全剧在母亲的意识流活动中，运用倒叙、插叙、补叙等手法，构建起母亲的家族史

由于是母亲思维活动的展现，由于小仔的跳进跳出，评剧《母亲》的叙事方式非常复杂，不是传统的单线式或双线式的结构，也不仅仅是倒叙的、回忆式的讲述故事，而是以非常多元的叙事方式，讲述母亲一家在抗日战争时期经历的一切。

该剧从整体上来看是倒叙结构，故事是以老年母亲对往事的回忆为线索的。但是在这样的总体结构中，还穿插了许多其他小的倒叙、插叙和补叙。如戏一开场，通过老汉一句“看小仔儿满脸茫然样，来来来，看爹我当年怎样娶你娘”，以插叙的手法讲述母亲与父亲结婚的过程，这一过程具体而生动，把大脚母亲的泼辣和父亲的憨直生动地表现出来，一根鞭子又成功而巧妙地以传统戏曲程式演绎出父亲借驴娶亲的情形。虽然生活充满贫穷和磨难，但是由于父母尚且年轻，所以生活显得充满生机、活力与希望。

小喜鹊虽然只是一个配角演员，却是推动剧情发展的重要推手。母亲的四个儿子之所以参加八路军走上抗日道路，就是因为纯洁善良的小喜鹊被惨无人道的日军蹂躏并杀害，激起众人强烈的抗日情绪。而小喜鹊与小儿子永安的青梅竹马之谊，则是通过永安牺牲前一句充满对美好人间无限留恋的话表现出来的："妈妈，我才十七，我还没活够，儿恋着家乡的山水秀，儿想着邻居喜鹊小闺女。过家家她送我一把红豆豆，至今还藏在我的兜兜里。"这种童年两小无猜的美好，是永安临终前无限的留恋。

清代著名戏曲理论家李渔在《闲情偶寄》里要求戏曲创作要"密针线"："每编一折，必须前顾数折，后顾数折。顾前者欲其照映，顾后者便于埋伏。照映埋伏，不止照映一人，埋伏一事，凡是此剧中有名之人，关涉之事，与前此后此所说之话，节节俱要想到。宁使想到而不用，勿使有用而忽之。"[①]《母亲》的许多细节都充分做到了这一点。母亲的大脚虽然在新婚时遭到父亲挑剔，但是却成为她逃出日寇"人圈"的有力"武器"；正是由于母亲出逃时受过八路军战士小郭的帮助与掩护，所以母亲在认子一场里舍亲子认小郭就有了更加扎实充分的理由；民众在"人圈"里痛斥日寇"中国的年不让过"，才会显出母亲和父亲在小石屋里过的那个简陋而隆重的年是多么可贵；小喜鹊的悲剧之所以会激起母亲四个儿子的抗日激情，原来因为他们是邻居，特别是四子永安，与小喜鹊有青梅竹马之谊；正是由于前面一直铺垫小仔尚未出世，才会显得除夕夜父亲那句"就今儿吧"多么含蓄喜悦，才会表现出父兄俱亡的小仔的出世寄托了多少母亲的希望，也才使得小仔的死更让人痛彻心扉。至于反复吟唱的民歌同样有这样的作用，特别是"小媳妇，

---

① 李渔：《闲情偶寄》"结构第一·密针线"，上海古籍出版社2000年版，第26页。

梳圆头”这一首，母亲出嫁时唱过，永安临终前怀念小喜鹊时也唱过，前者充满喜悦之情，后者却令人痛惜不已。正是这些前后照应埋伏，才使得这部意识流作品针脚严密、结构严谨。

评剧《母亲》是当代中国戏曲现代戏的巅峰之作，其充满现代意识和现代思维的导演手法、在传统戏曲程式创作原则基础上对现代新程式的创新、对民族音乐的运用，对当代戏曲的发展具有重要的启示意义。当然，对张曼君的这些导演手法一时难以接受的批评意见也不绝于耳，但是，我们需要清醒而理智地认识到，当代戏曲形态从戏剧结构、叙事手法到导演手法、表现手段已经与传统戏曲有很大的不同。传统戏曲的单线结构、双线结构、顺叙手法，已经不能满足当代观众的观赏需求和观赏水平，有创新意识的戏曲主创人员在不断吸取其他叙事体文艺形式（如小说、影视、话剧等）的表现手法，这对当代戏曲的现代建设有着非常重要的作用。戏曲在不断适应当代观众的文化水平、欣赏水平，同时，戏曲也以自己的创新和发展引导、提升着观众的欣赏水准，这是戏曲现代建设进程中必然的进程。作为观众，我们应该既能喜欢传统样式的戏曲，也要学习和接受富有现代意识的创新剧目。而《母亲》就是这样一部引导、提升、考验观众水平的作品，说它是一部当代戏曲作品中最富先锋性、创新性和前沿性的作品也不过分。因此，从这个意义上来说，看懂评剧《母亲》，应该就可以看懂当代戏曲中那些新奇的叙事手段、导演技法了。

（原载《中国艺术时空》2017年第5期）

第五编　“互联网＋戏曲”研究

移动互联网时代戏曲艺术发展现状及对策

2015年，是“互联网+戏曲”实现重大突破和实质性跨越的重要一年。在国家大力发展文化产业、大力扶持传统戏曲传承发展、振兴地方戏曲的大好形势下，传统戏曲艺术与现代互联网新媒体相结合，出现了许多以传播推广传统戏曲为目的的网络平台和相关的戏曲活动。本文将结合当前互联网与戏曲联手合作的经典案例和知名网络戏曲平台的运营模式，对移动互联网时代戏曲艺术发展过程中出现的新现象、新特点、新趋势和新动向进行深入的分析研究，及时了解、把握和总结戏曲发展过程中出现的新问题，以期对传统戏曲艺术在移动互联网时代的传播、传承和发展提供有一定参考价值和指导作用的理论思考。

“互联网＋戏曲”兴起的时代契机与文化背景

随着“互联网+”概念在文化产业领域的广泛应用，文化互联网行业越来越受到人们的重视。2015年3月，李克强总理的政府工作报告中明确提出制定“互联网+”行动计划，为互联网与各个传统行业的深度融合提供了有力的政策保障，“互联网+文化”产业是其中非常重要的组成部分，成为新的发展领域和经济增长点。戏曲艺术作为传统文化的重要代表，也开始进入互联网行业的视线，二者一直在进行有益的合作尝试和探索。2015年7月，国务院办公厅颁布了《关于支持戏曲传承发展的若干政策》，其中第四条指出，要实施地方戏曲振兴工程，并将其纳入国民经济和社会发展“十三五”规划；在第二十条中还指出，要“发挥互联网在戏曲传承发展中的重要作用，鼓励通过新媒体普及和宣传戏曲”。这为戏曲与互联网的联手提供了最直接的政策契机。

近年来，移动互联网络和智能手机日渐普及，人们已经可以摆脱台式计算机（PC）和有线网络的束缚，可以更自由、更随意地上网。据中国互联网络信息中心（CNNIC）2016年发布的第38次《中国互联网络发展状况统计报告》，截至2015年12月，中国网民规模达6.88亿，互联网普及率为50.3%；手机网民规模达6.2亿，网民Wi-Fi使用率达到91.8%。移动互联网改变着人们的生活，传统戏曲与互联网的融合也在悄然变化，人们已经习惯于在手机上读文章、看视频、发布或浏览微信朋友圈和微信公众号的内容，戏剧界的动态、戏曲知识、戏剧演出信息和购票信息等都可以在手机上得到满足和实现，一些与戏曲有关的相关产品和产业也开始出现，戏曲网络平台的参与性和互动性得到加强。针对这些新现象，戏曲理论界也有相关研究和对策，如胡颖、刘荃的《戏曲网络传播的现状分析与对策研究》[①]、郭宇芝的《互联网时代的戏曲文化市场发展契机分析》[②]，尤其是郭宇芝的论文，对运用互联网思维助力戏曲市场运作进行了许多理论探讨，具有一定的理论前瞻性和现实意义。

真正以互联网思维和互联网技术与传统戏曲相结合的“互联网+戏曲”运营平台中，起步最早、最引人注目的，是河南恒品文化传播公司的“戏缘”APP和“戏缘”微信公众号。2015年9月30日，刚刚成立的恒品戏缘就与河南豫剧院签署全面战略推广协议，河南豫剧院的豫剧表演艺术家全部入驻戏缘平台，正式拉开了戏缘与河南豫剧院战略合作的序幕。2015年11月30

① 胡颖、刘荃：《戏曲网络传播的现状分析与对策研究》，《戏曲艺术》2016年第2期。

② 郭宇芝：《互联网时代的戏曲文化市场发展契机分析》，《辽宁工业大学学报（社会科学版）》2016年第2期。

日，戏缘APP正式上线。戏缘利用自身平台为艺术家和戏迷提供了一个线上线下连通互动的平台，用当前最便捷的移动互联媒体搭载上传统的戏曲文化，打响了中国“互联网+戏曲”概念的第一枪。

河南恒品戏缘引起社会广泛关注的，是该公司与河南豫剧院携手合作，于2016年3月12日至4月6日在北京成功举办的“中国豫剧优秀剧目北京展演月”活动。恒品戏缘投入大量人力物力驻京长达1个月之久，通过互联网及微信公众号对这次展演进行全程、全方位的深度跟踪报道，广泛而深入地宣传了这次展演活动，最大可能地扩大了豫剧展演的影响。这是河南豫剧院首次与网络新媒体合作，也是全国范围内首例戏曲院团借助互联网平台实现新发展的实践。“互联网+戏曲”模式首战告捷。

恒品戏缘之所以选择传统戏曲作为自己“互联网+”文化产业的目标，与其创始人黄俊棋十余年的戏曲行业从业经验密不可分。黄俊棋原是河南电视台《梨园春》节目的导演，他非常了解河南深厚的戏曲文化根基，热爱传统戏曲文化和戏曲事业，深知戏迷对戏曲的热情和痴迷，熟悉戏迷电视打擂的流程，也了解戏迷看戏、听戏、唱戏的刚性需求，了解戏曲电视节目的运营模式，知道戏曲产业广阔的市场前景和巨大的市场潜力，同时也逐渐发现“戏曲+电视”模式的局限性。正是在这样的背景下，2015年，黄俊棋创办了恒品文化传播公司。其时“文化+”和“互联网+”风头正劲，黄俊棋抓住了这千载难逢的机遇，恒品戏缘应运而生，“互联网+戏曲”顺势而起。

“互联网+戏曲”最先出现在河南，与河南浓郁的戏曲文化氛围、良好的戏曲文化生态环境有着密不可分的关系。近些年来，河南戏曲在全国的成就和影响是有目共睹的，“河南现象”“豫剧现象”引起全国戏曲人的关注。在全国各地戏曲院团纷纷转企的形势下，河南省政府反而加大对戏曲院团的政策支持和资金投入，为其生存发展出谋划策，其中很重要的一项举措，是鼓励和允许民营资本进入戏曲事业的建设和发展之中。于是出现了民营企业投资协助河南豫剧院创办青年团，打造了豫剧后备人才培养基地；出现了民营企业投资赞助豫剧院团创演廉政戏的情况；同样也出现了民营企业恒品戏缘与河南豫剧院共同承办“中国豫剧优秀剧目北京展演月”这一壮举。通过这次展演活动，互联网与豫剧院团实现了深度合作，河南豫剧院借助恒品戏缘最大化地进行宣传推广，而互联网对各种资源的集约化、最大化的运用优势，通过这次合作得到了充分的展示和有力的证明。

“互联网＋戏曲”改变了戏曲的传播方式

20世纪戏曲艺术的传播，在传统的文本和舞台传播的基础上，经历了“戏曲+广播”“戏曲+电影”和“戏曲+电视”三个阶段，这三种模式分别满足了戏迷听戏、看戏和唱戏的愿望和要求，观众的参与性日渐加强，特别是“戏曲+电视”模式，为许多戏迷提供了登台演出的机会，不少人因此一举成名。“戏曲+互联网”是继“戏曲+电视”模式之后出现的新的戏曲传播途径，改变了传统戏曲艺术的传播模式、消费模式、市场营销模式、戏曲教学传承模式和观众参与模式，为传统戏曲艺术再次注入互联时代的新生机。

事实上，互联网与传统戏曲的融合自互联网在我国普及之后就已开始并不断发展。21世纪之初，曾经有一些戏曲网站非常红火，这些网站以文字、图片、音频、视频等方式介绍和推介传统戏曲，提供了戏曲普及、传播、欣赏、讨论等方面的网络平台。这一时期，戏曲与互联网的结合主要以普及和传播为主，相比较而言，网络受众的参与性和互动性尚且较弱。之后，电子商务也开始进入戏曲网络传播领域，一些戏曲网站开始提供电子票务服务，甚至出现了专门经营电子票务的网络平台，并因此带动了网络演艺经纪的发展。这些现象引起了理论研究者的研究兴趣，出现了许多理论研究文章，如王廷信的《互联网与戏曲传播》①、桑爱兵的《互联网上的戏曲传播研

① 王廷信：《互联网与戏曲传播》，《戏曲研究》2004年第1期。

究》[①]、杨燕、韩珅、周斌的《中国戏曲网站的现状与分析》[②]、王聪的《戏曲网站生存状况调查报告》[③]、马小喆的《基于网络视角下的中国传统戏曲的传播研究》[④]等。

近年来兴起的移动互联网极大地改变了各行各业人们的生活方式。具体到传统戏曲来说，从个体的戏曲从业人员、戏曲研究人员、戏迷到戏曲院团、剧院，都利用微博、微信等方式建立自媒体，发布戏曲界动态、戏曲演出信息、传播戏曲知识、交流戏曲心得和研究成果，数不胜数的移动网络平台成为各种戏曲信息和戏曲知识的“集散地”。举例来说，2016年4月25日11时许，著名京剧表演艺术家梅葆玖先生去世，很快这一消息就在手机微信上广泛传播，不到12时，微信朋友圈就被这一消息“霸屏”了。稍后不久，各种有关梅葆玖先生的纪念文章和研究文章就开始在微信公众号和微信朋友圈传播，举国上下的戏曲界人士和戏迷都迅速知道了这一消息。

戏曲信息的这种即时性、平等性、共享性的传播方式对戏曲艺术本身的影响也是非常大的。在通信落后、消息闭塞的时代，人们可能只有靠口口相传的方式来传递信息，信息传播的范围小、周期长，即使是在广播、电视等媒体出现之后，由于要经过信息采编和后期制作，消息有一定的滞后性，人们获得的信息是不对等的，很多都是落后的、过时的。而现在，移动互联网和智能手机让普通人也可以在第一时间就获取到戏曲信息，同时向其他人传播这一信息。如果是他感兴趣的演出信息，他有可能在时间和经济条件允许的情况下去观看演出。因此，畅通的信息传播渠道在一定程度上促进了戏曲演出市场的繁荣。

除了传播速度极其迅捷，移动互联网时代的戏曲传播规模也是相当惊人

---

① 桑爱兵：《互联网上的戏曲传播研究》，中国传媒大学，2006年硕士学位论文。

② 杨燕、韩珅、周斌：《中国戏曲网站的现状与分析》，《现代传播》2008年第5、6期。

③ 王聪：《戏曲网站生存状况调查报告》，山西师范大学，2012年硕士学位论文。

④ 马小喆：《基于网络视角下的中国传统戏曲的传播研究》，《戏剧之家》2015年第5期。

的。2016年3月的“中国豫剧优秀剧目北京展演月”，通过恒品戏缘的网络平台及其与其他网站、媒体的合作平台发布的豫剧展演相关信息，在一个月时间里的点击量就高达3亿次。此次展演出现了“满城争相说豫剧”的盛况，而当时各戏曲网站和网络平台上铺天盖地都是有关豫剧展演的消息，用“满网争相说豫剧”来形容，一点也不夸张。这种成功的戏曲运作方式，不但最大限度地宣传了豫剧，扩大了豫剧的影响，也极大程度上满足了戏迷看戏的愿望。据戏缘的统计，结合戏缘电子票务的运作服务，这次展演活动的票房收入也是相当可观的。

“互联网 + 戏曲”改变了戏曲的宣传模式

戏曲宣传的方式主要有海报、杂志、报纸、广播、电视、互联网等，其中互联网是最快捷方便的，其影响也是最大的。以恒品戏缘与河南豫剧院的合作为例，在整个豫剧展演月期间，恒品戏缘派出一支由36人组成的、平均年龄只有25岁的工作团队，从3月9日到4月9日在北京住了整整一个月。他们每天下午4点开始进驻剧场，每人都有明确的分工和任务，拍摄、录制剧团装台、化妆等演出前的筹备情况，采访演职人员。演出开始后，他们全部精力都投入到剧照拍摄和节目录制之中。这次展演有一个突出的特点，是在每个剧团演出之后立即召开专家座谈会，等座谈会结束往往都到深夜12点了。演出、座谈结束了，戏缘工作人员的“本职工作”才刚刚开始，他们回到住处，开始制作当天剧目的新闻，等这项工作结束，一般都到凌晨3点了。第二天清晨7点，他们就会及时地把头天演出剧目的情况发布到互联网平台、微信公众号上，广大戏曲爱好者就可以及时看到头天晚上的演出信息。展演一个月的时间里，他们天天如此。

戏缘发布的剧目演出新闻，图、文、视频并茂，文字内容包括剧目介绍、剧团介绍、主演介绍、演出情况、座谈情况等，图片包括后台花絮、剧照、领导接见、观众情况等，视频有演出片段、演员采访等，内容非常丰富全面。新闻最后，是当天的演出信息和次日的演出预告，后附票务订购信息，方便感兴趣的网友订票。这一系列内容将与演出有关的所有信息都囊括其中，便于观众全面了解，同时这种格式化的版面也易于操作，非常规范。

戏缘除了在自己的微信公众号上大力宣传，还利用自己掌握的媒体资源，与全国300多家媒体建立链接，对这次展演进行轰炸式的宣传。展演一个月，戏缘共发布新闻4000多条，总点击量超过3亿次。他们对每个剧目的新闻报道和点击量都有具体统计，如豫剧展演月的开场晚会“盛世豫剧”的新闻69条，视频23条，总点击量为700多万次；开场大戏《五世请缨》新闻60条，视频19条，总点击量630多万次；豫剧经典剧目《花木兰》新闻61条，视频19条，总点击量600万次；河南豫剧院院长李树建主演的新编廉政历史剧《九品巡检暴式昭》新闻103条，视频36条，总点击量910多万次。除新闻链接外，戏缘APP通过在主板植入演出宣传等互联网深度结合的方式进行宣传报道，很多在戏缘开设工作室的名家都在他们的戏缘博客中不断更新实时新闻。这种宣传力度和宣传效果，对扩大豫剧的影响、弘扬传统戏曲艺术，对恒品戏缘未来的战略发展所产生的效用和影响都是相当巨大的。

河南豫剧与恒品戏缘的成功合作开启了“互联网+戏曲”这种宣传模式的大幕，对戏剧界产生的影响是立竿见影的。2016年7月5日至8月3日，由中宣部、文化部主办的全国基层院团戏曲会演在北京举办，来自全国31个省、市、自治区的31台大戏在首都舞台上精彩亮相，文化部艺术司针对此次活动，专门组织相关学者和移动互联媒体对此次活动进行网络推介，每一个上演剧目在演出之前都有相应的剧种、剧团、剧目和主创人员的相关预告，每个剧目演出结束之后都有一场专家研讨会，针对该剧目进行专门点评，这些内容都被及时整理出来，在“国家艺术院团”和“新影戏曲台”两个微信公众号上推送，收到了非常好的宣传效果，这是文化部艺术司的开先河之举，有可能成为以后文化部再举办此类大型活动的惯例。之后，2016年“北京故事”优秀小剧场剧目展演在北京举办，活动方开设了“北京故事优秀剧目展演”微信公众号，对此次活动进行了全方位的推介。8月，湖南戏曲进京展演，湖南省艺术研究院也针对上演剧目及时组织相关戏曲研究人员撰写评论文章，在其微信公众号上进行推送。相信这种宣传模式今后将在各地的剧目、演员、剧团演出和会演中展现其巨大的影响力。

“互联网 + 戏曲”改变了戏曲的传承模式

传统戏曲的教学方式是师徒间的口传心授。电视教学、网络教学使更多的戏曲爱好者能够学得名师的技艺，但是没有提供戏迷与名师互动的机会和平台。移动互联网的出现，使得专业戏曲演员和普通戏迷都能够即时地与名师进行沟通，改变了传统戏曲的教学传承模式。在这一点上，戏缘APP做得非常成功。

戏缘APP是一款针对戏迷和戏曲爱好者看戏、听戏、唱戏、学戏的手机软件，用他们的宣传语来说就是“用最先进的互联网科技为媒介，用最平民化的海选方式，推广宣传中国最古老的戏曲艺术”。它借助日益普及的智能手机和移动互联网，让喜欢戏曲的人们利用碎片时间随时随地看戏、学戏、唱戏、参与海选、了解戏曲名家的动态并与其进行交流。其中的“名人堂”板块，就是戏曲名家网络在线视频教学板块。该板块引进众多的戏曲名家入驻戏缘，建立各自的工作室，录制教学视频，口传心授地教授戏迷经典唱段。戏迷可以通过手机直接跟着戏曲名家学唱，关注他们的动态，与他们互动交流。目前，在“名人堂”栏目设立工作室并录制了教学视频的戏曲表演艺术家已逾百名，剧种包括豫剧、曲剧、越调、二夹弦、京剧、越剧、黄梅戏、秦腔、山东梆子、评剧等，而且现在几乎每一天都有戏曲名家入驻戏缘或为戏缘录制教学录像。

与戏缘主要培养戏迷不同，“中华戏曲”微信订阅号注重的是吸引和培养戏曲专业人员。“中华戏曲”也是“互联网+戏曲”运营得比较成功的例子，它隶属于深圳市聚橙网络技术有限公司旗下，该公司是知名的民营电子票务和演出经纪公司，曾运作苏州昆剧院《牡丹亭》巡演，并打造了新浪潮戏曲节和台湾当代传奇剧场大陆巡演等案例，注重打造戏曲经纪及演出全产业链。“中华戏曲”于2016年3月1日正式上线，4月发起了“中华戏曲人气之星”网络票选大赛，来自全国的青年戏曲演员纷纷报名参加比赛，许多小剧种也有演员参加，并于6月23日在深圳举行了“中华戏曲人气之星颁奖典礼暨汇报演出”。日前，“中华戏曲”和其母公司聚橙网与中国文化报社品牌活动部联合推出以培养青年戏曲演员为目的的“助梦计划”，主办了“全国青年戏曲演员名师传承训练营”，面向全国专业戏曲演员进行网络选拔，最终选出10名选手，参加为期一周的封闭训练，由导师团传授戏曲表演技艺，该导师团由全国知名的戏曲演员王平（京剧）、李宏图（京剧）、林为林（昆曲）、曾静萍（梨园戏）、齐爱云（秦腔）组成。最后进行结业汇报演出。这种网络海选和戏曲人才培养模式，活跃了戏曲市场，为青年演员的成长提供了多元化空间。专注于专业戏曲演员的培养与成长是“中华戏曲”的特点，但同时也是其局限，普通戏迷只有网络投票的参与方式，其参与性与互动性和戏缘相比有不足之处。

然而，无论是针对广大戏迷还是针对专业戏曲演员，不管戏迷参与程度是多少，这些通过移动互联网进行戏曲教学传承的方式，突破了传统戏曲教学传承模式的局限，降低了戏曲学习的门槛，吸引了更多的戏曲爱好者学习传统戏曲，同时也使得专业戏曲演员能够便捷地转益多师，在一定程度上促进了传统戏曲艺术的普及与繁荣。

“互联网 + 戏曲”改变了戏曲的参与模式

2016年以前，戏曲的网络传播主要是知识性、观赏性的，虽然有参与和互动，但大多是被动的参与，如网上讨论、购票、投票等。2016年以后，随着移动互联网的普及，戏曲的网络传播更加突显出其参与性和互动性。

戏缘APP的“超级擂台”是一个戏迷和专业戏曲演员网上打擂的平台，任何人只要想参加，都可以将自己演唱的片段上传到网上参加评选。每个月“超级擂台”经网民投票评出第一名，奖金10万元，每年评出一名年度冠军，奖金100万元。戏缘APP一经推出，就受到戏迷的热烈追捧，“超级擂台”板块是其中最红火的栏目。2016年1月，河南省三门峡市的何青青把自己用手机在家即兴录制的豫剧《小二黑结婚》唱段上传到手机APP戏缘上参加戏迷超级打擂赛。1个月的时间内，这段视频被播放5万多次，并受到贾文龙、胡希华、柳兰芳、王红丽等戏曲名家的点赞支持，何青青一跃成为当月戏迷擂台赛的冠军。2月1日，何青青在自己的家里迎来了戏缘送奖团队，她不但领到了10万元的现金大奖，而且在戏缘的引荐下拜在豫剧名家王红丽的门下，成为王红丽的入室弟子。①像这样足不出户就可以打擂的情况，即使是在电视戏曲擂台红极一时的时候也是不可能出现的。因此，移动互联网极大地方便了戏迷参与到戏曲的各项活动之中。

除了“超级擂台”，戏缘还在寻找让戏迷更方便快捷地唱戏的其他方式和途径。2016年8月，戏缘与全球知名的KTV行业巨头星网视易合作，戏缘将把APP内容呈现在星网视易的线下点歌系统中，戏迷们在KTV里就能直接进入戏缘，其海量的伴奏将极大地改变以前KTV里戏曲伴奏只有那么几首的现状，让每一位戏迷都能享受到高品质的唱听体验。同时，他们的合作成果也将进入家庭KTV领域，让戏迷在家庭环境里领略到专业级KTV的伴奏和演唱效果。移动互联网作为一个媒介，实现了古老的大众娱乐方式戏曲与时尚的大众娱乐方式KTV的联姻，使传统戏曲变得更加时尚，使时尚的KTV变得更加具有文化意蕴。

当前互联网技术日新月异，最前沿的互联网技术已经开始与戏曲艺术相结合。如当前最具发展前景、最火爆的VR（即虚拟现实）技术已经在戏曲领域试水。VR虚拟现实技术是一种可以创建和体验虚拟世界的计算机仿真系统，主要借助一副眼镜或头盔，利用计算机图形系统和辅助传感器，生成可交互的三维虚拟环境，其应用领域非常广泛。VR虚拟现实技术兴起于20世纪六七十年代，目前在理论和技术上已日渐成熟和完善。2016年被称为VR元年。2016年9月7—8日，首届“全球虚拟现实与增强现实中国峰会”在

① 《戏曲结缘戏缘APP　互联网+戏曲玩出新花样》，《大河报》2016年8月11日。

上海举行。8月30日，北京萃取互联网文化发展有限公司发布了国内首个中华戏曲VR视频直播APP——“名角儿”，开设VR直播、社区电台和新秀PK三个板块，实现用户线上聆听、PK、互动，以年轻人为目标用户，旨在培养和吸引青年人对传统戏曲艺术的兴趣，是运用互联网技术积极探索戏曲传播领域的新渠道。该公司把中国京剧程派艺术研究会作为“名角儿”APP的唯一指导单位，笔者目前尚无机会进行实际体验，但是可以想见，它是以京剧为主要对象的一款APP。不久的将来，人们在自己家里或VR体验场所里，戴上一副VR眼镜，在虚拟的戏曲舞台上，粉墨登场，进行戏曲表演，甚至是数人合作，上演一场大戏，都将成为可能。不但京剧，昆曲、豫剧、越剧、黄梅戏等各大剧种都有可能实现VR虚拟戏曲舞台和戏曲场景式的参与。

移动互联时代的“大戏曲”格局

中国戏曲剧种种类繁多，据不完全统计，我国各民族地区有360多个剧种。当互联网与戏曲相结合，就注定不会是单一剧种与互联网的结合，而是互联网与多剧种的相“+”。因此，“互联网+戏曲”的发展格局，必然是“互联网”与“大戏曲”的格局。而最早提出“大戏曲”理念的，是恒品戏缘。

2015年11月30日，戏缘APP正式上线之时，就提出了“大戏曲”的戏曲理念和发展计划。所谓“大戏曲”的理念，是将全国戏曲放在同一个平台上进行考察，无论是豫剧、越剧、黄梅戏，还是京剧、评剧、秦腔等，都是“中国戏曲”。戏缘将全国的戏曲剧种、戏曲流派和戏曲资源进行联合，以互联的力量推动戏曲的传承发展。戏缘目前的这种发展格局，就是对其创建之初提出的“大戏曲”理念的具体实施。

戏缘APP首先立足于河南，豫剧、曲剧、越调、二夹弦等本地剧种最先上线。运行3个月后，2016年3月，京剧、黄梅戏、越剧三大全国性大剧种又隆重上线。在站稳脚跟的同时，戏缘开始在全国范围内“跑马圈地”，目前，他们已经在河南、北京、合肥、杭州成立了四个事业部：以河南为根据地，在全国各省市建立了162多个豫剧推广站；以北京作为根据地，在全国建立20多个京剧推广站；以安徽为基地，在全国建立了64个黄梅戏推广站；以杭州、上海为根据地，在全国建立了40多个越剧推广站。戏缘每个推广站都有2万多戏迷，目前已经有将近600万戏迷。其宏伟蓝图和终极目标，是把全国所有重要的戏曲剧种和戏曲名家都引进戏缘，逐步完成全国行业布局。

这种博大的胸襟和长远的战略眼光并不是空穴来风。这几年豫剧的发展，尤其是这次豫剧进京展演，实现了豫剧从“河南豫剧”到“中国豫剧”的跨越。2013年河南豫剧院成立以后，以李树建为领军人物的河南豫剧人，就开始把眼光放在带动全国豫剧共同发展的宏伟目标上，因此才有了这次登高一呼、四方响应的豫剧进京展演的盛事。从横向维度来看，这次豫剧展演以河南豫剧院为龙头，牵动全国160多家豫剧院团，形成了一个豫剧联合体，一个豫剧“托拉斯”，其规模之大、地域之广，在有史以来由艺术院团自己主办的单个剧种展演中是史无前例的。通过这次展演，豫剧超强的生存能力和传播能力、强烈的艺术感染力、丰硕而高质的剧目建设、已形成梯队的大批优秀演员、数量众多的表演团体、巨大的受众群体以及全国性院团交流格局的形成，都得到了充分的展示，“大豫剧”观念基本形成并被普遍接受。豫剧这种形成合力、抱团取暖、提携弱小、共谋发展的新思路，为全国戏曲的发展提供了宝贵的经验。

事实上，自从现代电视媒体与传统戏曲艺术相结合的发展模式出现以后，已经走出了以本地戏曲剧种为主，带动其他剧种共同发展的道路，为“大戏曲”观的提出提供了坚实的现实基础和丰富的实践经验。1994年，在全国戏曲市场最为低迷的背景下，河南电视台的有识之士“居危思变”，创办了《梨园春》栏目，为河南戏迷、全国戏迷提供了一个展示风采、与名家交流互动的难能可贵的平台。《梨园春》以河南地方戏为主，汇集了全国各地的地方戏剧种，逐渐成为全国戏曲电视栏目的第一品牌。在《梨园春》的影响和带动下，各地电视台的戏曲类栏目和戏曲频道相继出现，创造了传统戏曲艺术的别样繁华。《梨园春》提供的这个戏曲大舞台，实际上可以称为囊括了全国戏迷和知名戏曲演员的“大梨园”。

然而,《梨园春》等电视戏曲栏目经过20多年的发展，已经进入了发展的瓶颈：剧目、唱段、剧种等节目资源被挖掘殆尽，名家名角几乎请遍，而戏迷群体却日益壮大，电视制作模式已经不能满足戏迷观众的需求。许多电视戏曲人和戏曲电视栏目都在积极地寻求突破和转变。正是基于对电视戏曲节目当前发展困境和瓶颈的深切体会，恒品戏缘在创建之初就提出“大戏曲”的理念，把全国戏曲都纳入自己事业的版图之内。

“大戏曲”的概念，实际上也契合了新世纪以来普遍被人们接受的“非物质文化遗产”的理念。自从2001年昆曲入选世界非物质文化遗产代表作名录之后，特别是从2006年开始，各级政府开始评选国家级、省级、县市级“非物质文化遗产”，“非遗”的概念自上而下逐渐深入人心。“非遗”把所有的戏曲剧种放在共同的语境下进行考察，让人们认识到不同剧种跨越地域性差异之上的共同特质。“大戏曲”的概念同样是认同不同剧种的共同特质，但是与“非物质文化遗产”概念不同的是，“大戏曲”概念不强调戏曲艺术“遗产”或“濒危”的一面，因此不把保护作为自己的职责和使命，而是发现和重视戏曲艺术在民间的生命力、在民众中的影响力和巨大的市场潜力，运用戏曲艺术自身的艺术魅力和艺术感召力，来传承戏曲、振兴戏曲、发展戏曲。这种主动性的传承发展，与“非物质文化遗产”概念下国家和政府强调对戏曲艺术的保护性传承是完全不一样的，或者说，“大戏曲”的传承观念改变了传统戏曲艺术在“非遗”语境下的被动性传承，而变成一种主动性传承。这种认识，是建立在对传统戏曲艺术巨大的影响力、顽强的生命力和巨大的观众市场的深入而清醒的了解基础之上的，体现了对戏曲、对民族文化的绝对自信，也是振兴地方戏曲的新路子、新模式。

“互联网 + 戏曲”发展中应注意的问题及对策

在移动互联网迅猛发展的今天，传统戏曲艺术正面临着传承、发展和繁荣的重要拐点。“互联网+戏曲”的出现，将是传统戏曲艺术发展的关键期和转折点。

我们期待互联网为戏曲艺术带来新的生机，同时，也要警惕和避免如下问题：

（一）“互联网+戏曲”的发展步子应该更加扎实稳健，循序渐进，特别是像恒品戏缘这样的全国性、全局化发展的公司，应切实把每个剧种、每个省市的戏曲布局做稳、做强，避免摊子铺得过大、过度膨胀、形成泡沫。

（二）“互联网+戏曲”应该“不忘初心”，以传承戏曲艺术、培养戏曲人才和戏曲观众、弘扬戏曲文化为长远目标和最终目的，不应消费戏曲，借助戏曲艺术以达到牟取经济利益的目的，吸取以往“戏曲搭台，经济唱戏”有损戏曲生态健康发展的历史教训。

（三）互联网技术要真正跟上时代的快速发展，不但需要不断更新换代，真正把互联网科技的前沿成果及时转化为传播传统戏曲艺术的实际成果，同时，也应降低成本，不要让高科技成为只有象牙塔顶端的人士才消费得起的尖端产品。在这一点上，戏缘准入条件非常低，普通人就可以参与其中并从中真正获益，对当前互联网技术的转化和运用做得比较到位。而像“名角儿”APP这样非常高端的科技产品，科技含量比较高，目前技术尚不成熟，经济投入比较大，对于消费能力不足的人们还无法实现。戏曲VR技术虽然前景非常光明，但还有很长的路要走。

（四）互联网行业除了重视与演员、剧团的合作，还应当重视和加强与戏曲理论界的合作，听取理论界的意见和建议，引导“互联网+戏曲”在正确的轨道上健康发展，避免走弯路，损害传统戏曲艺术的发展。

互联网特别是移动互联网的出现，对传统戏曲艺术的影响是非常深远的。本文仅就互联网对戏曲传播、戏曲宣传、戏曲教学、戏曲参与等与戏曲艺术本体密切相关的问题进行了粗浅的探讨，其他如互联网对戏曲营销、戏曲市场、戏曲消费及相关产业的运营等问题，也必将随着互联网与戏曲融合的加深而日渐突显，理论界应当重视这些新问题，加强理论研究和适当的引导。笔者也将在此基础上持续关注“互联网+戏曲”的相关问题。

（原载《戏剧文学》2017年第2期）

危机抑或生机？

——互联网＋戏曲的现状与前景

日前，第三届世界互联网大会刚刚在浙江乌镇落幕，中国艺术研究院戏曲研究所与浙江省文化厅等单位联合主办的“网络时代的戏曲走向”学术研讨会即在浙江海宁隆重召开。互联网给戏曲艺术带来的究竟是危机还是生机，这是与会专家热议的话题，也是当前戏曲界必须面对和解决的观念问题。

持“危机说”的专家担心的主要是互联网使人们利用电脑、手机看戏更加方便，会夺走一部分戏曲观众，减少观众进剧场看戏的机会，使戏曲生存状况更加艰难。不可否认，许多喜欢戏曲的观众都有上网看戏的经历，但这并不影响他们进剧场看戏。且不说网络为戏迷和戏曲业内人士观看珍贵戏曲视频和文献资料提供了便捷，更何况网上看戏根本没有现场那种强烈的感染力、震撼力、满足感和愉悦感，许多青年戏迷因看过现场演出而成为剧种或演员的铁杆粉丝，有些甚至因此转行，如85后青年张婧婧由于痴迷曾静萍的表演而成为专职梨园戏编剧。持“危机说”的人们年龄普遍偏大，可能他们对互联网不懂行，对“互联网+戏曲”的发展现状不了解，担心互联网会像20世纪末电视及其他娱乐方式给戏曲带来的巨大冲击那样，伤害到戏曲的健康发展，这种心态表现了他们对戏曲的忧患意识，是可以理解的。这些专家对“互联网+戏曲”其实都持一种谨慎的乐观态度，希望互联网能善待戏曲，戏曲可以借互联网更好地发展。

近年来，随着移动互联网的普及，“互联网+戏曲”以迅猛的态势发展，对戏曲艺术的方方面面都产生了巨大的影响。2016年，是“互联网+戏曲”实现重大突破和实质性跨越的重要一年，传统戏曲艺术与现代互联网新媒体相结合，出现了许多以传播推广传统戏曲为目的的网络平台和相关的戏曲活动。这与我们国家大力发展文化产业、大力扶持传统戏曲传承发展、振兴地方戏曲的大好形势密不可分。尽管“互联网+戏曲”在21世纪初已经开始，但真正实现互联网思维和互联网技术与传统戏曲相结合，则是基于移动互联网的普及，于今年实现跨越性突破并呈现井喷式发展态势。

“互联网+戏曲”运营平台中起步最早、最具代表性的是河南恒品文化传播公司的“戏缘”APP和“戏缘”微信公众号平台。该公司推出的网络戏迷擂台赛使戏曲参与更加便捷，其规模和影响远远超过电视戏曲擂台赛。今年3—4月，“戏缘”携手河南豫剧院举办了“中国豫剧优秀剧目北京展演月”活动，对这次展演进行了全程、全方位的深度跟踪报道，广泛而深入地宣传了这次展演活动，最大可能地扩大了豫剧展演的影响，一时出现“满网竞相说豫剧”的盛况。

河南豫剧与恒品戏缘的成功合作开启了“互联网+戏曲”这种宣传模式的大幕，对戏剧界产生的影响是立竿见影的。如7—8月由中宣部、文化部主办的全国基层院团戏曲会演就借鉴了这种模式，利用“国家艺术院团”和“新影戏曲台”两个微信公众号对此次会演的消息及时进行推送，收到了非常好的宣传效果，这是文化部艺术司的开先河之举，也成为今后此类大型活动的惯例，如2016年国家艺术院团演出季、第十一届艺术节等都通过微信公众号推送消息，其他各类演出也都如此。

当前，无论是作为个体的各类戏曲执业人员、戏曲研究人员、戏迷，还是戏曲院团、演出场所，都利用微博、微信等方式建立自媒体，发布戏曲界动态、戏曲演出信息，传播戏曲知识，交流戏曲心得和研究成果，数不胜数的移动网络平台成为各种戏曲信息和戏曲知识的“集散地”。4月25日11时许，著名京剧表演艺术家梅葆玖先生去世，这一消息很快就在手机微信上广泛传播，继之而来的是各种有关梅葆玖先生的纪念文章和研究文章，举国上下的戏曲界人士和戏迷都迅速知道了这一消息。在通信落后、消息闭塞的时代，信息传播的范围小、周期长，即使是广播、电视等媒体出现之后，消息仍有一定的滞后性，因此人们获得的信息是不对等的，很多都是落后的、过时的。而现在，移动互联网和智能手机让人们在第一时间获取到最前沿的戏曲信息，这种即时性、平等性、共享性的信息交流，改变了戏曲艺术的传播途径、传播速度和传播规模。

互联网还带动了戏曲相关产业的发生和发展，促进了戏剧艺术的繁荣发展。当前电子票务已经非常普及，但出人意料的是可以借此催生出一系列相关产业。如深圳市聚橙网络技术有限公司起初经营社交网站，2008年转营电子票务，2009年开始涉足演艺经纪，2010年其演出经纪业务扩张到全国，2013年开始制作自己的演出剧目，2014年建立了自己的剧院开始剧院管理，构建起上游制作、演出经纪、剧院管理到演出票务的完整产业运营链。其戏曲运营平台“中华戏曲”APP专门针对传统戏曲艺术，2016年发起了“中华戏曲人气之星”网络票选大赛和“全国青年戏曲演员名师传承训练营”等活动，目前成为非常活跃、成功的“互联网+戏曲”运营平台。恒品戏缘的战略目标也是打造戏曲及其周边产品的全产业链，具有非常广阔的发展前景。

当前，最前沿的互联网技术已经开始与传统戏曲艺术相结合，如现在最具发展前景、最火爆的VR虚拟现实技术已经在戏曲领域试水。8月30日，北京萃取互联网文化发展有限公司发布了国内首个中华戏曲VR视频直播APP“名角儿”，开设VR直播、社区电台和新秀PK三个板块，旨在培养和吸引青年人对传统戏曲艺术的兴趣，是运用互联网技术积极探索戏曲传播领域的新渠道。也许不久的将来，人们在任何地方只要戴上一副VR眼镜或头盔，就可以在虚拟的戏曲舞台上粉墨登场，甚至身处异地的人们合作上演一场大戏，都将成为可能。

互联网文化对戏曲艺术创作生产也直接产生了影响。12月初，根据3D网络游戏改编的粤剧《决战天策府》在北京上演，吸引了大批80后、90后网游玩家前往观看。网游中紧张激烈的剧情生动立体地呈现在戏曲舞台上，炫酷的游戏角色COSPLAY制作精良，3D多媒体技术营造出如梦如幻的场景，演员在舞台上吊着威亚激烈搏击，引得现场观众群情激昂，尖叫不断。剧场外则是相关周边衍生产品的火爆销售场景。该剧创下了2015年全国传统戏曲票房冠军的佳绩。尽管在戏剧性和艺术性方面仍有提升空间，但该剧实现了最传统的戏曲艺术与最流行的网络游戏的跨界，其大胆开拓创新的精神，对青年观众观赏需求的准确把握，对戏曲艺术的题材、形式和表现手法的拓展，都是值得肯定的。

在移动互联网迅猛发展的今天，传统戏曲艺术正面临着传承、发展和繁荣的重要拐点。我们期待互联网为戏曲艺术带来新的生机，也应警惕一哄而上、过度膨胀、片面追求经济利益等损害戏曲艺术的行为，积极理性地引导“互联网+戏曲”健康发展。

（原载《中国文化报》2016年12月12日）

粤剧艺术＋网络游戏：跨次元合作的生机与元气

——粤剧《决战天策府》的启示

在当前风起云涌的“互联网+戏曲”浪潮中，许多文化力量和文化资本都看到传统戏曲巨大的发展潜力和市场前景，以各种形式与传统戏曲艺术进行合作，在戏曲文化产业的各个领域和全国版图里跑马圈地，从电子票务到演出市场，从各种戏曲选秀到网络戏曲擂台，再到开发各种戏曲周边产品与电子商务的联手合作。虽然红红火火十分热闹，但从戏曲本体发展的角度来讲，在这些“互联网+戏曲”的发展模式中，戏曲基本摆脱不了出于经济利益而“被互联网”的命运，我们依然可以清晰地看到这些繁华背后涌动的利益追求。虽然戏曲可以借此“被动繁荣”，许多戏曲院团和戏曲演员也愿意凭借这股“互联网+”的东风借势而起，但从戏曲长远发展的角度来讲，在这些“互联网+戏曲”的模式中，戏曲还处于非本体的依附地位，其前景其实不容乐观，甚至是值得忧虑的，20世纪末“戏曲搭台、经济唱戏”的前车之鉴对于戏曲人来说还历历在目。当前的许多“互联网+戏曲”的企业和公司，基本上都是在走“戏曲搭台、互联网唱戏、以经济利益为目的”的路子，这是戏曲界特别需要警觉的。

在这样的形势之下，我们欣喜地看到广东省粤剧院根据网络游戏《剑侠情缘3》（即《剑网3》）改编创排的新编粤剧《决战天策府》。虽然同样是戏曲与互联网的跨界，但该剧及其主创团队却始终以戏曲院团为主导，以粤剧为创作本体，借势网络游戏的人气与活力，开拓戏曲与互联网文化的合作空间，为传统戏曲文化拓展表达空间，为戏曲艺术争取年轻观众市场。这是以戏曲为先导的“戏曲+互联网”，而非以互联网为主导的“互联网+戏曲”。这种主体定位，体现出以粤剧人为先锋的戏曲人在互联网时代积极开拓、勇于创新的精神以及戏曲人的自主与自觉。

从互联网上寻找创作素材并不是广东省粤剧院的创举。早在2002年，网络小说《第一次的亲密接触》就已经被搬上越剧舞台，由“越剧王子”赵志刚领衔主演，在戏曲界引起不小的轰动；前两年网络小说《甄嬛传》也在排成电视剧红极一时后被上海越剧院搬上戏曲舞台，成功的改编和演员精彩的表演也使该剧产生不小的影响。将经典折子戏或名家名剧设计改编成动漫艺术在互联网上传播，吸引网络观众的关注和兴趣，也是戏曲艺术搭乘互联网东风扩大受众和影响的一种方式。戏曲在当代社会里尽管处于弱势，但戏曲人一直积极地在当代流行文化中寻求出路与突破，以适应互联网时代人们思想观念、交流方式和娱乐方式的变化，从而促进戏曲事业的繁荣与发展。

粤剧《决战天策府》与上述这些作品不同的地方在于，它不再拘泥于从网络小说中寻找故事素材，而是以更开放的态度和眼光巡视令人眼花缭乱的互联网文化，以独到的文化眼光和戏曲化思维将网红游戏改编成戏曲作品，将虚拟空间的盛世繁华和武侠世界的快意恩仇立体鲜活地呈现在戏曲舞台上，这应当是戏剧界的首创。该剧选取《剑网3》为改编题材，颇具文化发展的战略眼光和文化情怀。据百度百科介绍，3D武侠网游《剑网3》“背景根植大唐历史，将繁荣文化映照武侠世界中，为弘扬国粹经典不懈努力”，“将诗词、歌舞、丝绸、古琴、饮酒文化、茶艺、音乐等多种具有中国传统文化特色的元素融入游戏中，展现给玩家一个气势恢宏、壮丽华美的大唐世界”。粤剧《决战天策府》将网游中高雅诗意的传统文化元素与最能代表中国传统文化的戏曲结合起来，以戏曲特有的诗、乐、歌、舞的综合性艺术形式立体全面、鲜活生动地展现二次元游戏世界。故事发生在大唐安史之乱时期，风云突变之际的家国命运，盛世之下的武侠世界，便是《剑网3》的定位。天策府是大唐统管江湖事务的部队，秉持以李唐王朝为本、维护大唐安定的信念，在李承恩的统帅下，联合武林各大帮派，与安禄山手下的黑暗江湖势力展开殊死较量。粤剧《决战天策府》表现的就是这段波澜壮阔的故事，该剧以昂扬而饱满的正义与元气颂扬李承恩誓死抵御叛军、保家卫国的家国大义主旋律，让人们认识到原来网络游戏也可以惩恶扬善，也可以凭借互联网文化对青少年进行正面引导，其积极向上的创作思想是值得我们肯定的。炫酷的游戏角色COSPLAY制作精良，3D多媒体技术营造出如梦似幻的场景，演员在舞台上吊着威亚激烈搏击，这些充满青春时尚气息的舞台呈现给戏曲艺术带来勃勃生机。

由于改编自网络游戏，因此《决战天策府》创作之初就将观众主体定位为该游戏的玩家及年轻观众，这种尝试与跨越的眼光、胆识，既具有一定的冒险色彩，同时又颇具开拓性的眼光。事实证明，由于借助了网络游戏的人脉，《决战天策府》成功吸引了大量游戏玩家关注、观看这部改编自他们熟知的甚至是自己扮演的游戏角色的戏曲作品。据该院统计，该剧每一次演出都场场爆满，观众98%都是80后、90后的年轻观众，极大地拓展了粤剧的观众群体。这些游戏玩家往往有一定的经济实力，可以承担起该剧不菲的票价。据了解，该剧创下了2015全国传统戏曲票房冠军的佳绩。

不仅如此，粤剧《决战天策府》在艺术上也下了很大功夫，从其演出效果来看，该剧既保持了粤剧的剧种特色，又兼顾多元化、年轻化、时尚化的现代气质，是一部真正意义上的当代粤剧。在唱腔音乐方面，该剧选用了一些广为流传的粤剧曲牌和粤曲、粤歌，即使是不熟悉粤剧的观众也对这些曲调耳熟能详，这种似曾相识的观感让观众感到亲切，拉近了粤剧与观众的距离。在音乐伴奏上大胆引入当代流行音乐，同时压缩伴奏音乐的长度，加快了演出节奏，突出演员的人声演唱，避免冗长的伴奏引起观众的倦怠，适应当代年轻观众的生活节奏和欣赏习惯。《决战天策府》最吸引观众的地方之一，是表现武侠世界的各行各派，因此武打是该剧最精彩的地方。粤剧南派武打讲究硬桥硬马、刚劲勇猛，擅长近距离对打，强调干净利落、威风凛凛，这些都非常适合《决战天策府》对功夫武打的要求，满足了表现武侠世界的剧情需要。该剧主演彭庆华不但是著名的青年文武生，本身武打功夫就非常强，他还是咏春拳的传人，更重要的是，彭庆华本身就是《剑网3》的游戏玩家，深知武打在游戏中对玩家的吸引力，因此在改编成粤剧的过程中非常重视武打的精彩呈现。除了武术对打，该剧最出彩的武打场面，是把影视剧中吊威严的技术真实地呈现在戏曲舞台上，人物在空中吊高旋转，相互搏击对打，展现武林高手施展轻功上天入地的绝世武功，引得现场观众尖叫不断。戏曲舞台无所不用、无所不能，戏曲艺术本来就是兼收并蓄，现场吊威亚既是对粤剧南派武打的突破，也是对戏曲表演艺术表现力的突破和拓展。

《决战天策府》的这些艺术特点和美学追求与该剧项目负责人、主演彭庆华的艺术追求有着密不可分的关系。年轻的彭庆华思想活跃、勇于尝试创新，虽然粤剧被联合国教科文组织列入世界人类口头和非物质文化遗产名录，但这并没有阻止以彭庆华为代表的有思想、有追求的年轻粤剧人探索创新的脚步。多年来，彭庆华一直在进行粤剧的实验创新的努力与尝试，他一直与志同道合的音乐人合作，进行“新概念粤剧”的创作，在保留传统粤剧唱腔的原则和基础上，将粤剧与最前沿的音乐伴奏形式相结合，努力使粤剧跟上时代、满足都市年轻人的欣赏需求。他主演的新编粤剧《梦·红船》以传奇性的人物、曲折的故事情节、扎实的南派武打获得了相当大的成功，给传统粤剧带来新的生机与活力。彭庆华为粤剧的现代化做出了巨大的努力，取得了有目共睹的成就。事实上，传统戏曲艺术如何融入现实社会、融入当代生活的问题，是当代戏曲人必须面对的问题。戏曲要生存、要发展，必须要适应现代社会发展，必须要面对改革创新的问题，但如何改革，如何创新，是需要特别慎重地思考和面对并付诸实践的问题。保留唱腔、音乐、唱、念、做、打的根本文化基因，对其进行现代化转型，这在戏曲界已经达成共识，彭庆华及其《决战天策府》取得的成就和经验，值得戏曲人思考和借鉴。

现在，粤剧《决战天策府》和主演彭庆华已经成为标识性的IP刻印在观众尤其是年轻观众的心中，观众也通过此剧走进彭庆华和粤剧的艺术世界，而粤剧借彭庆华种下的这颗种子，走进全国网络玩家、青年观众的艺术欣赏世界。传统戏曲艺术如何从时下最热门的文化中汲取营养并成功转化，如何走进青年，是一个全国性的命题，进校园、进课堂，都是此类尝试和努力，但通过网游这种方式，从被动变主动，这是一个很好的启示。尽管在戏剧性和艺术性方面仍有提升空间，但该剧实现了最传统的戏曲艺术与最流行的网络游戏的跨界，其大胆开拓创新的精神，对青年观众观赏需求的准确把握，对戏曲艺术的题材、形式和表现手法的拓展，都是值得肯定的。

除了在艺术实践上的创新和突破，《决战天策府》还是运用互联网思维将戏曲艺术与互联网文化跨界合作、深度融合的成功范例。该剧项目负责人制定的生产方法，以及主创人员群策群力进行智力投资、依靠票房利益分成等风险共担、利益共享的现代化戏曲生产、营销模式，都是戏曲产业在互联网时代利用开放式、集约化生产方式的创举。特别是将主创人员的艺术价值和智力投资转化为市场价值与经济效益的做法，极大地激发起主创团队的创作激情。互联网时代的每个个体，都特别注重个性的张扬，同时，互联网时代志同道合的同道中人为了共同的兴趣爱好、事业追求，又特别重视相互之间的戮力合作，风险共担，利益共享。以彭庆华为首的粤剧人在创作《决战天策府》的过程中，在做自己想做的粤剧的同时，始终坚持保持粤剧艺术特色的创作理念，坚守自己粤剧人的身份，不忘初心，是粤剧和中国戏曲在创新发展的现代化进程中最根本的思想追求。

《决战天策府》是一部具有当代品格和当代精神的成功之作，是粤剧包括中国戏曲的现代化进程中具有重要开拓意义的一环。粤剧与网络游戏这种跨次元、跨文化的合作，带来的是当代戏曲创作思维的突破，是新的互联网时代戏曲艺术生产、创作、营销的新模式，是一次真正意义上的戏曲+互联网的深度合作，而不仅仅是戏曲对互联网的依附式的借力，这股戏曲新势力值得我们大力鼓励、重视和尊重。

（原载《南国红豆》2017年第7期）

把最传统“传播”成最时尚

——从“戏曲网红”谈起

自幼成名的京剧女老生王珮瑜借助互联网新媒体，红出了戏曲圈，红遍大江南北：登上微博热搜榜、参加中央电视台《朗读者》节目以京剧念白朗诵《念奴娇 · 赤壁怀古》、《跨界歌王2》当评委、音频分享平台喜马拉雅开京剧节目、《喝彩中华》当观察员、《传承中国》担任评委……年轻、时尚的王珮瑜成为“戏曲网红”，不但维系了原有的京剧戏迷，还培养了大量新粉丝。这是新媒体时代传统戏曲艺术借助新传播方式宣传戏曲艺术、扩大戏曲受众的新途径、新手段。

事实上，古老的戏曲艺术一向善于借助新的传播方式进行宣传推广。20世纪以来，戏曲艺术的传播方式就先后经历了“戏曲+电影”“戏曲+广播”“戏曲+电视”和“戏曲+互联网”四个阶段。1905年，京剧泰斗谭鑫培主演的京剧短片《定军山》宣告中国电影的诞生。京剧大师梅兰芳也在20世纪20年代拍摄了一批京剧影片。20世纪五六十年代，我国拍摄了大量的戏曲电影，许多剧种的经典剧目在这一时期搬上大银幕，在全国各地演出，深受观众喜爱，堪称戏曲电影第一个鼎盛时期。改革开放初期，是戏曲电影的另一个繁荣时期，以越剧《五女拜寿》、豫剧《七品芝麻官》为代表的戏曲电影可谓家喻户晓。这些戏曲电影不仅为戏曲“圈粉”，而且留下宝贵的老一辈艺术家表演的影像资料。20世纪80年代后期，传统戏曲进入发展低谷，但伴随电视的普及，各种戏曲类电视节目开始出现，特别是以《梨园春》为代表的戏曲擂台节目，为低谷时期的戏曲艺术提供了新的传播途径和发展模式，维系和培养出不少戏曲观众。

可以看出，无论是20世纪初戏曲艺术占娱乐主导地位的巅峰时期，还是当下娱乐方式现代化、多元化的挑战，戏曲艺术从来没有自甘保守，总能借助和利用新的传播方式进行推广和宣传。如今，无论是戏曲演员、戏迷还是戏曲院团、各演出场所，都在积极利用微博、微信等新媒体方式建立自媒体，第一时间发布戏曲动态、戏曲演出信息，以大众喜闻乐见的方式传播戏曲知识、交流戏曲心得，数不胜数的移动网络平台成为戏曲资讯和戏曲知识的“集散地”。这种即时性、平等性、共享性的信息交流，改变了戏曲艺术此前的传播途径、传播速度和传播规模。

互联网文化也进而直接对戏曲艺术创作产生影响，比如网络资源成为戏曲创作题材来源，戏曲艺术借助已经走红的网络IP吸引新的戏曲观众。“越剧王子”赵志刚早在2002年就把网络小说《第一次的亲密接触》搬上越剧舞台，网红小说《甄嬛传》也被上海越剧院搬上戏曲舞台，广东省粤剧院根据网络游戏《剑侠情缘3》改编创排新编粤剧《决战天策府》，都取得了不错的反响。此外，专业戏曲创作者将经典折子戏或名家名剧设计改编成动漫艺术在互联网上传播，将戏曲的触角伸向年轻时尚的动漫受众，吸引网络观众关注戏曲，这都是戏曲艺术搭乘互联网东风扩大受众和影响力的积极方式。在艺术创作之外，互联网还带动了戏曲相关产业的发生和发展。如一些商业化戏曲公众号运营平台，借助资本力量，寻求围绕戏曲消费的可能商机。比如“戏缘”APP举办首届互联网戏曲春晚以及一系列戏曲演出和直播活动，两年中吸引粉丝逾300万。

当前，最时尚也最普及的互联网技术正在为以戏曲艺术为代表的传统艺术提供难得的传播与发展机遇。传统艺术需借助新的传播手段激活生机与活力，也应当有充分的文化自信，用好互联网手段，为自身的发展和繁荣增添助力。一方面，戏曲人在以戏曲艺术为本体的前提下积极开疆拓域，为古老戏曲不断培养年轻观众群体，为传统艺术注入新的时代特质；另一方面，广大文艺工作者也可积极返归传统艺术，从中汲取与当代审美契合的文化要素，创作出有传统味道的新的大众文艺。而作为文艺批评与大众文化研究者，亦可关注这一新现象，及时为创作者提供理论支撑与适时指引。

（原载《人民日报》2018年7月10日）

第六编　戏曲理论研究

论汤显祖《宜黄县戏神清源师庙记》的戏曲理论史意义

汤显祖在戏曲方面取得的成就，历来以“临川四梦”尤其是《牡丹亭》闻名于世，而在戏曲理论方面的论述则主要体现在为数不多的几篇题词和诗歌中。从这个角度来讲，专论戏曲的《宜黄县戏神清源师庙记》（以下简称《庙记》）虽然篇幅并不长，却集中体现了汤显祖戏曲理论的许多方面。这篇文章首先是一篇杰出的庙记，汤显祖在资料非常缺乏的情况下记录了戏神的生平、事迹、影响以及如何发扬戏神精神，艺术手法上运用了大量的排比，体现了汤显祖极高的文学才华。其次，这是一篇不可多得的戏曲专论，论及戏曲的起源、特征、功能、明代戏神崇拜情况、海盐腔在江西的传播情况、戏曲表演理论等诸多方面，在明代戏曲理论中难得一见而又具有很高的理论水平，值得我们认真研究。

一、对戏曲创作源泉的追溯及其意义

《庙记》开篇就说道：“人生而有情。思欢怒愁，感于幽微，流乎啸歌，形诸动摇。”这段文字看起来是泛泛论述文艺的创作源泉问题，认为文艺是对生活的感兴和反映。这种观点在我国古代文论中并不新鲜。然而，把这段话放在古代戏曲理论的历史背景下，就会发现它非同一般的价值与意义。

我国古代关于文艺源泉的论述大概可以追溯到先秦时期的著作。《尚书·尧典》："诗言志，歌永言。声依永，律和声；八言克谐，无相夺伦，神人以和。"这段话认为诗歌是对人的情感和志趣的抒发，是人们对生活的感触和反映。这里的志，是情感和志向的统称。《左传》昭公二十五年："民有好、恶、喜、怒、哀、乐，生于六气。是故审则宜类，以制六志。"唐代孔颖达《毛诗正义》说："此六志《礼记》谓之六情。在已为情，情动为志，情、志一也。"[①]汉代郑玄的《毛诗序》也说："诗者，志之所之也，在心为志，发言为诗。情动于中而形于言，言之不足故嗟叹之，嗟叹之不足故永歌之，永歌之不足，不知手之舞之足之蹈之也。"南北朝时期以刘勰的《文心雕龙·明诗》最有代表性："人禀七情，应物斯感。感物吟志，莫非自然。"刘勰认为人生来就禀有七情，因为外界事物的感应而生发出来，然后吟咏其志，这是非常自然的事情。孔颖达的《毛诗正义序》也说："六情静于中，百物荡于外，情缘物动，物感情迁。"大诗人白居易也说："大凡人之感于事，则必动于情；然后兴于嗟叹，发于吟咏，而形于歌诗矣。"就连宋代大理学家朱熹也说："人生而静，天之性也；感于物而动，性之欲也。夫既有欲矣，则不能无思；既有思矣，则不能无言；既有言矣，则言之所不能尽，而发于咨嗟咏叹之余者，必有自然之音响节奏，而不能已焉。此诗之所以作也。"明代李梦阳说："情者，动乎遇者也。……故遇者物也，动者情也，情动则会，心会则契，神契则音，所谓随寓而发者也。……契者会乎心者也，会由乎动，动由乎遇，然未有不情者也。故曰：情者，动乎遇者也。"[②]

由此可见，这种观点是一种非常传统的观点。我国古代诗乐不分，汤显祖关于文艺创作源泉的观点并无新创之处，这在他所处的时代也并不新奇，与李贽的文艺观比较起来，汤显祖的观点是比较传统、保守的。李贽树起

---

① 阮元刻《十三经注疏》本《毛诗正义》卷一。

② 以上选文均见贾文昭主编的《中国古代文论类编》（下）第二编"文源论"，海峡文艺出版社1988年版。

“童心”的大旗，“夫童心者，绝假纯真，最初一念之本心也。若失却童心，便失却真心；失却真心，便失却真人。人而非真，全不复有初矣”，认为“天下之至文，没有不出于童心焉者也”。

其实汤显祖这段话最重要的意义，不在于他对传统文艺观的继承，而在于它将这种非常传统的文艺观应用在戏曲这种文艺形式上。

虽然诗变而为词、又变而为曲的观念人们早已有论述，然而却一直没有关于曲（无论是散曲还是戏曲）创作源泉问题的论述，更没有哪位理论家像追溯“诗言志”的源头一样，把戏曲的渊源追溯到《尚书》《礼记》《论语》等儒家经典。汤显祖之前的曲论家重视的只是对戏曲演员、曲牌、典故、音韵及戏文院本杂剧演变的记录。如唐代崔令钦的《教坊记》主要记录唐代东西两京教坊中的诸多事情，宋代王灼《碧鸡漫志》只谈歌曲而不谈舞。元代燕南芝庵的《唱论》只论声乐而不及舞蹈。元代周德清的《中原音韵》只列音韵。元代夏庭芝的《青楼集》记述了元代男女演员约150人的生活状况，其《青楼集志》记录了宋至元戏文、院本、杂剧的演变情况、角色及其演变以及杂剧与院本的区别，也未提及戏曲渊源问题。[①]《录鬼簿》和《续录鬼簿》记载的分别是元代和明初戏曲家及其作品。明代朱权《太和正音谱》记载的是元代和明初杂剧作家作品以及北杂剧曲谱。明代徐渭《南词叙录》记载的是南戏的历史演变特点、角色篇目以及与北杂剧之区别，南戏历史也仅从宋代叙起。其他如李开先之《曲谑》、王世贞之《曲藻》、王骥德之《曲律》、徐复祚之《曲论》、凌濛初之《谭曲杂札》、魏良辅之《曲律》、沈宠绥之《弦索辨讹》《度曲须知》、祁彪佳之《远山堂曲品》《远山堂剧品》、吕天成之《曲品》都是论曲品剧之作，他们在追溯戏曲的源头之时，认为曲乃诗余、曲乃乐支，均未论及戏曲的创作源泉问题。

① 见明代无名氏《说集》所收本，参阅《中国古典戏曲论著集成》（二）《青楼集提要》，中国戏剧出版社1959年版。

元、明文人曲家也有把戏曲与情的关系结合起来论述的，元代胡祗遹在《紫山大全集·赠宋氏序》中指出：“（杂剧）既谓之‘杂’，上则朝廷君臣政治之得失，下则闾里市井父子兄弟夫妇朋友之厚薄，以至医药、卜筮、释道、商贾之人情物性……无一物不得其情，不穷其态。”他认为杂剧可以极其细致地描摹世态人情。然而胡祗遹的论述只是从戏曲演出效果的角度指出戏曲可以使人情物理得其情、穷其态，还是一种自然状态下的认识，并没有提高到理论的高度，与汤显祖论戏曲起源高标“人生而有情”的旗帜有本质的区别。明人何良俊《曲论》说：“大抵情辞易工。盖人生于情，所谓‘愚夫愚妇可以与知者’。观十五国《风》，大半皆发于情，可以知矣。是以作者既易工，闻者易动听。即《西厢记》与今所唱时曲，大率皆情词也。”他虽然也提及情的重要作用，但主要是论曲辞。明人的论曲之作，多只论音乐与唱词，很少兼及舞蹈者。这大概与文人只重视案头剧本之文采和音韵声律有关。

正是在这个意义上，汤显祖“人生而有情”的理论在戏曲理论史上就显得更加重要。以前有学者在论述汤显祖此文的理论价值与学术意义时，总是极力推崇汤显祖对“情”的重视与标榜，汤显祖的情教观被现代学者们大加赞扬，《〈牡丹亭记〉题词》更是高举“情”的旗帜。在“存天理灭人欲”的明代，汤显祖发出“第云理之所必无，安知情之所必有邪”这样的言论，具有非常重要的现实意义。然而细究起来，对于文艺与情的关系的论述，却是我国古代文论的一个古老的话题。也许，我们看待汤显祖在《庙记》中的这段话，需要换个角度才能发现其重要的理论价值。

深研《庙记》原文就会发现，汤显祖所说的“人生而有情”只是他下文展开论述的一个前提。在存天理灭人欲的程朱理学后，汤显祖在此标榜“情”的作用，有反对理学的成分在内。虽然这一点《尚书》《乐记》《毛诗序》《诗品》等众多经典著作都曾论述过，然而长期以来却被文人们所忽视。汤显祖用儒家正统的文艺观来论述被人们视为小道的戏曲，本身就有振聋发聩的作用。

二、对戏曲本质特征和功能的总结及其意义

以上是汤显祖从理论的角度将处于文艺大舞台边缘的戏曲与占主导地位的诗相提并论，很大程度上提高了戏曲的地位。而汤显祖关于戏曲特征的总结，也是前所未有的。《庙记》说："人生而有情。思欢怒愁，感于幽微，流乎啸歌，形诸动摇。"由于人有了思欢怒愁等七情六欲，因为一些不可知的原因的触动，而"流乎啸歌，形诸动摇"。在这里，"流乎啸歌"是歌唱，"形诸动摇"是"手之舞之，足之蹈之"，即舞蹈。而我们现代对于戏曲本质特征的规定，有四个方面，即故事性、抒情性、歌唱性、舞蹈性，王骥德说"并曲与白而歌舞登场"，王国维说"以歌舞演故事"，都是极精准的概括。

人之所以会有思欢怒愁这些情感，是由于对人情世事的感触。而这些感触经过不可捉摸的情景或事物的触发，产生了创作的灵感，发诸口为歌唱，付诸身体为舞蹈，从而产生了戏曲这种文艺形式。汤显祖关于戏曲创作及戏曲特征的总结极具理论价值，具有极高的理论水平和学术价值。

其实我国早期关于文艺的记录往往都是诗、乐、舞三者并论。《尚书·尧典》中的那段记载后面其实还有一段话："夔曰：'於！予击石拊石，百兽率舞。'"这段话完整的意思表达了我国古代言情、歌咏与舞蹈（即诗、乐、舞）三者不分的诗论情况。同样，汉代郑玄的《毛诗序》也说："诗者，志之所之也，在心为志，发言为诗。情动于中而形于言，言之不足故嗟叹之，嗟叹之不足故永歌之，永歌之不足，不知手之舞之足之蹈之也。"这里志、情并论，同样说明了诗、乐、舞不分的文论观。然而自秦汉以后，我们古代文论多重视发挥诗歌言志的特点，而忽视了其舞蹈方面的特征。

元明文人曲家关于戏曲特征的认识和论述都没有汤显祖准确到位。夏庭芝在《青楼集志》中说："唐时有'传奇'，皆文人所编，犹野史也；但资谐笑耳。宋之'戏文'，乃有唱念，有诨。金则'院本'、'杂剧'合而为一。至我朝乃分'院本'、'杂剧'而为二。"他将戏文、院本、杂剧这些戏曲形式与唐传奇对比，指出则从叙事性上来讲是野史，肯定了唐传奇的叙事特征，

从功能上来讲则具有谐笑的娱乐功能。宋代的戏文除了同样具备叙事和娱乐的功能，还“有唱念，有诨”，这是作为表演艺术的戏曲与唐传奇这种付诸文字的文体所不同的地方。但是夏庭芝仅指出戏曲的叙事性、娱乐性和有唱念有诨的特点，并未提及戏曲的另外一个重要的特征——舞蹈。徐渭《南词叙录》除主要论曲之外，也曾论及宾白、科、介、诨，几乎未提南戏之舞蹈。

李开先《词谑·词乐》载：“颜容，字可观，镇江丹徒人，（周）全之同时也，乃良家子，性好为戏，每登场，务备极情态；喉音响亮，又足以助之。尝与众扮《赵氏孤儿》戏文，容为公孙杵臼，见听者无戚容，归即左手捋须，右手打其两颊尽赤，取一穿衣镜，抱一木雕孤儿，说一番，唱一番，哭一番，其孤苦感怆，真有可怜之色，难已之情。异日复为此戏，千百人哭皆失声。归，又至镜前，含笑深揖曰：‘颜容，真可观矣！’”这一段文字记载了颜容在演出时为了达到真切动人的演出效果，在演出前对着穿衣镜预演，又说、又唱、又哭，演出了剧中人物孤苦感怆可怜之色，在真正演出的时候，感动得千百观众痛哭失声。这是明代的戏曲论述中有关演员演出的非常珍贵的记载，有道具、有宾白、有演唱，然而究竟是怎么表演，是否有舞蹈，却没有详细的记载。

从宋元一直到明代，人们都认为曲的源头有两个：一个注重其文学特质，认为曲是从诗、词演变而来；一个注重其音乐特质，认为曲乃乐之支。其实这两种观点都没有抓住戏曲的本质。无论是哪一种观点，都想使被视为末技小道的杂剧和传奇有一个高贵的出身，目的也是提高戏曲的地位。然而这种好意却忽略了戏曲这种新生的艺术形式最本质的特质，也表明他们对于戏曲认识的不成熟。

汤显祖对戏曲祖师的探源，标志着汤显祖戏曲意识的自觉，这种自觉抛弃了“曲乃诗余”与“曲乃乐之支”的传统观念，探究作为一种表演艺术的戏曲的真正源头及其发展演变的轨迹。他说：“奇哉清源师，演古先神圣八能千唱之节，而为此道。”他认为清源师为了演出古代先贤神圣之事而创造出戏曲，抓住了戏曲的表演和讲故事的特质。他又说：“初止爨弄、参鹘，后稍为末泥、三姑旦等杂剧传奇。”用简约的语言描述了戏曲在不同时期的不同形态和名称，勾勒出戏曲的发展轨迹。

元代胡祗遹《赠宋氏序》说：“乐音与政通，而伎剧亦随时所尚而变。”又说：“（杂剧）既谓之‘杂’，上则朝廷君臣政治之得失，下则闾里市井父子兄弟夫妇朋友之厚薄，以至医药、卜筮、释道、商贾之人情物性，殊方异域风俗语言之不同，无一物不得其情，不穷其态。”这是对戏曲演出内容的总结。明代心学家王阳明也认识到戏曲感化人心的重要作用，他在《传习录》中说：“今要民俗反朴还淳，取今之戏子，将妖淫词调俱去了，只取忠臣、孝子故事，使愚俗百姓人人易晓，无意中感激他良知起来，却与风化有益。”王阳明过分强调戏曲的“风化”作用，虽然“妖淫词调”有害人心，但他却因噎废食，否认戏曲的娱乐功能。明代茅一相《题词评〈曲藻〉后》说：“风月烟花之间，一语一调，能令人酸鼻而刺心，神飞而魄绝，亦惟词曲为然耳。”[①]讲的是词曲（包括戏曲）强烈的感染力。

汤显祖《庙记》一文，用大量篇幅对戏曲的功能进行渲染排比，非常全面地总结出戏曲的功能。他认为戏曲可以：

> 生天生地生鬼生神，极人物之万途，攒古今之千变。……使天下之人无故而喜，无故而悲。或语或嘿，或鼓或疲，或端冕而听，或侧弁而咍，或窥观而笑，或市涌而排。乃至贵倨驰傲，贫啬争施。瞽者欲玩，聋者欲听，哑者欲叹，跛者欲起。无情者可使有情，无声者可使有声。寂可使喧，喧可使寂，饥可使饱，醉可使醒，行可以留，卧可以兴。鄙者欲艳，顽者欲灵。可以合君臣之节，可以浃父子之恩，可以增长幼之睦，可以动夫妇之欢，可以发宾友之仪，可以释怨毒之结，可以已愁愦

① 《中国古典戏曲论著集成》（四），中国戏剧出版社1959年版，第38页。

之疾，可以浑庸鄙之好。然则斯道也，孝子以事其亲，敬长而娱死；仁人以此奉其尊，享帝而事鬼；老者以此终，少者以此长。外户可以不闭，嗜欲可以少营。人有此声，家有此道，疫疠不作，天下和平。岂非人情之大窦，为名教之至乐也哉。

像这样全面论述戏曲功能的文字，明代戏曲论著中实属罕见。汤显祖对戏曲“人情之大窦，名教之至乐”这两个功能极力渲染，目的是使人们对戏曲这种被视为“小道”的艺术形式另眼相看，意在提高戏曲在人们心目中的地位。戏曲与小说虽然都是通俗文艺，但戏曲付诸形体与声音，小说付诸纸张与笔墨；戏曲开口即散，小说却写下就留下痕迹。虽然同为“小道”，小说却可以以“野史”之名补正史之阙，尤其是明嘉靖以来随着小说创作的繁荣以及小说家们不遗余力地对小说的功效进行宣传鼓吹，小说在教化愚夫愚妇方面所起的作用越来越受到人们的重视。在明代小说序跋中，像汤显祖这样用大量排比的方式来宣传小说的功效与作用的文章比比皆是，而且这些序跋从现存最早的嘉靖本《三国志通俗演义》开始就源源不断。从这个意义上来讲，汤显祖这篇《庙记》对戏曲功能的渲染对于提高戏曲的地位、扩大戏曲的影响有着非常重要的作用。

三、关于戏神的最早记录

我国的戏神崇拜起于何时，由于缺乏相应的资料，我们不得而知。然而汤显祖的这篇文章，为我们提供了明代戏神崇拜的基本情况，这可能是我国有关戏神和戏神崇拜的最早记载了。明代民间戏神崇拜的内容和仪式究竟如何，我们只能从这篇《庙记》中得到零星的材料。我们只知道，明代，在江西宜黄，一群戏曲演员有感于戏神无祠，演员对戏神的祭奠只能是演员在开场时以酒祭之，唱一唱啰哩嗹而已，决定求汤显祖协助他们建起属于戏神自己的祠堂。而在汤显祖的《庙记》中明确无误地记载着：戏神是一位游戏神，是他创造了戏曲，创造出了戏曲这种可与儒、佛、道同等地位的宗教。

《庙记》中是这样描述戏神身世的："予闻清源，西川灌口神也。为人美好，以游戏而得道，流此教于人间。"这里为我们透露出许多有关戏神的信息。首先，戏神是游戏神。戏神清源师是西川灌口神，现在学术界普遍认为是二郎神。他"为人美好"，是一个美少年，英俊潇洒，风流倜傥，把游戏为人生宗旨并最终以此得道；他创造了戏曲，使戏曲流布人间。戏神是一个游戏神，至于这个二郎神究竟是谁，无论是文献记载还是民间传说，都没有统一的认识，至少有唐玄宗、后唐庄宗、翼宿星君、李冰父子、赵昱、邓遐、独健二郎、杨戬、孟昶等好几位。①从汤显祖的记载来看，是二郎神杨戬的可能性更大一些。

我国民间传说中关于戏神如何创造戏曲的内容，往往显得幼稚粗浅。康保成《傩戏艺术源流》一书搜集到几则关于戏神的民间传说：

> （一）传说唐明皇梦游月宫，醒后对梦中所见的仙乐仙舞赞叹不已，于是建梨园，广集天下歌妓演习歌舞，然终不似梦中所见。太白金星得知，悄悄下凡教习。数日后，明皇见梨园子弟所演与梦中所见一般无二，大为诧异。总管太监奏明乃一老者指点所致。明皇于次日微服潜往梨园窥视，果见一白发老者穿插其间，精心教授。明皇破门而入，太白金星转入桌下藏匿。明皇掀开桌帏，却见一个少年娃娃，不由惊呼：原来是老郎君啊！故此巴陵戏艺人信奉老郎神。
>
> （二）唐明皇有一天回到宫里，在门外就听到梨园子弟们在奏乐，可是他从来没有听到过这支奇妙的曲子，心里觉得很奇怪，一足跨进

① 可参见康保成《傩戏艺术源流》（广东高等教育出版社1999年版），或康保成其他几篇关于戏神的研究文章《中国戏神初考》（《文艺研究》1998年第2期）、《中国戏神再考》（上、下）（《中山大学学报》1998年第6期、1999年第1期）。

了门。只见有一个童子，坐在正中的座位上教他们弹奏，但不认识他是谁，于是明皇叱问。这一下可把那童子吓跑了，钻进御花园的假石山洞里去了。明皇遂教人用火在洞口焚烧，结果有一只通身灰白色的老狼打洞里跑出来，跪在明皇的面前哀求免死……

（三）唐明皇时代，戏曲非常繁盛。有一天许多梨园伶工在排演戏文，怎么也排不好。忽然不知从什么地方来了个小孩子，指出应该怎样排演，立刻剧情连贯，衔接起来，可是孩子不见了。大家说：这个孩子虽然年纪小，戏却“老”得很，“老”是懂得多的代词，“郎”是指小孩儿的通称，所以称他为“老郎神”。

（四）唐明皇夫妻都是戏迷。一次，夫妻俩都要上台，儿子没人抱，就把儿子坐放在案板上。谁知有个演员先卸装，没注意有小孩，将戏衣随手一甩，正好甩在孩子身上，后卸装的也顺手把戏衣甩向案板，越堆越高，直到唐明皇夫妻过完戏瘾，下台来抱儿子时，埋在戏衣堆里的儿子已闷死了。唐明皇厚葬了小太子，封他为戏神。为经常在戏台上看到他，就雕了个木头娃娃，参加演出，这娃娃道具，就叫戏神。

……

从这些民间传说可以看出，这些关于戏神的传说与汤显祖《庙记》中二郎神的形象和经历都相去甚远，也都与创造戏曲没有多大关系。第一则传说中，是唐明皇依梦中情境创建梨园，太白金星不过指点一下而已；第二、第三则传说中也是已经有了梨园及梨园子弟，童子也只不过是教习弹奏而已；至于第四则传说，那位小太子更与造戏没有丝毫联系。其他戏神传说也大致如此。究其原因，这些都是民间艺人的想象而已，带有很大的随意性和虚构性，因此才会出现各地都有不同的戏神，并且只有传奇性而没有资料性和学术性，只能说明我国戏神崇拜的状况，而不能从中发掘出戏神造戏的材料。

而汤显祖《庙记》中的戏神清源，除了自己修行甚高，单凭游戏就得道成仙，而且他实实在在地创造出了戏曲。《庙记》说：“清源师，演古先神圣八能千唱之节，而为此道。初止爨弄、参鹘，后稍为末泥、三姑旦等杂剧传奇。长者折至半百，短者折才四耳。”汤显祖认为，戏曲无所不演，都是从清源师开始的。而戏曲在各个时期的各种形态，如最初的五花爨弄、参鹘戏，以及到后来的杂剧和传奇，都是戏神清源创造出来的。汤显祖的这个论断，显然有想象的成分。我们知道，无论是五花爨弄、参军戏还是杂剧和传奇，它们的形成都经历了非常长时间的发展演变过程，这几者之间的关系，既互相吸收借鉴，又各具个性特点。这一点，无论是宋、元、明、清的戏曲论著还是笔记小说中都有非常明确的记述，可以说是已被世人公认的事实。而且自王国维以来的戏曲史论著也都对戏曲的形成有非常精准的论述。然而，汤显祖却从为戏神立传的角度出发，认为既然是戏神清源这个游戏神创造出了戏曲，那么理所当然，所有的戏曲形式都是由他创造出来的。汤显祖的说法看来有些夸大和神化戏神的作用，但是从宗教崇拜和图腾崇拜的角度来考察汤显祖的做法，就容易理解了。

汤显祖的这篇《庙记》中，一个很明显的意图是把戏曲宗教化，把戏神的作用与功能夸大化、进一步神化。关于戏曲与儒、佛、道三教的关系，燕南芝庵《唱论》中曾说：“三教所唱，各有所尚：道家唱情，僧家唱性，儒家唱理”，认为曲（包括散曲和戏曲）只不过是一种儒、佛、道三教宣扬教义的工具。汤显祖的见解与此迥然不同，他说戏神清源“以游戏而得道，流此教于人间”，又说“诸生诵法孔子，所在有祠；佛、老氏弟子各有其祠。清源师号为得道，弟子盈天下，不减二氏，而无祠者，岂非非乐之徒，以其道为戏相诟病耶。”把戏曲之道尊称为“教”，并将之与儒、佛、道三教相提并论，认为人们应当像儒家、佛家、道家尊崇其祖师一样为戏神清源师建祠，以供弟子膜拜祭奠，把戏神的地位提升到极高的地位。清代李渔在《比目鱼》传奇《入班》中也说：“凡有一教，就有一教的宗主。二郎神是做戏的祖宗，就像儒家的孔夫子、释家的如来佛、道家的李老君。”显然是从汤显祖这里传承而来。

词曲、戏曲历来都被称为“小道末技”。王骥德《曲律》虽然专论南北曲作曲之法，但其《杂论》第三十九上仍说“词曲小道”。直至孔尚任仍认为传奇是“小道”。对比之下，汤显祖这篇《庙记》在观念上把戏曲提高到了非常高的地位。汤显祖为什么要这么做呢？

在此之前，从来没有人把戏曲提高到宗教的高度，也从来没有人把戏曲看作是与儒、佛、道三教相对等的一门宗教。我们知道，宗教的产生是人类社会发展到一定历史阶段的产物。原始人对宇宙间的自然或自身现象感到惊惧与困惑，幻想有一种超自然的、具有无比威力的神操纵、控制着宇宙的一切，于是就产生了原始宗教和神灵。戏神属于职业神。随着社会职业的分化，各行各业都逐渐有了自己的职业神。对职业神的崇拜，说明人们对此项职业的本质和规律尚未完全认识，对生产和经营过程尚未把握，不得不求职业神的帮助。汤显祖是否是因为对戏曲发展规律感到不可理解，从而心生敬畏，认为是戏神所造，我们不得而知。但是他将戏曲的产生与发展演变归功于戏神一人的创造，却是不争的事实。

徐朔方先生根据《庙记》中记载大司马谭纶已经去世二十余年，考证出这篇《庙记》大约作于万历二十六年（1598）至三十四年（1606）间。[①]而这段时间，正是汤显祖从遂昌弃官返乡家居的时间，传世之作《牡丹亭》已经问世。此时的汤显祖，经历了因刚直不谀不肯接受张居正的结纳而屡受科举考试的挫折、因上《论辅臣科臣书》而远贬徐闻、在遂昌对矿政暴虐不满、子女早夭等诸多人生坎坷不幸。他先是把抨击的矛头指向朝廷中的当权者，接着又因金矿问题把批判的矛头直指皇帝朱翊钧，辞官离开遂昌时，他的政治理想早已破灭。汤显祖在政治上一再受到挫折，就把他的全部希望寄托在戏曲创作上。在这样的创作背景下，《庙记》的写作，是汤显祖在对自己报国无门、施政无方之后，借助戏曲这种方式来传播自己的社会理想，感化教育世人。他对戏神的极度推崇，其实是对唯一能够成就自己的戏曲的宣扬。

《庙记》中关于戏曲表演部分的论述学者们多有论述，拙文不再赘述。

---

① 徐朔方笺校：《汤显祖全集》（二），北京古籍出版社1999年版，第1189页。

只有一点需要强调的是，汤显祖在向众弟子传授清源祖师之道时态度是极为严肃的。他以自已崇敬的话语塑造着戏神的威严，这也表明他对待戏曲的态度是凝重而严肃的。

《宜黄县戏神清源师庙记》的出现，是戏曲艺术成熟后在理论上的表现。汤显祖以一代戏曲大师的身份，不但创作出“临川四梦”这样彪炳千古的戏曲名篇，也以《宜黄县戏神清源师庙记》为代表进行着戏曲理论的思索。他的《宜黄县戏神清源师庙记》是明代戏曲自觉的重要标志之一，在我国戏曲理论史上有着不可低估的价值和地位。

（原载《中华戏曲》2007年第1期）

戏曲改革家阿甲的传统戏曲观及其当代意义

作为戏曲理论家、导演、编剧的阿甲，一生致力于中国戏曲改革和中国戏曲现代戏的创立。梳理他对中国传统戏曲艺术的理论研究及其在戏曲创作实践中的运用，对于我们深入认识和全面评价阿甲的戏曲理论和创作实践以及当代中国戏曲的保护与创新问题，有着重要的启示意义。

一、延安之前（1938 年之前）：挚爱的京戏是旧文艺

阿甲1907年出生在一个颇富艺术气息的家庭里。阿甲的父亲喜欢书画，受父亲影响他从小热爱书画；又受叔父影响爱好京戏。幼时的阿甲既常为人执笔画画，也曾粉墨登台演出，被称为“十龄童”。[①]由于受叔父辈放荡习气的影响和书画戏文自由浪漫气息的熏陶，阿甲性格放浪不羁，不愿在家死读书，喜欢在外面唱戏，父亲竭力反对，父子之间产生矛盾。1926年，阿甲在宜兴显亲寺结识了怀舟和尚。怀舟的母亲是京剧一代宗师谭鑫培的得意家佣，怀舟自幼在谭家耳濡目染，颇悟谭派艺术真谛。阿甲在显亲寺的两年间，经常和怀舟一起切磋戏艺，受益良多。此间，他还经常到丁山的“维新社”唱戏。

---

① 参见符挺军：《阿甲年谱》，《艺术百家》2004年第6期。符挺军为阿甲先生长子。李春熹：《阿甲传略》，李春熹选编：《阿甲戏剧论集》，中国戏剧出版社2005年版。符挺军《阿甲年谱》称阿甲为“十灵童”，李春熹《阿甲传略》作“十龄童”。以下关于阿甲的生平多参考此二传。

阿甲在20岁到30岁之间经历了诸多的社会动荡、家庭变故和生活的颠沛流离。1927年阿甲20岁，宜兴发生了中国共产党领导的农民暴动，阿甲在宜兴显亲寺积极响应，他的这种思想言论引起寺方不满，被迫离开寺庙。1929年，阿甲的母亲病逝，阿甲回乡料理后事，由于经济拮据，只好将母亲草草收敛，暂厝家中。1930年阿甲结婚，生有一女二子，长女因患天花夭折。阿甲此后便四处谋生，养活家小。此后，他不断地经受着失业的打击。然而在此期间，阿甲对京戏的热爱始终没有改变，无论是在家乡期间还是偶尔回到家乡，他总是到宜城镇的“宜声”票社唱戏。

在这段时间，阿甲逐渐接触到一些革命的进步思想，并在工作和生活中感受到中国共产党领导的革命。1928年，阿甲认识了曾参加过1927年宜兴农民暴动的范纯。他在范家读到《资本论》《唯物史论》等进步书刊，由于对黑暗现实的不满，阿甲很快就接受了这些思想，并深深地受到它的影响。1931年，阿甲在上海大中国福利橡胶厂当工人，赶上工人罢工，他积极支持，被厂方怀疑是“共党分子”，阿甲只好回到家乡。1935年阿甲在溧阳一小学教书，因思想“左倾”被迫离开。

1937年，日寇侵华，国难当头，阿甲为了寻求救国救民的出路，毅然离开家乡、妻子，追随“他向往的共产党和共产主义”。他从家乡流亡到武汉、山西，一路上参加一些抗日文艺的宣传活动。1938年春，阿甲在西安找到八路军办事处，终于来到了抗日革命圣地延安。

喜爱京戏并怀着救国热忱的阿甲，在1938年到延安之前，根本没有想到自己挚爱的京戏能和抗日救国联系在一起。他在后来的回忆录中多次谈到京剧与“五四”新文化运动的关系。他在回忆延安平剧研究院的活动时，屡次说道：“平剧是被‘五四’的新文化运动所否定了的，它和进步的文化传统没有联系，和进步的文化人没有来往。”[①]“1938年春，我从山西到延安参加革

① 阿甲：《延安平剧研究院十年来》(1949)，李春熹选编：《阿甲戏剧论集》(下)，中国戏剧出版社2005年版，第709页。

命，万万想不到要搞京戏。当时在我的思想里，共产党和京戏联系不上，这和受‘五四’否定旧文化的思想有关。”[①]正是由于这种奇妙的结合，使30岁之前一直业无所专、四处碰壁的阿甲终于找到了安身立命的根本，才成就了这位一代戏曲大家。

二、在延安（1938—1947）：为创造戏曲现代戏而潜心研习传统戏曲

1938年阿甲来到抗日根据地延安，原本“是为了学政治、学军事去的，绝没有想到要搞京戏，也从来没有听说共产党有一门课程叫京戏的”[②]。他没有想到延安的文艺生活是“热气腾腾”的，到处都是革命的歌声。在一次文艺晚会上，阿甲用京剧“流水板”演唱贺绿汀的《游击队之歌》，没想到这次“偶然的逢场作戏”，竟然“决定我一辈子的命运”[③]，“竟因此把它当作一辈子的事业来搞”[④]。

从“五四”新文化运动对旧文艺京剧的否定，到把京剧作为抗战和革命的斗争武器，阿甲的思想经历了重大的转变。他多次在回忆中说，“想不到在‘五四’时期被否定了的京戏，竟在抗战的革命圣地延安复兴起来”[⑤]；“（毛泽东的文艺思想）修正了‘五四’新文艺运动对旧剧全部否定的偏

① 阿甲：《搞现代戏　锲而不舍——写在党史庆六十年之际》（1981），李春熹选编：《阿甲戏剧论集》（下），中国戏剧出版社2005年版，第718页。

② 阿甲：《你们将是人民心目中喜爱的花神——在纪念延安平剧研究院成立四十周年大会上的发言》（1983），李春熹选编：《阿甲戏剧论集》（下），中国戏剧出版社2005年版，第725页。

③ 同上。

④ 阿甲：《搞现代戏　锲而不舍——写在党史庆六十年之际》（1981），李春熹选编：《阿甲戏剧论集》（下），中国戏剧出版社2005年版，第718页。

⑤ 阿甲：《延安京剧活动追忆》（1987），李春熹选编：《阿甲戏剧论集》（下），中国戏剧出版社2005年版，第733页。

左的观点”[①]；“在党的关怀和教育下，逐渐认识党和文艺的关系”[②]，“我党领导抗战，就要利用人民喜闻乐见的旧形式，动员人民的抗日工作。于是被‘五四’时代否定的京戏，却和共产党挂起钩来了，而且结下了不解之缘”[③]……

挚爱的京剧艺术与抗日的迫切愿望结合起来，这种奇妙的结合对于阿甲来说是意想不到的，这一点在上述阿甲的回忆中已有明证。从时代要求来说这却是顺理成章的。1942年5月，抗日革命根据地延安举行了延安文艺座谈会，毛泽东主席在座谈会上发表了著名的《在延安文艺座谈会上的讲话》，指出文化战线同军事战线一样是团结群众、战胜敌人的一支必不可少的军队，解决了文艺工作者的立场问题、态度问题、工作对象问题、工作问题和学习问题。1943年，中央文委确定了戏剧为战争、生产、教育服务的方针。[④]

就这样，挚爱的京剧成为阿甲抗战和革命的锐利武器，他充满激情地利用这一利器战斗起来。与革命的意愿相一致，阿甲的戏曲事业一开始就是以“改革的姿态”[⑤]出现的。这种改革经历了一场从内容到形式的艰难历程。这场改革是从“旧瓶装新酒”开始的。出于对鼓舞人民大众和反映抗战生活的迫切需要，阿甲同他的战友们排演了一系列抗战题材的京剧，这批京剧“只改革了内容，还保留了披蟒着靠的外形”，虽然获得了强烈的艺术效果，把旧

① 阿甲：《延安平剧研究院十年来》（1949），李春熹选编：《阿甲戏剧论集》（下），中国戏剧出版社2005年版，第709页。

② 阿甲：《搞现代戏　锲而不舍——写在党史庆六十年之际》（1981），李春熹选编：《阿甲戏剧论集》（下），中国戏剧出版社2005年版，第718页。

③ 阿甲：《你们将是人民心目中喜爱的花神——在纪念延安平剧研究院成立四十周年大会上的发言》（1983），李春熹选编：《阿甲戏剧论集》（下），中国戏剧出版社2005年版，第725页。

④ 《中央文委确定剧运方针为战争生产教育服务成立戏剧工作委员会并筹开戏剧工作会议》，原载《解放日报》1943年3月27日，中国艺术研究院戏曲研究所《戏曲研究》编辑部、吉林省戏剧创作评论室评论辅导部编：《戏剧工作文献资料汇编》，1984年。

⑤ 阿甲：《延安平剧研究院十年来》（1949），李春熹选编：《阿甲戏剧论集》（下），中国戏剧出版社2005年版，第710页。

形式和新内容的矛盾冲淡了，但大家普遍感到很不协调。[①]在这种表现现实斗争和利用旧的艺术形式的矛盾中，阿甲他们不断地进行探索和尝试，逐渐突破了“旧瓶装新酒”的机械模式，如反映抗日题材的《松花江》，穿着渔民、农民当时通常的服装来表现抗战生活，以及后来的《夜袭飞机场》《钱守常》等，使形式和内容比较协调了。

1941年，延安鲁迅艺术研究院的平剧团与贺龙将军领导的战斗平剧社合并，成立延安平剧研究院。成立延安平剧研究院的目的，是“为了解决京剧现代戏形式和内容的矛盾，应当重视遗产的学习”[②]。毛泽东主席为其题词：“推陈出新”。阿甲在实践中因出现问题而引发的思考，与毛泽东题词的启发相结合，逐渐意识到在用京剧这种旧的艺术形式来表现现代生活的过程中，学习旧技术和吸收戏曲遗产的重要性。1942年，阿甲在“延安平剧研究院成立特刊”上发表《平剧研究院和平剧工作》[③]一文，分析了“旧瓶装新酒”的不合理，并指出了学习旧技术的重要性。阿甲在文中说：“掌握旧技术，表现历史剧，和前方的利用旧技术，表现新内容，都是为了教育今天，也都是为了提高艺术。”在学习旧技术的过程中，阿甲还意识到承载着旧技术的旧伶人的重要作用，因此要尊重旧伶人、团结旧伶人。这无疑是客观正确的、超越时代的真知灼见。阿甲的目的很明确，为了实现用旧京剧的技术表现现实的、抗战的、革命的生活内容，就需要认真掌握旧京剧的表演技术，运用这些技术，化用这些技术，创造出表现现代生活的现代技术。

正因如此，阿甲在1943年写出了《关于平剧的接受遗产与服务政治问题》。文章说：

① 阿甲：《延安京剧活动追忆》（1987），李春熹选编：《阿甲戏剧论集》（下），中国戏剧出版社2005年版，第733页。

② 阿甲：《悼念罗合如同志》（1980），李春熹选编：《阿甲戏剧论集》（下），中国戏剧出版社2005年版，第716页。

③ 见李春熹选编：《阿甲戏剧论集》（上），中国戏剧出版社2005年版，第3—14页。

平剧艺术的"推陈出新"，其中说明了两个问题：一是服务政治，一是接受遗产。这两个问题中间有矛盾，表现着旧艺术和政治现实的不统一，如何"推陈出新"，便是使这个矛盾得到统一的方针。……因此，迫切地感到：利用旧形式，必先费一番工夫去理解它，掌握它，然后才能知道"陈"究竟如何"推"法，"新"究竟如何"出"法。①

在研究戏曲遗产的同时，延安平剧研究院开始对传统剧目尤其是历史剧进行整理和新编演出。他们排演的新编历史剧有：《瓦岗山》《宋江》《三打祝家庄》《嵩山星火》《武松》《李逵夺鱼》《进长安》《走麦城》等。②阿甲先生不但参与了选择剧本、改编剧本的工作，还参加了许多剧目的演出。③

阿甲先生对于传统京剧艺术的学习，使他对我国传统的戏曲艺术有了充分而深入的了解，为他的京剧现代化事业打下了技术基础，也使他在后来于斯坦尼斯拉夫斯基理论的学习热潮中保持着客观、清醒而理智的态度，为建立中国戏曲的美学体系做了充分的理论准备。

三、新中国成立之初（1949—1952）：对旧京戏的理论批判和改造

1949年7月，中华人民共和国成立前夕，举办了第一次全国文学艺术界工作者代表大会。期间，中央人民政府文化部为开展全国戏曲改革工作，组成了"中央人民政府文化部戏曲改进委员会"，作为戏曲改革工作的最高顾问性质的机关。阿甲是42名委员中的一员。委员会的工作任务是：(一) 审定戏曲

---

① 李春熹选编：《阿甲戏剧论集》(上)，中国戏剧出版社2005年版，第15页。

② 阿甲称这些新编历史剧为"新观点历史剧"，见阿甲《延安平剧研究院十年来》。

③ 据李春熹《阿甲传略》，阿甲先生写了新编历史戏《宋江》《进长安》等，并参加了传统戏《四进士》《坐楼杀惜》《打渔杀家》《三打祝家庄》等戏的演出。

改进局所提出的修改与编写的剧本。（二）对戏曲改进工作的计划、政策及有关事项向文化部提出建议。[①]1951年5月5日，政府颁布了《政务院关于戏曲改革工作的指示》，确定了戏曲改革工作“改戏、改人、改制”的方针。新中国的戏曲改革运动正式开始。

与新中国戏曲改革政策相一致，这一时期阿甲的理论文章主要是对旧剧（主要是京剧）的改革和批判，这些文章主要有：《平剧改造运动中的几个问题》（1949年6月）、《谈梅兰芳的旧剧改革观》（1949年底前后，未发表）、《今后戏剧运动的希望》（1950）、《没落时期的京戏的美学观》（1950年4月）等。这些论文的共同特点，主要是对旧剧的批判。这种批判，既有时代的需要，也与梅兰芳“移步不换形”观点的提出有着直接关系。

1949年10月底，梅兰芳先生应邀在天津演出。11月2日，时任天津《进步日报》文教记者的张颂甲对梅兰芳进行了采访，在谈到京剧艺人的思想改造和京剧改革时，梅兰芳提出了“移步不换形”的观点，于次日在《进步日报》上发表。[②]梅兰芳的主要观点如下：

> 时代变了，社会也变了，旧艺人需要改造是不成问题的，任何人如果不进步就一定会落伍。在解放后，人民政府一直在大力帮助艺人们的改造，这是非常贤明的措施。虽然这是一件很艰巨的工作，可是大多数艺人都因此而开始走上了新生的道路。

> 京剧的思想改革和技术改革最好不必混为一谈，后者在原则上应该让它保留下来，而前者也要经过充分的准备和慎重的考虑，再行修改，才不

① 《中央人民政府文化部成立戏曲改进委员会——确定戏曲节目审定标准》，新华社1949年7月27日电，中国艺术研究院戏曲研究所《戏曲研究》编辑部、吉林省戏剧创作评论室评论辅导部编：《戏剧工作文献资料汇编》，1984年，第19页。

② 张颂甲：《梅兰芳先生蒙“难”记》，《艺坛》第一卷。

会发生错误。因为京剧是一种古典艺术，有它几千年的传统，因此我们修改起来也就更得慎重，改要改得天衣无缝，让大家看不出一点痕迹来……俗语说："移步换形"，今天的戏剧改革工作却要做到"移步而不换形"。

西蒙诺夫对我说过，中国的京剧是一种综合性的艺术，唱和舞合一，在外国是很少见的，因此京剧既是古装戏，它的形式就不要改得太多，尤其是在技术上更是万万改不得的。①

文章发表后，当时北京一些知名的文艺家不同意"移步不换形"的观点，并撰写了一批评论文章反对梅兰芳的观点，阿甲《谈梅兰芳的旧剧改革观》大概写于这段时间。②阿甲认为梅兰芳的错误主要在于：1.把改造旧艺人和改造旧形式分开；2.把改造形式和内容分开；3.把新形式的理想和目前的实践分开。阿甲批评了梅兰芳对于京剧技术改革的保守主义，认为旧技术虽美，但是是有阶级性的，京剧的思想改革必须同时也是技术的改革和美的改革。阿甲认为旧剧是不可能"天衣无缝"的，只有将接受遗产和表现人民的内容联系在一起，才能制出"无缝之天衣"。关于"移步而不换形"，阿甲从进化论的观点出发，认为今天的京剧是不断地从"移步换形"的运动中而来，将来也要不断地"移步换形"，这是它自己的规律。

阿甲1950年写的《没落时期的京戏的美学观》一文延续了对梅兰芳旧剧改革观的批判。阿甲在文中指出："一些朋友称颂京剧的统一、和谐，与'天衣无缝'，原来是受了剥削阶级伪造美学的麻痹。因此，我们可以理解：旧剧中越是统一，越是没有痕迹，也正是毒人愈深，使人受了害而愈不觉

① 阿甲《谈梅兰芳的旧剧改革观》一文对这些观点进行转述，亦可见张颂甲《梅兰芳先生蒙"难"记》。

② 见李春熹选编《阿甲戏剧论集》（上）中《谈梅兰芳的旧剧改革观》一文的后记。另据符挺军《阿甲年谱》，此文约写于11月。

得。”阿甲以阶级分析的观点指出：“每到一个封建阶级行将没落的时候，文艺就逐渐降为单纯消遣的东西，形式的玩赏，重于宣传，因而就产生了一种形式主义的美学观。”阿甲认为没落的、寄生的士大夫阶级的戏剧美学观是美和功利分开的，美感与真实感是对立的，美是从抽象出发的。继而，阿甲提出了新京戏的美学观点，那是人民京戏的美的观点，是从人民的观点出发的。

阿甲站在新中国戏曲改革的立场上，从戏曲表现现代生活的角度出发，从改革旧艺人的立场出发，认为不但旧剧需要改造，旧艺人和旧技术同样需要改造，这样才能创造出表现现代革命现实生活的新京戏。这是没有问题的。而梅兰芳的出发点，则是站在艺术的角度，认为对有着悠久传统的京剧艺术加以改革应当采取非常慎重的态度。同时，由于梅兰芳有过出国演出的经历，在中外艺术的对比之下，对中国传统戏曲的独特特征有着世界性的眼光和更为清醒的认识，这也是他在访谈中征引西蒙诺夫的话的背景和原因。

事实上，阿甲对传统戏曲的技术有着深入的了解，在创造反映现代革命生活的新京剧的过程中，他也一直通过编演传统历史剧来学习传统戏曲技术，这在上一节中已有论述。只不过，在新中国戏曲改革的时代大潮下，改造旧剧，创造新剧，才是时代的需要。梅兰芳从保护传统戏曲的角度提出“移步不换形”的观点本没有错，阿甲从改革旧剧、创造新剧的角度批判旧剧也没有错，二人观点的差异源自立场的不同。

传统戏曲与现代戏曲的并行发展，是从“五四”时期的“时装戏”到抗战伊始直至今日一直并存的两种当代戏曲生存形态。当代中国的戏曲现状，一方面是对传统戏曲的保护、继承和吸收、借鉴，另一方面则是对现代戏的创新和发展。只不过在抗日战争和新中国成立初期的文艺政策下，对反映现代革命生活的新戏曲的创立显得更为迫切。

四、"大跃进"时期的坚持与抗争（1956—1962）：在与斯坦尼斯拉夫斯基理论的斗争中认识到中国传统戏曲之美、规律与价值

上文已经提到，梅兰芳对传统京剧艺术相对保守的态度，与他曾经出国演出的经历有着密切的关系。无独有偶，许多从事新中国戏曲改革事业的戏剧家也是从外国戏剧和外国人的眼中认识到中国戏剧在世界艺术中的非凡价值的。张庚先生在《我和戏剧》一文中写道：

> 1951年下半年，我随一个代表团到苏联去参观，看了不少戏，歌剧、话剧、芭蕾舞剧都有。在这之前，我是从来没有看过这么多外国戏的。1952年10月，中央文化部举办了第一届全国戏曲观摩演出，……这两次看戏，一次外国戏、一次中国戏，真是使我大开眼界，大长见识。从看戏中，使我感觉到中国的戏曲和外国的歌剧和舞剧之间存在一种明显的不同，也可以说是美学价值的不同罢，外国的歌剧、舞剧的美主要是抒情性的；中国戏曲的美主要是戏剧性的。二者各有自己的独到之处，很难说是谁高谁低。……有感于此，我当时颇有些不自量力，发下一种宏愿，想为中国戏曲的现代化尽一点力量。我想，站在戏曲圈子之外去搞民族新歌剧，还不如干脆投身到戏曲的海洋中去工作更有实效些。我还想，如果按照西洋的规律来改造戏曲，那就会把千年来经过无数人的心血所结晶出来的美学价值给埋没了，毁坏了。①

与张庚的经历和感想非常相似的，还有著名戏剧家马少波。1952年，马少波也参加了第一届全国戏曲观摩演出大会。1956年，马少波率中国青年艺术团赴华沙参加第五届世界青年与学生和平友谊联欢会，继而率中国古典艺

① 张庚：《我和戏剧》，《张庚自选集》，中国戏剧出版社2004年版，第682页。

术团访问芬兰、瑞典、挪威、丹麦、冰岛。马少波先生的学生宋大声回忆了此次访问对马少波的震动：

> 记得当时他谈起这事，情绪非常昂扬，说这次京剧在北欧受到的赞誉简直出乎意料，丹麦赞誉京剧使皇家剧院的观众拜倒在它的脚下，挪威赞誉中国京剧俘虏了奥斯陆……国际友人的勉励使我们感到我们过去对京剧的估计过低了，今后要加倍努力，使京剧达到更高的水平……[①]

与梅兰芳、张庚、马少波不同的是，1958年前阿甲并没有出过国，没有将中国戏曲与外国戏剧直接对比的经验。[②]但是，与他们相同的是，阿甲也是在中国戏曲与外国戏剧的交流中认识到中国戏曲独特的美学价值的。不同的是，阿甲的这种认识，是在斯坦尼斯拉夫斯基理论的批判接受过程中产生的。

余从、王安葵主编的《中国当代戏曲史》说："新中国建立后，戏曲工作者自觉地运用马克思主义指导创作和理论研究，使戏曲艺术出现了新局面。50年代，在戏剧界还普遍开展了对斯坦尼斯拉夫斯基体系的学习，这对戏曲工作者开阔视野，吸收借鉴外国艺术，发展壮大自己是有好处的。……不懂得不尊重自己的传统，以为中国人什么都不行，一切都要用外来的东西进行改造，那便产生了教条主义。……在50年代，这种倾向曾反复出现，给戏曲改革带来很大危害。"[③]

1954年至1956年，苏联专家普·乌·列斯里[④]在中央戏剧学院讲授斯坦尼斯拉夫斯基的戏剧理论，阿甲参加了这个培训班，系统地学习了斯坦尼斯

① 宋大声：《京剧在北欧受到赞誉》，宋大声：《马少波师品》，中国戏剧出版社2007年版，第27页。

② 阿甲于1958年随中国戏剧家代表团访问印度。见符挺军《阿甲年谱》。

③ 余从、王安葵主编：《中国当代戏曲史》，学苑出版社2005年版，第237—238页。

④ 列斯里是斯坦尼斯拉夫斯基的学生和助手。

拉夫斯基的戏剧理论。其实此前阿甲对斯坦尼斯拉夫斯基体系已经有所了解，并于1952年在《戏曲建立新的导演制度问题》一文说道："我觉得如何把中国戏曲传统的表演方法和苏联斯坦尼斯拉夫斯基的表演理论相结合，这是戏曲界应该讨论的问题。"同年阿甲的另一篇文章《谈我国戏曲表演艺术里的现实主义》也提到斯坦尼斯拉夫斯基的表演理论对中国戏曲改革的借鉴意义。然而，在具体的实践中，阿甲逐渐发现教条地运用斯坦尼斯拉夫斯基理论对中国戏曲表演艺术和戏曲改革的消极作用。正是在这样的背景下，阿甲于1956年和1958年分别写了《生活的真实和戏曲表演艺术的真实——谈舞台程式中关于分场、时间空间的特殊处理等问题》和《再论生活的真实和戏曲表演艺术的真实——关于现代戏继承传统和发扬传统的问题》二文。

阿甲的理论文章往往是针对现实中出现的问题而提出的解决办法，这两篇文章便是针对当时戏曲表演方面形式主义和自然主义的问题而写成的。阿甲总是能一针见血地指出问题所在，提出相应正确的解决办法，这是由于他对中国传统戏曲艺术有着深厚的积累和深入的理论思考。

文章指出，中国戏曲界本想借斯坦尼斯拉夫斯基的理论来剔除掺杂在戏曲表演艺术中形式主义的东西，由于教条地运用斯坦尼斯拉夫斯基体系，结果连戏曲的表现形式也被反对了。"他们往往将自然主义的东西拼命向戏曲的舞台艺术里塞，……要求演员在排戏、在表演的时候，反对运用'程式'，认为一个戏的形式，一个角色的性格外形，只能在排演场中在导演的启发下，根据角色的体会而后自自然然地产生出来。""这些人有意无意地采取自然主义的方法或话剧的方法来评论戏曲表演艺术的真实或不真实，依据这个尺度去衡量传统的表现手法，一遇到他们所不能解释的东西，不怪自己不懂，反认为这些都是脱离生活的东西，也即认为应该打破应该取消的东西。"

阿甲认为，作为一名戏曲工作者，应该懂得戏曲艺术的特殊规律，按照戏曲艺术自己的特殊规律运用自己的特殊手段进行戏曲创作和戏曲表演。阿甲系统而详细地分析论述了中国戏曲表演艺术的特殊规律。

阿甲认为中国戏曲表演艺术的程式是从生活中提炼而来的，并详细论述了中国戏曲各种程式的来源及其主要特征。(一) 中国戏曲的行当角色从简单到复杂，从一开始只有小生、小旦、小丑（俗称“三小”）逐渐发展到生、旦、净、末、丑，每一行又都有文、武之分，各行还有更具体的分法，如生行有生、末、外等，小生行有雉尾、扇子、穷生等；旦行有青衣、花衫、彩旦、贴旦等。这都反映了戏曲表现的生活内容复杂了，艺术上的分工也更严密。(二) 戏曲的分场（上下场）方法是戏曲舞台的基本形式。分场表现舞台的空间和时间是虚拟的和自由的，这就决定了中国戏曲表演动作的虚拟性。（三）唱、念、做、打是分场的舞台方法和虚拟动作的具体化。由此，阿甲总结出中国戏曲的表现特点是：主要用分场和虚拟的舞台方法，通过唱、念、做、打作为艺术手段的一种特殊的戏剧表现方法。

阿甲对中国戏曲表演艺术特殊规律的总结，不仅符合中国戏曲表演艺术的历史真实和实际情况，至今看来，仍然是科学准确的。阿甲于五十年前的这些研究成果，奠定了我国传统戏曲艺术理论研究的基础。

《生活的真实和戏曲表演艺术的真实》一文是1956年阿甲在文化部第二届戏曲演员讲习会上所做的专题报告，此时距“大跃进”还有一年多时间。1958年阿甲发表《再论生活的真实和戏曲表演艺术的真实》时，“大跃进”已经开始。在当时的背景下，阿甲敢于写这样的文章，其追求真理、敢于说真话的胆识实在令人钦佩。

时隔二十年，在经历了“大跃进”“文化大革命”之后，1979年，阿甲又发表了一篇名为《斯坦尼斯拉夫斯基体系与中国的戏曲表演》的文章，虽然已经时过境迁，阿甲仍然客观公正地对待和评价斯坦尼斯拉夫斯基体系与中国戏曲表演艺术的关系，认为这些外国理论对中国戏曲艺术的提高有一定的借鉴意义，但也只是借鉴。阿甲的这种立足于中国戏曲艺术本身，借鉴吸收外国理论和技术，从而提高中国戏曲表演艺术的态度，对我们今天创作和研究中国戏曲仍然具有指导意义。

五、对待戏曲遗产的远见卓识：对当代非物质文化遗产保护的启示意义

目前，中国的非物质遗产保护和研究工作正如火如荼地展开，中国传统戏曲日益受到政府和人们的重视。其实，早在半个世纪以前，对中国传统戏曲艺术有着深刻了解的阿甲，已经意识到并总结出戏曲艺术作为非物质文化遗产的一些基本特征，如他在《平剧研究院和平剧工作》一文中关于戏曲遗产的承载体，有着这样的看法："平剧运动，离开了旧伶人是没有办法的。我们天天喊着接受戏剧遗产，遗产究竟在哪里呢？难道就是几本戏考吗？或是百代公司几张唱片吗？这都是很不足称道的。所谓旧剧遗产，就在活着的旧伶人身上，昆曲的技术遗产，由于没有做接受的工作，随着人的死亡完蛋了。所以，我们要尊重旧伶人，他是我们遗产的实践。"这与我们现在非遗保护工作中重视和保护传承人的做法，实在是不谋而合。而他关于昆曲艺术由于没有传承人而面临危机的论述，非常有远见。2001年，联合国教科文组织公布了第一批世界非物质文化遗产代表作名录，昆曲就名列其中。

又如，阿甲在《延安平剧研究院十年来》中这样写道："平剧的艺术形式，是用行帮制度承继下来的，这些属于舞台表演的文化遗产，全部留传在旧剧演员的身上。其教学方法讲究'衣钵真传'，讲究'口传心授'，没有理论的记载。"这种对非物质文化遗产重要形式之一的表演艺术的基本特征"口传心授""衣钵相传"的看法，真可谓真知灼见。

又如，他在《搞现代戏　锲而不舍——写在党史庆六十年之际》一文中说："舞台艺术主要是靠活人的表演，京剧舞台艺术要着重：技术的心理表演，技术的形体表演，技术的声韵表演。"在《你们将是人民心目中喜爱的花神——在纪念延安平剧研究院成立四十周年大会上的发言》一文中，阿甲说："戏曲的舞台艺术，主要不是靠文字传下来的。戏曲文学属于文词的当然要靠文字传下来；戏曲的音乐知识有的要靠文字传下来，有的不是；至于表演、导演，虽然也有若干记载，主要是由演员的肉体继承下来的，是由几十

代几百代艺人在创造角色的时候，以他们的肌体筋骨经过精雕细刻的逐步加工，一代一代地传授到现在的。以这样坚忍不拔艰苦卓绝的精神来对待民族传统，继承戏曲的舞台艺术，这是世界上所没有的。极为敏感的肌肉感受和富有思想性又有剧场效果的文学思维的高度结合是戏曲艺术的最高表现。如灯光布景的翻新比较之下是次要的。”在这里，阿甲分析了物质文化遗产（文字著作）与非物质文化遗产（舞台表演艺术）的不同，文字著作是有具体的承载形式的，而舞台艺术却是蕴含在活人（即演员）的身体上的。作为非物质文化遗产的舞台艺术的呈现形式，是借助演员的心理体验、形体表演和声韵表演。他也以精练的语言分析论述了非物质文化遗产是先贤们经过世世代代的经验累积而逐渐形成的重要特征。这些观点，同样与联合国教科文组织关于非物质文化遗产特征的总结不谋而合。

阿甲的戏曲理论宝库非常丰富，他关于戏曲舞台艺术作为非物质文化遗产的论述，对我们今天保护戏曲非物质文化遗产有着重要的借鉴意义。

六、余论

我们今天研究阿甲关于戏曲的理论研究和创作实践，不能脱离阿甲所处的时代背景和政治背景。在党和政府要求戏曲为抗日战争服务、戏曲为现实斗争服务、戏曲为社会主义服务、创造戏曲现代戏、戏曲改革的时代背景之下，阿甲的戏曲理论不可避免地带有阶级分析等时代政治特点，这具体体现在他对旧剧、对梅兰芳的批判中。阿甲对中国传统戏曲的学习、研究的目的，始终是为创造出崭新的中国戏曲现代戏而服务的。这个艰巨的任务，阿甲曾经试图用三年的时间就完成，[①]事实上，不但阿甲自己后来认识到不

① 在延安期间，阿甲曾经向中央写了一份京剧改革建议书，提出分三个阶段实现改革任务，第一个阶段要着重学技术，第二个阶段编历史剧，第三个阶段创造现代戏，每个阶段为期一年。参见《搞现代戏　锲而不舍》一文。

可能办到，直到今天，半个多世纪过去了，传统戏曲表演艺术的继承和保护问题，戏曲现代戏的继承和创新问题，仍然是戏曲界争论不休的话题。创造戏曲现代戏是一代戏曲改革者们的宏愿，这个美好的愿望当然是必要的，但是，如何从复杂多样的传统戏曲程式中创造出反映现代生活的新程式，如何从传统戏曲分场的、虚拟的舞台样式中创造出有别于西方的、话剧的当代戏曲舞台样式等问题仍然没有能够很好地解决。这不仅是时间的问题，也有对传统的、现代的、西方的、话剧的舞台表演艺术融会贯通的问题。这个问题，只能假以时日，通过那些既对传统戏曲艺术有着深厚功底，又对现代技术了如指掌，并能全面驾驭它们的戏曲导演、戏曲演员来实现，相信这一天终能到来。

（原载《戏曲研究》2008年第1期）

二十世纪中国戏曲文学研究概述

自王国维《宋元戏曲史》将“元之曲”与楚之骚、汉之赋、六代之骈语、唐之诗、宋之词相提并论，将元杂剧列为有元一代之文学，戏曲才作为文学创作体裁的样式之一纳入现代学者的研究视野。王国维研究元杂剧剧本主要分“结构”和“文章”两个部分，他在“元剧之文章”一章中说：“其作剧也，非有藏之名山传之其人之意也。彼以意兴之所至为之，以自娱娱人。关目之拙劣，所不问也；思想之卑陋，所不讳也；人物之矛盾，所不顾也。彼但摹写其胸中之感想，与时代之情状，而真挚之理，与秀杰之气，时流露于其间。故谓元曲为中国最自然之文学，无不可也。”[①]细辨其言，则元杂剧之文章主要有结构、关目、思想、人物四个方面的内容。这基本上包括了戏曲剧本研究的主要内容。我们将之与《中国大百科全书 · 戏曲曲艺卷》对“戏曲文学”的定义进行对照：“文学创作的体裁之一，泛指中国戏曲剧本创作。它运用唱词、念白、科介等手段，通过一定的结构形式，敷陈情节，开展冲突，刻画人物，抒发感情，表达主题思想。”[②]二者如出一辙。因此，从这个意义上说，王国维的《宋元戏曲史》对元杂剧的研究，事实上开创了系统研究元杂剧以及中国戏曲文学之先例与规模。诚如王国维所说：“世之为此

---

① 王国维：《宋元戏曲考 · 自序》，东方出版社1996年版，第101—102页。

② 《中国大百科全书 · 戏曲曲艺卷》，中国大百科全书出版社1992年版，第475页。

学者自余始；其所贡于此学者，亦以此书为多。”①

因此，戏曲文学研究的首要之义即是对戏曲剧本的研究，其内容包括结构、情节、人物、思想、语言等内容。中国戏曲有古代、近代、当代之分；古代戏曲有杂剧、传奇之别，也有诸如昆曲、京剧、豫剧、越剧等剧种之别。戏曲文学研究具体而言包括了戏曲文学分期、各体戏曲文学样式、不同剧种文学创作成就的研究。戏曲作品是由作家创作出来的，因此，戏曲作家研究也是戏曲文学研究的重要内容。戏曲文学研究还包括戏曲剧本创作方法和创作技巧的总结与研究。

一、20世纪戏曲文学研究的分期

20世纪以来，中国社会的各个领域都经历了从传统到现代的巨大转变，戏曲文学研究也不例外。无论是戏曲文学研究的内容，还是研究戏曲文学的方法、理论、理念，都发生了一系列的变化。20世纪戏曲文学研究大致以1949年新中国成立为界分为两个阶段，前后两个阶段各50年。

（一）近代戏曲文学研究

1900年到1949年属于我国历史分期上的近代，这个时期戏曲文学研究在不同年代也有细微的不同。从目前见诸报纸杂志的文章来看，1900—1920年这20年间，戏曲文学研究呈现出两个特点：一、从研究方法上来讲，这个时期的学者们主要是运用传统考据的方法对剧目进行考评；二、由此决定，这一时期戏曲文学研究的内容主要是剧目研究。如泖东一蟹（即钱静方）1913年到1918年在《小说月报》上发表了系列考评宋元明清院本、杂剧、传奇的文章，共48篇，对48个剧目进行了考证，堪称此一时期剧本考证者的代表。其他也多是此类考证、题跋文章。值得注意的是，1918—1919年，齐如山在

① 王国维：《宋元戏曲考·自序》，东方出版社1996年版，第1—2页。

《春柳》杂志上发表了一些论编剧法的文章，如《论旧戏中之烘托法》[①]《论编戏须分高下各种》《论编排戏宜细研究》等，由于当时启发民智的时代潮流，齐如山论编剧是从社会教育的角度出发，如其《论编戏须分高下各种》就主张针对不同知识文化水平的观众，编戏要相应地分出高下。

这种以剧目考证为主的情形一直延续到20世纪30年代初，出现了一批著名的戏曲学者，如顾颉刚、吴梅、郑振铎、傅惜华、孙楷第等，其阵地是《小说月报》《国学丛刊》《梨园公报》《戏剧月刊》等。进入30年代，戏曲文学研究的内容和方法开始变得多样、丰富起来，文章数量较之以前也大大增加。除了剧目考证之外，作家研究、戏曲目录提要、京剧（皮黄）文学研究、戏曲故事类型研究、历史剧研究都成为学者研究的对象，出现了一批知名学者和相关成果。如这一时期对京剧（皮黄）文学的研究相对集中地出现了一批论文，如马彦祥《皮黄剧本之变迁》、陈墨香《京剧提要》、徐凌霄《皮黄文学研究》、吉水《近百年来皮黄剧本作家》、于水《皮黄剧中的妇女问题》、曲莽《皮黄剧本作者续目》、品心《皮黄引子的研究》、镜傅《平剧取材之分析》、施病鸠《皮黄上下句之研究》、心词主人《皮黄杂剧考证》等，内容涉及剧本体制、作家、作品、结构、语言、取材等，非常丰富。这与当时京剧风行全国的大形势是相适应的。戏曲目录提要方面取得的成就，主要体现在几位著名学者的研究，如傅惜华的《明代传奇提要》《皮黄剧本作者草目》等。

20世纪40年代，戏曲文学研究出现了一个非常鲜明的特点，即元杂剧研究成为当时的学术热点。孙楷第、冯沅君、隋树森、赵景深、邵曾祺、严敦易、王季思、傅惜华等人对元杂剧的体制结构、语言特色、作家生平传略、作品类型、时代分期等进行了非常全面深入的研究，他们的论文不胜枚举。这些文章发表的园地既有《申报》“俗文学”专刊、《民国日报》等报纸，发表于这些报纸上的文章大多是元杂剧作品的介绍研究；也有《东方杂志》《通俗

---

① 此文虽论旧剧，但目的是鼓励编新戏要学习旧剧“烘云托月”的方法。

文学》《国文月刊》等杂志，这些则大多是理论性比较强的学术论文。至于像《立言画刊》（1938—1945）等以娱乐为主的报刊，也多登载介绍剧目的类似剧话的文章，翁偶虹、九畹室主（张舜九）、景孤血等都是其专栏作者。

纵观20世纪上半叶戏曲文学研究的发展历程，我们不难发现，从传统的杂剧、传奇剧目考证，到对作家、作品的研究，再到学者们集中对京剧（皮黄）文学、元杂剧进行全方位的研究，戏曲文学研究在半个世纪的时间里，从传统向现代转变，完成了向真正的、现代意义上的学术研究迈进的华丽转身。

（二）新中国成立到2000年的戏曲文学研究

这半个世纪又可分为三个阶段：

新中国成立初期（1949—1965）。这是戏曲文学研究的重新启动时期，这一时期的戏曲文学研究延续了此前作家作品研究的情况，元、明、清时期的著名作家、作品是学者们的主要研究对象，这些研究主要集中在高明的《琵琶记》、关汉卿的作品、王实甫的《西厢记》、汤显祖的《牡丹亭》、孔尚任的《桃花扇》、洪昇的《长生殿》等名家名作，也出现了一些现实性较强的、带有政治色彩的争论，如对于戏曲作品“人民性”、戏曲如何表现现代生活等的争论。这一时期一些著名的戏剧理论家对戏曲文学的一些基本特征进行总结，如著名戏剧理论家张庚的“剧诗说”，著名导演焦菊隐以《四进士》为分析对象对戏曲文学创作特点的总结，都是这一时期戏曲文学研究的重要成果。

“文革”时期（1966—1976）。十年“文革”，戏曲文学研究一片荒芜，基本上没有一篇真正的学术论文，这十年是戏曲文学研究的空白期。

新时期（1977—2000）。“文革”结束以后，经过短暂的沉寂，从1979年开始，戏曲文学研究进入百花齐放、百家争鸣的繁荣时期。从数量上看，这30年所发表的论文比此前70年发表的论文还要多；从内容上看，这些论文研究的范围包括了戏曲文学研究的所有领域，并不断以新的视角、新的观点、新的理论丰富扩展着戏曲文学研究的内容，无论是作家研究、作品研究、流派研究、戏曲创作技巧的总结研究、戏曲文学特征的总结研究，还是语言研究、文体研究、各个剧种剧本文学研究、中西戏剧文学比较研究、不同地区戏曲文学研究、个案研究、总体研究等等，学者们都有非常深入的探究。

二、20世纪戏曲文学研究的主要内容和特点

（一）作家作品研究

作家作品研究一直是戏曲文学研究的重点。据不完全统计，[①]20世纪前半叶，戏曲文学研究共有论文457篇，其中有320篇是关于作品和作家的，占70%，其中又以作品的考证为主，这以泖东一蟹为代表。而考证文章的内容又不仅仅局限于作品的本事来源，尚有对作家生平的考证，如王季思《西厢记作者考》、隋树森《关汉卿及其杂剧》等，对元杂剧语言方言的考证，如顾随的《元曲中方言考》、周贻白《中国戏曲之蒙古语》等，类型题材戏如孟姜女戏曲等的考证等。因此这一时期的戏曲文学研究的特点是以考证为主，尤其是以作品考证为主。这一时期作家作品的目录和提要的整理研究也取得了比较大的成就，除了傅惜华的《明代传奇提要》《元代剧作家传略》《皮黄剧本作者草目》《皮黄剧本作者续目》、邵曾祺的《元杂剧后期作家传略》《元杂剧六大家略评》，还有刘守鹤的《记滇剧三十二种》，郭坚、林培庐的《潮州曲本提要》，他们对地方剧种剧目的搜集整理为后人的研究提供了非常可贵的资料。除此之外，对于历史剧的研究与创作也是这个时期人们关注得比较多的问题，如亚子《杂谈历史剧》、安娥《历史剧杂谈》、郭沫若《历史 · 史剧 · 现实》、朱肇洛《论史剧》、黄叶《历史与旧剧之关系》等。

20世纪后半叶，戏曲文学研究共有论文576篇，其中作家作品研究论文207篇，约占34%。其中，1950—1965年论文共81篇，作家作品研究51篇，占

---

① 本文的统计数据主要依据李小菊编著《二十世纪戏曲学研究论丛：戏曲文学研究卷》，安徽文艺出版社2015年版。此处统计的数据难免遗漏，但基本反映出20世纪戏曲文学研究的情况。

51%，虽然比例较前期下降，但仍占戏曲文学研究论文数量的半数，不过已不再以考证为主，而是以研究为主，如徐朔方的《论〈西厢记〉》、郭汉城的《从〈牡丹亭〉看传统剧目的主题思想》等。1966—1978年没有戏曲文学研究的论文。1979—2000年共发表论文495篇，其中作家作品研究论文156篇，约占31%。这一时期的戏曲文学研究，在广度和深度上都大大超过了前代。一方面，学者们对元明清著名的戏曲作家、作品从不同的角度继续深入研究，另一方面，许多元明清的二、三流作家都纳入学者们的研究视野。除此之外，当代著名剧作家如范钧宏、郭启宏、魏明伦、郑怀兴等以及他们的作品也成为学者们的研究对象。

（二）戏曲文学特征研究

20世纪学者们对于戏曲文学特征的研究是从对京剧文学（皮黄文学）的研究开始的。1933年，马彦祥在《益世报》上发表了《皮黄剧本之变迁》，从此拉开了京剧文学研究的序幕。次年，徐凌霄在《剧学月刊》上发表了《皮黄文学研究》一文，之后，皮黄剧的作家、结构、语言的研究文章不断见诸20世纪30年代的报纸杂志。80年代，钱穆发表了《中国京剧中之文学意味》，1991年，阿甲发表了《京剧文学与京剧艺术的本质特征》。特别是颜长珂于2000年发表的《京剧文学简论》，从京剧剧本的概况、剧本结构、人物塑造、文学语言四个方面对京剧文学的特点进行总结研究，可以说是京剧文学研究的总结性成果。

新中国成立后，以张庚先生的“剧诗”说为代表，对于戏曲文学特征的研究逐渐迈向深入。1962年，张庚发表《关于剧诗》，认为戏曲剧作是一种诗，剧作家可以像其他诗人一样言志载道，也可以抒情、写景、叙事，并对剧诗语言提出一定的要求。“剧诗”说在学术界引起深远的影响，之后，宗一的《以诗笔写剧——漫谈戏曲剧本的文学性》、马威的《能唱的诗——谈戏剧语言的音乐性》等文进一步阐述“剧诗”说。对于戏曲剧本、戏曲语言文学性的研究也取得了可喜的成就，如范钧宏的《文学性·音乐性·舞台性——戏曲语言特点浅探》、沈尧的《戏曲文学的抒情性》等是比较有代表性的。著名编剧郭启宏对历史剧的创作提出了“传神史剧”的观点，认为历史剧创作要传历史之神、传人物之神、传作者之神，这既是他自己历史剧创作的经验总结，也是对新的时代下历史剧创作特点的总结，对当代历史剧创作产生了比较大的影响。

（三）戏曲文学创作技巧研究

对戏曲编剧技巧的探讨和总结从20世纪初就开始了，1914年，心史、遏云相继发表《说演戏之脚本》《编剧之方针》，1919年，齐如山在《春柳》上连续发表3篇关于编戏的文章。到了20世纪30年代，对于编戏技巧的总结则以刘守鹤为代表，特别是他的《论作剧》一文，从15个方面介绍如何编戏，文章虽短，内容颇丰。其他如水神阁主的《编排剧本应具备六理》、圆缺的《由避免复角推想到编剧的规律》也颇有见的。这些文章大多从吸引观众、启发民智的角度出发，明显带有当时的时代思想烙印。

新中国成立后，对于编剧技巧的研究更加理论化、系统化。焦菊隐《豹头·熊腰·凤尾》一文，虽然面对的对象是话剧编剧，但他是从传统戏曲的编剧技巧出发，以京剧传统戏《四进士》为例，总结戏剧编剧技巧，其理论渊源上承元乔梦符“凤头、猪肚、豹尾”之说。其他如王肯的《戏曲编剧技巧琐谈》（共四篇）和《关于吉剧编剧的六封信》《戏曲艺术》连载的“戏曲编剧概论”等，都是系统介绍编剧技巧的。除了戏剧理论家们对编剧技巧的研究，许多著名的编剧也对编剧技巧进行总结，如杨兰春的《现代戏创作随笔》、徐进的《越剧〈红楼梦〉剧本重印后记》、魏明伦的《转益多师是吾师——从我怎样写“三叩门”谈起》、郭启宏的《重铸就奇语伟词》等都是难能可贵的经验之谈。

对古代戏曲编剧理论的研究也在这一时期取得了令人瞩目的成就，这主要集中在对李渔、王骥德、金圣叹等古代戏曲理论家的研究上。李渔的编剧理论很早就引起学者的重视，罗明早在1944年就发表了《李笠翁的写剧论》。20世纪50年代后又有许多学者对李渔的编剧理论进行研究，其《闲情偶寄》中的一些观点如“立主脑”“结构”论等都成为学者们不断研究的对象，如吴郑的《也谈李渔的“立主脑”说》，卢元誉的《小议李渔的“立主脑”》，吴戈的《如何理解李渔的“立主脑”？》，罗明的《李笠翁的写剧论》，陈多、计文蔚的《李笠翁的戏曲编剧理论与技巧》，湛伟恩的《李渔的喜剧创作论》，一峰的《关于李笠翁的“结构第一”——戏曲编剧理论漫笔》，王少梅的《浅析李渔的戏曲结构论》等。其他如叶长海的《王骥德〈曲律〉的戏曲创作论》，以及谭帆的《金圣叹戏曲文学创作论的逻辑结构》等。尤其值得注意的是谭帆的《中国古代编剧理论的宏观体系》，该文梳理了中国古代编剧理论的演进历史，认为中国古代编剧理论分为以朱权和王骥德为代表的“曲学体系”、以王骥德和李渔为代表的“剧学体系”以及以李卓吾和金圣叹为代表的“叙事理论体系”三大体系，这三大体系虽然三极分化，但依然有维系这三大体系的内在思想，即戏曲艺术的抒情性原则和戏曲艺术的寓言性，是对古代编剧理论全面系统、高屋建瓴的理论总结。

（四）戏曲文学文体研究

中国古代戏曲主要分为杂剧和传奇，二者在体制上有着明显的不同。对于二者的文体研究也一直是学者关注的问题。20世纪三四十年代，出现了一批研究杂剧和传奇文体、结构的文章，如徐秋生的《传奇与杂剧之解释》、王玉章的《杂剧要件》、孙楷第的《北曲剧末有楔子说》、李西溟的《杂剧传奇的异同》、邵曾祺的《杂剧的结构》、冯式权的《两宋同辽的杂剧及金元院本的结构考》、赵景深的《元曲第四折后楔子》等。20世纪80年代，学者们对戏曲结构的研究文章主要有范钧宏的《戏曲结构纵横谈》、沈尧的《戏曲结构的美学特征》、吴琼的《中国戏曲剧本结构特点的形成与发展》、明光的《元杂剧非冲突式平行结构的形成与影响》、宋光祖的《戏曲结构类型与戏剧冲突》、李晓的《基础观念与整体结构——中国古典戏曲结构的基本原则》《古典戏曲结构四段论》等。进入90年代以后，对于戏曲结构的研究仍然延续，但随着文体学、叙事学研究的兴起，对于戏曲文学的文体学和叙事学研究逐渐成为研究的热点，涌现出一批研究成果，如郭英德的《稗官为传奇蓝本——论李渔小说戏曲的叙事技巧》和《论明清传奇剧本长篇体制的演变》，韩丽霞的《从元杂剧体制看中国戏曲显在叙述模式的若干基本特性》和《试论明清传奇的显在叙述特性和叙事策略》，洪哲雄、董上德的《论元杂剧的文体特点》，张宪彬的《浅谈中国戏曲中的“叙事性”》，韩军的《古代戏曲程式化的叙事结构形式和格局》等。叙事学、文体学等新的研究视角的引入说明了戏曲文学研究的深入。

20世纪戏曲文学研究取得了巨大的成就。世纪初的学者们用传统考据方法对古代戏曲剧目、作家进行了扎实的研究，为戏曲研究奠定了坚实的基础，然而其方法、对象略觉单一，这是学术研究现代化过程中初创时期的特点。20世纪后期的学者们思路开阔、方法多样，然而总体上看，这一时期缺失的正是世纪初学者们的扎实的传统学术根基和考据功夫。至于六七十年代的学术荒漠期，只能让人扼腕叹息。在社会稳定、文明昌盛的今天，我们呼唤戏曲研究方法更加多样、思想更加活跃，期盼成果更加辉煌。

（原载《戏剧文学》2017年第7期）

完备的体系　丰硕的成果

——“前海学派”戏曲理论研究述略

一、关于“前海学派”的论争及论争的意义

尽管学术争鸣是科研环境宽松开放、学术研究繁荣和走向深入的表现和途径，但却不是必要的，更不是唯一的表现和途径，尤其是当这种争鸣变成非学术观点和理论主张的碰撞与论争，而且变成形而上的甚至是学术攻击和人身攻击的时候，“争鸣”与“商榷”就走了形、变了味，成为哗众取宠和学术炒作的工具。事实上，关于“前海学派”的论争刚一在学术界出现，批判者和反击者观点之正误、学养之厚薄、境界之高下、态度之倨恭就高下立判。虽然最初关于“前海学派”的批判文章是围绕《中国戏曲通史》展开的，[①]然而文中措辞充满挑衅意味，他们所组织的人员甚至连《中国戏曲通史》都没有通读过，尤其是“导言”对七位德高望重的“前海学派”学者挑战权威式的、充满嘲讽意味的评价，使得“前海学派”学者们不得不对此进行回应。诚如龚和德先生所说，那些所谓的批判者是“无实事求是之心，有哗众取宠之意”[②]，“前海学派”的学者们实际上正是以实事求是的态度回应

① 顾琦：《晚安！〈中国戏曲通史〉》，《上海戏剧》1998年第6期。

② 《学术岂能炒作——戏剧界学者专家对〈民意调查报告〉座谈摘要》，《中国戏剧》1998年第10期。

了这次抨击。

而“无实事求是之心”正是此后有关“前海学派”的批判文章显得不堪一击的致命弱点，也是无法改变的弱点。举例来说，针对有学者指出“前海学派”根本就不存在的观点，“前海学派”学者则以“前海”确切的地域标识、以张庚为代表的核心人物、一批有学术共识的成员、鲜明的治学方法、丰硕的理论成果等客观存在的事实，通过对“前海学派”的正面总结阐述，进行批驳，如郭汉城先生的《张庚与“前海学派”》[①]。针对每一篇批判文章，“前海学派”学者都以实事求是的态度，进行学术性的商榷与辩驳，如针对董健《20世纪中国戏剧脸谱的消解与重构》[②]一文的观点，先有安葵《20世纪中国戏剧的现代化与民族化——与董健、傅谨先生商榷》[③]一文进行批驳，后有王馗《“前海学派”的戏曲史研究在新世纪以来的意义——从董健“脸谱主义”的误断说起》[④]一文进行商榷，他们的论述都是建立在对戏曲研究相关问题和“前海学派”的学术观点、学术成果梳理、总结的基础之上的。针对王馗的文章，陈恬的《“前海”是个什么样的“学派”？——读〈“前海学派”的戏曲史研究在新世纪以来的意义〉有感》[⑤]的商榷文章，既没有回应王馗对“前海学派”戏曲史研究的总结，也没有正面阐述陈恬本人对戏曲史研究的见解，而是抛出了所谓的“单位立场”“政治依附”等新论调，完全偏离了学术争鸣的轨道。很快，吴民就发表《“前海学派”是个什么样的

① 郭汉城：《张庚与“前海学派”》，《中国戏剧》2011年第11期。

② 董健：《20世纪中国戏剧脸谱的消解与重构》，《戏剧艺术》1999年第6期。

③ 安葵：《20世纪中国戏剧的现代化与民族化——与董健、傅谨先生商榷》，《戏剧文学》2002年第11期。

④ 王馗：《“前海学派”的戏曲史研究在新世纪以来的意义——从董健“脸谱主义”的误断说起》，《文艺研究》2013年第12期。

⑤ 陈恬：《“前海”是个什么样的“学派”？——读〈“前海学派”的戏曲史研究在新世纪以来的意义〉有感》，《南京大学学报（哲学·人文科学·社会科学版）》2014年第6期。

学派？——兼与陈恬博士商榷》[①]直接对陈文进行批驳。可以看出，批判“前海学派”的学者及其文章，无视“前海学派”这个学术群体以及他们秉承的理论联系实际的研究理念进行的学术研究和众多的学术成果，在机构隶属关系等问题上大做文章，不去考察中国戏曲研究院和中国艺术研究院戏曲研究所科研人员的学术背景、学术经历、学术成就，制造学术噱头，实际上还是“无实事求是之心，有哗众取宠之意”的思想在作祟。

本文以“前海学派”的戏曲理论研究为考察对象，梳理“前海学派”戏曲理论研究的发展轨迹，展示“前海学派”从事戏曲理论研究的学者风采和学术成果，总结其理论研究的主要内容和治学特点、治学方法。以实事求是的文献综述的方式，向实事求是的“前海学派”致敬；以有关“前海学派”的论争为切入点，总结“前海学派”戏曲理论研究的成果和学术贡献，向“前海学派”理论联系实际、指导现实的学术研究宗旨致敬。

二、“前海学派”代表人物张庚的戏曲理论研究

张庚先生对中国戏曲的理论研究有两个参照系，一个是话剧等戏剧形式，一个是苏联、西方戏剧的戏剧理论。这与张庚最早从事话剧创作以及对苏联戏剧和西方戏剧的了解分不开。正是由于这样的学术背景，使得张庚在研究中国戏曲、对中国戏曲进行理论总结的时候，特别强调中国戏曲独特的民族性。

张庚对中国戏曲的理论研究，是一个逐渐成熟、渐成体系的过程。《张庚文录》[②]所收张庚的文章中，关于戏曲的研究始于20世纪30年代，如写于1935年的《为观众的戏剧讲话》，尽管这一时期的论述比较简单，但仍让我们可

① 吴民：《“前海学派”是个什么样的学派？——兼与陈恬博士商榷》，《贵州大学学报（艺术版）》2015年第5期。

② 张庚：《张庚文录》（7卷，“补遗”1卷），湖南文艺出版社2003年版。

以追溯到他的一些基本观点的早期风貌。1936年，张庚《戏剧概论》一书出版。1948年，《戏剧艺术引论》出版。这两部论著都论及戏剧艺术的综合性、观众、剧本、明星制与导演制、演员表演、化妆与服装、舞台美术等各方面，为后来《戏曲艺术论》的写作奠定了基础。

新中国成立以后，戏曲艺术受到重视，对戏曲艺术的表演、剧作、音乐结构、舞台美术等各方面规律的理论研究也开始起步。1957年，张庚发表《试论戏曲的艺术规律》一文，对中国戏曲的历史发展、形式和内容的特点进行理论探讨和总结。1962年，张庚相继发表《不能抹杀不同的戏剧体系——在戏曲舞台美术座谈会上的发言》《关于剧诗》《戏曲的形式——中国戏曲学院戏曲理论进修班讲稿》等三篇重要理论文章。《不能抹杀不同的戏剧体系》一文着重论述戏曲舞台美术问题，张庚指出，西方话剧和中国戏曲属于不同的表演体系，西方话剧企图制造真实的幻觉，所以在舞台美术上就尽量做到以假乱真；中国戏曲把神似放在第一位，因此是靠演员逼真的表演来感动人。中国的戏曲艺术是以表演为中心的，舞台美术从属于表演。《关于剧诗》以及发表于1963年的《再谈剧诗》系统阐述了张庚著名的“剧诗说”，前文从文学体裁的角度指出，戏曲文学即剧本创作也是一种诗，并从中国传统诗歌美学的角度，论述“剧诗”的特征、语言等问题；后文着重论述戏曲文学的“诗意”或“意境”问题，也是从传统诗歌美学的角度谈剧诗。《戏曲的形式》一文认为，戏曲形式的特点来自其表演艺术的特点，戏曲是门综合艺术，戏曲表演以表现人物为中心，唱、念、做、武、舞一切都在表现人物，并对戏曲表演的超时空性、行当、程式性等诸多问题进行了深入的论述。

1962年的这三篇文章，对戏曲的舞台美术、戏曲文学、戏曲形式和表演艺术的研究都是非常深入的，是张庚戏曲研究比较有代表性的论文。张庚对戏曲艺术的理论研究是多角度、全方位的，他视野之宽、思考之深、考虑之全令人深深钦佩。

“文革”期间，张庚受到很大的冲击，他的戏曲理论研究也被迫中断十余年。1980年，张庚的《戏曲艺术论》出版，这部理论体系非常完备的研究专著，对中国戏曲的形成过程、戏曲剧本（剧诗）、戏曲音乐、戏曲表演艺术、舞台美术、导演、戏曲艺术与生活的关系等重要方面进行了深入而系统的研究。

20世纪80年代前后，张庚戏曲研究的一个非常突出的特点，就是他开始有意识地对中国戏曲表演体系、中国戏曲理论体系进行系统的阐述，可以说，张庚构建了中国戏曲表演的基本体系和基本框架，构建了中国戏曲理论的基本体系和基本框架，构建了中国戏曲研究的基本体系。前者具体体现在1979年张庚在中国戏曲学院第一期戏曲导演训练班的讲课记录《漫谈戏曲的表演体系问题》[①]和《中国戏曲表演体系问题》[②]两篇文章之中，对戏曲理论体系的研究具体体现在《戏曲艺术论》一书中，对于艺术研究体系问题的论述，体现在1990年发表的《关于艺术研究的体系》[③]等文中。在这个时期，张庚关于戏曲理论的主张和艺术研究体系的观点，更多地体现在他主编的系列丛书上，如《中国戏曲通史》、《中国戏曲志》、《中国大百科全书·戏曲曲艺卷》（第一版）、《中国戏曲通论》等，体现在他对中国戏曲研究院以及后来的中国艺术研究院戏曲研究所的戏曲研究和人才培养上，下面就针对这两个问题展开深入论述。

三、"前海学派"构建的戏曲研究体系

戏曲理论研究包括的内容非常广，涉及戏曲艺术的方方面面，包括戏曲史、戏曲文学（作家作品）、戏曲剧种、戏曲表演、戏曲导演、戏曲音乐、舞台美术、戏曲美学、少数民族戏曲、戏曲演员、戏曲文化、戏曲文物考古、戏曲文献学、戏曲观众学、戏曲传播与接受等等。随着学术研究的不断推进

① 张庚：《漫谈戏曲的表演体系问题》，《戏曲研究》1980年第2期。

② 张庚：《中国戏曲表演体系问题》，《南国戏剧》1980年第4期。

③ 张庚：《关于艺术研究的体系》，中国艺术研究院《科研动态》1990年第4期。

和深入，戏曲研究的内容还在不断地丰富和扩大。这些内容构建起中国戏曲理论体系的基本框架。而这一框架的构建，“前海学派”起到了至关重要的作用，取得了丰硕的研究成果，培养出一批戏曲研究各领域的专家。以张庚先生为核心的“前海学派”，以集体攻关的形式和系列丛书的方式，构建起中国戏曲理论的大格局和大体系。从这个意义上来说，“前海学派”所取得的成就和产生的影响，是其他个人和单位都无可取代的。

（一）《中国戏曲通史》开创了戏曲作为一门综合艺术的戏曲史编写体例

中国戏曲之有史，是以王国维的《宋元戏曲史》为开端的，该书从戏曲文学的角度勾勒中国古代戏曲历史，尤其是宋元戏曲的历史。周贻白先生治中国戏剧史在剧场、演剧等方面取得的成就拓展了中国戏曲史的内涵。

1958年，以张庚、郭汉城为首的中国戏曲研究院研究人员开始研究和准备编写中国戏曲史。1961年正式开始编写，1963年编写完成，历时近三年。1963年开始付排，却由于政治原因被搁置10多年。1978年春开始，经过一年多的修订，《中国戏曲通史》于1980年正式出版。

尽管是一部戏曲史著作，《中国戏曲通史》仍然体现出对戏曲艺术综合性特征的系统研究，不但勾勒出中国戏曲起源、形成和发展的历史脉络以及主要作家作品的介绍，还对戏曲舞台艺术进行研究，体现出对戏曲艺术综合性特征的理论总结，对北杂剧、南戏、昆山腔与弋阳诸腔戏、清代地方戏的音乐、表演、舞台美术都进行了研究。

（二）《中国戏曲通史》[①]《中国近代戏曲史》[②]《中国当代戏曲史》[③]《中国少数民族戏曲剧种发展史》[④]构建起完整的中国戏曲通史

《中国戏曲通史》编写于新中国成立初期，对戏曲史的研究止于清代。

---

① 张庚、郭汉城主编：《中国戏曲通史》，中国戏剧出版社1981年版。

② 贾志刚主编：《中国近代戏曲史》，文化艺术出版社2011年版。

③ 余从、王安葵主编：《中国当代戏曲史》，学苑出版社2005年版。

④ 王文章主编：《中国少数民族戏曲剧种发展史》，学苑出版社2007年版。

编写完成之后，张庚、郭汉城就计划编撰中国近、当代戏曲史。20世纪80年代，张庚带领中国艺术研究院的科研人员编撰了《当代中国戏曲》[①]，90年代，在《当代中国戏曲》的基础上又编撰了《中国当代戏曲史》。

少数民族戏曲是我国戏曲剧种大家庭的重要组成部分，一般学者很少注意到它们。由于“前海学派”关注现实、注重调查研究，他们很早就注意到少数民族戏曲独特的艺术个性，是中国戏曲艺术中不可或缺的重要部分，因此，张庚先生一直有撰写一部少数民族戏曲史的愿望。2005年，中国艺术研究院开始编撰《中国少数民族戏曲剧种发展史》，2007年出版。该书的出版，填补了我国少数民族戏曲没有专史的空白。

《中国戏曲通史》《中国近代戏曲史》《中国当代戏曲史》《中国少数民族戏曲剧种发展史》，这四部戏曲史著作全面地勾勒出中国戏曲从远古到当代的发展历程，是一个完整而有机的整体。它们都由以张庚先生为首的“前海学派”学者共同完成，对中国戏曲史研究做出的贡献是巨大的。

通史之外，“前海学派”学者出版了一系列的专门史研究著作，如廖奔的《中国古代剧场史》《中国戏曲声腔源流史》，刘文峰的《中国戏曲文化史》，刘彦君的《东西方戏剧进程》，廖奔、刘彦君的《中外戏剧史》，贾志刚的《中国戏曲表演史论》等，这些著作既是戏曲史研究的分支，也是戏曲理论研究的重要组成部分。

（三）《中国戏曲志》全面构建了中国戏曲理论研究体系

张庚先生在《中国戏曲志》的序言里说：“方志学在中国历史科学中，是个传统较久，有一定成就的分支学科，但各地方志对戏曲是极少记载的。戏曲志的编纂，在一定意义上带有开创性，因此也增加了我们工作上的难度。早在（20世纪）[②]50年代戏曲工作者就有编戏曲志的构想，直至80年代才具备

① 张庚主编：《当代中国戏曲》，当代中国出版社1994年版。

② 括号内的内容为作者所加。

实现这一夙愿的客观条件与主观条件。”《中国戏曲志》不但开创了戏曲志书编纂的先河，填补了空白，而且全面构建起了戏曲研究的理论体系。

《中国戏曲志》的凡例是了解其理论体系的依据。“凡例”说：“本志各卷分综述、图表、志略、传记四大部类，并以此顺序排列。”这种编纂体例，实际上是中国传统史书的撰写体例。具体而言，《中国戏曲志》构建的戏曲理论体系包括：

1. 戏曲史研究。主要体现在各卷的“综述”上。“凡例”说：“综述以历史时期为序，概述本地区戏曲历史。”“图表”中的“大事年表”实际上也是戏曲史研究的范畴。2. 剧种研究。“图表”中的“剧种表”实际也是剧种研究。3. 剧目研究（作品研究）。4. 音乐研究。5. 表演研究。6. 舞台美术研究。7. 戏曲机构研究，包括演出机构和教育机构。8. 演出场所（戏曲剧场）研究。9. 文物研究。10. 演出习俗研究。11. 报刊专著（实际上是理论研究，也是文献研究）。12. 口述资料研究（轶闻传说、谚语口诀）。13. 戏曲人物研究（包括作家、演员等）。

需要说明的是：一、《中国戏曲志》中没有“戏曲导演”的部分，这大概是因为中国传统戏曲中没有专职导演，这也从另一个侧面说明戏曲导演的出现比较晚，同时，这也解释了为什么张庚在专著《戏曲艺术概论》以及他主编的《中国戏曲通论》里没有像现在通常的说法将戏曲“表导演”相提并论，而是将“导演”部分放在“戏曲表演艺术”和“舞台美术”之后的原因。二、《中国戏曲志》对“轶闻传说”和“谚语口诀”的重视和搜集，非常具有学术眼光和理论的前瞻性。21世纪以来，由于联合国教科文组织对“人类口头和非物质文化遗产”的重视与倡导，特别是2001年中国昆曲被列入首批世界级“人类口头和非物质文化遗产名录”之后，口述资料的收集与研究成为学术研究的一个热点，各个学科门类纷纷展开口述史研究，中国艺术研究院戏曲研究所配合《昆曲艺术大典》的编纂，启动《昆曲口述史》的课题，对全国的昆曲艺人进行采访，记录并保存了昆曲老艺人的珍贵资料，就是一个非常典型的例子。

《中国戏曲志》的框架体系构建直接影响了《中国大百科全书·戏曲曲艺卷》（第一版）[①]，后者分戏曲史、声腔剧种、戏曲文学、戏曲表导演（包括学员，属戏曲人物）、戏曲舞台美术、戏曲文物、剧场、戏曲教育机构、戏曲研究家（属戏曲人物）等9个分支。目前，《中国大百科全书·戏曲卷》（第三版）正由中国艺术研究院戏曲研究所编纂，其体例在第一版的基础上进行了适当的调整：将原有的“声腔剧种”改名为“戏曲剧种”；将原有的“戏曲表导演”分为“戏曲表演”和“戏曲导演”两个分支，以体现这两个学科近年来的飞速发展和丰硕成果；新增“戏曲研究”“戏曲教育”“演出场所”“演出习俗”4个分支，弥补了前两版的空白与不足。这样，戏曲学科就有戏曲史、戏曲剧种、戏曲文学、戏曲音乐、戏曲表演、戏曲导演、戏曲舞台美术、演出场所、戏曲文物、戏曲教育、戏曲研究、演出习俗共12个分支，比较科学、全面地囊括了戏曲学科的全部内容。这是《中国大百科全书·戏曲卷》（第三版）编委会经过反复讨论，参考前两版并结合当前戏曲学科的现状决定下来的。我们将其与《中国戏曲志》的框架体系进行对比，就会发现，《中国大百科全书·戏曲卷》（第三版）的分支设置，其实是与《中国戏曲志》的框架体系基本相同的，不同的地方有：一、增加了“戏曲导演”，二、将资料性的“报刊专著”提升到“戏曲理论”的高度，三、没有资料性较强的轶闻传说、谚语口诀等内容，四、将戏曲人物分散到戏曲文学（作家）、戏曲表演（演员）、戏曲导演（导演）、戏曲教育（戏曲教育家）等分支。由此可见，《中国戏曲志》所确立的戏曲研究理论框架体系，是非常科学和全面的，也是经得起时间检验的。

《中国戏曲志》的编纂和出版，对全国戏曲研究都起了非常大的推动作用。《中国戏曲志》按1982年的行政区划，共分30卷，由各地文化主管部门主持编纂，各地都设立了戏曲研究所和戏曲工作室，对本省戏曲资源进行比较

① 《中国大百科全书》，中国大百科全书出版社1993年版。

全面的挖掘、整理和研究，培养了众多戏曲研究人员，出版了一系列资料性的剧目集、音乐集及相关研究著作，促进了戏曲研究的全国性繁荣。

（四）《中国戏曲通论》对戏曲理论体系的构建

如果说《中国戏曲通史》构建起了包括戏曲史、戏曲文学（作家作品）、戏曲音乐、戏曲表演、戏曲舞台美术的理论研究体系的基本框架，《中国戏曲通论》则系统、深入、细致地对戏曲艺术进行了理论研究。

《中国戏曲通论》是一部对中国戏曲艺术进行本体研究的理论专著，对戏曲艺术本体的研究主要从戏曲的艺术形式、艺术方法、戏曲文学、戏曲音乐、戏曲表演、戏曲舞台美术、戏曲导演等七个方面全面进行研究。每一个方面又都进行了详细的论述，如对戏曲音乐构成的研究从抒情性与叙事性、曲牌联套与板式变化、旧曲沿用与形象创造等方面展开，对戏曲表演塑造舞台形象的美学追求从造型、表情、寓意、求美等方面进行论述。该书还对与戏曲艺术密切相关的外部问题（如中国戏曲与中国社会、戏曲的人民性、戏曲与观众、戏曲的推陈出新等）进行研究。

《中国戏曲通史》和《中国戏曲通论》都是集体攻关的成果，参与编写的人员都比较多。在《中国戏曲通史》筹备阶段，以张庚为首的编写组领导就组织参与编写的人员进行专门的学习研究和调研考察，在学习、研究、考察和撰写的过程中，很多参与编写的人员都确定了自己的研究方向，积累了深厚的学养，后来成为不同领域的专家。如栾冠桦、龚和德对戏曲舞台美术的研究，何为在音乐方面的研究，苏国荣的戏曲美学研究，沈达人的戏曲文学研究等。

《中国戏曲通史》和《中国戏曲通论》都是集体课题，由于体裁、篇幅的限制，相关撰写人员对戏曲艺术不同方面的理论研究成果不能得到充分的展示，因此，张庚先生在《中国戏曲通论》撰写期间，就有了组织相关人员撰写出版“戏曲史论研究丛书”的想法。《中国戏曲通论》出版后不久，中国艺术研究院就出版了“中国艺术研究院戏曲史论丛书”，这套丛书包括傅晓航的《戏曲理论史述要》，吴毓华的《古代戏曲美学史》，刘彦君的《栏杆拍遍——古代剧作家心路》，武俊达的《戏曲音乐概论》，陈幼韩的《戏曲表演概论》，黄在敏的《戏曲导演概论》，栾冠桦的《戏曲舞台美术概论》，沈达人的《戏曲意象论》，安葵的《戏曲拉奥孔》，马也的《戏剧人类学论稿》，苏国荣的《戏曲美学》，孙崇涛、徐宏图的《戏曲优伶史》等12部著作。这套丛书是中国戏曲理论体系各分支研究的深入和细化。

2014年，为了总结“前海学派”学者的学术成果，集中展现“前海学派”学者的风采，中国艺术研究院组织出版了“前海戏曲研究丛书”，这套丛书包括著作15种，共18册，它们是：《中国戏曲通史》（上、中、下，张庚、郭汉城主编）、《中国戏曲通论》（上、下，张庚、郭汉城主编）、《张庚戏曲论著选辑》（张庚著）、《当代戏曲发展轨迹》（郭汉城著）、《阿甲论戏曲表导演艺术》（阿甲著）、《汤显祖编年评传》（黄芝冈著）、《戏曲意象论》（沈达人著）、《戏曲音乐思考》（何为著）、《戏曲声乐·音乐研究文集》（肖晴著）、《戏曲表演研究》（黄克保著）、《关注戏曲的现代建设》（龚和德著）、《戏曲史志论集》（余从著）、《南戏新证》（刘念兹著）、《古代戏曲理论探索》（傅晓航著）、《纵横谈戏录》（颜长珂著）。这既是对质疑“前海学派”的掷地有声的回应，更是向“前海学派”前辈学者的致敬。特别需要说明的是，这套丛书的出版动意，是由郭汉城先生提出来的。2011年，郭汉城先生荣获“中华艺文奖终身成就奖”，得到一笔资金，当时郭汉城先生就想用这笔资金编辑这套丛书。先生的想法得到中国艺术研究院领导的高度重视，不但提供资金支持，还推动了这套丛书尽快面世。郭汉城先生对“前海学派”这个称号是极大珍视，他这种淡泊名利、高风亮节的风格，是特别值得我们学习的。

四、“前海学派”理论研究的层次、方法、特点与学风

1990年，张庚先生发表《关于艺术研究的体系》一文，对艺术研究的规律进行了全面深入的总结。当是时，张庚先生已经完成《中国戏曲通史》《中国戏曲通论》的主编工作，《中国戏曲志》的编纂正在全国全面展开，因此

他对戏曲研究规律的思考已经非常成熟了。由于这篇文章是在全国艺术研究工作座谈会的发言，这样的机会促使张庚先生对自己的学术研究和戏曲的理论研究进行了全面系统的总结。正是由于这篇文章，使我们能够系统地了解“前海学派”戏曲理论研究也是学术研究的层次、方法、特点与学风。

艺术研究首先要特别重视调查研究。张庚先生指出，艺术研究的对象是中国的艺术，属于文化研究，“中国的文化真正有文字记载的只是很少的一部分，很多的文化都是在人民生活中间”。因此，“我们研究艺术一定要从调查研究着手，从收集材料着手，这样才能把我们中国的艺术到底是什么东西逐渐地研究清楚”。

收集材料，记录下来，出成资料，这是第一步。把材料加以整理、研究，使之条理化，编纂集成志书，这是第二步。

张庚指出，编纂集成志书需要联系实际、联系群众、实事求是的作风、务实的精神、吃苦耐劳的精神。张庚说：“搞集成志书还培养了我们一个好学风，就是联系实际，联系群众，不说空话，凭资料来进行研究，这样一个学风就是毛主席讲的实事求是的作风。”“研究学问最忌空谈，最忌毫无根据地乱说”，要培养一种务实的精神、实事求是的精神、吃苦耐劳的精神。

张庚还指出，研究集成志书要特别强调唯物主义思想，有则有，无则无，不可以凭想象。他举例说，在编《中国戏曲志》时，有人说某个剧种从唐朝就有，但是却拿不出证据。这就需要编志书的人运用唯物主义的思想，实事求是地用证据来说话。

第三步是写史。写史是把收集来的资料“用一种文化的观点串联起来，认识它为什么是这样”。写史是比集成志书更进一步的研究。写史的时候，除了要有唯物主义的观点，还要有历史唯物主义的观点。

第四步是写论。“写史我们可以凭材料，但是不能下结论。”写论“需要把所掌握的资料结合起来，找到它的规律性的东西”。写论的时候，要特别强调辩证唯物主义，“在论上见功夫一定要有辩证唯物主义，不能偏在一边”。

最后也是最重要的，就是评论。解决了理论问题后，“最重要还是拿它来解决艺术创作上的实际问题”。“评论是运用基本规律解决当前文艺上的具体问题。”

这就是我们通常总结的“资料—志书—史书—理论—评论”的艺术研究层次和规律。重新学习和梳理张庚先生的这篇文章，让我们深深地知道，通常我们所说的“前海学派”的“理论联系实际”的方法，它所运用的历史唯物主义和辩证唯物主义的观点，实事求是、吃苦耐劳的学风和精神，淡泊名利的品格，也许我们在研究中已经在运用，但这些都不是笼统的、概括化的，而是在进行戏曲理论研究的不同层次时需要特别强调的方面，这对指导我们今后的研究有非常大的帮助。

重新学习和梳理“前海学派”的学术成果、理论主张和治学方法，让我们获益匪浅，不但让我们增加了知识，还让我们端正了态度和学风，秉承前辈精神在戏曲研究领域继续钻研。

（本文在2016年举办的“前海学派与中国戏曲”学术研讨会上宣读）

中国戏曲中的“疯癫”形象研究

王国维论元人杂剧，谓其能“道人情，状物态”①。从宋元发展到21世纪，中国戏曲可以说已经基本上把人情物态描摹殆尽了。就拿人物形象来说，男女老幼、美丑妍媸，各色人等，在戏曲作品中都有反映。王国维还说：“戏曲者，谓以歌舞演故事。”②本文所要探讨的，就是戏曲作品中疯癫痴狂一类的人物形象，看中国戏曲艺术是如何以歌舞演疯癫人物的“人情”与“物态”的。

一、中国戏曲中的“疯戏”作品概览

“疯戏”是我国戏曲文学中非常独特的一类作品，主要是指剧中有疯癫人物形象的作品。从宋元时期开始，我国戏曲作品中就一直有此类疯戏作品，直到现在，这些剧目仍然在各地方戏曲中上演，并不断有新的“疯戏”出现。对这些作品进行综合考察，将会是一件非常有意义且有意思的事情。

“疯戏”创作大致可以分为三个阶段：一是宋元戏文、元杂剧、明清传奇中的疯戏，本文通过“表1”来考察我国古代疯戏的整体创作情况以及其中的“疯癫”人物。二是20世纪上半叶的疯戏创作，见“表2”。三是新时期以来

① 王国维：《宋元戏曲考·自序》，《王国维遗书》第15册，上海古籍书店1983年版。

② 王国维：《戏曲考源》，《王国维遗书》第15册，上海古籍书店1983年版。

的疯戏作品。

表1 宋、元、明、清戏曲中的“疯戏”及演出情况①

剧目	作者	人物	剧情	各剧种相关剧目②
《秦太师东窗事犯》	宋元？· 阙名	疯僧（地藏王）	地藏王化身疯僧扫秦事	昆剧《北诈》、京、川、徽、滇、豫、苏、汉、楚、祁、河北梆子、上党梆子、秦腔、高甲戏等，《疯僧扫秦》《风波亭》《后风波亭》《骂秦桧》《火烧秦桧》
《地藏王证东窗事犯》	元 · 孔文卿	疯僧（地藏王）	地藏王化身疯僧扫秦事	
《功臣宴敬德不伏老》（又名《下高丽敬德不伏老》）	元 · 杨梓	尉迟敬德	敬德装疯	京剧《请三贤》、《敬德装疯》、《置田装疯》（又名《治庄》）、《北诈》、《敬德闯朝》等，昆、川、徽、汉、湘、桂、赣等剧种
《庞涓夜走马陵道》	元 · 阙名	孙膑	孙膑装疯	昆剧《孙诈》、京剧《孙膑装疯》《孙庞斗智》、弋腔《诈疯》、秦腔《孙庞斗智》《马陵道》、豫剧《骂庞涓》、同州梆子《碧天院》

① 本表内容主要依据《古本戏曲剧目提要》（李修生主编，文化艺术出版社1997年版）、《明清传奇综录》（郭英德著，河北教育出版社1997年版），并参考了《曲海总目提要》（董康编，人民文学出版社1959年版）、《元代杂剧全目》（傅惜华著，作家出版社1957年版）、《明代杂剧全目》（傅惜华著，作家出版社1958年版）、《明代传奇全目》（傅惜华著，人民文学出版社1959年版）、《清代杂剧全目》（傅惜华著，人民文学出版社1981年版）等书。

② 这里主要参考了《中国剧目辞典》（河北教育出版社1997年版），《京剧剧目辞典》（曾白融主编，中国戏剧出版社1989年版），《中国京剧百科全书》（王文章主编，中国大百科全书出版社2011年版），《中国昆剧大辞典》（吴新雷主编，南京大学出版社2002年版），《中国梆子戏剧目大辞典》（山西人民出版社1991年版），《中国戏曲志》（文化艺术出版社）北京卷（1999）、山西卷（1990）、河南卷（1992）、四川卷（1995）、湖北卷（1993）、福建卷（1993）、宁夏卷（1996）等。

续表

剧目	作者	人物	剧情	各剧种相关剧目
《随何赚风魔蒯通》	元·阙名	蒯彻	蒯彻装疯	昆剧《喜封侯》，京剧《蒯彻装疯》《三斩功臣》《喜封侯》，川、滇剧《油鼎封侯》，汉剧《烹蒯彻》，秦腔、河北梆子《蒯彻扑油锅》，清戏《未央宫》等
《观音菩萨鱼篮记》	元·阙名	弥勒、文殊、普贤	弥勒、文殊、普贤化身装疯	京剧《献鱼篮》《鱼篮会》
《目连救母劝善记》	明·郑之珍	疯子	中有单折戏《哑子背疯》	川、汉、婺、桂、绍、调腔、昆、湘、豫剧、莆仙戏等剧种
《精忠记》	明·阙名	疯僧（地藏王）	地藏王化身疯僧扫秦事	
《岳飞破虏东窗记》	明·阙名	疯僧（地藏王）	地藏王化身疯僧扫秦事	
《昙花记》	明·屠隆	疯僧 痴道	尊者宾头罗化为疯僧、蓬莱仙家山玄卿化作痴道士，点化木清泰	
《投梭记》	明·徐复祚	谢鲲	谢鲲佯狂避祸	
《天书记》（重订）（又名《七国记》）	明·汪廷讷	孙膑	孙膑装疯	
《水浒记》	明·许自昌	宋江	宋江装疯避祸	昆剧《闹江州》，京剧《浔阳楼》，又有《白龙庙》《宋江吃粪》《闹江州》等
《东郭记》	明·孙钟龄	齐人	齐人佯狂	
《归元镜》	明·智达	疯僧	疯僧点化高丽王	
《金貂记》	明·阙名	敬德	敬德装疯	昆剧《南诈》
《升仙记》	明·阙名	韩湘	韩湘装疯	京剧、秦腔《蓝关雪》，徽剧《蓝关渡》，桂剧《文公走雪》，晋北道情《韩湘子传》
《荷花荡》（又名《莲盟记》）	清·马佶人	封云起	封云起受惊发疯而亡	

续表

剧目	作者	人物	剧情	各剧种相关剧目
《七国传》（又名《天书记》）	清·李玉	孙膑	孙膑装疯	
《醉菩提》	清·张彝宣	济癫	济癫装疯	昆剧、京剧
《双锤记》（又名《合欢锤》）	清·范希哲	秦始皇 赵高	秦始皇、赵高盗用赤松子炉中之药发狂	
《续琵琶》（又名《后琵琶》）	清·曹寅	蔡邕	蔡邕为辞董卓之聘而装疯	
《英雄概》	清·叶稚斐	李存信	李存信疯癫	
《广寒梯》	清·夏纶	解敏中	解敏中气恼疯癫	
《乞食图》（一名《虎阜缘》，又名《后崔张》）	清·钱维乔	唐寅	唐寅装疯	
《采樵图》	清·蒋士铨	唐寅	唐寅装疯	
《琼林宴》	清·阙名	范仲虞	范仲虞发疯	京剧《打棍出箱》《问樵闹府》《范仲禹》
《封神榜》	清·阙名	箕子	箕子装疯	京剧
《锦绣旗》	清·阙名	甘泰	甘泰疯魔	
《痴和尚街头哭布袋》	清·嵇永仁	布袋和尚	布袋和尚痴癫	

从表1可见：

一、中国古代经常被改编和演出的“疯癫”人物及其故事有三：一是岳飞与秦桧忠奸斗争中的“疯僧扫秦”，共有四种：宋元戏文《秦太师东窗事犯》、元代孔文卿的杂剧《地藏王证东窗事犯》、明传奇《精忠记》和《岳飞破虏东窗记》；二是尉迟敬德装疯故事，共有两种：元代杨梓《功臣宴敬德不伏老》、明代无名氏的传奇《金貂记》；三是孙膑装疯的故事，共有三种：元代无名氏的杂剧《庞涓夜走马陵道》、明代汪廷讷的传奇《天书记》（重订）、清代李玉的传奇《七国传》。

值得注意的是，这三个故事题材均是历史剧，不同的是，“疯僧扫秦”带有浓重的神魔色彩，是为岳飞鸣冤报仇的“补恨剧”；而尉迟敬德和孙膑装疯则是由于政治军事斗争中的计谋策略。

由于作家的不断改编，使以上三种“疯戏”成为许多剧种舞台上经常上演的剧目。此外，蒯彻装疯的故事虽然只有元代无名氏的杂剧《随何赚风魔蒯通》，但是蒯彻装疯的故事也是许多剧种不断搬演的剧目。

二、“疯僧”形象是古代“疯戏”中最常出现的“疯癫”形象，除了《疯僧扫秦》，还有元无名氏的杂剧《观音菩萨鱼篮记》中弥勒、文殊、普贤装扮为疯子，明屠隆的传奇《昙花记》中的疯僧和痴道，明代智达《归元镜》中的疯僧，清代张彝宣的传奇《醉菩提》中的济癫，清代嵇永仁的杂剧《痴和尚街头哭布袋》中的布袋和尚等。

需要指出的是，济癫的故事在古代戏曲中虽然只有一部作品《醉菩提》，但是后来成为舞台上经常演出的剧目，20世纪上半叶出现了二十几本的连台本京剧《济公传》。此外，有人认为“疯僧扫秦”故事中的“疯僧”就是济癫和尚。

三、元代是我国“疯戏”创作的奠基期和繁盛期，当时创作的每一部“疯戏”作品，无论是《东窗事犯》《敬德不伏老》《风魔蒯通》，还是《鱼篮记》，后来都成为作家改编和舞台上演的经典剧目。

四、从表1所列30部作品可以发现，古代戏曲作品中，无论是宋元戏文、元杂剧还是明清时期的传奇、杂剧，塑造的都是男性“疯癫”人物，没有一个女性。

由于20世纪戏曲作品众多，资料搜集相当困难，因此，本文对20世纪上半叶戏曲作品中疯戏的统计，主要选取昆剧和京剧两个剧种来进行考察研究，并在力所能及的范围内，搜集梆子、豫剧、汉剧、川剧等地方戏大剧种中的疯戏作品。尽管仅是管中窥豹，但从统计结果来看，还是具有一定的代表性的。

表2　20世纪上半叶京剧中的“疯戏”作品和人物

剧目	作者	人物	故事	演员	剧种
《伐子都》		公孙子都	作恶发疯		梆子戏传统剧目，昆剧、京剧、蒲州梆子、川剧
《宇宙锋》（又名《一口剑》）	齐如山改编	赵艳容	装疯拒婚	梅兰芳	京剧、汉剧、荆河戏、南剧、山二黄
《乾坤福寿镜》（折子戏《失子惊疯》）		胡氏	失子惊疯	尚小云	
《风流棒》（又名《谐趣缘》）	罗瘿公	李秀英	装疯拒婚	程砚秋	京剧
《范进中举》	汪曾祺	范进	喜极而狂		京剧、晋剧
《荒山泪》（又名《祈祷和平》）	程砚秋 金仲荪	张慧珠	忧愤疯痴	程砚秋	京剧
《九件衣》	宋之的	夏玉蝉	忧愤发疯		京剧
《满清三百年》		疯僧	点化董小宛		京剧
《慈母血》		无赖龚某	作恶报应而发疯		京剧
《红粉狼》	尘因	卜延贵	狎妓被逐得疯疾		京剧
《祝福》	鲁迅原著	祥林嫂	际遇悲惨致精神失常		京剧、越剧、湖南花鼓戏
《女诈》		董艳芳	六耳猕猴精作祟致董女疯癫		京剧
《比翼舌》	翁偶虹	葛嵘 葛小香 周洛	葛嵘因家事纷扰曾精神失常，葛小香、周洛因作恶而发疯	吴素秋	京剧
《虞小翠》	徐碧云编演	王元丰	天生痴呆，虞小翠用法术治愈之	徐碧云 毛世来	京剧

从表2可以看出，20世纪上半叶京剧疯戏创作情况，与古代疯戏创作有很大的差别，其中最明显的一点，就是这一时期的疯戏作品中女性“疯癫”形象大大增加，其中最能说明问题的一点是，京剧“四大名旦”中有三位演出过疯戏——梅兰芳的《宇宙锋》、尚小云的《乾坤福寿镜》和程砚秋的《荒山泪》，而且这些剧目广为流传，尤其是折子戏《修书装疯》《金殿装疯》和《失子惊疯》影响深远。关于这一现象，已经有人撰文研究过。[①]这既与当时京剧的兴盛有关，也与当时旦角兴盛、旦角戏创作繁荣有关。

需要说明的是，清代“花部”中“疯戏”剧目，往往通过移植的方式进入京剧，如关于京剧《宇宙锋》的来源，梅兰芳在《舞台生活四十年》中说：“我记得前辈说过，《宇宙锋》是徽班唱出来的。梆子和汉剧也都有这出戏。”[②]另需补充说明的一点是，清代“花部”中的“疯戏”剧目，在表1“各剧种相关剧目”中也可见一斑。

新时期以来戏曲创作中也有不少“疯戏”，其中比较有代表性的有河南小皇后豫剧团创编的《风雨行宫》（1994）和郑怀兴创作的《青藤狂士》（2010）。《风雨行宫》讲述了乾隆皇帝生母李金桂先是因痛失爱子而真疯、后又为儿子前途不得不装疯的苦难历程。与以往的“疯戏”相比，《风雨行宫》既表现了金桂的真疯，又表现了她的装疯，无论是剧情还是表演都突破了以往的“疯戏”，具有比较高的思想内涵和表演水平。《青藤狂士》讲述了徐渭曲折坎坷的一生，揭示了他精神分裂的性格原因和社会原因，尤其是该剧用二竖子形象地表现出徐渭精神分裂时的精神状态以及徐渭相互矛盾的人格特征，具有比较强的舞台表现力和思想内涵。同一题材的还有余青峰的《青藤狂歌》。还有京剧《华子良》（2001），叙述了华子良被捕之后通过装疯达

---

① 参见管尔东：《浅论梅尚程“疯”戏》，《戏剧之家》2004年第4期；亦真：《“梅尚程”所留影像资料中的“疯戏”》，《中国京剧》2006年第7期。

② 梅兰芳：《舞台生活四十年》，团结出版社2006年版，第144页。

到麻痹敌人和敌人斗争，此外豫剧《山城母亲》中也有装疯的华子良这一人物。其他如豫剧《香魂女》中天生痴呆的环环丈夫，以及改编自贾平凹同名小说的秦腔《秦腔》中的疯子引生等，这些人物大多只是配角。

新时期疯戏的创作特点非常鲜明：《风雨行宫》中的李金桂集“真疯”与“装疯”于一身，突破以往剧目要么表现真疯、要么表现装疯的创作模式；《青藤狂士》专注于塑造精神分裂的徐渭，勾勒其人格分裂的性格原因、政治原因、时代原因，展现其精神分裂的状态，拓宽了戏曲题材；《华子良》集中笔墨表现华子良在狱中装疯与敌人周旋、与战友沟通的过程，也突破了以往剧作装疯戏份仅是全部故事一小部分的局限（折子戏除外）。这些都说明了疯戏创作题材的拓展、内容的丰富和艺术表现力的增强。

二、中国戏曲中男性“疯癫”形象分析

上文已经说明，古代戏曲中的“疯癫”形象都是男性，这与我国古代“男权”中心的正统思想密切相关，也与古代作家借戏曲抒发历史感悟、人生感慨和传播历史知识以高台教化的创作目的有关，还与我国的宗教信仰情况有关。我们通过分析这些男性形象就可以充分地意识到这些。

中国戏曲中的男性“疯癫”形象大致可以分为“疯僧”系列形象、“避祸装疯”系列形象、因果报应而真疯的人物形象、暂时精神失常型和精神分裂型四类。

（一）“疯僧”系列形象

“疯僧”形象以《疯僧扫秦》中地藏王化身的疯僧和济癫和尚为代表，他们一个是佛教人物以异于常人的形象化身的疯癫形象，一个是举止疯癫的佛教人物形象，二者互为表里，互相补充，共同构成了戏曲作品中的“疯僧”形象。

“超出三界外，不在五行中”，佛教超凡脱俗、不受世俗约束的思想，也许是戏曲作品中“疯僧”形象出现的渊源。这些人物放浪形骸，嬉笑怒骂，

惩恶扬善，点化世人。于是，他们可以在历史故事中以疯癫的形象出现，痛斥奸臣，为忠臣鸣冤，并最终达到惩罚恶人的目的，以抒作者与世人胸中之气，以补惨痛历史之恨。他们可以在传说故事中不受佛教戒律的约束，喝酒吃肉，装疯卖傻，且法力无边，以疯者、勇者、智者的形象出现，戏弄、惩戒权贵恶霸，为普通民众打抱不平。他们是民众心中智慧、正义和勇敢的化身，因此观众喜爱他们、拥戴他们。

有学者指出，济癫是“我国古代文学中最具有狂欢化倾向的疯癫形象之一”[①]，而这种“狂欢化倾向”不但表现在济癫行为举止的癫狂，还表现在历代剧作家们总是把各种癫狂之事都叠加在济癫身上，使得济癫的故事像滚雪球一样越来越多。明传奇《醉菩提》结构比较松散，全剧罗列了许多零散的故事和事件，串联这些故事的只是济癫和尚。到了20世纪，则演绎出了一个个独立的故事，如《火烧大悲楼》《赵家楼》《马家湖》《古天山》《双头案》《白水湖》《兹云观》《八卦炉》《洞房献佛》等，发展成为二三十本的连台本戏。

“疯僧扫秦”戏曲的传播形式与济癫故事迥然不同，尽管历代都有改编作品，但是现在保存下来的故事基本沿袭了早期的框架。这大概就是历史与传说的不同，也是我国传统历史观、是非观、价值观的集中体现。

（二）“避祸装疯”系列形象

“避祸装疯”的人物往往是政治人物，尉迟敬德、蒯彻、孙膑、蔡邕、宋江、谢鲲、唐寅、徐渭等，都是如此。他们因为在政治斗争中处境危急，因此选择装疯来避免祸端，“佯狂暂躲身边害”（见《随何赚风魔蒯彻》）。尉迟敬德因不满皇帝忠奸不分，击落皇帝门牙，被谪为庶民。后因国家战事危机，程咬金奉诏去请尉迟恭，尉迟恭佯狂装疯，不愿出战，后被程咬金识破，不得已出征辽国。蒯彻因劝韩信不要应诏回朝，后果如其言，韩信被杀。蒯彻恐惹来杀身之祸，寄身羊圈，疯言疯语，说“俺丈人是土地，姑夫

① 凌建侯：《从狂欢理论视角看疯癫形象》，《国外文学》2007年第3期。

是阎罗，姐姐是月晨嫦娥，俺爷是显道神，俺哥是木伴哥”。

为了避祸求生，装疯的这些人物无所不用其极。孙膑装疯，白日与小儿同戏，晚上与羊犬同眠，还不得不吃下庞涓派人送来试探他是否真疯的包了污秽之物的馒头。宋江装疯，明传奇《水浒记》中仅叙其装疯而已，到了京剧中，发展到吃粪的程度，京剧中还有《宋江吃粪》一出。

避祸装疯，是机智，是聪明，往往总能化险为夷，因此这个计谋总是被历代人物不断使用，即使是共产党员华子良，在与敌人周旋斗争的过程中，为了更重大的任务，也选择了装疯来骗过狡猾凶残的敌人。京剧《华子良》中，“疯子”华子良不但吃了敌人送来、被同志拒绝食用的饭菜，还抱着摔碎的碗，指着一个敌人说：“一半给我爹，一半给我儿。”面对被泼在地上的饭菜，华子良用双手捧起，照吃不误。他成功地麻痹了敌人，传递了消息，对最后成功越狱起到了至关重要的作用。避祸装疯的计谋，不但好人用，坏人也会用。在京剧《苦菜花》中，特务王柬芝怕自己暴露，便装疯杀死同伙以达到杀人灭口的目的。

（三）恶有恶报真疯型

俗话说“恶人有恶报”。因果报应的方式多种多样，其中一种便是恶人发疯。在戏曲作品中，清代马佶人《荷花荡》中的浮浪子弟封云起嫖妓被捉惊怖发狂而死，清代范希哲《双锤记》中作恶多端的秦始皇和赵高偷吃赤松子炉中之药发狂而死，清代叶稚斐《英雄概》中的强抢民女、诬陷李存孝的李存信最后疯癫成病，清代夏纶《广寒梯》中的无行文人解敏中最后也得了疯癫之症等。其中影响比较大的是《伐子都》，公孙子都因嫉妒主帅颍考叔的战功，冷箭射死颍考叔，自己冒功还朝。庆功宴上，或许是由于心理压力太大，或许是因为良心发现，子都精神恍惚，神志错乱，自诉害死颍考叔的过程，最后自戕而亡。

（四）精神分裂型

这类人物以郑怀兴《青藤狂士》中的徐渭形象为代表。徐渭发疯的原因比较复杂，既有“避祸装疯”的成分，也有精神分裂的因素，因此成为男性“疯癫”形象中比较特殊的一个，这也正是这部作品的价值所在。徐渭因曾代胡宗宪为奸臣严嵩写过贺寿的《贺严公生日启》，严嵩垮台后胡宗宪入狱，徐渭怕自己受到连坐，“急中生智思孙膑，脱祸幸赖装疯癫”。胡宗宪死于狱中之后，徐渭更是惊惧交加，装疯变成真疯，他以长铁钉刺入耳中，又在癫狂中误杀妻子，锒铛入狱。在徐渭发疯病的过程中，死去的好友、妻儿纷纷出现在他眼前，作者更是虚构出甲、乙两个竖子来形象展现徐渭的分裂人格。戏剧舞台上刻画精神病人形象的剧作非常罕见，而像郑怀兴这样以二竖子来形象展现精神分裂病状的作品更是凤毛麟角。两个竖子，既逼真地表现出精神分裂病人发病时的情况，又以形象化的手段揭示了徐渭相互矛盾的性格，更举重若轻地评判了徐渭这个毁誉参半的复杂人物。两个竖子，既来自郑怀兴天马行空般的想象力，又脱胎于资源丰富的中国传统戏曲艺术宝库，还有丰富的传统文化底蕴。

三、中国戏曲中女性“疯癫”形象分析

戏曲作品中的“女疯子”到20世纪以后才出现，这既与当时女性解放的时代思潮有关，也与京剧表演以老生戏为主转向以旦角戏为主的流行时尚有关，更与梅兰芳、尚小云、程砚秋等著名旦角演员的演出有关。通过表1、表2我们还可以发现，男性疯癫大多是装疯，而女性疯癫则多半是真疯：《失子惊疯》中的胡氏、《荒山泪》中的张慧珠、《九件衣》中的夏玉蝉、《祝福》中的祥林嫂……男性装疯都是因为避祸，而女性装疯则多是因为拒婚：《宇宙锋》中的赵艳容、《风流棒》中的李秀英……除此之外，新时期的女性疯癫形象中，还有一位既因失子而真疯、又因保子而装疯的李金桂。因此可以说，戏曲作品中的女性“疯癫”形象虽然出现较晚，但其表现形态却更加丰富，类型更多，给人更深刻的印象，也更感动人心。

（一）拒婚装疯型——以《宇宙锋》为考察对象

梅兰芳演出的《宇宙锋》中有两场疯戏，一场是《修本装疯》，一场是《金殿装疯》。前者赵艳容要哄的是父亲赵高一人，后者赵艳容要骗的是皇帝和满朝文武。因此，尽管是一个弱女子的装疯拒婚，表现的却是在社会结构

中处于弱势群体的女性对皇权、父权的抗争。赵艳容坚守的是坚贞的婚姻与爱情，抗争的是残暴的君王与奸诈的权贵，其不屈的反抗精神在众多女性形象中熠熠生辉，诚如梅兰芳的老朋友冯幼伟评价的那样：这是“一位‘富贵不能淫，威武不能屈’的女子”[①]，“反映古代的贵族家庭里的女性遭受残害压迫的情况，比描写一段同样事实而发生在贫苦家庭中的，那暴露无遗的力量似乎来得更大些”[②]。

（二）际遇悲惨真疯型——以《失子惊疯》为考察对象

京剧《失子惊疯》是尚小云于1933年根据《乾坤福寿镜》中的一折改编而成，成为尚派保留剧目，被多个剧种移植演出，无论是京剧、晋剧、汉剧还是豫剧，都要运用到水袖功、疯子步、眼神功等，在晋剧《失子惊疯》中，甚至有后空翻这样高难度的动作。剧中刚刚生子的胡氏被山贼所掳，与儿子失散，后为山婆所放，回去寻找儿子，发现儿子已经不见，惊急成疯。尚小云先生通过精彩的演唱和表演把胡氏爱子心切、失子成疯的精神状态表现得异常感人。

（三）双重悲剧——《风雨行宫》中的李金桂

梅兰芳在谈到《宇宙锋》的表演艺术时曾说过：“演员在台上的表情，是有两种性质的。第一种是要描摹出剧中人心里的喜怒哀乐，就是说遇到得意的事情，你就露出欢喜的样子；悲痛的地方，你就表现一种凄凉的情景。这还是单纯的一面，比较容易做的。第二种是要形容出剧中人内心里面含着的许多复杂而矛盾又是不可告人的心情，那就不好办了。我只能指出剧中人有这种‘难言之隐’的事实，提醒扮赵女的演员们多加注意。要把它在神情上表现出来，还得自己揣摩。”[③]前一种性质的表演是演员单纯地体验角色情感的，而后一种则是演员不但要体验和表现剧中人的情感，还要揣摩剧中人假

---

① 梅兰芳：《舞台生活四十年》，团结出版社2006年版，第142页。

② 同上。

③ 同上，第144页。

扮的角色的情感。从这个意义上来说，戏曲作品中的“真疯”是单一的情感体验，而“装疯”是“复杂而矛盾又不可告人”的“难言之隐”。

以往的戏曲作品，要么表现真疯，要么表现装疯，从来没有一部作品既表现真疯又表现装疯。然而，豫剧《风雨行宫》既表现了李金桂因痛失爱子而导致的真疯，也表现了金桂为保儿子做一个“血脉纯正”的皇帝而被逼无奈的装疯。无论哪种疯，体现出来的都是忍辱负重、震撼人心的伟大母爱，以及封建帝制下、宫廷斗争中下层妇女难以逃脱的悲惨命运。《风雨行宫》中金桂因幼子被暴雨淋死而发疯的故事情节，与《失子惊疯》惊人地相似；她在恢复清醒之后回到皇宫，却被皇后逼得不得不装疯的情节，又与《金殿装疯》非常巧合。真疯固然非常可怜，装疯却更加倍地可悲，《风雨行宫》中的李金桂，经历的是苦命女性的双重悲剧。

小 结

一个人从正常到疯癫，无论是真疯还是装疯，其精神和思想上必然经历了激烈的矛盾冲突，经历过非同寻常的挣扎或刺激。通过以上分析我们可以看到，戏曲作品中人物疯癫的状态大致可以分为两种：一是装疯，二是真疯。导致人物疯癫的原因，大致可以归纳为两类：一是政治，二是情爱。我们还可以进一步总结：男性的疯癫大多与政治有关，而女性的疯癫大多与情爱（男女之爱、母子之爱等）有关。然而新时期以来的疯戏作品，往往打破了这种创作模式，表现的是更为复杂的情感、更为激烈的精神冲突、更为深刻的人性挣扎，《风雨行宫》如此，《青藤狂士》亦如此，它们充实并丰富了我国戏曲文学宝库中的“疯癫”人物形象。

（本文在2013年举办的戏曲学青年论坛上宣读）

关于中国戏曲历史剧的辨析与反思

——对“新时期戏曲历史剧创作学术研讨会”几个问题的思考

引 言

2008年12月20日至22日，由文化部艺术司、中国戏曲学会、山西省文化厅、太原市委宣传部共同主办的“纪念改革开放30年戏曲历史剧创作学术研讨会”在山西太原举行。此次研讨会是1949年以来第一次有关全国戏曲历史剧创作的学术研讨会，吸引了众多知名剧作家、导演、戏曲评论家和戏曲理论家前来参加。笔者有幸参加了此次研讨会，在研讨会上听到了有关戏曲历史剧的诸多声音，也引起了笔者的各种困惑。20世纪关于历史剧的争论由来已久，大致可分为40年代发端、60年代激化、80年代深化、90年代反思四个阶段。[①]鉴于这样的历史背景，笔者对此次研讨会上可能引起的一些争论，如关于历史剧的定义、关于历史真实与艺术真实等问题，有一定的心理准备。但是，会上一些专家的观点还是引起了笔者不小的震动。笔者在这里将这些颇发人深思的观点和问题一一引述，逐个探究，以浅鄙之见就正于方家。

这些观点和看法大致有以下几个方面：一、中国戏曲学院谢柏梁教授提

① 孙书磊：《20世纪历史剧争论之检讨》，《南京师大学报（社会科学版）》2005年第3期。

出一个颇有轰动效应的观点，他认为，严肃的或严格意义上的历史剧是一个伪命题。此言一出，即引起与会专家的强烈反应。二、从与会专家的论文和发言中，笔者发现一些专家对历史剧的基本概念比较模糊，甚至犯了一些基本的常识性错误，如认为《潘金莲》和《范进中举》是历史剧，而众所周知，这两个戏曲作品都取材于古代小说。类似的对戏曲作品题材认知和定位的混乱或不加辨析者不在少数。三、有学者提出“一切新编历史剧都是现代戏”的观点，引发了笔者对历史剧时代精神的思考。现一一剖析如下。

一、关于“严格意义上的历史剧是一个伪命题”的辨析

谢柏梁教授从三个方面来论证这一观点。首先，他认为从时间上，历史剧不但包括古代史和近代史，还包括现代史甚至是当代史；古代的史书都是当时历史的写照。因此，严格意义的历史剧，绝对不存在。历史就是历史，戏剧就是戏剧。其次，谢教授认为以服装、化妆作为判定是否是历史题材戏的依据，也不合适。再次，相当一部分理论家，对所谓的历史剧颇不感兴趣。因为历史只是偶然事件，而戏剧要写出必然的东西。写不出这些必然的东西，就不是戏剧。

首先我们来看历史剧的题材时间问题。其实，既然历史剧是写历史的，既然历史包括古代史、近代史、当代史，那么历史剧也必然会反映发生在古代、近代和当代的历史事件。历史剧作品中的人物，都应该是历史上有过、史书中记载过的人。历史剧作品中的事件，都应该是历史上有过、史书中记载过的事。然而，诚如李雁所说：“作为一部历史剧，仅仅史有其人是不够的，还需有其事；事有真伪，此尚不足为据，要看其是否出于史籍；史有正史、稗史等，此亦不足为据，关键在于其人其事是否已被传统史学纳入自己的范畴，即看其是否进入了历史系统。如果不是，即便其事属实，也不能当

作历史剧。”[①]这一论断可谓精准。也许有人要问，如果事情无论真伪都可以进入历史系统，那又该如何理解“历史系统”呢？这里不妨援引沈庆利关于“历史通识”的论断，也许可以帮助我们理解。“所谓‘历史通识’，不仅指一个民族代代相传、约定俗成的基本历史记忆，还包括社会成员普遍认可的、对重大历史问题的基本认知与态度。正是那些基本的历史记忆、历史认知与历史观念，在数千年的历史积累中逐渐融会到该民族的文化传统和社会习俗之中，成为民族文化不可分割的血肉组成部分，有的甚至已上升为不可随意挑衅的道德规范与历史禁忌。”[②]从这个意义上来讲，《巴山秀才》虽然讲述了一个历史上确实有过的事件，它所反映的官场与政治状况也与我们所掌握的历史通识相一致，但是，由于主人公是虚构的，我们并不认为它是历史剧。因为历史剧的前提条件是：历史上实有其事，实有其人。

其次，历史与历史剧、历史与艺术的关系问题。这实际上是关于历史剧的历史真实与艺术虚构的关系问题。关于这一问题的讨论，早在20世纪40年代、60年代都进行过激烈的、针锋相对的论争，这里不再赘述。要而言之，求索历史的本真是历史学家的事情，他们竭力还原历史的真相。而历史剧是剧作家的事情，他们利用已有的“历史真实”作为创作的材料，“使用”历史，来完成自己的创作，而不是来创作“历史真实”。其实，剧作家寻找那些情节曲折动人、惊心动魄的故事作为创作素材，是很容易理解的。而历史上发生的那些朝代更替、你死我活、钩心斗角、尔虞我诈的事件，那些大到帝王将相、英雄志士、乱世枭雄、奸臣贼子，小到贩夫走卒、文人雅士的历史人物，无疑都是极好的创作素材。从某种意义上来说，史学家是用他看到的史料、听到的传说、见到的史迹文物来书写历史，而剧作家也是在用这些素材来书写历史。历史的存在形式是多种多样的，剧作家笔下的历史，也是其

① 李雁：《对历史剧的界定及其在元杂剧中的鉴别和统计》，《山东社会科学》2003年第4期。

② 沈庆利：《“历史通识”的缺失与历史剧创作中的问题》，《戏剧文学》2008年第6期。

中的一种。

第二点，关于服装、化妆能否作为判定一部作品是不是历史题材戏的依据，这一点当然是否定的。事实上，在当代的许多观众，甚至一些评论者、研究人员中，都有一种模糊的甚至是错误的观念，认为只要是古装戏，就是历史戏。认为只要是表现古代人们生活的戏就是历史剧，这也是为什么有些人把《潘金莲》《范进中举》看作历史剧的原因所在。在某种意义上来说，人们在定义广义的历史剧时，就有以服装、化妆和故事时间作为判定依据的方面，认为只要讲述的是古代发生的故事、穿的是古代的服装，就是历史剧。这是值得我们注意的。历史剧表现的是历史上确实发生过、确实生活过、进入历史系统、被人们认为是历史通识的事件和人物，那些虚构的、进入不了历史系统的事件和人物，不能算作历史剧。

关于第三点，谢教授与“相当一部分理论家”认为历史剧作家应当写出历史的必然。但历史事件往往是一些偶然的、突发事件，因此，仅仅表现历史事件，却写不出历史必然的戏剧，称不上戏剧。

正像一千个人眼中有一千个哈姆雷特，一千个人眼中也有一千种历史。造就历史、载入史册的事件和人物，不同的人了解的角度和细节不同，也会造成不同的理解。也就是说，所谓历史的必然规律，本身就带有强烈的主观色彩；解释历史必然的人，也必定带有自己的主观色彩。正如一位学者所说：“众所周知，人文社会学科领域里的‘本质’与‘规律’一类词语，又是主观色彩非常强烈的概念。至少人类历史发展演变的所谓‘规律’，绝对不像牛顿的万有引力定律等科学原理那样客观中立，更没有被不同文明、不同民族和持不同意识形态的人们所共同认可与接受。”[①]

事实上，正是历史事件的偶然性，吸引着古往今来无数历史剧作家，因为这些偶发事件极具戏剧性。斩蛇起义的刘邦，如何从一个地痞摇身一变成

---

① 沈庆利：《“历史通识”的缺失与历史剧创作中的问题》，《戏剧文学》2008年第6期。

为万乘之尊的帝王，曾受胯下之辱的韩信，何以成为一代名将……这些帝王将相发迹变泰的身世经历，成为历代人们津津乐道的故事，成为戏曲舞台上久演不衰的经典剧目，也是中国古代戏曲中占比例最大的一类。

综上所述，严格意义上的历史剧，指的是那些以历史上、史籍中记载过的人和事为创作题材、表达了人们所认可的历史通识、创作态度严肃、不戏说、不调侃的历史题材戏剧作品。

二、“历史剧”定义与作品的归类——对历史剧外延的厘定

上文已经对什么是严格意义上的历史剧进行了界定，其实这是一个很简单也很明白的概念，然而这么简单的事情，不但在定义上一直存在分歧，而且在作品的归类方面也存在许多问题。概念的界定存在不同意见是比较正常的，因为这属于学理探究的层次，学术研究存在争鸣是很普遍的，尽管有时候这种争鸣显得没有多大意义。而研究者或评论者对作品归类认知不清，则可以让我们从另一个方面看出他们对历史剧概念的模糊认识，因此有必要进行认真辨析，从而更准确地让人们认识“历史剧”这一概念的内涵和外延。这里就举出两个比较典型的剧作进行深入分析。

（一）《范进中举》是历史剧？——对历史剧题材内容的界定之一

在这次研讨会上，不止一人把《范进中举》归入历史剧。笔者初闻此论，大出意料。因为稍具文学史常识的人都会知道，这是一出选自吴敬梓的世情讽刺小说《儒林外史》的戏曲，而且《儒林外史》所反映的晚清读书人的形象非常多，“范进中举”只是其中一个例子。笔者满腹疑惑地征询其他几位专家的意见，他们竟异口同声地说：《范进中举》，是历史剧！笔者在吃惊之余，不由开始认真反思自己对《范进中举》的认识与归类、对历史剧的定义，以及他们认为《范进中举》是历史剧的理由、原因，还有除了这种学理分析之外的其他因素。

毫无疑问，按照上文对历史剧的定义，《范进中举》不属于历史剧范畴。

显而易见，这出戏、这个题材、这个人物，不是历史上真正发生过的事件，不是真正存在过的人物。尽管像范进这种人物类型和围绕他中举所发生的一系列可笑、可怜、可叹的事情历史上可能存在过，对这类人物和这些现象的刻画可能符合生活，但它不是历史。

其次，我们来谈谈戏曲创作取材于小说的问题。中国戏曲有一大部分取材于小说。拿历史剧来说，就有许多取材于历史演义小说，如许多“三国戏”取材于历史演义小说《三国演义》。虽然历史演义小说也有许多虚构的甚至传说和迷信的内容，但其取材于历史这一点是肯定的。而《儒林外史》显然不是历史小说，这是毋庸置疑的。这也从另一方面决定了《范进中举》不是历史剧。

既然《范进中举》不是历史剧的事实如此明显，那为什么有人说它是历史剧呢？其判断标准又是什么呢？也许，他说这是一部历史剧，并没有考虑到它取材于世情小说这一层面，而是从它的题材时间和舞台呈现来判断，也就是说，主要是根据这出戏取材于古代这一点说它是一部历史剧。这里就涉及一个关于历史剧、古代戏和古装戏的划分问题。从时间上来说，取材于古代的题材不一定都是历史剧。从服装上来说，诚如谢柏梁教授所论，古装戏也并不一定都是历史剧。当然，取材于古代的历史剧是古代戏，当然也是古装戏，这是需要说明的。也就是说，古代戏和古装戏涵盖了古代历史剧，古代历史剧属于古代戏和古装戏的范畴。

那么《范进中举》究竟该归入哪一类题材类型呢？且不说取材于小说，就《范进中举》所表现的内容来说，它应该归入反映古代人们生活状况的古代故事剧的范畴。与历史剧取材于历史、史书，反映历史不同，这类题材主要通过虚构反映普遍人的生活和情感，与历史剧取材于历史事件和历史人物不同。

（二）《金龙与蜉蝣》是历史剧？——对历史剧题材内容的界定之二

首先，必须声明的是，对于《金龙与蜉蝣》是不是历史剧的论争，丝毫不减损该剧所取得的突出艺术成就，这仅仅是学理层次的探究。说它是历史剧，并不能为它增辉多少，说它不是历史剧，也丝毫不能减损它耀眼夺目的艺术光彩。相反，正是由于该剧题材类型无法简单地以历史剧或新编历史剧来界定，造成了评论家、研究人员甚至编剧们的困惑和认识的混乱，才突显出该剧在当代剧坛中的特殊地位、特殊意义和特殊价值。它的出现，表现出当代戏曲创作的丰富性和复杂性，为学者们和评论家提供了可供深入研究的对象和素材。

要正确地为这部戏定位和归类，我们可以先看看作者怎么说。罗怀臻是这样描述他的创作动机和作品主题的：

> 当时我从运河边上的一个小城来到繁华的大都市上海，从一个跑龙套的演员到一个专业的戏曲作家，但付出的代价也是刻骨铭心的，可以说是抛妻别子，把一个练武生的身板弄得面黄肌瘦。我突然产生了一种质疑：我牺牲这么些东西，付出这么多代价，值得吗？当时真的有一种很苍凉的感觉。……离开故土，抛舍乡情、亲情，付出这么多代价，可你是不是真快乐了？我觉得没有一个现成的历史材料能够承载我要表达的这个主题，于是就开始虚构。……因为我要表达的是个人的生命史，我的宗群苏北人进入上海的奋斗史，并在不经意间折射出人类普遍可能面对的古文明史。人类进入文明，有了规范，人性开始扭曲，人开始有了算计，有了掠夺，有了私人财产，于是就开始变得紧张不安。但是如果我们为了保持那个原始的野性、天性，而拒绝进入文明社会也是不可能的，进入文明社会是人类发展的必然进程。可进入文明社会，我们就必须放弃很多情感，放弃很多自由，这是人类永久的两难。[①]

这里要注意的有两点：一是罗怀臻要表现的是个人生命史以及进而衍生

---

① 罗怀臻：《戏剧文学精神的当代表现——在“文化部第二届西部戏剧编导培训班”上的演讲》，《罗怀臻戏剧文集》（第六卷理论·演讲卷），上海人民出版社2008年版，第151—152页。

出来的宗族史、人类文明史；二是这部作品是虚构的，所有的人物金龙、蜉蝣、孑孓、牛牯等都是虚构的，所有发生在这个家族里的故事也都是虚构的。这就决定它不是一出历史剧。

那它究竟属于哪种戏剧类型呢？由于人们对帝王将相、王位更迭类历史剧情节的熟悉，使得这部同样题材却子虚乌有的寓言故事有一种“貌似”历史剧的假象。有人说它是“非历史的历史剧”。而罗怀臻自己把它定义为“寓言历史剧”：“我把这个虚构的故事称为‘寓言历史剧’，其实它的确是一个寓言。”[①]笔者认为“寓言剧”的定位更准确，也更能显出这出戏的独特价值。对一个王朝的虚构，对历史的虚构，对个人命运、宗族命运和人类文明史的反思，全都集中在这个并不存在的故事之中，很显然这是一部寓言。寓言的性质使得这部戏比一般历史剧更具哲理性，更能引起人们的反思。“寓言剧”在中国戏曲创作中并不多见，这更使此剧显得难能可贵，它必将在中国戏曲史上占有重要的一席之地。

自20世纪以来，尤其是近30年来，随着科学知识、历史知识、科技水平、文化水平等的不断普及和进步，人们对历史不断有着新的认识和反思，尤其是对人、人性、人的自我意识等的认识越来越细化和深化，因此当代历史剧创作也呈现出与传统历史剧不同的新的特质，戏曲、历史剧类型不断丰富，也越来越复杂。针对这种现象，需要评论家和理论家认真细致地加以分析并及时准确地做出回应，这样才能保持创作与理论的共同进步和提高。那种对历史剧概念不进行详细思考，“以不变应万变”，套用、滥用、错用概念的做法，势必会带来剧作家的不满和不屑，以及戏曲评论和研究的停滞不前。

---

① 罗怀臻：《戏剧文学精神的当代表现——在“文化部第二届西部戏剧编导培训班”上的演讲》，《罗怀臻戏剧文集》（第六卷理论·演讲卷），上海人民出版社2008年版，第153页。

三、“一切新编历史剧都是现代戏”——关于历史剧的时代精神

研讨会上，有专家提出了“一切新编历史剧都是现代戏”的观点。这里的“现代戏”是从创作时间来说的。这个建立在“一切历史都是当代史”基础之上的观点引起了笔者对历史剧的现代创新和时代精神的思考。

这个观点无疑是正确的。现代人在改编历史剧时，必然加上自己的道德评判、价值判断、人格评判、文化观念等时代特征。尽管历史剧要求题材史有其人、史有其事，但对人、对事如何评价，进而如何进行文学创作和舞台呈现，都渗透着当代人的意识形态和价值判断。从《曹操与杨修》到《傅山进京》，当代戏曲创作中这类用时代精神重新审视和重新评判历史人物功过是非的作品一直不乏其例。剧作家从自己的个人经历和个人感悟出发，在历史事件和历史人物中找到共鸣，在尊重历史事实和历史通识的基础上，通过对历史人物和历史事件的重新阐释表达自己对历史人生的看法，以现代人的立场和角度体察历史人物的内心和动机，并力图以现代观众的欣赏角度和欣赏口味来调整舞台呈现方法，这是新时期历史剧创作的新特点。也正因如此，新编历史剧才能呈现出传统历史剧所没有的新特征，摆脱以往历史剧历史教科书的窠臼，挖掘出前所未有的新意，吸引住欣赏水平越来越高的观众，满足他们的人性探寻和精神愉悦。这是当代历史剧创作的新方向和大趋势。

事实上，这个提法不单适用于新中国成立后的新编历史剧创作，它无疑带有普适性，具有普遍意义。我们检点中国古代的历史剧作品就不难发现这一点。白朴的杂剧《梧桐雨》写唐明皇与杨贵妃之事，对杨玉环与安禄山之间的秽事也不避讳，有史书秉笔直书之峻冷。而洪昇的传奇《长生殿》就避开了杨、安二人之事，集中笔墨写唐明皇与杨贵妃二人的爱情。洪昇读白居易的《长恨歌》和白朴的《梧桐雨》，“辄作数日恶”。这个“恶”，既有对这两部作品伤感情绪的不满，也有对其写杨玉环宫闱之乱而无法体现李隆基与杨玉环爱情之牢固的不满。我们读《梧桐雨》，也会因其写杨玉环与安禄山之事而对李、杨爱情之忠贞与否产生怀疑。作为文学作品，《长生殿》更完美；而

从反映史实的角度来讲，《梧桐雨》则更真实。然而《长生殿》在总体上仍然是遵从史实的，无论是杨贵妃最后被缢死于马嵬的结局，还是一些细节的设置，如其《进果》一出，给杨贵妃送荔枝的快马撞死了卖卜的老人，踏坏了农民的庄稼，虽然有创作的成分，仍然体现出作者尊重历史的批判态度。再如王昭君的故事广为流传，她嫁给匈奴单于，先事其父，后事其子，史书中有明确记载。而马致远的《汉宫秋》却对这一故事做了很大的修改。首先，在匈奴与汉朝的力量对比上，马致远把汉朝写成是软弱无力、任由异族欺压的政权。更重要的一点，马致远彻底改变了昭君的命运，虚构出王昭君初入番汉交界地黑龙江便投江殉节而死的情节。马致远生活在蒙元统治之下，因此借昭君这一人物来表达自己的民族情感，写尽自己的家国之痛和对黑暗现实的不满。这类“补史剧”或“补恨剧”彰显出作家强烈的个人情感和时代特点。

从这里我们也可以明显看出新编历史剧与传统历史剧在创作意图和作品内容及风貌的不同。传统历史剧创作在处理题材时，显得更加随意，主观改动也较多。而新编历史剧则在尊重史实的基础上，更加注重挖掘题材和人物的精神内涵，思想主旨更具现代意识，人物形象更加生动，更加注重对人物性格逻辑和心路历程的探寻。

从这个角度来讲，说历史剧是现代戏没有错，即现代创作的戏都是现代戏。然而这似乎与我们平时所理解的“现代戏”有些出入。通常所说的“现代戏”，主要是指题材内容取材于现代人们生活的戏剧作品。这样加以辨别之后，就会知道，“一切新编历史剧都是现代戏”中所说的现代戏，是从创作时间来划分，而我们通常所说的“现代戏”是从题材内容的角度来划分的。至于“现代”这个词语具有不确性，我们可以用一般的历史常识来加以确定，我们通常关于中国历史阶段的划分，是用古代、近代和现代来大致界定，古代大致指1840年鸦片战争前，近代指1841年到1949年新中国成立这一时期，现当代指新中国成立以后至今。

“新时期戏曲历史剧创作研讨会”所研讨的问题远不止这些。笔者仅就引起自己注意和思考的一些问题进行了粗略的分析，并试图就历史剧的定义、创作时间、分类等问题提出个人的浅见。理论的纷争必将继续下去，笔者仅希望能借助这篇小文，引起戏曲评论者和研究者对一些看似熟视无睹、实则大可追究的问题的重视。如果能起到这个效果，笔者已经感觉幸甚。如果能够进而使大家在运用“历史剧”对戏曲作品进行分析研究时更加慎重和严谨，则是笔者的意外之喜了。

（原载《中华戏曲》2009年第2期）

评析三种戏曲现代戏是否成熟的观点

近10年以来，著名戏剧理论家、戏剧评论家郭汉城在许多研讨会上、接受各种访谈时，多次提出戏曲现代戏已经成熟的观点。2009年10月在北京举办的“中国戏曲理论国际学术研讨会”上，郭老在总结新中国成立60年戏曲艺术取得的巨大成就时，再次提出这一观点。这一观点引起一些与会专家的讨论。著名剧作家罗怀臻不同意郭老的观点，认为戏曲现代戏尚未“破题”。会后笔者与罗怀臻、著名戏剧评论家王蕴明二位先生就这一问题展开讨论，王蕴明又提出自己的观点，认为戏曲现代戏还处在“青春期”。戏曲现代戏究竟是已经成熟，是尚处在青春期，还是尚未“破题”？这三种观点引起笔者浓厚的兴趣，现就这些专家们的观点一一进行评析，以引起对这一问题的深入思考和研究。

一、郭汉城：戏曲现代戏已经成熟

郭汉城最早提出戏曲现代戏已经成熟的观点大概是在2001年。2001年3月18日，郭老在接受《中国戏剧》陈慧敏的访谈时指出：

> 我们的戏曲改革，从新中国成立算起，已经有半个世纪。其最终目的就是要实现戏曲现代化，也即让我们古老的民族戏曲艺术跟上时代发展的步伐。而现代戏则是戏曲现代化的主要标志和试金石。我看，经过

五十年的努力，现代戏已经在戏曲舞台上站住了脚跟，改变了观众的审美趣味。①

郭老总结了新中国成立后戏曲现代戏经历的三个阶段：第一个阶段是新中国成立初期的探索时期，其代表作是《罗汉钱》。这一时期演现代戏的热情很高，但经验不足，剧种和题材范围都比较窄，尤其是一些大剧种演现代戏困难比较大。第二个阶段是发展阶段，以豫剧《朝阳沟》和京剧《红灯记》为代表剧目。这一时期的戏曲现代戏思想和艺术都较第一个阶段成熟，演现代戏的剧种多了，反映生活的领域扩大了，京剧、豫剧等古老剧种都能演现代戏，大大提高了戏曲表现现代生活的信心。第三个阶段是改革开放以后，是现代戏趋于成熟的阶段，涌现了一大批好的现代戏作品，如《四姑娘》《风流寡妇》《奇婚记》《山杠爷》《榨油坊风情》《死水微澜》《骆驼祥子》《乡里警察》《苦菜花》《石龙湾》《金子》《土炕上的女人》等。这一时期作品的最大特点是现实主义的回归和深化，逐渐克服了简单化和政治说教的倾向，作品的生活基础丰厚，真实感和现代性强。在舞台艺术方面的一个显著特点是能够比较自然地运用程式表现现代生活。

在这次访谈中，郭汉城就戏曲程式和现代戏运用程式表现现代生活做了深入的论述。他指出：

戏曲艺术是一个庞大的、完整的、有机的程式体系，所谓程式化就是这个意思。程式化和程式是两个不同的概念。在这个体系中包含着不同层次的程式，至少有以下几种：第一种是具体的某个程式，如上山下坡、行船走马等；第二种是某一类程式的共同规范，如包括唱、念、做、打在内的手法、眼法、身法、步法等；所谓“法”就是法规、法则

① 慧敏：《谈谈戏曲现代戏——访著名戏剧家郭汉城》，《中国戏剧》2001年第3期。

之意。这一类的程式已经比某个具体程式高了一个层次。第三种是行当，这是人物类型的程式，又是演员综合运用程式的规范。这种程式比第二种又高了一个层次。因为它已包含着某些情感、倾向因素。第四种是演员在表演中程式与生活相结合的规律。行当虽然已带有某种意向的性质，但它仍然是行当，还不是一个艺术形象。……而行当只有在流动中与戏剧情景相结合，才能生命活跃、气韵生动，改变冰冷呆板的性质，成为具有鲜明个性特征的艺术形象。……我们不仅要继承能够为我们所用的具体程式，而且要继承运用程式的法则、法规、规律。掌握了规律就能更加自觉地改造、运用旧程式、旧行当和直接从现实生活中取材创造新程式、新行当。①

关于程式是否能表现现代生活，郭老认为：

戏曲现代戏发展过程中，有过照搬传统程式的时代，但早已过去了，扬弃了。但事情还有另一个方面。现代生活是古代生活的继续和发展，现代戏是古代戏曲的延续和发展，两者不能截然割断。这种历史的联系，既提供了戏曲表演现代生活的可能性，也提供了戏曲表演现代生活的程式特征的规定性。②

关于戏曲现代戏改造旧程式、创造新程式所取得的成就，郭老认为："新程式的创造，虽不及旧程式改造运用那么多，但也做出了可喜的成绩，取得了宝贵的经验。"郭老举了许多现代戏的具体实例来说明这一点：如湖南花鼓戏《张四快》、豫剧《风流女人》、评剧《黑头和四大名蛋》表演骑自行车，

① 慧敏：《谈谈戏曲现代戏——访著名戏剧家郭汉城》，《中国戏剧》2001年第3期。

② 同上。

《冬去春来》《弹吉他的姑娘》表演打电话，《骆驼祥子》中创造的祥子拉洋车，《吵闹亲家》中用程式创造出制衣的新动作，等等。除此之外，还有新板式、新唱腔、新套曲等例子。这些实例，“说明了古代戏曲与现代戏曲、旧程式与新程式并不存在难以逾越的鸿沟”。

郭汉城最后还指出：“当然戏曲现代戏是一个新生事物，它的领域宽阔，潜在的创造性很大，与此相比，我们做得还很不够，需要进一步的实践和探索。”

在这次访谈中，郭汉城从戏曲现代戏的发展历程和取得的可喜成绩以及戏曲艺术改革旧程式、创造新程式表现现代生活这两个重要的方面展开论述，从而得出戏曲现代戏已经成熟的观点，令人信服。戏曲现代戏是否成熟的一个重要标志，是能否熟练地继承、改造旧程式，创造新的戏曲程式来表现现代生活。郭老认为，数量众多的现代戏已经能够灵活地运用程式创造的法则、法规、规律，来改造旧程式、创造新程式，从而表现现代生活，因此可以说戏曲现代戏已经成熟。这是郭老论断戏曲现代戏已经成熟的一个重要依据。①

2004年，在“中国戏曲现代戏优秀保留剧目学术研讨会”上，郭老在发言中指出，经过半个多世纪艰苦卓绝的努力，戏曲现代戏已经基本成熟，并提出了三条标准：

> 1.古老民族戏曲艺术形式与现代生活之间的矛盾得到了解决。这是很难解决的矛盾，辛亥革命没有解决，“五四”没有解决，我们得到了解决，这是一个伟大的胜利。
>
> 2.积累了一批相当数量的、形式与内容和谐的、现代性与民族性统一

① 2001年5月8日的《中国文化报》第3版刊登了同样由陈慧敏访谈郭汉城的一篇文章，题目是《戏曲现代戏成熟了——访著名戏剧家郭汉城先生》。这篇访谈的内容与2001年第3期《中国戏剧》陈慧敏对郭老的访谈基本相同。

> 的戏曲现代戏优秀剧目，其中不少还成了保留剧目。
>
> 3.戏曲现代戏已经被广大人民群众接受和欢迎，在戏剧舞台上站稳了脚跟。这一条更为重要。[①]

同年，郭老在接受《艺术评论》记者贾舒颖访谈时，对于戏曲现代戏已经成熟的论述更加深入，也更完备、更成熟。[②]郭老完善了对戏曲现代戏发展历程的描述，认为戏曲现代戏的开端应该从辛亥革命时开始。对于新中国成立后戏曲现代戏的阶段划分，郭老描述得更加详细、具体：第一个阶段是新中国成立初期到1958年之前的探索期，第二个阶段是1958年到“文革”之前的发展期，第三个阶段是“文革”结束起到今天的快速发展期。在第三个阶段，“现代戏不断趋向成熟；形式与内容之间的矛盾，得到了很好的解决；很多好戏大量出现，比如京剧《骆驼祥子》、川剧《金子》等等；新的程式被创造出来，新的美学思想融入戏曲，创作思想也比较解放了”。

在这次访谈中，郭老重申了关于戏曲现代戏已经成熟的三条论据的论述，并举出大量优秀的现代戏作品来证明。与“中国戏曲现代戏优秀保留剧目学术研讨会”上的发言不同的是，郭老调整了三条论据的顺序：一是大量优秀的现代戏保留剧目，二是观众的接受和欢迎，三是解决了内容与形式的矛盾。这可能是因为访谈时有一定的随意性，但也可以看作郭老对现代戏解决了内容与形式的矛盾这一问题的重视。在研讨会的发言中，郭老把这一点作为现代戏已经成熟的第一条证据，突出其重要性；而在接受访谈时，郭老把它放在最后，重点论述，认为“这是一个伟大的壮举”，并指出：“戏曲这个古老的艺术样式，从剧作到表演甚至化妆，全部都是程式化的，把生活变形

---

① 郭汉城：《战略转移：戏曲的改革与建设——在中国戏曲现代戏优秀保留剧目学术研讨会上的发言》（万素整理），《剧本》2004年第6期。

② 贾舒颖：《戏曲现代戏，你成熟了吗？——郭汉城访谈录》，《艺术评论》2004年第6期。

为程式，这恰恰是戏曲的本质。解决好用程式化的形式来表现当代生活的矛盾，现代戏也就成立了、成熟了；解决不好这对矛盾，就会让现代戏陷入做作、不自然的矛盾。”

综上所述，郭汉城先生多年以来一直在关注着戏曲现代戏的发展，思考着戏曲现代戏的现状，对于戏曲现代戏已经成熟的论述也逐渐完善和严密。事实上，我们在评判一种戏曲样式是否成熟时，正是从以上这些角度来考察的。如北京市艺术研究所、上海艺术研究所编著的《中国京剧史》在论述“京剧从形成到成熟的演进”时指出，京剧自形成至成熟的时间大概是从1840年到1917年，大约经历了80年的时间，京剧的成熟表现在一批代表性演员的出现、剧目的进一步京剧化、表演艺术的成熟、京剧音乐的成就、舞台美术的新趋向等。[①]从上述郭汉城对于戏曲现代戏已经成熟的论述中可以看到，除了他总结的三个主要依据之外，现代戏的音乐、美学思想、创作思想等问题也曾被他论及，因此，他的总结是比较全面的。

郭汉城先生从事戏曲改革工作已50余年。50余年来，他不但观摩了大量的戏曲作品，而且在不断思考和总结着戏曲现代戏的经验与不足。他以一个理论家、评论家的眼光，时时关注着戏曲现代戏所取得的每一点成就、每一点进步。他从50年戏曲现代戏的发展历程着眼，对戏曲现代戏进行宏观、整体的把握；他从现代戏的数量、质量、思想、内容、艺术、美学、接受等各个角度全面考察，得出的结论令人信服。

二、罗怀臻：戏曲现代戏尚未破题

在此次“中国戏曲理论国际学术研讨会”上，针对郭汉城提出的“现代

---

① 北京市艺术研究所、上海艺术研究所编著：《中国京剧史》（上卷）第二编“京剧逐渐成熟（约1840—约1917）”，中国戏剧出版社1999年版。

戏已经成熟”的观点，著名剧作家罗怀臻提出了不同意见。罗怀臻先生多年来一直致力于中国戏曲的现代化与城市化，一直参与戏曲现代戏的创作，对戏曲现代戏和中国戏曲的现代化也勤于思考。用他自己的话说，多年来他“一直都在水里”，因此不但“春暖鸭先知”，“秋寒鸭也先知”。他在研讨会发言中明确表示：“中国戏曲现代戏尚未破题。”他认为：

> 迄今为止，我们创作的戏曲现代戏应该算是现代题材的传统戏。因为至今为止，我们对戏曲现代戏的评价标准仍然是看对传统程式运用的多少和好坏。而传统的程式是建立在过去的生活形态、过去的情感表达方式上的。我们过去建立的所谓完备的程式系统在面对真正的现代生活时表现得手足无措。

罗怀臻对于传统戏曲程式的描述毫无疑问是正确的，他认为传统程式系统无法表现现代生活的观点毋庸置疑也是正确的。然而，目前为止中国戏曲现代戏是否都是“现代题材的传统戏”，理论界对戏曲现代戏的评价标准是否都是看其“对传统程式运用的多少和好坏”，却是值得深入探讨的。

理论界提出的戏曲现代戏的评价标准，当以郭汉城为代表。在郭汉城提出的三个标准中，对于新程式的创造论述也比较充分。他认为：“新程式的创造，虽不及旧程式改造运用那么多，但也做出了可喜的成绩，取得了宝贵的经验。”[①]而郭老所举的优秀现代戏的例子，也多是创造新程式比较成功的剧目，这些剧目恐怕不能算作“现代题材的传统戏”。

不难看出，罗怀臻先生关注、呼吁和强调的，是现代戏对新程式的创造。然而不可否认，对传统程式的继承、改造性的运用也是现代戏程式运用的一个重要方面。因为，尽管现代生活形态和生活方式与古代大相径庭，但

① 慧敏：《谈谈戏曲现代戏——访著名戏剧家郭汉城》，《中国戏剧》2001年第3期。

现代人一样要走路、跑步，一样要有喜怒哀乐各种情感，一样要有思考、犹豫、迟疑等各种情态，因此在表现这些日常生活行为时，沿用传统戏曲程式是顺理成章的。在表现一些古代已有而现代已经变异的生活行为动作时，就要对传统程式进行改造，比如“开门”这一动作。而在面对古代没有、现代才有的动作时，就需要创造新的程式，如打电话、骑自行车等。

表现现代生活行为的戏曲程式，目前仍处在不断积累和不断创新的阶段，而不像传统戏曲程式有一套相对完整、系统的体系。这恐怕也是目前戏曲界认为现代戏还没有成熟的一个主要理由。

然而传统戏曲是不是要在所有的戏曲程式都已创造并完善之后才成熟的呢？事实恐怕不是这样。事实是，当人们总结出程式创造的基本原则、规则和规律之后，面对新的题材内容能够运用这些原则、规则、规律，创造出反映这些动作的新的戏曲化、程式化动作，到这个时候，戏曲基本上就成熟了。此外，并不是所有的生活动作都要搬上戏曲舞台，也就是说，传统戏曲程式虽然是一个相对完备的系统，但并不是全部生活动作都程式化。郭汉城在总结现代戏成熟的标准时强调：“我们不仅要继承能够为我们所用的具体程式，而且要继承运用程式的法则、法规、规律。掌握了规律就能更加自觉地改造、运用旧程式、旧行当和直接从现实生活中取材创造新程式、新行当。”这个观点应该更有说服力。

事实上，罗怀臻先生对创作戏曲现代戏有非常丰富的经验和心得，他也在认真总结戏曲现代戏表现生活的规律和方法。10月25日晚间，笔者与罗怀臻、王蕴明两位先生聊天时，罗怀臻明确提出了自己总结出的创造新程式的规律和原则，即主观世界感受外部世界，并且把主观世界外化出来。

他进而阐述道：

传统程式的提炼方法是通过表演产生对生活真实的联系、联想，表演是一个媒介。比如我们表现皇帝上朝，我们可以提炼出一种有现场联系的表现仪式。如果我们表现政治局开会，则不需要那种客观联系，只

> 需表现人在现场对环境气氛的感受，它也照样舞蹈化、程式化，不一定非要一个媒介物。比如划船一定要有个桨，我们打电脑岂不是要这个吗（做打电脑的动作）？我们没有，我们感觉到在这儿打电脑，是不是照样可以解决？这样我们的生活就没有盲区了，什么都能表演了。

通过演员舞蹈化、程式化的表演（实际上就是借助“表演”这个媒介），也借助于观众对真实生活情境的联系、联想，再现现代人在具体生活情境中的场景、气氛，这正是中国戏曲程式创造的重要原则之一。罗怀臻提出不必借助具体的舞台道具，而通过演员的表演来展现具体的生活场景，其实也是符合中国戏曲舞台和戏曲表演虚拟化、空灵化的特征和创作原则的。有了这样的程式创造原则，“我们的生活就没有盲区了，什么都能表演了”。罗怀臻先生的论述，其实与郭汉城先生的结论殊途同归。

罗怀臻与郭汉城，一位是身处戏曲创作前沿的剧作家，一位是经验丰富的理论家。这两位极具代表性的人物，一位通过自己具体的创作经验，在创作中展现戏曲现代戏的最新成就，引领戏曲现代戏的发展；一位通过现象总结和理论思考归纳现代戏的经验成果，指导戏曲现代戏的发展方向，二人以实践和理论共同归纳出了戏曲现代戏创造新程式的规则和规律。不同的是，罗怀臻怀着中国戏曲现代化和城市化的忧患意识，更清醒地看到戏曲现代戏创作中的不足和缺陷，更迫切地呼唤戏曲界创作出更具“现代性”的现代戏。他的“主观世界感受外部世界，并且把主观世界外化出来”的创造戏曲新程式的观点，应该得到戏曲理论界和创作界的高度重视。理论界只有在认真分析总结这一观点在戏曲现代戏进程中的意义和作用，才能更准确地把握和总结戏曲现代戏的成就和现状。而创作界则应该在充分领会这一观点内涵的基础上，才能创造出能够反映现代人生活各个方面的、更具“现代性”的现代戏。

三、王蕴明：戏曲现代戏处在青春期

2004年7月17日的《中国文化报》刊载的《青春靓丽的戏曲现代戏》一文，比较全面地展示了王蕴明关于戏曲现代戏处于青春期的观点。该文大致将戏曲现代戏进行如下分期：

> 戏曲现代戏的发轫当以辛亥革命的时装新戏算起，然其真正的开端应是毛泽东同志《在延安文艺座谈会上的讲话》之后，其蓬勃的发展则是新中国成立以后。[①]

这个分期与郭汉城对现代戏的分期有相同的地方：他们都将新中国成立作为戏曲现代戏发展过程中的重要分界线。不同的是，王蕴明突出了新中国成立前毛泽东的文艺观对戏曲现代戏的影响，但对新中国成立后的现代戏没有再进行阶段划分；而郭汉城则对新中国成立后现代戏的发展轨迹进行了较为细致的勾勒。需要说明的是，王蕴明认为中国传统戏曲“至20世纪的前半期为其鼎盛的黄金时代。就其生命史而言，走过了一个完整的生命周期，自20世纪后半期则开始走向下一个生命周期的蜕变期”。正是在中国戏曲的第二个生命周期中，目前的现代戏正处于青春期的阶段。

在关于戏曲现代戏的叙述中，王蕴明认为：“戏曲现代戏经过近百年的孕育成长，今天已经取得骄人的成绩，迎来了她如花似锦的青春期。”现代戏处于青春期的表现有三：

> 其一，涌现了一批久演不衰、深受广大人民群众喜爱的优秀剧目。这批剧目通过反映生活的深度与广度所蕴藉的信息量承载着浓烈的时代情

① 王蕴明：《青春靓丽的戏曲现代戏》，《中国文化报》2004年7月17日。

感与精神。如京剧《红灯记》《沙家浜》《智取威虎山》《骆驼祥子》《华子良》，评剧《杨三姐告状》《刘巧儿》《金沙江畔》，豫剧《朝阳沟》《倒霉大叔的婚事》《铡刀下的红梅》，吕剧《李二嫂改嫁》《苦菜花》，淮剧《打碗记》《奇婚记》，川剧《山杠爷》《变脸》《金子》，越剧《祥林嫂》，沪剧《明月照母心》，粤剧《驼哥的旗》，蒲剧《土炕上的女人》，采茶戏《山歌情》，黄梅戏《徽州女人》，甬剧《典妻》等等。

其二，遵循戏曲的美学原则，努力寻求舞台动作的歌舞化、规范化和形式美，增强剧目的观赏性。戏曲现代戏是从学习话剧突破传统程式化的表演起步的，所以在较长的一段时间内，处在一种话剧加唱的状态之中，因而弱化了戏曲特有的艺术魅力。经过长期的探求与实践，艺术家们逐渐意识到戏曲美学原则不能丢失，戏曲的艺术个性应当继续发扬，意识到人物的舞台动作虽然不能沿用传统的程式，但要讲究规范，要将程式化为内心节奏和形体韵律，既要生活化，又要规范化、美化、舞蹈化，努力营造流动的歌舞化的戏剧情景。

其三，形成了一支忠诚于戏曲现代戏的编、导、演、音、舞美和理论研究与管理的艺术队伍。

仔细分析这段话，并将它与郭汉城关于戏曲现代戏已经成熟的三个证据对比，不难发现，王蕴明关于现代戏处于青春期的前两个表现的描述，实际上正是郭汉城论述现代戏已经成熟的三个理由，因为王蕴明所说的表现之一“涌现了一批久演不衰、深受广大人民群众喜爱的优秀剧目”，实际上包括两个方面的意思，一是涌现了一批优秀的现代戏剧目，二是这些现代戏剧目深受人民群众喜爱。王蕴明所举的现代戏作品，与郭汉城所举的例子多有重合，也有所不同。其中有一个细节值得注意：尽管王蕴明在文中也指出十年浩劫“抹杀地方戏曲艺术个性的极左文艺政策对现代戏造成严重的伤害”，但他所举例的优秀现代戏作品中，仍然出现了“革命样板戏”作品（京剧《红灯记》《沙家浜》《智取威虎山》）。而郭汉城在论述现代戏的三个分期时，避开了“文化大革命”时期的“革命样板戏”，他所举例的《红灯记》，指的是1964年创作演出的《红灯记》，而不是“文革”期间的“革命样板戏”《红灯记》。[①]这恐怕是因为郭老亲身经历和见证了“文化大革命”的各种磨难，提起这段历史就会有切肤之痛，因此选择避而不谈。

而王蕴明文中的第二点“遵循戏曲的美学原则”，简单描述了戏曲现代戏已经从话剧加唱的误区中走了出来，开始用戏曲的美学原则即程式化来进行创作。这一点与郭汉城所论述的现代戏改造旧程式、创造新程式解决内容与形式的矛盾问题的观点基本相同。

有意思的是，尽管关于现代戏现状的三个表现（或两个表现）的描述与郭汉城不谋而合，王蕴明却得出了与郭汉城相去甚远的结论：

那么，是否就如有的专家所认为的那样戏曲现代戏已经成熟了呢？我看为时尚早。

戏曲现代戏正处在青春发育期，风华正茂，光彩照人，但尚稚嫩，不够笃实、稳健，到成熟还有一段路程要走。

紧接着，王蕴明举出了三条理由：

其一，戏曲是一个拥有300多个剧种（至今仍活跃在舞台上的也有100多个）的大家族，在这个大家族中，现代戏处于偏师的位置，尤其是最具代表性、最能充分体现戏曲美学原则的昆剧、京剧、梆子等主要剧种。现代戏只是当代戏曲很少的一部分，总体上尚处在个例成功的实验阶段。一些地方戏曲创演现代戏比较方便，成功的概率也较高，然而这些剧种自身还大都处于青春发展期。

① 详见慧敏：《谈谈戏曲现代戏——访著名戏剧家郭汉城》，《中国戏剧》2001年第3期。

其二，半个多世纪以来，就全国范围而言，在各级政府的大力倡导下，新创现代戏的数量相当可观，但其中优秀的少，平庸的多，失败的概率相当大。现代戏在演出市场上所占份额也很有限。

其三，戏曲现代戏中能够充分体现戏曲美学精神的不多，相当大的一部分处于话剧加唱的阶段。在文学剧本中，不少剧作仍就事论事，甚至图解政策，没有在塑造人物、营造戏剧情景上下功夫，没有将作品的立意上升为人生感悟、生活哲理的高度。在舞台景观的营造上，往往太实、太满、不空灵，难以形成完整和谐的意境美和形式美，有些技巧问题还没有解决，如武打套路的运用、现代舞蹈的戏曲化、音乐的现代化等。

王蕴明主要从不足之处来论述现代戏没有解决好、需要进一步解决的主要问题。然而，一种题材类型的戏曲作品，在整个同时代的戏曲作品中应该占多少份额才算成熟，这个问题能不能量化，能不能算作现代戏是否成熟的标准，仍需进一步探讨。我国的戏曲资源非常丰富，大部分戏曲剧种都有着悠久的历史，留存下来的传统剧目非常多，这些传统剧目有相当数量的受众。从历史上来看，真正创作成功、演出后又特别受欢迎、能够流传后世的经典之作也远远小于占绝大部分的平庸之作。

其实，王蕴明在论述“青春期的戏曲现代戏”时，用了相当多的褒扬之词，如“青春靓丽”“骄人的成绩”“如花似锦”“风华正茂”“光彩照人”等等。我想，如果戏曲现代戏如王蕴明所说仍然处在青春期，她应该是一位十七八岁的窈窕淑女，而不会是一个十一二岁的懵懂少女吧？

（原载《文艺报》2009年11月24日）

附录：名家访谈

“于平易处见豪雄”

——郭汉城访谈录

郭汉城，浙江萧山人，1917年生。1934年入浙江省立杭州农业职业学校读书。抗战爆发，1938年到陕甘宁边区入陕北公学学习，1939年到晋察冀边区入华北联合大学学习，毕业后在敌后从事抗战教育工作。中华人民共和国成立后，1951年任察哈尔省文化局副局长兼察哈尔省文化艺术联合会主任，1954年任中国戏曲研究院剧目研究室主任、中国戏曲学院附属戏曲研究所所长等。“文革”中被审查、下放。1973年恢复工作，历任中国艺术研究院副院长兼党委副书记、国务院学位委员会学科评议组成员、中国戏剧家协会副主席、中国戏曲学会副会长、《中国戏剧》主编、文化部振兴京昆艺术指导委员会副主任等。现为中国艺术研究院研究员、中国戏剧家协会顾问、中国戏曲学会顾问等。主要著述有:《中国戏曲通史》(与张庚联合主编)、《中国戏曲通论》(与张庚联合主编)、《戏曲剧目论集》、《郭汉城文集》(四卷)、《当代戏曲发展轨迹》、《淡渍诗词钞》等，主编《中国戏曲经典·精品》(十卷本)、参与编纂《中国大百科全书·戏曲曲艺卷》《中国戏曲志》等。2009年获中国戏剧家协会“中国戏剧终身成就奖”。

李小菊（以下简称“李”）：1992年中国艺术研究院、中国戏剧家协会、中国戏曲学会等单位为您举办“郭汉城学术成就研讨会”，浙江的沈祖安先生为您写了一首诗：“百川汇处始成海，万壑丛中可数峰。谁说先生少魄力？于平易处见豪雄。”您觉得沈先生“于平易处见豪雄”的评价准确吗？

郭汉城（以下简称“郭”）：说我“平易”大概有两个意思：一是我的一辈子都平平淡淡的，生活和工作都没有轰轰烈烈的事；二是我为人做事比较平易。这是对的。说我“豪雄”大概是指我诗词创作的风格，这就过奖了，大概是鼓励我的意思。我的第一本诗集叫《淡渍集》，所谓“淡渍”，就是很淡的痕迹。我在题解中说：“伟大的时代必有伟大的声音，伟大的声音有待于伟大的心灵。这些诗虽然也是时代的产物，但与时代本身相较，则浮光掠影、片草零花、大时代的一点小浪花而已。”这不是自谦，是真心话。

李：王文章先生在给您所著《当代戏曲发展轨迹》作序时评价说：“他（您）是传统戏曲继承革新历程中一位重要的承上启下的开拓者，是现代戏曲理论科学化体系的创建者之一，是新中国建立后第一批以马克思主义理论为指导从事戏曲理论研究学者队伍中的领军人物。”这个评价非常中肯。您从事戏曲理论工作的50余年，见证了中国戏曲理论研究现代化、戏曲改革、戏曲现代化的整个过程。您能谈谈您在50年戏曲工作中的经历、经验和体会吗？

郭：我只是在一个伟大的时代里，在我的领导和老师张庚同志的领导下，力所能及地尽力做好自己的工作。我愿意结合我的经历谈一谈这些问题。

“江山总为情切”①——以戏曲为革命事业的研究之路

李：您一生从事戏曲工作，然而您最初求学时学的却是农业。当初为什么会选择学习农业？

郭：我出生在浙江萧山戴村，家里比较穷。原来念的是私塾，北伐战争开始后，私塾改成了小学，就进了小学读书。我第一次见到马克思、恩格斯的像就在这个小学，这是想不到的。

李：那是什么时候？

---

① 注：本文标题诗句全部取自郭汉城先生诗词作品。

郭：大概是1927年左右的事。1934年小学毕业后，有两条路，按我的想法是继续读书，但是家里穷，负担不起；另一条路是到商店里当学徒工，但这也不容易，要有人担保。像我们这种穷人家，无人愿意担保。后来，听说浙江大学办了农业学校，半工半读，不要学费，所以我就考了这个学校。但是到了1937年下半年，抗战爆发，学校随着浙江大学迁移到建德，我们学校就解散了。

李：您从杭州农业职业学校肄业后去了陕北公学、华北联合大学学习。您能谈谈抗日战争和去延安求学对您今后的求学生涯和奋斗理想有什么样的影响吗？

郭：当时我求学的心情非常热切。1937年12月，日本侵略者进攻杭州，我和一帮孩子听说贵州省国立中学在长沙招流亡学生，我就报考了这个学校。但是我们到长沙时这个学校已经招满了。我后来不搞农业而搞了戏曲，却与去陕北公学、参加革命有关。在长沙的时候，我看到陕北公学在招青年学生。当时对共产党的印象一是为了穷人，另一个就是抗日，这正是我心中渴望的两件事情，因此就辗转去了陕北。在陕北求学的日子非常苦，除了严重的水灾等自然灾害，还经常遭到日军的扫荡。这段极其艰苦又极其危险的经历，虽然与后来的戏曲业务无关，但对我的影响极深，对我坚持进行戏曲研究、对我的诗词创作都有很大的影响，使我后来即使遇到困难也不消极，因为这些困难与抗日战争时所遇到的困难相比要小得多，因此对前途始终非常乐观，这在我的诗词创作中有更鲜明的表现。另外，在这样艰苦的生存环境中，使我深刻地认识到人民的力量，这也是为什么我在戏曲研究中一再强调人民性的原因。

李：在华北联合大学的时候有没有看过戏剧演出？

郭：没有。那个时候时局非常紧张。后来我们到了河北平山县（即西柏坡），在那里看到了河北梆子《血泪仇》、歌剧《白毛女》等。我从事戏曲事业虽然有一定的偶然性，但也有一定的必然性。我小时生活的戴村商业很繁荣，许多商店以各种名目演戏，因此每年能看许多戏。

李：当时演的都是什么戏？

郭：当时看的主要是绍兴大班，也就是现在的绍剧，如鲁迅说过的《男吊》《女吊》、阿Q唱的《龙虎斗》，我都看过。绍兴大班是多声腔的剧种，如乱弹、高腔，高腔唱的《目连戏》等。另外还有金华戏班的婺剧、徽剧等，还有笃班（越剧的前身）。有一些唱词、念白到现在还没有忘记，像鲁迅《朝花夕拾》中《目连戏》中无常的一大段自报家门的念白我到今天还能背。（在我的要求下，先生精神抖擞地念了这段念白）还有婺剧《凤仪亭》中的一个舞台调度我现在还记得，吕布杀了董卓之后，貂蝉坐在吕布肩上下场，印象很深。

李：小时候看戏的经历确实令人非常难忘，这种经历是不是在后来您选择戏曲作为自己的事业时会潜意识地产生影响呢？

郭：是的。传统文化对人们的影响是潜移默化的。但是这有一个变化的过程。在杭州上学时，我接触到“五四”新文化思想，它对中国传统文化特别是对戏曲的批判，使我也受到影响，有点瞧不起戏曲。但由于那时没有从事戏曲工作，所以没有什么直接影响。这种认识的曲折后来逐渐转变过来。

李：这种转变是不是从您到察哈尔省文化局工作时开始的？

郭：对。解放初期，我到察哈尔省文化局任副局长，主管戏曲，因此开始接触戏曲，并且为剧团写过剧本。最重要的是1952年，我以察哈尔省代表的身份参加全国戏曲观摩演出，看了许多剧种、好多优秀的演员和剧目。这次观摩之后，“五四”时期否定戏曲的观念完全转变了，觉得中国的戏曲真是了不得。小时候虽然看了一些戏，对戏曲有一定的感情，但是影响很小。这次观摩之后，眼界、境界更高、更宽了，从此愿意终生搞戏曲。1953年华北大行政区撤销，我面临两个选择，一是到省里从政，一是到中国戏曲研究院从事戏曲研究工作，我选择了戏曲研究，这就跟小时候戏曲对我的影响有关。

“费辛苦，声声唤得东风转”——戏曲改革中的坚持与守望

李：1949年10月2日，也就是中华人民共和国成立的第二天，中央人民政府就成立了中华戏曲改革委员会，开始进行戏曲改革，可见新的人民政府对戏曲改革工作的重视。您当时任察哈尔省文化局副局长，您能谈谈新中国成立初期察哈尔省戏曲改革的情况吗？

郭：我是1950年1月到的察哈尔省文化局工作（这个时间是郭老的夫人韩建民帮着查找资料确定的。在访谈过程中，有许多细节都是韩老师一同回忆的）。当时戏改政策已经贯彻下来，根据“三改”（即改戏、改人、改制）政策，我们也做了许多工作。当时对于确定哪个剧种作为察哈尔省的主要地方戏有争议，有人要用京剧，但张家口演山西梆子（即晋剧）比较多，因此确定它为戏曲改革的对象。当时张家口还成立了戏曲学校，这差不多是全国最早的戏曲学校，后来成为张家口青年晋剧团。

李：由此可见当时的戏曲改革也是根据实际情况确定改革方案的。我从一些资料中得知，你在张家口时还写了不少剧本，哪个您印象比较深？

郭：对。当时最重要的是改戏，写新戏，因为观众要看新戏。我印象比较深的是我改编的《梁山伯与祝英台》。由于当时封建家长虐待儿媳的问题比较突出，这出戏反对封建家长，提倡婚姻自由，因此受到广大妇女观众的欢迎，搞得非常热闹。

李：看来写新戏也是形势和群众的需要。当时戏曲艺人对戏改是什么态度呢？

郭：戏曲演员们对戏改是很欢迎的。新中国成立后，他们的社会地位得到提高，从过去的“下九流”变成了人民艺术家；他们演的戏，尤其是演的新戏受到观众的欢迎。有一个晋剧演员刘玉蝉，她的父亲、叔叔都是晋剧演员，过去演戏人家看不起。刘玉蝉现在已经80多岁了，她觉得一生最光荣、最愉快的时光就是戏改那个时候。这种情况在我到戏曲研究院后举办的三次演员讲习班时更突出，当时参加讲习班的都是全国最有名的演员，像袁雪

芬、红线女、常香玉等，她们作为艺术家来接受学习，真心真意地感到共产党对艺人好，演员的身份地位提高了很多。

李：1952年察哈尔省撤销后，您来到北京到华北文化局工作，主管戏曲。当时都做了哪些戏改工作？

郭：在华北文化局工作时，我印象比较深的一个工作是撤销文工团，成立地方戏国营剧团。当时中央对民族艺术戏曲非常重视，认为古老文明的中国应该有自己的民族艺术，把爱不爱戏曲提高到爱国的高度，因此国家才要进行戏曲改革。由于戏改干部不多，因此许多文工团员进入戏曲剧团，当时有一个口号："新文艺工作者与戏曲相结合。"由于当时有一种思想，认为自己是新文艺工作者，到戏曲剧团就变成旧艺人，情绪很大。

李：这是不是也带来一个问题，这些新文艺工作者由于不懂戏曲，在进行戏曲改革时方法会比较粗暴？

郭：对。当时华北文化局派我到山西太原，协助地方搞这个工作，做起来非常难。这些人到剧团之后，用新文艺工作者的观点去改造戏曲，出现两种情况：一是这批人不懂戏，认为自己是去改造剧团的，方法粗暴，因此起了一些负面作用；但这些人待一段时间后，逐渐了解戏曲艺术，慢慢地思想就转变了。戏曲必须要变，但你改了之后观众不认可、不买账，那就不行。新文艺工作者改变了看法，观念发生了变化，虽然有曲折，但他们最终成为戏曲改革中的骨干力量。所以，从总的来看，国家的政策是对的。当时全国已不是战争状态，是建设状态。建设必然要有人才。文工团不是专业的，而是宣传性质的，中央考虑把这些人专业化，加以提高。戏曲艺术是专业化的，地方剧团又很多，因此把这些人分到剧团去。另一方面，剧团人员缺乏文化，排新戏、改革就很困难，而这些新文艺工作者文化水平比较高，就解决了这些问题，这对剧团建设也很重要。

李：您谈的这一点让我们对戏曲改革的具体情况又有了深入的了解。现在有些学者对戏曲改革反思、批评较多，您作为一个亲历者，怎么评价戏曲改革呢？

郭：新中国成立前后国家制定的方针政策，如“推陈出新”、“双百”（百花齐放、百家争鸣）、“古为今用、洋为中用”、“三并举”（整理改编传统戏、创作现代戏、新编历史剧），都是非常科学的，是符合客观规律的，也是当时需要的。如果说戏曲改革取得了巨大成就，与这些方针政策的指导有密切的关系，其总的方面是积极的、正面的。从总的方面来看，戏曲改革是必然的。在从旧中国到新中国的时代巨变中，全国戏曲的情况是非常复杂的，范围也非常广泛，有一些人对待戏曲的态度简单粗暴，如果没有国家的戏曲改革政策的规定、指导，后果将不堪设想，也许戏曲都没有了。但是，并不是有了正确的方针政策就万事大吉，具体执行起来，具体到每一个地方，每一个人，会有很大的变化，所以容易产生很多问题。譬如说，从文艺思想上看，当时有简单的、带有实用主义的思想，如反历史地改造人物，概念化。用现实主义的观点看待戏曲，就认为这也不对，那也不对。如当时有一个争论：“挂胡子还是粘胡子”。这涉及“真实观”的问题，把艺术和生活等同起来，把艺术政治化了。再譬如《苏三起解》里有一段白：“你说你公道，我说我公道，公道不公道，自有天知道。”有人认为“自有天知道”是迷信，改成了“自有人知道”。这是很幼稚的。像这样的情况很普遍。这些戏改人员大多是剧团的领导，因为他们的作用和影响非常大，戏曲改革也因此产生了一些曲折。所以戏改人员的专业化很重要。戏曲改革是复杂而又曲折的，有一些问题到现在还有争议，还没有解决。

李：戏曲改革总的方针政策是科学的，正确的，然而也有一些反复，比如说禁戏的问题，我在一些资料中了解到，禁戏的政策曾经禁而复演，演而复禁，您能谈谈这个问题吗？

郭：传统戏曲中的确有一些不健康的、封建迷信的、淫秽色情、血腥暴力的内容，因此在戏曲改革中禁演这些戏是正确的。但是具体分析起来，有一些戏虽然内容有问题，但在表演上是很精彩的，是可以修改的，中国的许多表演艺术保存在具体的戏曲剧目里，有这出戏，就有这个表演艺术，没有这出戏，这个艺术就没有了。但是在当时，中央宣布禁戏之后，地方上没有对剧目进行鉴别，就全禁了。这样一来，观众可看的戏很少，就出现了剧目贫乏的情况。所以，后来张庚先生在演员讲习会上提出“打破清规戒律，丰富上演剧目”。因此文化部又开放禁戏。但是这个政策出来之后，执行时又非常混乱，各地剧团自作主张，“毒草”又放出来了，如北京上演了《杀子报》等色情暴力的戏，戏曲界、学术界都反对，所以后来又禁了。

李：戏曲改革在执行的过程中确实出现了许多问题。你觉得产生这些问题的原因有哪些？

郭：这些问题还有各种变化，直到现在还存在，但本质是相同的。产生这种情况主要有以下三个原因：第一，从远的来看，“五四”以来对民族文化，特别是戏曲有一种不正确的评价，否定戏曲，更多地用西方的戏剧标准，特别是现实主义的标准来要求戏曲；认为西方的话剧是高级的，中国的戏曲是低级的、庸俗的，提出以话剧代替戏曲。这种思想影响深远，中国的许多知识分子直到现在还这样认为。这种观点对正确认识戏曲的民族特点、价值产生很不好的负面作用。第二，战争时期戏曲为政治服务、为战争服务的思想，在新中国成立初期国家已经进入建设阶段没有很快改变过来，仍然要求戏曲要配合现实、为政治服务，而忽视甚至抛弃了戏曲的艺术。第三，当时学习苏联，在艺术上也向苏联老大哥学习，认为其艺术水平比我们的高。当时邀请苏联专家列斯里来，宣扬斯坦尼现实主义的一套思想，这个影响也非常大。按照现实主义的真实观来看戏曲，戏曲则都不真实，中国戏曲的特点全部被否定掉了。以上三点教条主义的思想对戏曲改革都很不利。而在新中国成立初期，这些东西在思想上占主导地位，才会产生各种各样的问题。

李：您的这些分析非常有见地。这些外部原因是造成戏曲改革过程中出现问题的主要原因，中国戏曲本身是不是也有不足之处？

郭：你说的很对。戏曲改革中出现各种问题，中国戏曲本身也有两个原因：第一，对中国戏曲的科学、系统的理论研究还不够，戏曲人缺乏这种理论知识，因此缺乏抵抗力。第二，戏改运动是群众性很大的活动，最后落实到剧团，而剧团的理论水平、艺术水平不一样，每天在广大范围内进行，产生问题也是正常的。但是也有进行得比较好的地方，比如四川省在进行戏曲改革过程中就非常重视川剧艺术本身的保护，进行剧目鉴定时也做得非常慎重，所以直到现在川剧保留了许多具有地方表演特色的东西。而在大部分地方，执行得比较“左”，再加上一些政治活动，所以就产生了上述这些问题。

李：您从内部原因和外部原因分析戏曲改革出现曲折和问题的原因，非常全面。我知道您在戏曲改革过程中，一直呼吁保护传统戏曲艺术，直言不讳地指出戏曲改革中出现的问题，希望能实事求是地具体分析传统戏曲剧目的思想、艺术特点，不但体现出一个热爱戏曲的戏改干部的道德操守，而且也体现出学者独立自由的学术人格。

郭：我想，实事求是不但是戏曲研究人员的基本素养，也是做任何学问、任何事情都要具备的品质。另外，理论与实践密切相结合，也是我们进行戏曲改革的重要方法。我个人，包括中国戏曲研究院所做的事情和取得的经验，总结起来是两句话：“四人帮”之前，为中国的传统戏曲艺术辩护；改革开放以后，出现了“戏曲危机”，我们坚信中国戏曲不会灭亡。

李：多年以来您一直在守护、守望着中国戏曲，这是有目共睹的。您为戏曲改革中出现的各种问题忧心忡忡、大声疾呼，也为戏曲改革取得的成就而大声叫好。2001年您在接受《中国戏剧》记者陈慧敏的访谈时，提出了戏曲现代戏趋于成熟的观点，您的依据是什么？

郭：改革开放以后，戏曲有过短暂的繁荣，许多禁戏开放，上演了许多好的传统剧目。但是好景不长，由于商品经济、西方文化的冲击，戏曲没人看。许多人认为戏曲跟不上时代，没有前途，出现了“斜阳论”“消亡论”等观点，特别是有人认为戏曲现代戏根本不行，认为旧的、传统的程式不能反映新的现代生活。其关键在于程式问题。我在2001年提出戏曲现代戏趋于成熟的背景，是由于当时看了山西临汾蒲剧院演出的现代戏《土炕上的女人》，这出戏在程式运用上达到了得心应手、不露痕迹的地步。我在那次访谈中重点讲了戏曲程式的四个层次，一是具体的某个程式，二是某一类程式的共同规范，三是人物类型的程式即行当，四是演员在表演中程式与生活相结合的规律。提出创造新程式要掌握程式创造的法则、规律。新中国成立后的一些优秀的现代戏能够比较熟练地运用程式创造的法则、规律，根据所要表现的现代生活，创造出了新的成功的戏曲程式，积累了可贵的经验。

李：然而据我所知，有一些学者持不同意见，认为戏曲现代戏还没有像传统戏那样有一套完整的、系统的体系，因此戏曲现代戏还没有成熟。您怎么看待这个问题？

郭：我觉得戏曲理论界对戏曲现代戏取得的成就评价太低了。戏曲创作人员在面对表现现代生活的题材时，总是能运用程式创造的法则，将现代生活运用戏曲化、舞蹈化，有一些还非常成功。如“开会”如何用程式来表现？60年代湖南花鼓戏演赵树理的《三里湾》就有开会的场景，用“联弹”这种唱的形式来表现，很生动，当时很轰动。再如打电话，杨兰春在豫剧《冬去春来》里第一次用唱来表现打电话。最重要的一个发展是汉剧《弹吉他的姑娘》，用歌唱、舞蹈的形式，表现同一个姑娘和几个不同的小伙子打电话的场景，通过变形、夸张，突破了时间、空间，非常精彩。我举这些例子，是说明现代戏运用程式法则创造新程式的可能性，只要我们掌握表演艺术的规律，戏曲是能表现现代生活的。

李：然而这些例子仅仅表现了现代生活中非常小的一些方面，是不是需要一套现代戏曲程式呢？

郭：这不是谁能设计出来的，而是戏曲工作者在创作过程中，根据生活、剧情、人物的需要创造出来的。程式问题解决了，戏曲的现代性与民族性的问题就都解决了。用戏曲程式表现现代生活这个矛盾摸索了100多年，才取得了这些成就，我们要予以肯定，进行鼓励。新中国成立以后，应该用什么态度对待文化遗产特别是戏曲？像日本那样博物馆式的保护是必要的。而我们用马克思主义发展观，根据艺术的发展规律、特点发展它，这是我们最成功的地方。因此，经过100多年的努力，特别是改革开放30年来的大发展，戏曲现代戏已摸索出规律性、经验性的东西，可以说已经成熟，今后的发展会更快、更好。

"谁泼江山，片片火般娇？"——戏曲史、论、评的成就与特点

李：您和张庚先生主编的《中国戏曲通史》（以下简称《通史》）、《中国戏曲通论》（以下简称《通论》）、《戏曲志》等是研究中国戏曲的重要著作，戏曲科研人员、戏曲院校的学生几乎都要读这几部著作。您能谈谈当初编撰这些著作的缘起吗？

郭：从长远来看，《通史》《通论》的编纂是为了中国戏曲理论的建设。在此之前，有一些研究戏曲史论的著作，如王国维、日本青木正儿的著作等，都有一些创造性的见解，但不是系统的史，而且主要是研究戏曲文学，对戏曲表演研究不足。我们的史、论是以新的马克思文艺理论思想作为指导进行编写的，系统研究了戏曲的发展规律，尤其是通史，在比较丰富的史料、文物的基础之上，勾勒出戏曲的发展历史，寓论于史；更重要的是不单讲文学，而且讲舞台艺术，是对戏曲全面、系统的研究。另一方面，也是戏曲改革的客观需要。随着戏曲改革和创作的不断发展，出现了许多引起争论的问题，而从事戏曲改革的文艺工作者、剧团、演员的理论水平有限，因此客观实际需要一套完整、系统的理论来指导、解决这些问题。因此张庚先生提议编写一史、一论、一志，一方面系统研究中国戏曲，另一方面实际指导戏曲改革。

李：尽可能完备地搜集研究对象的资料，进而勾勒其历史发展轨迹，最后进行深入的理论研究，这是学术研究的基本轨程。您和张庚先生主编的一史、一论、一志，基本上做到了这一点。但是戏曲研究又与一般的学术研究不同，除了固定的文献资料之外，还有许多文物资料，更是动态的舞台综合艺术，包括歌唱、舞蹈、表演等，你们在编撰过程中是怎么做到这一点的？

郭：从戏曲艺术的客观实际出发，理论与实践相结合，是研究戏曲艺术、撰写戏曲史论的重要方法，这也是中国戏曲研究院的一个重要的特点。由于戏曲是一门综合艺术，不但包括戏曲文学，也包括舞台艺术，也由于戏曲通史、通论的撰写目的是为了解决戏曲改革中出现的问题，这些问题不但

有思想上的，也包括艺术上的，因此，我们的通史、通论很自然地要关注这些问题，研究的是戏曲作为一门综合文学、歌唱、舞蹈表演的艺术的发展历史和特点，这就突破了以往戏曲史论研究的局限，成为我们的一个鲜明的特点。

李：这一点我深有感触。我以前是学中文的，对戏曲的了解更多的是对古代戏曲剧本的关注，而到中国艺术研究院工作之后，接触到舞台表演，对戏曲艺术才有了更深的了解，对《中国戏曲通史》的学术价值也更加重视。

郭：我们《通史》《通论》的编撰还有一个重要特点，就是参与编撰的人员大多是从事戏曲改革、戏曲研究的同志，他们对戏曲的现状、对舞台艺术都非常熟悉。我们当时为编写戏曲通史成立了一个研究组，由于我们的理论准备、思想准备都不足，因此调了各省搞戏曲改革、戏曲理论的同志，请他们对编写《通史》和《通论》提意见，把他们的经验和遇到的问题提出来，供我们参考。

李：集思广益是《通史》和《通论》的一个重要特点，也是它能够突破前人研究的重要原因。过去戏曲研究主要是靠文献资料，而且都是文人、学者的个人行为，《通史》《通论》《戏曲志》都是集体研究、集体攻关，因此能够做到全面、系统、综合。但是每个参与课题的人的水平可能参差不齐，见解可能也有不同，你们是怎么解决这个问题的？

郭：我们的《通史》《通论》不但在撰写之前写出提纲，请许多人来提意见，然后修改更订；而且在每一章节写完之后，都请许多人来审阅批评，然后再进行修改；最后完稿之后也请人进行通稿审阅，没有问题了，才最后定稿。包括在《通史》和《通论》已经出版之后，我们还广泛征求各方面的意见，对别人的批评我们非常欢迎，希望能够在以后的再版中进行修订。但是我们的理论水平和认识水平也非常有限，有许多方面还存在问题，譬如我们在撰写过程中想尽可能脱离简单的阶级论、庸俗社会学的影响，但是现在看来还是存在这方面的问题。因为当时整个国家都用简单的阶级观来看待问题，我们也难免受到影响。这应该从当时的时代背景去认识其成就与不足。当时对一些剧目和人物用阶级分析的观点，但是从另一个方面来看，我们不就艺术论艺术，不只讲作家作品，而是将其与时代背景、历史条件、艺术自身的发展联系起来综合研究，现在看来这也是有优点的，不能完全否定这个问题，否则又回到以前戏曲研究就文学论文学、就艺术论艺术的研究路子。

李：这个问题在《通史》中还不是特别明显，这可能与《通史》客观描述、寓论于史的编撰特点有关，而我在阅读《中国戏曲通论》时，就发现有一些时代局限性，您怎么看待这个问题呢?

郭：《中国戏曲通论》的情况有一些不同。除了上面讲的时代影响之外，它主要是结合实际问题，为解决戏曲改革中出现的现实问题而编写的。我前面讲过，《通史》《通论》的编写除了是为建设中国戏曲理论，还是为了解决戏曲改革中遇到的问题。这一点《通论》比《通史》更加鲜明。《中国戏曲通论》与一般艺术概论的著作不同，它讲的不是一般的艺术原理，而是在分析戏曲艺术的基本规律的基础上，从现实存在的问题出发，提出自己的理论见解。比如《通论》讲戏曲文学的人民性，是结合当时的情况，为了解决用简单的阶级论、庸俗社会学的观点进行戏曲研究而有针对性地进行撰写的。

李：您这样一讲就解开了我心中的一些疑惑。《中国戏曲通论》中的一些研究方法和理论框架立足现实、解决实践中存在的问题这一特点是值得研究者借鉴的，比如第一章“中国戏曲与中国社会”中，从新剧种的诞生过程推论中国戏曲的产生过程，我觉得是比较有说服力的。

郭：是的，这还是理论与现实相结合。《中国戏曲通论》的理论框架与一般的不同，它分门别类地对戏曲艺术的各个方面进行研究论述，比较全面，也比较科学。

李：中国戏曲研究院对我国戏曲研究的贡献是众所周知的，其理论研究的特点也是非常突出的，以张庚先生和您为代表的中国戏曲研究院的研究人员，由于地处前海，也因此被称为“前海学派”。[①]您对这个称呼有什么看法？

郭：这个称呼是别人叫的，具体怎么出来的，我也不太清楚。可能是由于《通史》《通论》出来后，改革开放以后，在社会上影响比较大，这个称呼就出来了。我们从来没有要创办一个学派的想法，中国戏曲研究院的工作也并不是到前海才开始的。我们只是为了戏曲理论研究和戏曲改革工作需要，做了自己应该做的工作。

李：您一直没有对“前海学派”这一称呼进行过回应，还是请您谈谈具体看法。

郭：戏曲是非常有民族特色的艺术，是丰富多彩的、多样化的。中国戏曲从封建社会到社会主义社会，其理论、创作都有变化。新的时代出现新的变化特点，出现一个学派是有可能的。我觉得能够成为一个学派，要有三个条件：第一，要有比较完整的、系统的理论来阐释戏曲，而不是个别的、零碎的理论。这是一个最主要的条件。第二，要有与前面一条相适应的工作方法，比如说用马列主义文艺理论来看待戏曲、民族文化遗产，是一个比较统一的、科学的方法、观点和立场。第三，要有比较广泛的影响，无论在理论还是实践上都要有比较大的影响。这三个条件是一个学派必须具备的。

李：以您的三个条件来看，以张庚先生和您为代表的中国戏曲研究院的科研人员，运用马列主义辩证唯物主义和历史唯物主义等文艺理论为指导，采取理论与实践密切结合的方法，对中国戏曲进行系统的、整体的、综合的研究，编撰了《中国戏曲通史》《中国戏曲通论》《戏曲志》等影响深远的研究成果，开辟了中国戏曲研究的新局面，完全具备成为一个学派的条件。

郭：（笑）所谓的“前海学派”是否存在是有争议的。张庚先生和我从来

---

① 中国戏曲研究院原址在北京饭店西的南甲道，后迁至东郊白家庄，1958年迁至东四八条，后来又迁到了前海西街17号恭王府。

没有在这个问题上表过态，让大家根据实际情况去讨论。

李：2008第4期《艺术评论》有一篇关于王文章先生的访谈，题为《学术自省与文化创新》，王文章先生在文中指出：“‘前海学派’所体现出的纯粹学术精神是：关注实践，求真求实，尽可能地客观表达，尽可能地从不同的艺术门类的本体规律去生发，做深入的研究，从而得出独到的结论。”“其本质是在总结艺术实践的基础上不断地创新和学术自省。”我觉得这个评价是非常正确的。无论是您还是张庚先生，都一直在对自己的学术研究和学术成果进行反省。

郭：客观地说，任何一个学派都不是完美的，完美是不可能的。有时代的局限，观点、认识的不足也是有的。时代发展了，应该有更好的、更科学的学派出现。有很多同志指出我们研究的不足，我们应该改进。我们也从来没有说我们的研究完美，是有自知之明的。戏曲艺术历史这么长，作为一门综合的艺术，我们不可能什么都懂，必然会有错误的地方。比如有人指出《通史》的不足，我们非常感谢他们指出我们的缺点，我们对其他成员说，如果看到批评意见，要记录下来，分析研究，把别人好的、对的地方吸收，将来进行修改。你说我们不足，我们很感谢。您说我们做得够了，我们也很清醒。

李：其实任何学术研究都有它的时代背景和政治背景。无论如何，这种研究都为后人提供了一个学术研究的角度和视野，我们要客观地看待问题。

“多谢双双高格调”——与张庚先生的学术友谊

李：您和张庚先生合作，编写了《中国戏曲通史》《中国戏曲通论》《戏曲志》等中国戏曲研究开创性的奠基之作。可以说是在学术合作中培养出伟大的友谊。您能谈谈你们学术友谊的前提和基础是什么吗？

郭：我觉得学术合作和学术友谊最主要的基础，是学术观点的一致。有了这个基础，才能够合作。如解放以后戏曲要完成的任务，戏曲现代化问题等，我和张庚同志的观点都是一致的，这在我们的文章中可以看得出来。另外，还有一个重要的方面，是我们都坚持理论与实践相统一的研究方法。实现戏曲现代化，戏曲为社会主义、为人民服务的共同目标，理论联系实践的方法，这是我们学术合作的基础。我和张庚同志一起工作了近半个世纪的时间，大家总是把我和张庚一块提，实际上他是我的领导，也是我的导师。张庚同志人品非常好，更重要的是，张庚同志是一位新型学者。他学贯中西，对中国传统戏曲和西方戏剧都非常了解，对中国戏曲独特的民族特色认识非常清楚。他自觉地将戏曲研究与国家发展的方面与目标结合起来，是在为国家、为人民、为党工作的前提下进行戏曲研究的。这是我最佩服张庚同志的地方。正是在这样的前提下，张庚同志带领中国戏曲研究院的研究人员，实事求是，理论与实践相结合，编撰了《通史》《通论》等系统的工作。

李：也就是说，共同的学术理想和学术追求，并且将这种理想与追求同国家的命运结合在一起，促使你们在工作中结成了深厚的友谊。学术合作中每个人的见解都会有所不同，你们在遇到意见分歧的时候是怎么解决的？处理分歧的方法是什么？

郭：在我们合作的过程中，张庚同志平易近人的工作作风、充分发扬学术民主精神，使我们在遇到问题的时候能够比较顺利地解决。比如我们编《通史》和《通论》，大家都没有搞过，各自主要研究的方向也不一样，争论非常多。怎么才能把大家的观点统一起来？这种统一不能一个人说了算，因此就需要发扬学术民主。张庚同志在这方面特别好，他对戏曲的了解比较全面，但是他又能充分发扬学术民主，从学术框架的构建，到具体每一章节的内容，都让大家把自己的意见提出来，集体讨论，然后定下来。通过这种方法，观点、内容和体例都统一起来。他从不以自己的身份、地位去压制不同的批评意见，而是把问题提出来，促进大家的讨论，在论证的过程中提高认识，统一思想。假若领导者没有学术民主精神，没有宽宏大度的胸怀，很难想象《通史》《通论》能够出来。

李：从20世纪50年代末起到“文化大革命”结束，中国的政治环境非常严峻，在这样艰难的环境下，单纯的学术研究也会动辄得咎，但也正是在患难之中你们的学术友谊才更能经得起考验，是这样吗？

郭：是的。就中国戏曲研究院来说，大家一起编撰《中国戏曲通史》是出于共同的学术目标和学术理想，因此相互之间不会太计较其他问题，能够包容观点不一致的人，而且采取积极培养的态度。在那个复杂的时代，人际关系之间存在各种矛盾，张庚同志态度很宽容。他是一个真正讲学术的、实事求是的老实人，他以科学的态度做事，从来不随便跟风，从来不计较个人的荣辱得失。另外，张庚同志对大家非常尊重，非常爱护共事的同事。但他从来不夸奖别人。要知道，当时的那个时代，不夸奖就是一种保护。60年代初的时候，我写了一篇评《斩经堂》的文章，引起批判。张庚同志没有表态，只是邀请很少的人进行了小范围的批判，这就是一种保护。

李：也就是说，在任何艰难的情况下都相互尊重、相互爱护，并且实事求是，追求真理，也是学术友谊能够长久的一个重要方面。

郭：对。

李：您和张庚先生在合作中结成的深厚友谊令人羡慕，也令人敬仰。目前，中国艺术研究院仍然有许多集体项目，您对现在的年轻学者参与集体项目有什么建议？

郭：集体攻关的项目能够丰富个人的知识积累，也能培养学术人才。我们在《通史》《通论》《戏曲志》的编撰过程中，对中国戏曲的历史、现状有了深入的了解，学习到了丰富的知识，许多人都成了戏曲研究各个方面的专家。如果没有集体攻关，就没有《通史》《通论》，也不会培养出这么多的戏曲专业人才。

李：参加集体合作课题肯定会影响到个人的学术研究，您当时是如何处理这个矛盾的？您给年轻人有什么建议？

郭：集体攻关的项目必然会影响到个人的学术研究，像《中国戏曲通史》从编写到出版，先后花了30多年的时间。1962年，《通史》由中华书局出版，校样都出来了，但是后来政治形势紧张起来，紧接着"文化大革命"开始，这些东西成了封、资、修，就搁置起来了，被封了起来。这30年肯定会对个人的学术研究产生影响。在过去，我们重视集体攻关，而忽视了个人研究。但是，从另一方面来说，学术合作时不要太计较个人的得失。现在政治环境、学术环境、经济条件和政策条件都非常好，应该发扬集体攻关的长处和优点，在集体项目中找到自己的学术兴趣点，集体攻关与个人研究兼顾。因此希望现在的年轻人能够珍惜机会，珍惜时间，在为集体做出自己的贡献的同时，搞好自己的学术研究，为中国的戏曲理论建设做出自己的贡献。

“偶入红尘里，诗戏结为盟”——诗词创作的成就与特点

李：长期以来，您一直在进行古体诗词的创作，有《淡跡馀痕集》《淡跡馀痕续集》《芳洲拾珠集》等，您的《淡渍堂诗钞》又在2009年刚刚由文化艺术出版社出版。我知道张庚先生曾经书写了一首您创作的词，是吗？

郭：（指着客厅里挂着的一幅书法作品）就是这首词。这是我们1983年撰写《中国戏曲通论》时我创作的一首《江城子 · 香山红叶》的词，张庚同志看了非常高兴，就把它写了下来。从那以后，张庚同志由于身体不适，再也没有为人写过书法。

李：这幅书法非常有纪念意义。您是从什么时候开始诗词创作的？

郭：我从小就喜欢诗词，也喜欢民歌，也曾在老师的带领下写过古体诗词，但从来没有想过要在诗词创作上有所发展。在杭州学习期间，接触到许多新诗，尤其是郭沫若的诗词创作，对我也有影响，写过不少新诗。抗战时期在解放区也写过不少新诗。真正开始格律诗词的创作是在“文化大革命”时期，当时心中有许多想法和意见，没地方说，也不敢说。一切工作都没有了，脑子又不能闲着，因此在下放到干校之后，开始尝试创作格律诗。格律诗好记，四句、八句、一个曲牌，可以装在脑子里，又能够抒发感情，因此就采取这种方式进行诗词创作，一开始就再也放不下了。现在我90多了还在写。

李：您能谈谈您的诗词创作都受到哪些诗人和词人的影响吗？

郭：我比较喜欢陆游、辛弃疾、苏东坡的词，李商隐和李清照的也比较喜欢。特别是毛主席的诗词，我非常喜欢。毛主席的诗词创作说明古体诗词仍然有反映现实、抒发感情的能力，就像传统的戏曲程式还可以反映现实生活，而不是成为古董，不只是个人消遣的工具，完全可以与时代、与革命斗争和现实生活相结合的。

李：您在上世纪六七十年代创作的诗词创作，虽然充满悲愤，却始终积极乐观，苍劲雄浑，这与您忧国忧民的赤子之心分不开。您能谈谈当时的创作环境和创作心境吗？

郭：我的诗词作品从来不是无病呻吟，都是有感而发的，也从来不悲观，有一种乐观主义精神。这与我前面说的抗日战争时期的那段艰苦生活有关。另外，我的诗有理想主义的特点，我对生活、对我们的国家一直充满信心。著名画家、诗人蔡若虹先生说我的诗“穷年从不唱悲歌”，就是指的这个方面。

李：正如沈祖安先生所说，您的诗词中充满一种豪雄之气，这在晚年创作中尤为突出，如您的《八十自吟》：“镜里犹堪能饭对，兴来未倦少年歌”，显示出“老骥伏枥，壮心不已”的豪迈。这与您为人处事和理论研究的谦逊质朴可以互补。哪一面才是您的真实性情呢？抑或平易与豪雄，都是您的真性情？

郭：我觉得“平易”比较符合我的性格，而“豪雄”则是我诗词作品的特点，这是与时代背景分不开的。“文化大革命”时期心中充满悲愤，这种情感自然而然地体现在诗词创作之中。改革开放之后，我们的国家又进入飞速发展的时期。虽然现在我已经90多岁了，但是仍然对我们的祖国充满信心。

李：观剧诗词和赋赠演员的诗词也是您诗词创作的一个重要部分，您是从什么时候开始创作这类诗词的？

郭：我最早写观剧诗大概是在60年代，是我看了京剧《白蛇传》后写的。当时有一个背景，印尼的苏哈托发动政变，杀害了大量的共产党，我看过《白蛇传》后，白素贞的身世使我产生了联想，就写了这首诗。

李：也就是说，在生活中、工作中，或国家、国际政治出现重大问题时，您会把自己对这些问题的看法、自己的情感通过咏剧诗表现出来，有所寄托。

郭：是的，关于《白蛇传》我写了一组四首诗，其中一首是："四周寂寂乱云飞，塔底沉音究可哀。裂石崩云终有日，红旗似火映天来。"

李：这是从白素贞最终从雷峰塔被救出来，表现共产党人终究会战胜困难，取得胜利。也就是说，虽然您是一位纯粹的学者，但是一直在关心我们国家和党的命运，而且坚信我们的社会主义国家会战胜困难，取得胜利。学术研究文章无法表达您这方面的思想，就通过诗词创作表现出来。

郭：是的。

李：你大量创作咏剧诗，是在改革开放之后。现在写咏剧诗的比较少，您为什么会创作咏剧诗呢？

郭：这与我一直坚持创作古体诗词有关。咏剧诗从古代就有，但过去的咏剧诗主要是评演员，像演员的声色、声容等。我写的咏剧诗主要是从戏曲对当时国家、社会、人民的社会价值的角度写的，有爱国主义的、民族主义的内容。

李：戏曲是叙事性的，而诗歌主要是抒情性的，您是怎么用诗歌来评论戏曲的呢？

郭：咏剧诗要兼顾戏曲的情节与诗歌的抒情，同时也要把生活中的感慨、感受和情感融合进去。剧评是用理性的逻辑思维来阐释戏曲的意义、价值，而咏剧诗是用感性的形象思维来创作。

李：您对上海昆剧团演的《钗头凤》既有评论文章，又有咏剧诗，非常鲜明地体现出剧评与咏剧诗的不同特点。

郭：是的。戏曲评论与咏剧诗虽然是不同的体裁，但它们有一个共同点，就是它们都要对戏曲的意义、价值进行阐释、评价。我关于《钗头凤》的剧评和诗，就体现了用不同体裁来表达相同的观点。

“海天浩思正漫漫”——耄耋之年对当代戏曲研究的期待与展望

李：您现在虽然已经92岁高龄，但是仍然很忙。2008年您出版了《当代中国戏曲轨迹》一书，2009年您的新诗集《淡渍诗词钞》又出版。您现在平时都做些什么？

郭：我现在虽然退休了，但是仍然很忙。一个是整理自己旧的和新写的文章，另外就是经常写写诗词。我写诗词已经成了一个习惯，尤其是现在，睡眠时间很有限，凌晨醒了之后，就酝酿新的诗词。另外，也经常有人要我写序，这些都是老朋友，不能不写。

李：您最新创作的诗词写的是什么？

郭：我新创作了一首《水龙吟》的词。我可以拿给你看。(郭老把新创作的词拿给我)

《水龙吟·春至》

几番雨雨风风，等闲到得春时节。绿杨摇影，桃花喷火，李花吟雪。路畔引人，有迎春客，黄金簇叠。算人生何事，高情热血，能民富，真豪杰。　　老去心肠无别，又何伤斑黄思咽。无私朝曦，殷殷临照，有情耄耋。梦里依稀，孤悬云磴，天边足迹。拾星辰，恰被娇声唤醒，依依绕膝。

2009年4月

郭：这里的“斑黄”指的是我的眼睛不好，“思咽”是指我的思维能力已经不如从前了。

李：您的思维还是非常活跃的，思路也非常清晰。“娇声唤醒”“依依绕膝”指的就是您的小重孙女了（这是最后一次访谈时补充的内容，访谈刚刚开始，郭老三岁的小重孙女此时恰好依偎在他身旁）。除了含饴弄孙，安享晚年，您仍然不断撰写文章、积极参加各种研讨会、接受访谈，关心和思考着中国戏曲的命运和前途。目前您最关心的问题是什么？

郭：我现在最关心的问题是：中国戏曲现在到底是一种什么情况？怎样解决戏曲危机？张庚先生去世之前就非常关注这个问题，他提出解决戏曲危机最关键的问题是要培养高境界的戏曲人才，包括戏曲演员、编剧、导演、音乐、舞美等各方面的人才。因为现在这方面的人才已经不能适应戏曲发展的要求。

李：您说的这一点确实是现在戏曲面临的问题，近些年来优秀的戏曲剧本比较缺乏，真正的戏曲导演比较少，许多话剧导演来导戏曲，造成了戏曲“话剧加唱”等许多问题。

郭：是的。这些问题到现在还没有解决。要对戏曲的现状进行全面的了解，然后制定一个新的形势下戏曲发展和戏曲改革的方针，从而指导戏曲未来的发展方向。

李：正确的方针指引和优秀戏曲人才的培养都是关系中国戏曲未来的重要问题。现在中国艺术研究院正在申报中国戏曲表演体系的课题，您对这个问题也非常关注，并且曾提出过建设性的建议，您能谈谈这个问题吗？

郭：建立中国戏曲表演体系是张庚同志的遗愿，也是戏曲研究面临的最大的课题之一。中国戏曲的理论研究经过一个世纪的努力，已经取得了巨大的成就。当然这也有需要修正和进一步深入研究的必要，如由于资料掌握不足以及认识水平有限，《中国戏曲通史》和《中国戏曲通论》还有待进一步的修改与完善，但毕竟已经有了初步的探索。而中国戏曲表演体系以前虽然有过一些零星的研究，但是整个中国戏曲表演体系领域，还有待戏曲学人建立与深入研究。

李：中国戏曲表演体系这个课题，是张庚先生和您都一直非常希望能够开展的一个研究课题，您对中国戏曲表演体系有什么具体的看法和建议？

郭：这是中国戏曲研究最根本、最重要的问题，可以大大推动、指导中国戏曲艺术的发展。但是做起来很困难。中国戏曲是一个大的、复杂的大家庭，从原始形态到最高水平的京剧、昆曲，再到民间小戏，都需要认真地研究。这恐怕不是少数人能够完成的。文献集成比较好编，但是要构建一个完整的体系，做起来会非常困难。因为全面了解戏曲文学、音乐、美术、表演、导演的全才不多。另外，对全国各个剧种都了解的人也不多。所以，要做这个课题，一方面需要大量懂戏曲的人才，另外也需要相当长的时间。要全面掌握资料，了解情况。可不可以这样来进行这项工作：一是适当地、一定程度地与地方合作，比如剧种中的昆曲、高腔系统、梆子系统、京剧也就是皮黄系统、民间小戏等，先分别了解情况，进行研究，有了这个基础，将来再集中进行理论上的概括。二是要搞专题。如声腔系统、表演、每个剧种或同一个声腔系统等，认识其相同和不同，总结它们的基本规律，然后才能概括出戏曲表演原理性的东西。现在有许多资料可以参考，像各地的剧种史、《戏曲志》、《中国戏曲音乐集成》等，都是很好的资料，要分阶段一步一步地进行。我们应该对著名戏曲表演艺术家的表演特点进行总结研究，在这方面已经有过一些成果，一些著名戏曲演员的回忆录和访谈录已经整理出版，这是很好的基础，也是很好的资料。中国的剧种有300多个，每个剧种的表演体系都要进行总结，因此这很不容易。我们可以从几个大的剧种入手，在这个基础上去概括中国戏曲总的表演特征。不但要研究中国当代的戏曲表演体系，还要研究古代戏曲的表演体系，古代戏曲表演体系的研究会更加困难一些，不过我们可以从史料、文物等资料入手来研究。像昆曲的表演体系研究，除了对当代昆曲进行研究，还可以从曲谱、身段谱等入手进行研究。在这个基础之上，我们还应该对中国戏曲的美学特征进行总结，把中国戏曲艺术的特殊规律阐释清楚。

李：我们的访谈已经先后进行了五次，您的精力始终非常充沛，思维逻辑也非常清楚，非常感谢您的积极配合，也衷心祝愿您的身体更加健康。

郭：非常感谢你，也感谢《文艺研究》提供这样一个机会。

（原载《文艺研究》2010年第3期）

持中守正　固本求新

——著名编剧陈涌泉访谈

近年来，中国戏曲的“河南现象”引起了戏剧界的普遍注目。不但出现了以李树建为领军人物的一批优秀表演艺术家，而且涌现出姚金成、陈涌泉等一批优秀的剧作家，尤其是经过豫剧人的团结协作，形成了全国豫剧院团交流合作的大格局，豫剧正以强劲的发展势头成为全国戏曲的领头羊。豫剧的这种辉煌在20世纪出现过，以陈宪章、王景中、杨兰春和常香玉等创作的《花木兰》《朝阳沟》等作品为代表。豫剧在当下的这种辉煌，是由陈涌泉、李树建合作的《程婴救孤》开创的。可以说，是《程婴救孤》成就了李树建如今的成功。而陈涌泉以其创作的一系列优秀剧作，正成为中国戏曲编剧界的翘楚和中坚力量。为此，本刊特邀中国艺术研究院戏曲研究所副研究员李小菊对陈涌泉进行了深度访谈。

李小菊（以下简称“李”）：您创作了很多剧本，目前影响比较大的三部《阿Q与孔乙己》《程婴救孤》和《风雨故园》，是您创作的三座里程碑。我们就结合这些作品谈谈您的创作心路。首先，从《阿Q梦》到《阿Q与孔乙己》，都是以鲁迅著作为题材，这是不是与您大学中文系的出身有关系？

陈涌泉（以下简称“陈”）：的确有关系。在戏曲界，也只有我这种中文系背景的人，才会去关注鲁迅，真正圈内的、科班出身的戏曲人士未必会关注，也未必能驾驭。像我这样60年代出生的人，鲁迅伴随着求学的整个过程，对我的影响确实很大。

我对鲁迅作品的改编，有一个由小到大的过程。1993年我写的小戏《阿Q梦》一炮打响，演出效果很火爆，引起了专家们高度的兴趣，包括郭汉城先生。1994年郭老来郑州，看到这个小戏之后很惊喜，建议我改成大戏。当时很多专家的建议都是改编《阿Q正传》，后来我在构思过程中，从艺术贵创新的角度，对此不太满足，因为此前话剧、电影，包括绍剧都演过。我一直在思考如何突破，最终找到把《阿Q正传》《孔乙己》结合起来改编这样一个路子。我1995年初创作出《阿Q与孔乙己》剧本，1996年夏由河南省曲剧团搬上舞台，当年《中国戏剧》《戏剧电影报》等刊物就相继发表报道、评论，对这种把鲁迅笔下不同作品里的人物结合在一起的改编方法大加赞赏。善于捕捉创作信息的人，从中一定会受到启发。后来果然很快全国就出现了一轮鲁著改编热。

之所以选择鲁著改编，是基于世纪末我的理性思考。众所周知，鲁迅以改造国民性为己任，批判国民劣根性，提出不但要健全民族体魄，更要健全国民的灵魂，这是鲁迅作品中一以贯之的。鲁迅在20世纪初就提出了这个文学命题、民族命题。当我走进剧团的时候正是世纪尾声，20世纪就要过去了，鲁迅先生提出的命题我们完成没有？我们的国民性是否得到彻底的改造？我们是否已经放下了历史包袱，能够轻装前进了？这是站在新世纪门前的一种回望、一种盘点、一种检视、一种更高层面的理性思考。

李：除了思想上的深度与高度，《阿Q与孔乙己》将这两个人物进行巧妙的嫁接，让他们在不断碰撞中产生情感和观念的冲突，制造出强烈的戏剧冲突，这种手法也是非常独特的。

陈：阿Q与孔乙己，一个是农民，一个是知识分子，看似身份不同，实际上他们的思想本质非常相似，他们的麻木和落后都体现了“沉默的国民灵魂”和不幸的“中国的人生”。把这两个人物集中在一起交叉对比，有助于观众从他们险恶的生存环境和畸形的精神世界中感悟、发现更多的东西，更深刻地认识自我、认识历史、认识现实。

实际上正是《阿Q梦》和《阿Q与孔乙己》引发了世纪之交的鲁著改编热。这次创作热潮，是以这两部作品为先声的。这个先声，不但是因为这两部作品的创作时间最早，还因为在创作思路、艺术形式上对后来的作品都产生了影响。《阿Q与孔乙己》出现之后，1998年有了越剧《孔乙己》，2000年有了话剧《故事新编》《无常·女吊》，2001年有了话剧《孔乙己正传》等。这些作品都沿用了将鲁迅不同作品、不同人物嫁接在一起的创作路子。

李：《阿Q梦》《阿Q与孔乙己》引发了世纪之交的鲁著改编热，您2001年创作的《程婴救孤》又引发了世纪之初的“赵氏孤儿热”，该剧相继蝉联多项国家大奖榜首，2009年，《程婴救孤》剧本还入选高等教育出版社出版的《大学语文》教材。您能谈谈《程婴救孤》的创作动机吗？为什么会选择改编经典故事题材呢？

陈：《程婴救孤》是2001年开始创作，2002年立上舞台，到2003、2004、2005年相继有北京人艺、国家话剧院、上海越剧院等院团的《赵氏孤儿》。在这一轮“赵氏孤儿热”中，同样是我的作品率先搬上舞台。

如果说《阿Q梦》《阿Q与孔乙己》是站在20世纪末对20世纪初鲁迅先生改造国民性命题的回眸与检视，那么《程婴救孤》则是在21世纪初呼唤对国民精神的激活与重塑。一切历史剧都是现代戏，原因就在于你写历史剧看似是在写古人，但你的一切思考都是在当下，是深深地根植于现实的。创作《程婴救孤》时，我思考的突出的现实问题是：改革开放经历了20多年，经济在飞速发展，人们的精神却在逐渐萎靡，道德不断滑坡，伴随着物质机器高度运转，人们的灵魂丢失了，越来越多的人只讲利害而不讲是非。当时有很多典型的例子，比如小孩子掉水里生命垂危，不会游泳的母亲站在岸上捶胸顿足，而围观者却在为下水救人讨价还价；少女当街遭歹徒凌辱，众看客却作壁上观……自古以来，见义勇为都是为国人提倡的，现在怎么沦落到如此境地？在物质生活不断发展、综合国力不断增强的同时，我们民族的精神力量为什么没有随之强大？道德建设为什么没有新的推进？与之相伴，那段时间的文艺作品也出现了躲避崇高、告别英雄、颠覆经典、消解价值等一系列不正常现象。《程婴救孤》出现在这样的历史关口，就显得尤其有意义。

但是一个人的声音毕竟是微弱的，很多人还没有清醒，就像鲁迅所说的，铁屋子里的人还在沉睡。有的人搬出所谓的西方“现代理念”质疑程婴，两个同样鲜活的小生命，为什么要让“这一个”去代替“那一个”受死？其实这些人根本没看懂，程婴救的不仅是一个孤儿，还有全国不满半岁的婴儿。这很像2008年汶川地震中出现的那个“范跑跑”，身为教师，地震发生时，丢下自己的学生一溜烟跑了，事后还恬不知耻、振振有词，说在这种情况下哪怕是他的母亲，他也不会管的，并说：“你没有冒着极大生命危险救助的义务，如果别人这么做了，是他的自愿选择，无所谓高尚！先人后己和牺牲是一种选择，但不是美德！从利害权衡来看，跑出去一个是一个！”如果冒着极大生命危险救助别人“无所谓高尚”，先人后己和牺牲“不是美德”，那在地震中为了保护学生英勇献身的老师们的死还有什么意义？中华民族那些见义勇为、舍生取义的仁人志士们的牺牲有何价值？可悲的是，兜售这种“现代理念”者还一直不乏其人。于是乎，时至今日，乱象愈演愈烈，老人倒了不愿扶、不敢扶，儿童马路上被撞无人救助，以至于被过往车辆反复碾压……类似的悲剧几乎天天都在我们具有五千年文明史的泱泱华夏上演。这样的悲剧不谢幕，《程婴救孤》的价值和意义就永远不会过时。

让我们看看一个真正的西方人是怎么做的。“9 · 11”恐怖袭击灾难发生后，位于世贸中心南塔的摩根斯坦利公司安保部主管瑞克 · 瑞思考勒（Rick Rescorla），在成功组织本公司2800多名员工和经纪人安全撤离后，仍义无反顾再次冲进火场，他电话中留给妻子苏姗的最后一句话是：“不要哭了。我必须让那些人安全撤离……”这一转身，留下了一个永远的背影，9时58分59秒，南塔崩塌，他瞬间被吞噬。面对这样的西方人，不知那些言必称西方现代理念的人情何以堪！其实西方人倡导的人生而平等的理念在我们东方文明中同样早有论述，甚至更深刻，如众生平等、天人合一等。尊重人的生命，本质是尊重所有的生命，所以才会有瑞克 · 瑞思考勒的勇于牺牲，才有好莱坞大片《拯救大兵瑞恩》；而“范跑跑”们所理解的不能一命换一命，只不过是怯懦偷生。

当时喧嚣一时的“现代理念”，现在已经无声无息了。所有那些对《程婴救孤》未必为当代观众接受、未必为青年观众接受、未必为西方观众接受的怀疑都被我们这么多年的演出实践一一彻底瓦解。实践证明，观众对该剧反响强烈，青年观众评价更高，我们去国内外许多高校演出，那里的大学生开座谈会，写文章，谈他们如何被《程婴救孤》深深震撼，如何从中看到了戏曲艺术的魅力、中华民族精神的可贵和强烈的现实意义。恰恰是那些大谈现代理念、西方理念的人没有真正掌握现代理念、西方理念的精髓，这是一个可悲的现象。那些说西方观众不会接受《程婴救孤》的人恰恰是最不了解西方观众甚至压根没有接触过西方观众。现在《程婴救孤》已经演遍了世界许多国家，包括基督教、佛教、伊斯兰教世界三大宗教文化背景下的不同国度，2013年还作为新中国第一部戏曲作品登上了纽约百老汇的舞台，2016年演进好莱坞杜比大剧院，所到之处得到外国观众的强烈共鸣和充分认可，他们不但看懂了，而且感动了，像国内观众一样热泪盈眶、掌声雷鸣。之所以能够在世界各地产生如此效果，从根本上说，恰恰是《程婴救孤》打通了东西方文化壁垒，表现了人类普遍的价值观：为了正义、真理与信仰，可以牺牲一切。这样的价值观《圣经》《古兰经》都有记载，希腊神话也有表现，虽有差别，但大同小异。文艺复兴至今，虽然价值观有变，但人类追求真善美的向往是永恒的。

李：当时也有一些话剧作品，包括后来的一些影视作品，在剧情上有一些明显的不同，走了颠覆和解构的路子，您怎么看待这样的改编？

陈：这实际上涉及创作思想和创作观念的问题。不管怎么改，每一类作品都有其存在的价值，起码为观众提供了不同的解读原著的角度和方法，也让剧坛更加多姿多彩，但从接近原著精神上说，并不是所有的改编作品都能做到。我在大学里受到系统的文学教育，也接触和学习了许多西方的创作观念，我深知应该怎样中西结合，应该怎样在当下坚持自己的创作道路。如果生吞活剥地借鉴一些西方所谓的“现代理念”，强行与我们的民族戏曲进行嫁接，拾人牙慧，依葫芦画瓢，肯定要失败，现实中确实有很多的例子，都是“夹生饭”。我们的观众不接受，真正拿到西方去，也未必会被接受。

在创作《程婴救孤》的时候，我没有走颠覆、解构的路子，而是深深地扎根于民族的传统，同时又深深地扎根于现实生活。这实际上是对中华民族几千年传统美德和对民族戏曲艺术的自信和坚守，更是敬畏。孔子说：“君子有三畏：畏天命，畏大人，畏圣人之言。”朱熹说：“君子之心，常存敬畏。”古人还说：“畏则不敢肆而德以成，无畏则从其所欲而及于祸。”一个人有了敬畏之心，就有了行为准则和规范，就能自觉约束自己，不做出格越轨之事。人一旦没有敬畏之心，就会肆无忌惮，狂妄自大，忘乎所以，为所欲为，最终苦果自吞。人生如此，创作同样如此。

我不是不会写那些花里胡哨的东西，一个《赵氏孤儿》我可以改编出十个版本来，而是不愿意，正所谓“非不能也，乃不为也”。一个人的精力是有限的，尤其是现在，“乱花渐欲迷人眼”，各种创作观念泥沙俱下、鱼目混珠，有些人把红肿视若桃花，把溃烂视如奶酪，把那种明显是皇帝的新衣、经不起历史和时间检验的东西奉为“先进”之时，我更要坚守。这对中国戏曲的健康发展是有意义的。如果我们的艺术家、评论家、媒体都在关注那些所谓的“先进”，必然要压制那些坚守传统的戏剧作品。在这种情况下如果没有坚守，就会退却，就会放弃，就会随波逐流。人间正道是沧桑，你不坚守创作大道，必然会被旁门左道引入歧途。在我行有余力的时候，我可以尝试多元化的创作，但是在当下，我知道什么对我们戏曲最珍贵，知道观众最需要什么。

我这样一个经历过东西方文学滋养的人，反而一直在坚守传统。很多人不了解这种坚守的价值意义，更不了解这种坚守的不易。当初有人说《程婴救孤》的观念传统、保守。这种意见，不管它是细微的，还是强大的，在我这里只是一缕轻风拂过山冈，我不可能随风起舞。因为我很自信，这不叫传统，不叫保守，这是我的创作观念，即：持中守正，固本求新。

李：您能结合《程婴救孤》的创作，谈谈您是如何做到持中守正、固本求新的吗？

陈：持中守正，是《周易》的核心思想。持中指做事待人适时、适度，恰到好处；守正指坚守正道，“立天下之正位，行天下之大道”，不走旁门左道，不玩雕虫小技，不搞哗众取宠。固本是指固戏曲艺术之本，固民族文化、民族精神之本，一方面要坚守戏曲本体，保持戏曲艺术品格，弘扬戏曲艺术的美学精神；一方面，要认真汲取中华优秀传统文化的思想精华和道德精髓，大力弘扬民族精神和时代精神，深入挖掘和阐发中华优秀传统文化的时代价值。持中、守正、固本的目的，当然是为了最终的创新，因为创新是文艺的生命。“不创前未有，焉传后无穷。”艺术需要薪火相传、代代守护，更需要与时俱进、勇于创新。戏剧应该在坚守传统美学精神的根基上，融入现代思想品格，彰显当代人文立场。以浓郁的情感、诗性的语言、诗化的意境乃至整体流露出的“剧诗”风格，体现对古典戏剧审美韵致的坚守；更应把握时代精神，以中国现代文学为基色，熔铸现代戏剧的人文意蕴，增强剧作的思想含量，提升人物的立体感和丰富性，实现戏剧的现代化。但戏曲创新绝不是无源之水，无本之木。创新必有所依，首推继承传统。托克维尔说过：“当过去不再照亮未来，人心将在黑暗里徘徊”。《程婴救孤》之所以能取得成功，和我获得了经典与传统的照耀是分不开的，我就像《一千零一夜》里那个懵懵懂懂得到神灯的穷小子阿拉丁，自己压根儿没有多大能耐，一切都是神灯的力量。在持中、守正、固本的基础上，每一点创新都是戏曲艺术的一次真正进步，这样才能持续推动中国民族戏曲艺术健康、良性、可持续的发展。

具体到《程婴救孤》，围绕程婴献自己儿子，很多同题材作品都在回避这一问题，包括陈凯歌的电影。而我们的作品是程婴依然献出了自己的儿子。我先从剧情解析一下这样做的必然。众所周知，戏曲讲假定性、规定情景，目前的规定情景是：屠岸贾已经下令，如果三日之内没人献出孤儿，全国半岁以下的婴儿都要被斩尽杀绝。在这样一个规定情景之下，程婴一诺千金，承诺公主在先；韩厥为了放走他和孤儿，在宫门前拔剑自刎牺牲在后；紧接着，彩凤又在他面前被屠岸贾刺死。程婴此刻要面对的是几条人命。更关键的是，如果没有人献出一个孩子的话，全国的婴儿都要被斩尽杀绝，覆巢之下无完卵，程婴的孩子也活不了。不献，只能等死，不仅自己的儿子死，全国的婴儿都要死。必须献，献谁？历史上司马迁的记载是："盗取他人婴。"这道德吗？人性吗？献出赵氏孤儿，又有悖道义，突破了我们民族道德的底线，更有违自己的良心。一切都不可能，程婴无路可走，他已经被彻底逼到墙角了，只有献出自己的儿子。其实，真正懂戏的人压根不会说出程婴献出自己的儿子思想不够现代等这些问题。任何一个有良知的人这时只有这一个选择，这是做人的准则，也是该剧本身的艺术逻辑。当然，由"盗取他人婴"到献出自己的孩子，这要归功于宋话本、纪君祥的创造，归功于历代戏曲人的传承，我只是其中之一罢了。至于有评论者说，可以另想解决办法，比如派刺客把屠岸贾杀掉，不就把难题解决了吗？其实问题根本解决了，只是偷 换了概念，好比说本来是攀登珠穆朗玛峰，你却去爬黄土高坡了。

那么属于我的创造在哪里？从元杂剧到后来各版本的《赵氏孤儿》，包括孟小冬的《搜孤救孤》，都是只写事件的过程，只写人物做出决定的大义，都缺乏对程婴献子时内心世界的表现，义有余而情不足。元杂剧中，程婴轻而易举做出献子决定，而且当屠岸贾当面杀害儿子之后，只有描写性的、提示性的八个字："做疼痛科。做掩泪科。"孟小冬的《搜孤救孤》中，程婴决定献子，对老婆说献出儿子能流芳千古、名垂青史。夫人不愿意，他就拎刀要杀老婆。等公孙杵臼来了之后，两个老爷们儿一块跪下求程妻，求一个母亲献出自己的亲生儿子。《程婴救孤》集中写程婴不忍献又不得不献的抉择之痛和献子后长期灵与肉的双重磨难。他是一个可敬的大义男人，更是一个舐犊情深的可亲父亲。唯其情深，更衬托抉择的艰难；唯其艰难，更彰显人性的真实与伟大。《程婴救孤》中首先通过侧面描写，表现他们夫妻抉择的艰难，抱头痛哭，彻夜难眠；儿子被杀之后，程婴抱着儿子撕心裂肺、酣畅淋漓的一段唱，这都是一种现代的处理，人性化地描写程婴的失子之痛，深入到人物的内心世界，把他还原到一个有血有肉的父亲。过去的程婴是一个徒有高大身躯而缺乏其灵魂和血肉的形象，而我们所做的，是丰富其人性、构建其精神、丰满其血肉，让程婴形象更鲜活、更生动、更饱满、更深刻。这才是真正的现代化、真正的人性化。

戏曲的创新是相当艰难的，所谓“两句三年得，一吟双泪流”，就是这种艰难历程的写照。能够在坚守传统的基础之上，把中国戏曲向前推进一步，这种创新才是真正意义上的创新。现在有些所谓的创新，创作者自我玩味、自我显摆、自我吹嘘、自我陶醉，压根不尊重观众，把观众的审美历程切割成碎片；一些所谓的先锋，实际上只不过是退化到戏剧的最原始阶段，没有艺术的升华和提炼，没有真正进入到现代戏剧的境界。

李：这种创造不单是情节发展、塑造人物的需要，其实也是对中华传统美德的弘扬，这是当下许多戏剧作品所缺乏的。

陈：是的，这就是中国精神、中华脊梁。中国戏曲要往前发展，必须有脊梁的支撑，只有脊梁挺起来之后，其他的一切探索才有意义，否则就会患上软骨病，缺血、缺钙。当这种作品大行其道的时候，中国戏曲只会离观众越来越远，路子越走越窄。艺术的美不是孤立存在的，必须有真和善作为支撑。包含真、善的美才是真正的美。最好的作品不仅要悦人耳目，更要打动人心，要给观众带来精神的洗礼、灵魂的升华。先器识而后文艺，一个有情怀的剧作家，才能认识到民族精神的宝贵，才能真正不为浮云遮望眼，不被各种喧嚣所干扰，能够笃定坚守自己的创作大道。我是宁可让人说我保守，也一定要坚守，抓住这个时代最稀缺的品质，去担当、去呼唤。我要借助程婴来实现我对中华传统文化中的优秀基因的传承，同时在新时代呼唤对国民精神的重塑。这就是我作为一个剧作家，站在世纪之初，对当时整个国家命运、民族前途的忧思，对国民精神、民族道德重建的呼唤。

现在戏剧界还存在着两种现象：一种是民族文化虚无主义，言必称西方现代，认为戏曲过时了，打着创新的旗号糟蹋着戏曲；一种是借保护之名故步自封，认为老祖宗的东西就是动不得，他们缺乏创新意识，更不具备创新能力，舞台上陈旧不堪，老戏老演，甚至于新戏老演，一些所谓的新戏创作观念陈旧，如同老戏。我就是在这两种观念的夹击下，在东西方文化的碰撞中，在传统与现代的激荡里，持中守正，固本求新，探索出一条属于自己的创作道路。

李：您的“固本求新、守正出奇”的创作理念，体现出很鲜明的中原文化特点。

陈：黄河是孕育中华文明的摇篮，中原文化本身就是中华文化的重要组成部分。我的创作与中原文化、儒家思想的熏陶、孕育密不可分，包括我的家庭、我的父母，对我的创作有很大的影响，如在舍子救孤的程婴身上有我父亲的影子，在坚强隐忍的朱安身上有我母亲的影子。中原文化具有很强的包容性，同时不忘本来，讲究持中守正。提倡持中守正的《周易》就产生在中原大地上，《周易》认为凡事无过无不及，得中则吉，因此河南人口头语爱说“中”，进而形成传统文化中的中和思想，哲学上讲的“度”，艺术上讲的“分寸”，都是这个道理。

李：戏曲是中华传统美德的重要载体，忠、孝、节、义在一定的时期内被视为落后的封建伦理道德，被否定、被批判，实际上是很偏颇的。戏曲除了娱乐大众，还要寓教于乐，这一直是中国传统戏曲深受观众喜爱的重要原因。

陈：我们国人总爱走极端，一说反封建，就把忠、孝、节、义全盘否定了，这是典型的良莠不辨、因噎废食。事实上我们反对的只是愚忠、愚孝、愚节、愚义。忠孝节义中蕴含的对祖国、对人民的忠诚，对长辈、对尊者的孝敬，为人的气节，追求正义的信念，是具有永恒价值的。

李：我知道您一直特别重视对青年观众的培养，《阿Q梦》《阿Q与孔乙己》《风雨故园》都曾在高校巡演，这其实也是跟鲁迅题材的文学品格相对比较高有关系的。因此，我觉得您的创作对河南戏曲文学品位、文化品格的提升有非常重要的作用。

陈：河南是一个戏曲大省，从剧种语言来讲，中州韵是一个天然的优势，能够走遍大半个中国。河南戏曲的群众基础、从业人员都非常庞大，支撑着河南戏曲不断地向前发展。据史料记载，在乾隆年间已经有豫剧演出了。但是我们知道，戏曲的形成是一个漫长的过程，豫剧的历史肯定更长。河南戏的优势是比较接地气，生活气息浓郁，比较注重剧场效果，老百姓喜闻乐见。在这种优势的惯性下，某一个时期河南戏曲人在已有的成绩基础上淡化了危机意识、自省意识，创新发展的自觉性比较缺乏，造成的结果就是20世纪后二十年河南戏曲在全国一直登不上顶峰。《阿Q与孔乙己》出现之后，理论界觉得看到了河南戏曲的曙光。在文化部召开的研讨会上，专家们几乎都谈到这个戏改变了他们对河南戏的看法，因为《阿Q与孔乙己》已经在雅、细、精、深方面有了突破。河南戏的传统优势不能丢失，但是必须注意跟上时代，必须把文学品位、思想含量、艺术创新结合起来，这样才能推动河南戏曲迈上新的台阶，才能为青年观众接受、喜爱。

李：我们围绕《程婴救孤》谈了很多关于您的创作观念等一系列问题，现在我们回到您的第三部代表作《风雨故园》，这依然是鲁迅题材的作品，但是已经由作品改编发展到对鲁迅本人包括他的妻子、婚姻家庭的表现，这又是为什么呢？

陈：《风雨故园》之前叫《朱安女士》，早在2003年我就创作出来了。为什么会关注这个题材？首先，从文学层面来说，戏曲舞台上，没有写鲁迅的作品，更不要说写朱安了，这个戏为戏曲人物画廊提供了一个崭新的人物形象。继之而来的问题是：怎么写？是依然写他的“三个伟大”，高高地把他供在神坛？还是以现代人的视角、眼光对他进行反思，让他由神坛回归到人间，开掘出他丰富的内心世界，进入一种文化的反思？戏曲出现危机以来，观众萎缩，尤其是青年观众减少，归咎于节奏缓慢、跟不上现代人快节奏的生活没有切中要害，关键是青年观众接触戏曲的机会很少，即便接触到又可能因思想含量、文化含量不足而让他们敬而远之。农耕文明时代，观众没有多少文化素养，审美要求也不高，很容易得到审美满足。但是现在人们的文化素质都在提升，我们怎么增大戏曲作品的思想含量、文化含量，更深刻地、更丰富地表达人性，这是对当下戏曲艺术提出的更高要求。创作这个戏就是基于这样的考虑。通过这个戏，能够让人们从鲁迅、朱安这样的人物身上，对近现代史进行新的反思，让你觉得原来在那样一个反封建的特殊背景下，那个时代的人们，即使是像鲁迅这样的人物，他们的心灵突围也是那样的艰难；一个民族的精神枷锁，想要打破是多么的不易。看完这个作品你会思考，从延安时期到新中国成立后，对鲁迅的神化，虽然是现实和政治的需要，但是对历史来说，这是多么的荒谬。鲁迅就是一个作家，一个有着七情六欲甚至可以说心胸还不够开阔的作家，后来把他人为地神化了。而在这个神化过程中，鲁迅的夫人朱安直接被抹杀了，她被尘封在历史深处，销声匿迹了。在改革开放之前，鲁迅旧居里朱安居住的房间，门口挂的牌子是“鲁迅藏书室”。我希望通过我的作品让更多的人知道世上曾经有一个叫作朱安的女子，她嫁给了一个后来名扬天下的人，却一生没得到他的心，生前没有爱，死后又失去了名；让更多的人知道“伟大的文学家、思想家、革命家”也有着自己的伤心和无奈，一个反封建斗士却无法逃脱封建包办婚姻的伤害，不得不做长达二十年的妥协；让更多的人知道原来自己远未接近事实的真相，从而对传统文化和中国近现代史产生新的反思……

我在作品中对鲁迅的审视和反思，开了戏曲界的先河。2003年我创作这个剧本，2005年立上舞台。那个时候，在整个中国舞台上，乃至于影视作品中，都不曾出现过朱安的形象。直到10多年后，话剧舞台上出现了《大先生》。事实上《大先生》与《风雨故园》之间是有一定关系的。首先，它们关注的是相同的人物，其次，创作思想也有相通的地方，像《风雨故园》对鲁迅的批判、反思，在最后一场，借许广平之口说鲁迅：你不但没有走出绍兴的故园，你心中也有一个故园，你作为一个反封建的斗士，你始终走出不了封建包办婚姻的桎梏。鲁迅作为一个呼唤女性解放的斗士，但是他对身边的朱安熟视无睹。这种作为戏曲舞台上发先声的、带有强烈反思意味的作品，我在10多年前就写出来了。我的剧本出来之后，2005年选导演的时候，其中一个方案就是选林兆华，我和林导在电话中也有过多次交流。《大先生》这个戏林导也参与了。虽然他当年没有导《风雨故园》，但剧本或多或少会给他产生一定的影响。我想下一步，还会有更多有关鲁迅、朱安、许广平的作品出现，但是《朱安女士》是第一部。

李：近年你还创作了《张伯行》这样的新编历史剧，主人公是历史上著名的清官，你能谈谈创作思想吗？

陈：这部作品由于涉及官场反贪，和当下的大环境有吻合之处。作品首先是对历史的真实反映，追求历史真实与艺术真实的统一，找准历史和当下的高度契合点，接地气、通人心、合民意，所以演出效果特别强烈。这个戏的背景是大清开国六十八年的历史关口，和当下产生一种很有意味的机缘巧合。这会引起观众的种种联想。现在，我们面临的同样是官场的种种乱象，各种腐败，各种投机钻营，各种贪官、庸官、懒官、巧官盛行，在其位而不谋其政。我在《张伯行》中写道：老百姓卖儿鬻女，你却在卖官鬻爵；老百姓流离失所，你却在歌舞升平。所有的官员都以逢迎、巴结、投机为能事，不把黎民真正放在心上。是任之下去，走向灭亡，还是壮士断腕，痛下决心，整顿吏治，整顿官场，迎来盛世？不用过多提醒，这种历史与现实的吻合，就会引起观众的反思。从中你会发现，古代官场存在的问题，依然在今天的官场大行其道。这个作品已经不是一般意义上的反腐，这种高度是对国家民族命运的忧患，上升到了家国情怀。

虽然我只是一个剧作家，但天下兴亡，匹夫有责，何况作为一个有良知的知识分子。张伯行是那个时代的中流砥柱，是民族的脊梁。这些人始终是我们民族精神的支柱，民族真正的骄傲。我们国家当前太缺乏黄钟大吕式的作品。我虽不能至，心向往之。这比那种玩味自我、小情小调、杯水风波要有意义得多。曹丕早有言：“盖文章，经国之大业，不朽之盛事。”生活中我们都不可能是完人，但是当你以一个作家的形象出现的时候，你必须要有一种责任和担当，我一直把北宋张载的四句旷古名言作为自己的座右铭：“为天地立心，为生民立命，为往圣继绝学，为万世开太平。”同时自己也把“去粉饰，守真诚，为时代立言，发百姓心声，敞开悲悯情怀，坚守人文精神，见不平秉笔直书，听哀号疼痛在胸，肩负民族道义，担当社会良心”视为一个剧作家的天职。

最后我想谈一谈中国戏曲界长期存在的一个观念，就是一提清官戏就认为是观念陈旧。其实，中国戏曲中凡是涉及中国古代的官员，只要是好的官员，都是清官。表现中国古代的官场，必然要有正邪的区分与较量。清官既是历史的真实存在，更是我们中华民族在几千年的历史进程中积极的推动力量。否定清官文化、批评清官戏者，主张戏中要呼唤制度建设，看似又是一种“先进理念”，实际上正犯了黑格尔指出的“反历史主义”的毛病。列宁曾经说过，评价一个历史人物，不能超越他所处的历史阶段。人不能站在当下的时代，去否定历史上的真实存在。现在认为歌颂清官就是歌颂封建制度，这是不对的，如张伯行，你非让他跳出来反对封建制度，建立民主共和，这就好比让他脱去长袍马褂穿上西装一样可笑。再比如科举制度，我们对科举制度可以进行反思，但不能抹杀科举制度对中国社会进步的推动。科举制度在某种意义上让那些贫民的孩子“朝为田舍郎，暮登天子堂”。如果不是有科举制度的存在，怎么能使民间那些有才华、有真才实学的人施展自己的抱负？古代的清官深受儒家文化的影响，在儒家文化中，孔、孟向来是认为“民为贵，社稷次之，君为轻”。凡是过去的清官，都有“敢为天下先”的担当，都有“天下兴亡，匹夫有责”的责任感，重民生、重民本，把人民放在第一位，敢于跟朝廷、跟皇帝抗争，这样的人物是该批判的吗？我们可以以现代的眼光来审视，摒弃、剔除一些糟粕的东西，但不能把洗澡水连同孩子一起泼掉，对待历史、对待历史人物一定要用辩证唯物主义、历史唯物主义的眼光来看待。

总之，我会在持中守正、固本求新的理念下继续创作下去。我清楚意识到：中音难唱，不威不猛；正道难行，充满沧桑。在种种“时髦”观念之下，我永远不会是最耀眼的，但是我很踏实，同时我也很自信，我的作品能够凝聚观众“最大公约数”，所以才能得以保留，常演不衰。

（原载《戏曲研究》2016年第3期）

既见桥上风景美，复有桥下水长流

——青年导演张俊杰访谈

当今的河南豫剧界可谓名家众多，从享誉全国的演员如李树建、贾文龙、汪荃珍，到著名编剧姚金成、陈涌泉，乃至作曲家朱超伦、汤其河等，他们中任何一位的名字在戏剧界人士和观众中都耳熟能详。在人才济济的河南戏剧人中，青年导演张俊杰的声名尚不为人们所熟知。然而他导演的豫剧《风雨故园》，自2015年亮相第十四届中国戏剧节之后好评如潮，不但得到专家们的高度赞誉，还受到观众的普遍认可。虽然该剧的成功是基于编剧陈涌泉高超的编剧水平、对鲁迅和朱安两个人物形象深刻的把握和理解、对女性命运的人文观照和人性关注，也离不开主演汪荃珍通过精湛的表演艺术对朱安形象的精彩演绎，然而在《风雨故园》中，我们仍然可以看到导演张俊杰在充分表现剧作主旨精神和张扬演员表演优长时的努力，看到他对中国戏曲美学原则的坚守和彰显，看到导演鲜明的风格气质和手法特点。该剧简洁明快、平实稳健的导演手法，让人看不出这出戏是一个30多岁的青年导演的手笔，事实上这出戏是张俊杰在上海戏剧学院攻读硕士研究生时的毕业作品。我们对张俊杰的关注，也正出于对这位敢于执导名人题材、与著名编剧和著名演员合作的默默无闻的青年导演的好奇。我们的访谈，既涉及张俊杰的成长历程，又重点关注他导演《风雨故园》的心得体会，同时也共同探讨和思考当前戏曲导演的若干重要问题。

奋力抟沙成丘：青年导演的担当与成长

李小菊（以下简称“李”）：在2016年3月举办的“中国豫剧优秀剧目展演月”中，我观看了《风雨故园》的演出，感觉这真是一部非常优秀的戏曲作品。我对编剧陈涌泉老师和主演汪荃珍老师都非常熟悉，没想到你作为导演这么年轻。你能简单谈谈你的人生经历和求学过程吗？

张俊杰（以下简称“张”）：非常感谢你对《风雨故园》的认可。我从小就非常喜欢豫剧，初中毕业后就报考了河南省艺术学校，省艺校毕业之后又到郑州四十七中读了两年半高中，2003年考入上海戏剧学院。在校学习的很多内容都是话剧方面的，但是对我影响最大的是黄佐临先生的“写意戏剧观”，特别是有一次我观看了越剧《陆游与唐琬》之后，被中国传统戏曲写意、唯美的美学特点所吸引、所震撼、所感动，从此对中国传统戏曲产生了深厚的兴趣。本科毕业之际，碰巧遇到了来沪开会的河南省文化厅领导，他说你是河南人就回河南为家乡戏剧发展做贡献吧，我就回到河南，通过招考，进了河南豫剧院三团。后来我又考取了上海戏剧学院导演系的硕士研究生，硕士毕业之前，我要准备毕业作品，刚好河南省豫剧院要排《风雨故园》，陈涌泉老师、汪荃珍老师找到我，让我来导，我非常感动，也非常珍惜这样的机会。所以我特别感谢家乡的领导和老师们，没有他们的提携、扶持和帮助，就不会有今天的我。

李：是的，对此我也深有感触。不但是你如今的成就离不开老师和领导的帮助，河南豫剧、河南戏曲能有今天的影响和成就，与河南省良好的戏剧文化生态有着密不可分的关系，河南省政府和文艺界对戏剧人才的高度重视和精心培养对青年戏剧人才的成长起着至关重要的作用。河南豫剧院领导敢于起用青年才俊，培养并重用本土戏剧人才，以此实现本土戏剧长远而良性的健康发展，培育良好的戏剧生态环境，这种富有胆识和远见的做法是值得戏剧界深思和借鉴的。我想知道的是，你本科毕业进入剧团之后导演的第一出戏是什么？有没有机会实践你在学校习得的戏剧理念和戏剧观？

张：我导演的第一部戏是复排《强扭的瓜不甜》，是跟三团老导演陈新理老师联合执导的一部作品。由于是复排，所以没有机会去表现自己的理念，更多的是实践导演在排戏过程中与各个部门的协作，这对我是一个非常好的锻炼机会，我非常珍惜，从撰写人物小传、导演阐述到整部戏的统筹，我都非常用心。随后两年，我独立导演了《大义皇后》《风过山野》，但从导演艺术上真正自主且步入从容的是革命晋剧《吕梁儿女》。

李：现代戏、革命历史题材、外省剧种，挑战不小啊。

张：是的。这部戏是应山西省吕梁市晋剧院之邀而排演的，剧院领导对我充分信任，见面就坦言一切由导演做主，我感到责任重大，因此特别珍惜这次机会。真人真事的题材本来就不好处理，革命历史题材更难驾驭，稍有不慎就会陷入样板戏的模式之中，这不是说样板戏不好，而是因为真正的艺术要求的是个性、唯一、独特，这才有风格。我与编剧徐亭松兄一起从剧本的构思到细节的锤炼一步步做起，努力把这出戏打造出独特的风格。

李：导演和编剧的关系非常微妙，处理得好相得益彰，处理得不好成为“冤家”，你在工作的时候是怎么与编剧合作的？

张：你说得太对了，编剧写剧本更多考虑的是故事、情节、人物等，而导演要通盘考虑全剧的舞台呈现，有时候会对剧本做一些调整，这就难免与编剧起冲突，争论得面红耳赤还是小事，有时候甚至会“反目成仇”。当然，这种情况也比较少见，更多的是妥协、协作，目的都是为了作品舞台呈现得更好。谁的考虑更合理、更有说服力，就采纳谁的意见。

李：你能就《吕梁儿女》举个例子吗？

张：《吕梁儿女》的“萤火虫婚礼”一场，是根据我的意见加进去的。地下党员刘亚雄与男友陈原道准备结婚，严酷的斗争使他们的婚礼简单到只能有一支红烛，而这已是分外奢求。门外骤然响起的枪声和蜡烛的突然熄灭似是对他们未来的某种不祥预示，这些在他们的内心是深沉的、波动的，虽然表面凝重，内心已波澜汹涌。我看到这里的时候，想当然地想给予他们一场人间不可能实现的、无比浪漫的婚礼，但是还一定得有生活的逻辑基础，要不然就假了。为此我苦思冥想，忽然想起小时候的夏夜，那个时候家乡经常没电，我和小伙伴们在屋外纳凉玩耍，夜色里忽而会飘来三两只萤火虫，我和众小伙伴会兴奋地满街追逐嬉戏，很是快乐，印象很深。我就想把这个场景用到这部戏里，让上天眷顾这两位主人公，派萤火虫来给他们同贺婚礼、共庆良宵，就构思了这一场萤火虫婚礼，唱词是我在想到构思一小时内写出来的。这样的安排，也赋予这部严肃、凝重的革命历史题材作品以一丝温情的、绚丽的、写意的、表现的浪漫主义色彩，也促使我们把这部作品的风格样式确定为“融浪漫主义于现实主义之中”的演出样式和风格。文艺作品需要源自生活的细节真实，放大这样的细节会使作品产生有来自生活的温度，同时也会成为艺术作品的亮点。

李：《吕梁儿女》是晋剧，作为一个河南人和豫剧院的导演，你对晋剧唱腔音乐了解吗?

张：豫剧和晋剧都属于梆子声腔系统，有一定的共通之处，另外，我从小也喜欢看晋剧，对晋剧唱腔音乐也有一定的了解。作为一名导演，导演任何一个剧种的剧目时，都要在创作之前下足功夫、做好功课，对这个剧种的唱腔音乐有尽可能深入的了解，更何况像我这样的青年导演，所以我事先做了大量的准备工作，学习和熟悉晋剧的音乐唱腔，这样才能在排戏的时候心中有数。

李：近些年来，许多剧种新创剧目的唱腔设计求新求变，剧种声腔特色不鲜明，歌剧化倾向严重，不但受到专家的诟病，观众也不接受，难以流传，作为一个青年导演，而且是外聘导演，这个戏是如何做到既创新同时又保持晋剧声腔特色的?

张：豫剧导演排晋剧，这对我来说确实是一个重大的挑战。我在进行前期的准备工作时，对每一段唱腔音乐都有自己的设计要求。我考虑的是：怎样在不破坏晋剧神韵的原则上，带给晋剧一些新的东西？我便制定了以下几条原则：一、唱腔要地道，耐听，好听；二、尽可能多用晋剧特色唱腔技巧塑造个性化的人物音乐形象，三、色彩要鲜明。非常难能可贵的是，这个戏的唱腔设计请的是山西音乐界的泰斗刘和仁老师，他的代表作有晋剧《打金枝》《傅山进京》《大红灯笼高高挂》等，对于我这样的后生晚辈，他非常宽容，也非常提携我、支持我。这个戏的剧本是通过剧院方面发给刘和仁老师的，我与刘老师只有过一次电话交流，我向他提出了我的想法和要求，等刘老师把全剧曲谱发给我，我听过音乐后，惊讶于老人深厚的功力、活跃的思维，完全表达出了我想要的唱腔和音乐的要求、效果。比如我要求最后一段唱“自幼出生在吕梁”要有晋剧大歌剧的气势，都表达得非常到位。

李：你们的合作一直都这么顺利吗？有没有意见不一致的时候？是如何处理问题、解决问题的？

张：我和刘老师的合作一直都是比较顺利和愉快的，但与剧团其他部门的合作会遇到一些问题，比如第三场的那段“特务舞蹈音乐”，我要求最好不要有任何乐器，全用打击乐，排鼓、军鼓、手鼓、架子鼓、电声鼓都可，要打出白色、高压恐怖情景，还得听出有音乐、有旋律，而且能听出来是《夜上海》。我把初稿拿出来的时候刘和仁老师在美国，他的弟弟刘和跃老师是这个戏的配器、指挥，看了之后，不置一词，只说等刘和仁老师回来后再说。其实当时的气氛是比较僵的。刘和仁老师从国外回来，直接从机场到了剧场，他看了之后，才正式拍板。

李：也就是说这次合作刘和仁老师主要是尊重了你关于唱腔音乐的意见。但是过于强烈的导演意识和个性色彩，会不会影响到剧作的最终呈现效果？

张：每一个导演，都会有自己的创作理念和艺术追求，都希望在排戏的过程中把自己的艺术理念和艺术理想通过作品得以实现。在处理唱腔音乐的时候，导演应该尊重剧种特点、尊重作曲家的意见，特别是需要有刘和仁老师这样的专家、大家把关，才能处理好唱腔音乐的传承与创新的关系问题。经过这次合作，我和刘和仁老师成了非常好的忘年交。不过现在回想起来，当时确实有些固执和鲁莽，以后我在处理唱腔和音乐的时候，会更加谨慎，注意保持剧种特色、张扬剧种个性。

李：是的，一个导演的成熟和风格的形成需要不断地学习和实践，你觉得在你成长的过程中对你影响比较大的导演有哪些？

张：卢昂、王晓鹰、张曼君、郭小男、曹其敬等当前非常活跃的著名导演都对我产生了非常大的影响。我在上海读书的时候就观看了郭小男老师的《金龙与蜉蝣》、新版《梁祝》，卢昂老师的《补天》，曹其敬老师的《典妻》，都给我留下非常深刻的印象。张曼君老师的《十二月等郎》《狗儿爷涅槃》《母亲》等作品个性特征也非常鲜明。

李：是的，这几位导演都非常有个性，可是我也逐渐发现一些问题，比如过于追求舞台气质和意境的形式美，会影响到戏曲作品本身的艺术表达，特别是会影响甚至妨碍对戏曲表演艺术的追求。前不久我看了越剧折子戏演出，新版《梁祝》的经典片段与传统折子戏同台演出，明显感觉到新编剧目在这方面的不足，这使我们不得不反思一个问题：新创剧目在追求独特艺术风格的同时，会为戏曲艺术本身的有效积累和良性发展带来什么？

张：郭小男老师是我非常敬重的导演，新版《梁祝》也是我非常欣赏的一部作品，其浪漫唯美的风格提高了越剧的艺术品位，这是它的贡献和价值。传统折子戏往往是戏曲艺术最经典的部分，是经历过历史的淘汰沉淀下来的戏曲表演艺术中最精华、最核心的部分。然而，任何时期的戏曲创作和戏曲演出都要满足它所处的那个时代的观众的审美需求，当代观众对戏曲艺术的审美需要已经与以往有非常大的不同，戏曲艺术的市场也整体呈现凋敝和衰落的态势，因此，在我看来，当前的戏曲艺术更重要的是如何吸引观众特别是青年观众走近戏曲、了解戏曲、喜欢戏曲，戏曲创作要想达到这个目的，就需要适应这样的观赏需求，在保持传统戏曲美学特质的前提下，进行现代化、时尚化的探索。有了更年轻的观众，有了更多的市场，戏曲艺术才可能繁荣，才有可能健康地向前发展。

李：我赞同你的说法，其实相比之下，张曼君导演的作品都非常注重对戏曲艺术特别是程式艺术的传承、创新和突破，如《狗儿爷涅槃》中“板凳舞”的创新、“趟马”的传承与突破等，都是延续了中国传统戏曲艺术以表演为中心的创作原则，这恐怕是值得我们学习的。

张：是的。我在文化部举办的“戏曲艺术人才培养千人计划高研班”听张曼君老师的课，她问我在排什么戏，我说我同时排好几部戏，张导很惊讶地说，我一年只排一部戏。这句话让我很惭愧。我们年轻人生怕错过任何机会，都尽可能地找机会导戏，可是像张曼君这样的名家，找他们排戏的剧团肯定非常多，但他们却以打造精品的精神潜心创作每一部戏，保证每一部戏的质量。我想，无论是我个人还是整个戏剧导演行业，随着自己经验和阅历的积累以及对戏曲艺术本质特征认识的不断深入，会创作出日渐成熟和完善的作品。对于戏曲表演艺术的继承和创新，我在后来导演的《风雨故园》时就非常注意。

由技术到艺术：思辨基础上点石成金

李：现在我们谈谈《风雨故园》。你能谈谈这部戏的创作过程和总体构思吗?

张：《风雨故园》的编剧陈涌泉老师是我非常敬重的师长，他是一位成熟且有着独立思想、敢于坚持自己的原则、不人云亦云的剧作家。他的每一部作品都是其呕心之作，《风雨故园》也不例外。他是铁杆鲁迅粉丝，创作改编过多部鲁迅文学作品，他曾被鲁迅和朱安的人生悲剧深深打动甚至不能自拔。《风雨故园》的创作一是他有感而发，二是他对于作为弱者的朱安的同情，三是在当前鲁迅被人们从神坛上拉下来的“贬鲁潮”中，借这桩婚事指责鲁迅的不乏其人，只有正视这桩婚姻，才能让鲁迅的形象更加真实客观，才能让鲁迅更好地走进21世纪。

《风雨故园》首先是朱安的人生悲剧。剧情是围绕朱安的人生来揭示其命运的，但剧本的每一场、每一个情节、每一个冲突，都将朱安推至美好希望的顶端，又将其美好的希望打破，继而朱安又从绝望中找到希望，直至希望彻底破灭。剧作写的是中国近代无数像朱安这样由封建家庭浸育出来的具有标准封建品格的女性的悲剧人生。其次，《风雨故园》是一个时代的悲剧。鲁迅先生与朱安女士的不幸婚姻，引发了我对那个时代、那段历史的反思，鲁迅和许广平的结合让人感触到那个时代剧烈而艰难的时代变革，我觉得是非常具有代表性的。第三，这出戏是一部现实主义的心理剧。这个剧本最大的特点是写朱安内心的矛盾、冲突和挣扎，要表现这一点很难，但这是它的重要特点。第四，它应该是一部具有浓郁诗意和深沉况味的历史悲剧，其风格是凄美、简洁、深邃、凝重。概括地说，我们竭力将其打造成一部具有浓郁诗化品格、高度文学品质和当代戏曲审美理念的历史悲剧。

李：确如你所言，这部剧的舞台呈现具有浓郁而深沉的诗意况味，你是如何做到这一点的?

张：这种诗意首先是由剧本奠定基础。陈涌泉老师的剧本写得非常好，富有诗意，充分体现了中国戏曲文学创作“剧诗”的特征。而在舞美构思上，我借鉴了绍兴地方建筑中的“台门”。“台门”是一种绍兴独有的住宅建筑，多则七进院，少则三进，独具特色，有点像北京的四合院，是一种身份地位的象征，有很高的美学价值和历史人文价值。我采风时到过绍兴鲁迅故居，那是一座饱经岁月的四进老台门，典型的南方白墙黑瓦，屋檐横空，地面的石头是灰的。当时天也是灰蒙蒙的，四下空寂无人，风轻拂，雨淅沥。院内有一棵老树，树上开着些黄里泛红的小花，很醒目，给这个沉黯的小院带来了一点亮色。我想这棵老树经历了春夏的恣肆茂盛、秋冬的枯残衰零，也经历了这座宅院的风霜雪雨、沧桑变迁。这座台门的主人或许曾对这棵老树悄声倾诉，这棵老树或许有过静心聆听，她欢它喜，她悲它痛。这部戏的舞美构想便由此确定了。

李：我在网上看到此剧的另一个版本，开场就是这样一座高高的、充满南方地域特点和历史厚重感的老台门，一身大红嫁衣的朱安站立在台门之下，宛如一幅内敛静谧又气韵生动的油画，充盈着喜庆和期待的情绪，非常惊艳。我个人觉得这样的开场是比较符合你所说的“诗意”的表达的，为什么现在的版本仍然是以鲁迅吟诵《自题小像》开场呢？

张：其实我也比较喜欢你说的这个版本，它比较契合我对这部戏的理解和表达。不过，鲁迅题材是一个比较特殊的、比较难处理的题材，陈涌泉老师这样的构思有他的道理，他创作《风雨故园》的过程非常艰辛，经历过无数次的修改，如剧名原来叫《朱安女士》，现在改为这个名字，再如要不要用鲁迅、朱安这些原名，鲁迅形象要不要出现在舞台上等等。因为这涉及对鲁迅这位反封建斗士的认识和形象塑造的问题。以前人们总是为尊者讳，不愿提及更不能表现鲁迅的婚姻问题。最后考虑用原名，直接表现鲁迅对封建包办婚姻的反抗与无奈，进而表现他作为反封建斗士却不能挣脱封建婚姻的尴尬与矛盾。从《朱安女士》到《风雨故园》，表现的内容不断拓展和丰富。这个“故园”，反映的是鲁迅所处的那个风云巨变的时代剧烈又艰难的变革。它不单是鲁迅的故园绍兴，同时也是鲁迅摆脱不掉的精神故园，是那一代人的“故园”，是我们这个民族不愿面对却必须正视的“中国故园”。所以，我们表现朱安，必然绕不开鲁迅，以鲁迅吟咏《自题小像》开场，便是出于这样的考虑。

李：是的。如今人们对鲁迅的认识比较全面客观，舞台上鲁迅的形象也逐渐丰满立体。2016年4月3日，豫剧《风雨故园》和国家话剧院的《大先生》同时在首都舞台上演出，二剧对鲁迅先生婚姻问题的认识是不谋而合的，这是非常有意义的一件事情。而陈涌泉的《风雨故园》创作于10多年前，这表现出陈涌泉作为中原文化代表人物和作为传统戏曲艺术的豫剧的前卫性和深刻性。众所周知，豫剧的表演风格是大腔大调、铿锵豪放的，这样的剧种风格如何来体现你对《风雨故园》诗化品格的要求呢？

张：我刚开始排这部戏的时候，很多朋友和师长都曾经善意地提醒过我，我为此专门做过考察和研究。历史地分析总结豫剧现代戏的发展史，就会发现豫剧这个剧种的表现领域是在不断扩张的。豫剧经典保留剧目中即有《梁祝》《西厢记》这种讲述才子佳人故事、具有婉约风格的南方题材作品。20世纪50年代交响乐的引进、80年代西洋声乐对豫剧声腔的影响、

90年代的《红果，红了》、21世纪的《香魂女》都对豫剧演剧样式的拓变起到了革命性的推动作用，这些不但没有破坏豫剧的本体特性，反而极大丰富了豫剧的表现力，提升了豫剧的文学品质、艺术品格。当然这首先还是得看题材。《风雨故园》这个戏是个文人戏，是个聚焦江南女子命运的戏，这就要求不能粗、糙、野、爆，要有韵致、况味。其次是朱安这个人物。她的情感世界一直处于两极，也就是现实的空间和想象的空间，现实中的世界秋风萧瑟、苍凉悲怆，而想象中的世界春暖花开、莺歌燕舞，这些情境需要我们在表现上既铿锵悲怆又细腻真切。再看这个戏是讲封建礼教对人的禁锢和慼害，怎么样让这种血泪控诉给人一种深沉、深刻的反思呢？也需要有长江大浪般的情感巨浪和巨浪过后涓涓细流般的绵绵况味。这个戏需要这种品格，我私底下称之为“豫剧南方戏”或“北戏南演”。这种风格追求绝不会是毁灭性地破坏豫剧本体，相反，极有可能会拓展豫剧的表现领域。我总结下来有这样的体会：要达到这种品格，绝非某一块、某一领域的转变或提升，而是需要整体集中奔赴，是一种合力后呈现出的品格和气韵。这需要我们静下心来、潜下心去、同心协力，在样式、舞美、灯光、音乐、唱腔、服化、演员的内功上，尤其是表演上，下真功，用真劲，真下劲。

李：你说的最后一点我特别赞同，《风雨故园》中汪荃珍的表演确实是出神入化的，她对朱安形象的塑造也是非常深刻形象的，特别是她对朱安这一小脚女人形象的身段表现，非常精彩，这样的表演是你对演出的要求吗？

张：汪荃珍老师是一位非常优秀而成熟的演员，这使得我的一点想法都能够通过她更好地体现出来。能够与她合作是我的荣幸。我在最初研究剧本的时候，就明确地对表演提出了非常具体的要求。我强调要在三寸金莲上做足文章，下足功夫。三寸金莲是极具时代特征的产物，它的气韵和这个戏的气韵是相通的，尤为重要的是三寸金莲是封建礼教对人的天性抹杀和身心迫害的有力佐证。三寸金莲是我为朱安选定的特定表演载体。我们要通过三寸小脚走出朱安的性格、情感、思想、心境、意蕴和悲剧人生的况味。这首先需要技术支撑，其次需要在排练过程中把握好层次变化和准确度，我们要深入分析角色的性格，努力开掘人物丰富细腻的情感世界，要含敛有致奔放自如，细腻而有力量，铿锵而不失真切。内要高度借鉴话剧的内心体验方法，外要高度化用戏曲身段之技。表现上要特别注意戏曲歌舞性与性格化、行动性的结合统一。

李：跷功的技术技巧算是戏曲绝活，现在的一些新创剧目也有在舞台上重新恢复跷功的，你当时有没有考虑用跷功表现朱安这一小脚女人形象？

张：我当时也曾经考虑过用跷功，但是一来如果用的话汪荃珍老师得重新学习，这对她来说是一个挑战，时间也不允许；二来我认为即使不用跷功也完全可以通过特殊的身段表演完成对于小脚女人形体身段的表现，那就是一定要在台步、圆场上走出三寸金莲的气韵。

李：这就是技术和艺术的关系问题。

张：是的。跷功的出现有其特殊的时代背景，那是由于男性演员模仿和表演小脚女人的需要。现代社会妇女不再缠足，在戏曲舞台上表现小脚女人的身姿，同样需要特殊的技术手段。恢复跷功当然是最直接的，但是通过高超的表演技巧也完全可以实现这样的艺术效果。而汪荃珍老师确实通过自己的表演把朱安这个小脚女人演活了。“出阁”一场中，朱安为了迎合和满足鲁迅的妇女解放的思想，小脚穿大鞋，她迈着她那金莲小脚，恰风摆莲花似的从画中向我们款款走来，一种艺术的美将观众带入一种历史的纵深、一种情境。三年后鲁迅回乡，婆婆善意地骗朱安说“阿张也想你了”。这个善意的谎言一下将朱安抛掷到云端，她的情感得以喷发，瞬间变成了天真无邪的小女孩。之后激昂的音乐荡漾而起，她随音乐迈着金莲小脚，由慢渐快，金莲生风似的飞奔到舞台制高点，突停，万籁静止，散板开唱，唱完后她望着圆月进入一种美妙的幻觉。她闭上眼睛跟着自己的幻觉飘逸到贯台处，她惊呆了，大先生从月亮里走了出来，着一袭长衫，将娇羞的朱安拉起，他好像再也不嫌弃她的小脚，轻轻地抚摸着她的小脚，他的爱意让朱安心醉，就在月亮底下。窗棂内鲁迅终于突破内心羁绊和许广平拥抱在一起，朱安看到这一幕顿时心如死灰。她好像一下子衰老了许多，她坐在树下的石凳上呓语：“哎，这怪谁呀？”突然她看到自己的一双小脚，不由地把满腔的怨愤和委屈都发泄在小脚上面，她发疯似的舞蹈化地撕扯着脚上的裹脚布，可是裹脚布怎么也抽不完，细细的裹脚布幻化成数道长长的白绸，飞舞着、肆虐着，包围着、紧裹着朱安，用尽全身力气也挣脱不出来。这些重点场次中，汪荃珍老师将不同年龄阶段女性的身段特征、不同情境下朱安激烈的内心挣扎和痛苦都准确地表达出来了。

李：这出戏以前曾经排过一次，你在排这部戏的时候有没有参考老版？

张：没有。但是汪荃珍老师他们在排戏的过程中，保留了一些老版的片段，如“裹脚布舞”那一场。不过，这些剧情都是剧本本来就有的，我在处理的时候，沿用了白绸，但也有一些改变。如这段舞蹈的伴奏音乐原来是豫剧的音乐，但是我在排的时候，采用唢呐独奏的方式，用唢呐如泣如诉的独奏，表现朱安孤独凄凉痛苦挣扎的情绪情感，效果非常好。

李：我对这一段的印象也非常深刻，也确实注意到唢呐对人物情绪的烘托与渲染起到了非常重要的作用。这说明传统戏曲的表现手段是非常丰富的，不但有表演的，音乐、唱腔等方面都有许多传统的宝藏等待我们去挖掘。

张：是这样的。

传承与创新：“问渠那得清如许，为有源头活水来”

李：我们在谈戏曲的技术技巧、程式身段、唱腔音乐的时候，实际上涉及了戏曲艺术传承与创新的问题。你怎么看待这个问题？

张：其实在我的每一次创作中，无论是大戏、小品，“传承”“创新”都是必须直面的一个核心命题。我们历史地看中国戏曲，本身就是一个不断淬火、蜕变、新生的历程。当下对传统戏的修旧如旧，修旧如新，其实都涉及一个“根”的问题、传承的问题。传承首先就要回头看、回头学、腰里装。有些导演分析剧本、分析人物、对样式的追求深入浅出，阐述得很透彻，而且思维缜密、清晰，但他们一到舞台上就不缜密、不清晰了。为什么？肚里没活儿！我丝毫没有贬低他们的意思。我们老一辈的艺术家，身上装着十出甚至几十出戏都很正常，当这种传承和积累达到一定的量并在适当的情况下与某种新的思维观念发生碰撞，经过化学反应就可能会诞生出全新的艺术语汇。比如京剧《华子良》龙套的创新，剧中有16位国民党宪兵，他们头戴钢盔，身披黑色斗篷，脸戴黑色面罩，像黑夜的蝙蝠一样穿梭舞动在每一个角落，华子良说："好大的风啊，来吧，别想挡住我的路！"这种高度尊重戏曲程式精神的化用传统戏曲龙套表演的手法，让人强烈地感受到一种全新的戏剧舞台艺术语汇——白色恐怖和黑暗势力的环境。龙套系列成套的运用形成了一种合力，对全剧起到了奠定、强化风格的作用，很有意义。虽说这些只是技术层面的传承和创新，还不是深入到本质体里的治疗和新生，但毕竟在业内引起了化学反应，毕竟迈出了传承和创新的第一步。

李：你觉得这种传承和创新最重要的问题是什么？

张：我觉得，无论是传承还是创新，最重要、最核心的，是要表现出戏曲内在的那份真、劲、气、神、韵。现在舞台上有许多古装戏或者新编历史剧，他们穿着古代的衣服，技术娴熟，唱、念、做、打样样不落，但是你却丝毫感受不到中国戏曲的那种神韵。再看看梅兰芳的《游园惊梦》《贵妃醉酒》《游湖》，看看周信芳、李少春、袁世海这些大师的作品，"勾魂"！前面说的那些戏似乎忘了神、丢了魂，正是由于他们没有保留和传承中国戏曲的气质和神韵。

李：如何才能做到保持戏曲的神韵呢？

张：要传接承继戏曲大师的创作胸怀、态度、方法，传承戏曲艺术"剧诗性"和以"留白"为机趣的文学意象精神，保持地方剧种的特质和风格，更重要的是要传承中国戏曲的内在美学精神。创新需要胆识、意志和才能，这些质素需要我们不断培养。我所在的河南豫剧院三团就有很好的传承与创新的优良传统。20世纪50年代，豫剧现代戏的拓荒者、三团的奠基人杨兰春从中央戏剧学院学成归来，把歌剧《小二黑结婚》完全按照所学的斯坦尼的现实主义创作方法移植为豫剧，却被批评是“话剧加唱、异类、怪胎”。《朝阳沟》最初排的时候也受到过这样的批评。杨兰春开始慎重思考。他在团里发起一场向传统戏学习的热潮，剧组大小演员全分到常香玉、陈素真、崔兰田、马金凤、阎立品的团里学习传统戏。五年后，《小二黑结婚》《朝阳沟》重排，已经焕然一新。曹禺给杨兰春写信说：“豫剧《朝阳沟》和《小二黑结婚》的表演自然流露和充盈这一股中国戏曲的内在气韵，让人怦然心动、玩味不尽。”张庚也曾经说：“《朝阳沟》我过去看过，这回重看，觉得戏的思想比从前深刻，人物的形象也比从前鲜明、细致，整个戏从内容到形式也比从前完整、严密，更感人，更富于说服力。我们听了演员的歌声，感到既是豫剧的，又洋溢着新时代人物的感情；表演出来的也的确是有性格的活生生的农民，但又油然生出一种既是兴奋又是喜悦的心情。我觉得我的确在这儿看到了今天正在许多剧种里萌芽滋长的新戏曲，它的思想感情是新的，艺术是新的，又千真万确是在民族艺术的土壤中生长出来的。”[①]我们年轻戏曲导演一定要坚持心底的梦，要不断提高技术水准，不断提高人文修养，不断积累生活，不断刷新思维观念，不断培养创新胆识，锐意创新，开创新而有根的崭新气象。切勿有“非遗”性的投机心理，高坐“封诰”之上，只夸桥上行人，不见桥下枯竭断水。

李：这让我想到了“问渠那得清如许，为有源头活水来”这句古诗。这个“源头活水”，应该就是中华戏曲的艺术传统之根。我觉得《风雨故园》已经做到了这一点，也期待你今后能够创作出更多“既见桥上风景美，复有桥下水长流”的优秀戏剧作品。

① 张庚：《十年辛勤，开花结果——看河南豫剧院三团〈朝阳沟〉演出后的祝词》，原载《人民日报》1964年1月3日，见《张庚文录》第三卷，湖南文艺出版社2003年版，第418页。

张：谢谢！《风雨故园》的创作得到大家的认可，与陈涌泉、汪荃珍二位名家的努力有非常重要的关系，我很感谢他们给予我这个难能可贵的机会，同时我也会更加努力，争取创作出更多更好的优秀作品。

（原载《戏曲研究》2017年第1期）

小剧场戏曲创作的痴情与梦想

——访北京京剧院导演白爱莲

在众多的当代小剧场戏曲主创人员中，北京京剧院的导演白爱莲因长期以来坚持小剧场戏曲创作而格外引人注目。从2000年参与第一部当代小剧场京剧《马前泼水》创作开始，到导演第一部小剧场京剧《浮生六记》，再到2018年推出最新的小剧场京剧《十二楼》，白爱莲导演的小剧场戏曲作品有京剧《浮生六记》《倾国》《明朝那点事儿——审头刺汤》《季子挂剑》《思·凡》《十二楼》、昆曲《寻·牡丹亭》等，可以说，她的创作一直伴随着新世纪以来的小剧场戏曲创作历程，从一个侧面反映出当代小剧场戏曲创作的历程。本次访谈既是对白爱莲创作的梳理，也是对当代小剧场戏曲创作理论问题的探讨。

李小菊（以下简称“李”）：您先是师从著名戏曲理论家周华斌，后又师从著名戏剧理论家罗锦鳞，出入于中国传统戏曲与话剧、西方戏剧之间，对您的戏剧观、导演观有什么影响？对您的创作有什么影响？

白爱莲（以下简称“白”）：师从周华斌老师期间，主要学习的是中国戏曲史，周老师虽然以戏曲为专，但他主张“吃文化杂粮”，希望我们场上、案头都要关注，并且要把戏曲放到大的历史文化背景中去考量和研习。在这样的引导下，我发现我原来只是简单看过的戏曲就不再是单纯的演出，在舞台呈现的背后，能解读出历史、民族、文学、艺术、人情等等所有隐秘在深处的信息，这样一来，戏曲艺术变得丰富而迷人。记得周老师第一次给我们上课，讲了甲骨文的“戏剧”两个字，来自远古的仪式感、游戏感以及天人关系等等跃然眼前，新奇而有趣，我就是这样被周老师带入了戏曲之门的。

那些年，小剧场实验戏剧方兴未艾，孟京辉、李六乙、牟森、查明哲、田沁鑫等等这些导演们都有极具个性的作品上演，观看了这些演出后，我就对戏剧表达产生了浓厚的兴趣，想学习戏剧创作。就因为这样的想法，我后来到中央戏剧学院跟随罗锦鳞教授学习导演。罗锦鳞教授既是导演系教授，也是希腊戏剧专家，他的父亲罗念生是希腊文化大家，是希腊古典戏剧艺术的译者和传播者。罗锦鳞老师致力于将希腊戏剧尤其是古希腊戏剧经典搬上舞台，而且他力求找到中国戏剧的表达方式，所以罗老师对戏曲也颇有研究，他有几部作品就是用中国戏曲来演绎古希腊戏剧，这也让我看到了戏曲表现的更多可能性。

二位老师从不同的维度和角度让我全面了解了戏剧，这树立了我的戏剧观念：中国戏曲是一种既传统又极其现代的舞台艺术，它的美学和智慧，值得我们不断体会和探求；戏剧的精神是诗性的，应该关注人的本质这一永恒的问题。因此，我希望我的作品是用戏曲或者是戏曲美学来表现富有思想的命题，表达诗性的精神。

李：您硕士毕业就到北京京剧院工作至今，这是什么样的机缘？您与京剧有什么情缘？

白：研究生学习期间，我跟一个栏目去拍北京的古戏楼，在钢筋水泥的都市里，突然走进一座饱经沧桑的古建筑，立刻觉得这个空间吸附了多少故事啊，而这些故事都和戏有关，那时候就有一种想要探求这些故事的渴望，有一种想要走进梨园看看鲜活的戏曲的渴望，再加上自己对戏剧戏曲的热爱，所以有了到京剧院工作的想法，这样既可以探求舞台背后的故事，又可以从事戏剧工作。我还是幸运的，愿望得以实现，顺利到北京京剧院工作。

刚到北京京剧院的时候，正好赶上京剧院蓬勃而又大胆的创作期，先是连台本戏《宰相刘罗锅》的创排，这部戏无论是创意、呈现还是制作，至今都是一个绕不过去的经典，总导演林兆华在这部戏的创作中其实并没有用很多所谓话剧的种种手法，他更多的是赋予了观众一个新的视角，就好像把一件老物件换了控件、换了背景、打上灯光，强调了富有质感的细节，让观众尤其是新观众对京剧有刮目相看的感觉，当时我觉得很震撼，京剧可以如此现代，不是用所谓西方的现代派手法，而是用它自己的语汇就可以很现代。

李：2000年北京京剧院排小剧场京剧《马前泼水》，当时您已经到北京京剧院工作，还担任了该剧的场记和宣传工作，您能谈谈具体情况吗？对您后来从事小剧场戏曲创作有什么影响？

白：《马前泼水》是北京京剧院第一次用“小剧场”这个概念推出的作品，当时张曼君导演正在中央戏剧学院学习，思维很开阔，也渴望在艺术上有突破和创新，而京剧院正好也渴望有新鲜的、别出心裁的作品，在共同的追求下，小剧场京剧《马前泼水》就诞生了。我几乎跟了整个排练的过程，见证了导演和演员在艺术上的摸索和磨合。这部戏在北京人艺小剧场演出之后，反响很大，虽然是改编自传统戏，但这部戏从剧本结构上来讲是现代的、不同于戏曲以往的叙述方式，用闪回的方式将朱买臣和崔氏婚姻关系的变化浓缩在马前相认的一小段时间，叙述方式改变带来了时空处理上的改变。另外，小剧场里观众在审美和情绪上的互动也很热烈，现场气氛非常有感染力，用现在的话讲就是演出的代入感很强。这个创作过程和演出过程让我看到了戏曲在舞台样式和思想表达上更多的可能性。我后来致力于小剧场戏曲的创作，深受影响，希望能将传统戏曲本身的现代性凸显出来，也希望能用传统戏曲成熟丰厚的表现语汇来表达当下的思考。

李：当时是小剧场戏曲创作比较活跃和繁荣的时期，还有一些导演如李六乙等都创作过小剧场戏曲，而且影响还比较大。

白：是的。《马前泼水》之后，李六乙有“新戏剧”女性三部曲《穆桂英》《花木兰》《梁红玉》，跨得步子很大，探索性非常强，戏曲的表演手段被解构、被重组，导演手法比较具有先锋性，当时有很大的争议，包括他后来的一个作品《偶人记》也具有非常强的先锋性。当时林兆华导演也排过小剧场京剧《霸王别姬》。那个时候的探讨，不管是创作者、观众还是评论家的探讨，是很严肃的探讨、具有学术性的探讨。

李：我发现理论评论界与小剧场戏曲主创人员对小剧场戏曲的理解和要求一直不太一致，不太统一。比如小剧场戏曲刚刚兴起的时候，学术界是抱质疑态度的，认为与传统戏曲距离太远，而小剧场戏曲创作界则"以我行我素"的态度进行自己的创作；但是当小剧场戏曲以自己的独特个性引起学术界注意的时候，小剧场戏曲的实验性、先锋性反而削弱了，走上了空间意义上的"小"。你怎么看待这个问题？

白：现在的观演环境跟那个时候不太一样，可能现在追求市场化、大众化、娱乐化，现在的小剧场戏曲，包括小剧场话剧，本身的实验性、先锋性、颠覆性特点可能都不是那么明确了。实际上小剧场戏曲的商业化也并不那么尽如人意，反而一部分小剧场戏曲作品更加保守，内在的爆发力和表现欲没有那么明显了，一部分走向了传统戏的挖掘。我觉得以小剧场的形式去挖掘一些传统戏也是值得肯定的，毕竟小剧场戏曲的观众更年轻化，更多元化，但是如果作为一种风向、方向，可能就偏离了真正小剧场戏曲有特定含义的定位。我个人还是不太满足这种方式，当然我自己也有这样的作品，比如《审头刺汤》，是挖掘的传统骨子老戏，但是我还是希望在表演形式上、空间形式上，包括文本的原创性上，有一些突破和探索，这个探索要基于坚实的对传统戏的掌握，同时又有一些更当代的、更现代的戏曲理论的支持和思考，才能做出有探索意义的作品。因为创作真正有所探索、真正具有先锋性、探索性的作品，不是一件容易的事情，这些理念可能更多地来自其他艺术门类，怎么能够把这些东西化在小剧场戏曲的创作上，这恐怕是一个大课题。既然是小剧场戏曲，小剧场和戏曲这两个概念如何平衡或取舍在一个作品里，这需要作者有更深入的思考、更强烈的表达。探索也不是凭空而来的，这也离不开理论界的支持，我们在创作过程中应该和真正的理论与评论保持一种紧密的联系，但现在我们在推出作品的时候可能更多的是宣传，真正在理论上的总结、批评和刺激，这是我们觉得比较薄弱和缺乏的。当前创作者应该认真地思考创作，不断地汲取思想、艺术上的营养来滋养自己的创作，同时也特别需要理论界给出热烈的批评。我觉得前些年强烈的争论是一种特别好的现象，曾经的评奖风潮、大众娱乐风潮都应该是其中之一，而不是一种绝对的方向。创作者应该有更强烈的文化的自觉性、艺术的自觉性和思想的自觉性。

李：与上海相比，北京的小剧场戏曲市场化、商业化性质相对比较突出。你觉得这是什么原因？你觉得繁星戏剧村对北京小剧场戏曲有什么样的影响？

白：繁星戏剧村作为民营的剧场，能够在政府一定的支持下做当代小剧场戏曲节这个事情，是有情怀、有胸怀的。因为小剧场戏曲从观众和接受度上可能跟小剧场话剧还不太一样，举办的这几届小剧场戏曲节，视野更开阔，所邀请的作品也更多元，目前已经成为全国小剧场戏曲的集中展示。他们邀请的台湾、香港以及地方剧种如藏剧等小剧场戏曲作品，反过来也会刺激北京的小剧场戏曲创作，有了大量的作品，为创作和理论提供更多的借鉴和研究的对象与参考，进而经过沉淀，优秀的作品就会涌现出来。

李：你怎么看待艺术类院校在校生创作小剧场戏曲的问题？

白：我觉得在校生可能思想更解放，更敏锐，创作也可以更加无畏。当然，我觉得小剧场戏曲创作的门槛其实有点高，因为剧本、演员、音乐等各方面创作本身的专业性很高，它所要求的团队的专业性也很高，而且再小的小剧场戏曲作品，从演出体量上来讲并不小，也许角色并不多，但是有乐队、有后台，舞台工作人员比大剧场可能并不见得少，这些部门都需要相当的专业性。因此，可能有时候也会局限到在校生的创作，但是我想，人在局限中往往会产生智慧，所以特别期待他们能创作出石破天惊的作品，带来不一样的感觉，希望他们更勇敢、更有勇气，步子迈得更大。

李：我们刚才探讨了很多有关小剧场戏曲的理论问题，现在谈谈您自己的创作吧。您执导的第一部小剧场京剧是《浮生六记》，我们知道这是清代沈复的笔记体小说，您怎么想到将散文体的题材改编成戏剧作品呢？能谈谈该剧的创作过程和创作理念吗？

白：是的，我个人的第一部作品是小剧场京剧《浮生六记》。之前，这个题材较少被搬上舞台，因为它是沈复的自传体随笔散文，散淡、随性，按传统意义上来讲，它的戏剧性不够强烈，改编成戏剧大家会觉得比较温、比较平淡。但是我当时选择这个题材，恰恰就是因为喜欢沈复这个随笔中所散发的自然的、充满情趣和意趣又满含深情的味道。后来在创作这个戏的时候，请的是一个非常年轻的编剧，80后的周广伟。其实在这个剧本成型之前，有相当长的一段时间我们都在探讨怎么去把握这个作品，可以用一种什么样的结构去表现这个故事。后来，周广伟找到了一个套层结构，用两个丑角策划的一个事件来贯穿起沈复和芸娘最为精彩的人生片段。这个剧本拿来之后我很喜欢，因为在沈复的原作中流露出来的是非常纯粹、非常有童心的情致，这个剧本的结构、情节和唱词都很有赤子之心的天真烂漫，而且富有游戏感。我在舞台呈现构思上，就是要把这个游戏感充分表现出来。这个游戏感不是玩闹，而是在真与不真之间、玩与不玩之间的假定性。我要寻找到这样一种状态。而游戏感和仪式感，实际上都是戏剧先天具有的特质，我就想在这个戏里面能够把游戏感给放大出来。在大学里面，周华斌先生第一次给我们上戏曲课的时候，他是用甲骨文的“戏剧”两个字来给我们讲的戏剧的起源，那么我们就知道戏剧在起源的时候，是娱神和娱人的，它的游戏性和仪式感是同在的。现在我们戏曲的演出过程中，游戏感虽然已经是表演里面一种很高的原则，但是它仍然是一种游戏感。比如说“以一当十，以虚代实”，这种所谓的假定性，还有时空的这种灵动的变化，实际上都有很强的游戏感。这种游戏感表现在舞台上，就是一种很高的美学原则。所以在我们这个戏里面就想更多地张扬这种游戏感。

具体来说，剧中王二这个角色的转换，喜儿这个角色的转换，可能是通过某个固定的空间，或者某个固定的音乐旋律，我们通过这种方式把这种游戏感做足，把它变成一种仪式感。这种游戏感不能是一种漫无目的的自由，它应该是有原则的。把游戏感和仪式感结合起来，也是我们这个戏在挖掘戏剧本体方面做出的一些探索吧。另外，从舞台样式来看，我们这个戏的音乐和表演可能都是比较传统的，从传统的京剧元素中来寻找。这个戏音乐的作曲是艾兵，是很地道的京剧，但是也有他自己的创造，非常动听。我们的舞台设计包括服装、灯光也希望在京剧的原则中简洁、清新，有童真感甚至有童趣感，舞台美术和灯光在很多地方不仅要起到空间转换和装饰的作用，更多的可能要帮助我们去抒情。除了形式上的追求，这个戏要表达的是日常生活的诗意，烟火夫妻一粥一饭之间的深情。说了这么多，总之是希望《浮生六记》这个作品是带有喜剧风格而又感伤的回归游戏思维的古典爱情现代表达这样一个小剧场的京剧。

李：您和周广伟合作了多部小剧场戏曲作品，能谈谈你们合作的情况吗？导演和编剧是怎样磨合达到共同的艺术呈现、实现共同的艺术理想？

白：我和编剧周广伟完成了三部戏的合作：《浮生六记》《季子挂剑》《十二楼》。因为早年间看过他在大学生戏剧节上的作品，我比较喜欢他的这种文人气质和烂漫的情趣，而且他是学建筑出身，对结构的感觉很好，作品出来会有一种很熨帖很舒服的气质，我很欣赏这些特质。我们每次创作的时候，实际上都会有一个相当长时间的磨合期，前期会对剧本的主题、人物等等有很长时间的探讨。这个磨合期完了，基本上就能够达成共识。

小剧场京剧《季子挂剑》是为杨派青年领军演员杨少彭量身打造。既是量身打造就希望把醇厚优美的杨派唱腔淋漓尽致地表现出来，所以这里面有特别过瘾的杨派唱腔。虽然恪守传统，但是演员和我一样都有强烈的创作欲望和探索欲望。杨少彭饰演的季子在戏里有一段咏叹自己宝剑的唱腔，这段唱最后就设计成只用古筝伴奏的琴歌，杨少彭边唱边舞剑，非常有古朴悠远的意境，而且也没有脱离戏曲的气质。这个戏在角色设置上做了一个大胆的尝试是，只有三个男性角色。我们知道有句行话叫“一窝旦，吃饱饭”，就是说一个女性角色是受欢迎的，是观众喜爱的。但是这个戏里面就只有三个男性角色：老生、花脸和丑，三个男人一台戏。这个戏要表达的是人与人之间最珍贵的感情——懂得。季子和徐国国君之间，因为一把剑而相知，因为相知而信守约定，这么朴素而美好的情感，现今已是十分难得。

我们最新合作的一部戏是《十二楼》。这个故事虽然是来自李渔的小说《十二楼》，但现在基本上是一个原创成分很大的故事。它想探讨的实际上是中西方文化最早的碰撞和中西方文化的比较。落魄的意大利贡使窦玛利，向秀才瞿佶兜售千里镜。窦玛利教秀才用千里镜仰望星空，秀才却用它窥得城中佳人，并托窦玛利为媒，几经波折，终成眷属。窦玛利最后也功成还乡。

丑角扮演的西方贡使与生角扮演的中国秀才因为一个“望远镜”相互影响，相互观望，相互碰撞。他们充满喜感、充满情趣的交往，其实引发的是对东西方文化生活的观照和深层思考。这是一个充满人文情怀的新创京剧，最终呈现在舞台上的不仅是生动有趣的故事和别致新颖的样式，还会有更多对历史和文化的思考。

一个秀才，一个洋人，借着西洋千里镜的种种妙用，让资本主义萌芽在东方开出审美之花，成就东方才子佳人的故事。一个望远镜，我们究竟是用它仰望星空，还是用它阅尽春色？东方西方，在戏中互相观照，焕发出跨文化的意趣光彩。

李：您好像对丑角行当比较感兴趣，您还创作了小剧场京剧《思 · 凡》，能谈谈这个戏吗？为什么会选择丑行演员做主角？除了演员要求，有什么美学追求吗？

白：小剧场京剧《思 · 凡》是一个很有意思的创作。《下山》《小上坟》《活捉》是京剧丑行和花旦极有代表性的三出戏。这三出戏彼此独立，似乎是没有交集，没有关系，但是因其都是对世态人情最极致的描摹，所以它们之间便有了隐隐的内在联系。《下山》是对生活的向往，是“生活在别处”的隐喻；《小上坟》是用喜剧的方式讲述了一个年华老去的故事；《活捉》是关于生死的事，张文远的命即便不是真的被阎惜姣拿走的，他即便活着，也被至浓至烈的痴情埋葬了，爱和恨都是不能回头的。生—老—死，在情节上没有关联的三出戏却因为这样的生命质感而成为一台戏，故事静静地流淌出来，竟有米兰·昆德拉的意味，“人生不过是去往何方与来自何处的事情”，“生活在别处”，有无尽悲悯的人生况味。

丑角其实是一种态度，忘我，调侃，真实，爱、死、喜、悲，无所不能，我是众人，众人是我。丑角儿实际上是一个蛮有意思的行当。他有超强的模仿力，表演既可程式化也可生活化，可塑性非常强，非常具有表现力，更为重要的是丑角儿在戏剧里除了角色本身要起的作用之外，他总是会有疏离感，起到陌生化的效果，比如说他可以随随时跳出来评点、议论、开玩笑，这种疏离感和陌生化会带来很多意想不到的戏剧效果。

李：能谈谈您的其他小剧场戏曲作品吗？

白：我的小剧场京剧《倾国》，是一个有着跨界尝试的作品，试着做了话剧和京剧的一个融合，之所以去这样呈现也是由于剧本提供了这样的创作空间。这个故事是从铸剑师干将的讲述中回忆西施和吴王夫差的故事，回忆干将和西施之间的关系。他一直在追忆，情节一直在闪回，对于这样的结构，我就采取了话剧和京剧结合的方式，这样可以区别两种时空、两种状态，更有层次。饰演干将的虽然不是一个戏曲演员，但是在台步和语言的处理上都让他找戏曲演员的感觉，比如念白虽然没有锣鼓经，但要念出锣鼓点的节奏。这样和西施及吴王夫差的京剧表演放在一起，也没有违和感。另外，为了丰富表现力，还加入了偶戏的表演，希望能凸显出干将对往事的无限追忆，也增加一种神秘感。这部戏除了重新表现了西施和吴王夫差之间的爱情，同时也是在对历史、对真相进行一种思考。

李：您创作了这么多的小剧场戏曲，目前看来可能是创作小剧场戏曲最多的导演。那您对小剧场戏曲是怎么理解的？小剧场戏曲创作如何处理传统与现代、传承与创新、先锋与前卫的关系？在您的作品里有哪些具体的表现？通过什么手段？

白：既然说小剧场戏曲，那就得说小剧场这个概念。现在我们都知道小剧场这个概念是来自话剧，它是一个有特定内在含义的名词，是从西方传过来的，相对于传统和经典，它带有反叛性、实验性、颠覆性，有明显的个性。它没有一种模式、一种范式，它是多元的、包容性非常强的、和观众之间有更为密切联系的一种戏剧形式。首先它在物理空间上相对于传统的剧场来说空间较小，但是它更自由、更包容。有人会说我们以前戏曲在戏楼演出、厅堂演出，那也是小剧场啊。是的，从物理空间上来讲，那的确也是小的剧场，但是从戏剧内涵上讲，小剧场和小的剧场不一样，就拿《马前泼水》来举例，除了是在小的剧场演出，演员比较少，它还有一些其他的特质，相对于传统的戏曲来说，它在文本上和形式上具有了很强的实验性和探索性。

小剧场戏曲，应该更具个性、更自由、更多元化。它不是一个定义，应该是一个更具包容性的范畴。它既然是小剧场戏曲，还要有戏曲的特质、歌舞演故事以及戏曲独特的舞台语汇，比如唱念做打的表演方式等等。就现状来讲，小剧场戏曲创作也逐渐在趋于多元化，有传统戏改编的，有原创的，有跨界的，有试验性比较强的，也有以戏曲为元素的，等等。比如台湾的小剧场戏曲可能迈的步子更大。从形式上来讲，还有相对比较中规中矩的形式，也有跨界的话剧和戏曲融合的。

之所以会有这么多种样式，是因为小剧场戏曲是一种更为人文化的戏曲创作。它注重创作者，包括编剧、导演、演员、作曲、设计等等所有创作人员更强烈的表达，而且观众定位更倾向于青年观众、文艺观众。

我个人对小剧场戏曲的追求，首先就是有情趣。情趣，实际上是中国传统文化共有的一个特质。情是情感，趣是趣味、机趣，我希望在我的作品里有浓郁又饱满的情感，而且充满趣味，充满机趣，动人，好看。因为只有感情饱满、感情真挚，才能和观众建立起一种内在的关联，才能触动观众的内心。趣味机趣，也是我们中国传统文化的一种审美，世事人情皆有趣，把握好这一点使作品更灵动。在形式上尊重戏曲传统，但不拘于单一的手法，可以有机融合进其他艺术语汇。当然更重要的是，我希望通过小剧场戏曲表达更多对当下的思考。

李：您怎么看台湾和香港的小剧场戏曲创作理念？

白：小剧场戏曲我看的大陆和台湾的比较多，香港也看了，看的比较少。我总体感觉台湾的作品比大陆的作品原创性更强、更自由。无论是文本的实验性还是形式上的探索，步子都迈得大。大陆可能是传统文化浸淫得比较深，传统戏曲的根基比较深厚，所以传统戏曲的烙印更深，或许由于不同的文化生态造成大陆和台湾的小剧场戏曲是有差别的。

李：您认为当前小剧场戏曲创作在艺术上、体制上存在什么问题？

白：现在创作的环境还是非常好的，因为除了在院团创作，还可以通过基金资助等途径进行创作，创作者可以争取到更多的机会。如果说还有难点，就是创作周期都略显紧张，因为现在创作周期控制得很严格，我们必须要严格地按照这个时间节点去完成，当然这样会提高效率，但是有的时候对创作来说就显得不那么从容，如果能更从容一点，我的作品可能就会更成熟、更圆满。

李：您如何看待小剧场戏曲以改编为主的创作倾向？为什么题材上缺少原创作品？

白：现在小剧场戏曲改编作品比较多，我想首先可能是创作者希望通过回望传统来挖掘传统戏曲里面比较有表现价值的剧目。另外，改编传统戏势必会有比较好的基础，这样作品可能更容易实现。但是作为我来讲，我不会太满足这样的创作，我希望做更多原创的作品，我想追求更多的对当下的思考和表达。我希望我创作的题材范围是开阔的，视野是开阔的。

李：作为一名女性导演，女性的身份定位和女性意识是否影响了您对原著的改编？您在作品中怎样体现这种女性意识？

白：作为女性导演，我并没有刻意追求女性意识，但是女性意识肯定会在我的作品中有所呈现，比如说作品的抒情气质，比如说注重对情感的表达等等。也许未来会有意识地去做一些女性自我思考的作品，把更多的人生经历和性别经验注入到作品中去。随着不断的实践，可能会在未来的作品里呈现出更强烈的表达、更深入的思考、更明确的个性。

（原载《戏曲研究》2019年第1期）

后 记

2001年，我还在北京师范大学中文系攻读博士学位，师从郭英德教授，专业是文学古籍整理与研究。10月的一天，系里发戏票，我就去看了。那是我第一次看昆曲，剧目是《张协状元》。

2003年博士毕业之后，我到中国艺术研究院工作，因院里规定应届毕业生要在职能部门锻炼两年，我被分到外事处工作。当时，文化部还没有非遗司，国家的非遗工作由中国艺术研究院负责，我国的非物质文化遗产工作还主要是面对联合国教科文组织处理申报事宜，由于申报有许多涉外事宜，因此，非遗工作由院外事处承担，我也因此得以接触非物质文化遗产保护的相关知识、政策和情况。直到这时，我才知道，2001年，中国昆曲被联合国教科文组织列入首批世界级人类口头和非物质文化遗产保护代表作名录。2001年我看的那场昆曲《张协状元》，就是文化部为了庆祝这件事情而举办的全国昆曲院团会演剧目之一。

2005年，我调入戏曲研究所，正式开始戏曲研究工作。进所伊始，就赶上国家重点课题《昆曲艺术大典》启动，我被安排负责“历史理论典”明代部分。后来，由于工作需要，我还为“文学剧目典”“音乐典”等部分校点数部论著。此后八年，我工作的重心就围绕着昆曲展开。我对中国戏曲的认识和研究，也就此展开，直到现在。

我常常回想起2001年看的那场昆曲，我把这作为我昆曲情缘的起点。我在那特殊的一年看了一场有特殊意义的昆曲。这不是缘分吗？在无知无识、无意无觉间，被历史文化的大潮流裹挟，身处其中，身陷其中，乐此不疲。

每个人都处在历史发展的滚滚车轮之中。我与昆曲偶然结下的情缘如此，我的戏曲情缘亦如是。这要追溯到20世纪80年代，还在读小学的我，曾经逃课追着一个剧团看戏，那个剧团是内乡宛梆剧团，是我妈妈娘家的剧种。后来我才知道，内乡县宛梆剧团是全国有名的“天下第一团”。而我之所以能够看到这些戏，是赶上了当时传统戏曲的短暂繁荣，同样是身在历史文化的滚滚洪流之中。

由于这些情缘，我从一开始研究戏曲，就非常注意戏曲剧种发展与其生存其间的文化生态的关系。为了研究昆曲的文化生态，我曾在2010年中秋期间专门到苏州参加虎丘曲会，后撰写论文《当代昆曲民间文化生态考察与研究——以苏州虎丘曲会为研究对象》。身为河南人，我对河南戏曲格外关注。2012年，为了考察河南曲剧的生存现状，我专赴河南汝州、洛阳、南阳考察，撰写论文《“非遗”视野下河南曲剧的生存策略》。就是在这次考察河南曲剧的过程中，我意外地发现，我的老家河南邓州竟然有一个珍稀剧种“罗卷戏”，在此之前，我竟全然不知。愧疚之余是高兴，我开始调查罗卷戏的具体情况，了解到当时罗卷戏已经是省级非遗，我开始着手帮助他们申报国家级非遗，邀请戏曲音乐、戏曲理论和非遗方面的专家，对罗卷戏进行考察和论证。2014年，邓州罗卷戏成功申报为国家级非遗。

实地考察，科学研究，理论联系实际，这是“前海学派”的治学特点。也是我作为一名中国艺术研究院戏曲研究所的科研人员，受科研环境和治学传统影响而做的必然选择。

豫剧作为河南戏曲的代表性剧种，更是我关注的重点。更何况，21世纪以来，河南豫剧创作成果斐然，“河南豫剧现象”引起戏剧界广泛关注。对豫剧的研究，主要是围绕剧目创作和演出，作家、作品、演员、导演、展演，都是我关注的对象。

对现状的关注、批评和研究，也是“前海学派”的治学特点。正是这种密切关注现状的研究传统，让我及时发现当前戏曲创作的新现象、新特点、新趋势。2015年10月我到河南郑州参加活动，得知河南豫剧院要与互联网公司河南恒品戏缘合作，我敏锐地察觉到这是戏曲发展的新问题、新现象，由此开始了我对“互联网+戏曲”这一前沿现象的跟踪研究，而2015年是中国“互联网+”元年，即开局之年。我曾经为“互联网+戏曲”可能出现的问题担忧，担心戏曲会重走20世纪末“戏曲搭台，经济唱戏”的老路，在《移动互联网时代戏曲艺术发展现状及对策》一文中提出了我的忧虑，呼吁“互联网+戏曲”要以戏曲为本体，并为未来“互联网+戏曲”持续、健康的发展提出建议。可喜的是，以河南恒品戏缘为代表的“互联网+戏曲”企业，目前正沿着有利于戏曲发展和戏曲生态建设的积极方面发展。2018年5月，我到河南恒品戏缘公司考察，实地参观了该公司着力打造的戏曲小镇，感受到该公司创始人黄俊棋浓深的戏曲情怀，以及他致力于打造良好戏曲生态的愿望，赞赏他从“互联网+戏曲”到“戏曲+互联网”的观念转变。而这种对戏曲的尊重和自信，其实同样是与当前传统戏曲的保护、振兴、发展、繁荣的大的时代环境和文化生态有着密不可分的关系。

对待戏曲新现象、新变化，不但要及时关注、评论，更要有持续的关注和系统的理论研究。当代小剧场戏曲以2000年的京剧《马前泼水》为诞生标志，这是当代戏曲创作的新现象，许多学者也都注意到这一现象，但是理论界缺乏系统的理论研究。在连续三年观摩北京小剧场戏曲节的演出后，我撰写了《2017年小剧场戏曲：回顾与探索中开拓前行》一文，虽然是2017年度盘点，但实际上此文是我对小剧场戏曲创作从2000年到2017年发展历程的总结与回顾，对存在的问题和未来发展都提出了自己作为一名专业戏曲研究人士的看法和建议。

作为一名女性，我对女性戏曲从业人士格外关注。从女编剧徐棻、李莉，到女导演张曼君，女演员茅威涛、王红丽，我一直在关注她们的创作动态，观摩评论她们的作品，研究她们的特点。几年来，积累了不少相关研究文章和评论文章，我将仍然持续对她们进行研究。

进入新世纪的这十九年，是我与戏曲研究结缘的十九年。回想这些年关注和研究的问题，不外乎上面所说的几个方面，许多思考还不成熟，许多专题还需要深入研究。以此致逝去的年华。

李小菊

2019年10月30日